Sofie Cramer

Der Himmel über der Heide

Roman

Rowohlt Taschenbuch Verlag

Originalausgabe
Veröffentlicht im Rowohlt Taschenbuch Verlag, Reinbek
bei Hamburg, August 2012
Copyright © 2012 by Rowohlt Verlag GmbH,
Reinbek bei Hamburg
Umschlaggestaltung any.way, Cathrin Günther
(Foto: thinkstockphotos.de;
mauritius images / imagebroker / Bob Gibbons / FLPA;
NordicPhotos / LOOK-foto; Dezorzi / Corbis)
Foto der Autorin: Sabine Felber, Literaturtest
Typografie Farnschläder & Mahlstedt, Hamburg
Satz aus der Adobe Jenson Pro
Druck und Bindung CPI – Clausen & Bosse, Leck
Printed in Germany
ISBN 978 3 499 25774 2

*Für meine Mutter,
ohne die diese Geschichte niemals
geschrieben worden wäre*

Prolog

In sanften Wellen bewegt sich das Meer aus lila Blüten bis zum Horizont. Dort, wo der Himmel über der Heide in pastellfarbenes Licht gehüllt ist, ziehen ein paar Wolken in wilden Formationen vorüber. Ihre Bewegungen sind fließend und nur von einem geduldigen Auge zu erkennen. Die untergehende Spätsommersonne verheißt einen schönen neuen Morgen. So schön, dass zahlreiche Schwalben hoch oben durch die Lüfte tanzen und den neuen Tag willkommen heißen werden.

Eindringliche Stille liegt über dem weiten Land. Vereinzelt werfen Kiefern, Birken und Wacholderbüsche ihre langen Schatten. Sie stehen vollkommen still und trotzen der Zeit. Doch im Osten kündigen die ersten Nebelschwaden bereits den Herbst an. Langsam erobern sie das Land. Wie weißer Rauch, der ein lange gehütetes Geheimnis umschließt, breiten sie sich jedes Jahr von neuem aus und wecken beim Betrachter Erinnerungen an ein tragisches Ereignis, das vor langer Zeit die Idylle erschütterte. Es sind schmerzvolle Bilder, die seit jener Oktobernacht immer wieder ihren Weg ins Bewusstsein der Beteiligten suchen: Flammen, die sich wie blutrote Zungen erbarmungslos durch die Ritzen der Mauern fressen und an den trockenen Gräsern und Büschen lecken. Und mitten in der roten Feuersglut steht eine junge Frau. Sie schreit, doch niemand kann sie hören – nicht einmal ihre Schwester, die seit der Geburt untrennbar mit ihr verbunden war. Seit jener schicksalhaften Nacht ist alles anders. Seit jener Nacht scheint der Himmel über der Heide wie mit einem Mantel des Schweigens verhüllt. Denn wie ein unerbittlicher Fluch lastet die Tragödie auf den Herzen der Betroffenen. Er nimmt ihnen die Luft zum Atmen. Und den Mut zur Liebe ...

1

Das grelle Licht des Nachmittags blendete Kati. Sie rauschte in ihrem alten Golf über die Elbbrücken Richtung Süden, klappte die Sonnenblende nach unten und drückte weiter aufs Gaspedal, obwohl sie hier nur 80 Kilometer pro Stunde fahren durfte. Ein silberfarbener Mercedes kroch auf der linken Spur. Sie überholte rechts.

Ihr Herz raste, und die Sorge um ihren Vater schnürte ihr die Kehle zu. Noch nie hatte sie es so eilig gehabt, in ihre alte Heimat, die Lüneburger Heide, zu kommen. Die Stimme der Großmutter am Telefon hatte sofort verraten, dass etwas wirklich Schlimmes passiert sein musste. Noch immer kreisten die Worte in ihrem Kopf: Zusammenbruch ... Krankenhaus ... Intensivstation ... Koma ...

Kati wischte sich eine Träne aus dem Gesicht. Reiß dich zusammen, ermahnte sie sich. Niemandem wäre geholfen, wenn sie sich jetzt in die Rolle eines kleinen Mädchens hineinsteigern würde. Sicher war ihr Vater schon wieder bei Bewusstsein, wenn sie gleich im Krankenhaus ankäme. Sie versuchte, sich selbst Mut zu machen. Wie schlimm konnte ein Magendurchbruch sein? Schwebte ihr Vater wirklich in Lebensgefahr? Vielleicht hatte Elli in ihrer Angst übertrieben. Vielleicht war alles halb so schlimm. Die Großmutter sorgte sich verständlicherweise um ihren Sohn, aber wahrscheinlich hatte sie die Ärzte nicht richtig verstanden. Ein Magendurchbruch war schließlich kein Herzinfarkt, oder? Je schneller ein Patient versorgt wurde, desto größer war doch die Chance einer vollständigen Genesung.

Kati dachte an ihren Heimatort. Uhlendorf lag abseits der großen Verbindungsstraßen, und es musste eine halbe Ewigkeit gedauert haben, bis der Krankenwagen den langen Weg von Soltau aus geschafft hatte. Schließlich lag Uhlendorf inmitten des Naturschutzgebietes. Doch immerhin war die Großmutter sofort zur Stelle gewesen, als Katis Vater in der Küche des Landgasthofs unter Schmerzen zusammengebrochen war und beinahe das Bewusstsein verloren hatte. Sie hatte angeblich sofort den Notdienst gerufen. Kati malte sich aus, wie ihre Großmutter außer sich vor Sorge am Telefon um Hilfe gefleht hatte. Das Warten musste schlimm gewesen sein. Oder hatte es der Notarzt doch viel schneller geschafft?

Kati fiel ein, dass vor ein paar Jahren eine Rettungswache im Nachbardorf eingerichtet worden war. Der Notarzt wird also rechtzeitig da gewesen sein, mutmaßte sie. Sicher wussten auch die Ärzte im Krankenhaus genau, was sie taten.

Als Kati an diesem drückenden Julinachmittag endlich von der Autobahn abfuhr und auf die Hauptstraße nach Soltau einbog, die früher auch ihr Schulweg gewesen war, wurde sie etwas ruhiger. Irgendwie schien ihr die vertraute Heimat ein wenig Trost und Zuversicht zu spenden.

Eine Viertelstunde später erreichte sie den Parkplatz des Krankenhauses. Kati stieg aus, orientierte sich kurz und ging dann schnellen Schritts auf den Haupteingang zu.

Eine sympathisch aussehende Frau an der Informationstheke lächelte sie an und erklärte ihr den Weg zur Intensivstation. Kati hatte nicht die Ruhe, auf den Aufzug zu warten. Sie lief die Treppen hinauf bis in den ersten Stock und bog in den langen Flur der Intensivstation. Schon von weitem sah sie den weißen Haarschopf ihrer Großmutter. Neben Elli entdeckte Kati auch den rötlichen von ihrer Stiefmutter. Beide Frauen saßen angespannt auf den Wartestühlen und blickten, als sie Schritte hörten, gleichzeitig in Katis Richtung. Während Dorothee sitzen blieb, erhob sich Elli sofort und ging ihrer Enkelin ein Stück entgegen. Kati warf sich in ihre Arme und fragte: «Wie geht es ihm? Ist er wach?»

Mit sorgenvollem Blick nahm Elli das Gesicht ihrer Enkeltochter zwischen beide Hände und sprach beruhigend auf sie ein: «Es wird sicher alles wieder gut, mein Liebes.»

Kati glaubte ihrer Großmutter kein Wort. Ungeduldig wechselte sie einen besorgten Blick mit Dorothee. «Was sagen die Ärzte?»

Dorothee hatte ihre rotblonden Haare zu einem Zopf geflochten. Ihre grünen Augen sahen so aus, als hätte sie geweint. Sie bemühte sich um ein Lächeln und sagte: «Dr. Steindamm ist gerade bei ihm. Wir müssen die Untersuchungsergebnisse abwarten.»

Normalerweise hatte ihre Stimme einen leicht überheblichen Klang, den Kati nicht ausstehen konnte, weil es sich zu sehr nach Dozieren anhörte. Doch heute war es anders. Der nüchterne Ton ihrer Stiefmutter hatte seltsamerweise etwas Beruhigendes.

Kati nickte und ließ sich auf einen der freien Stühle sinken. So viele Fragen gingen ihr durch den Kopf, und doch war sie zu aufgewühlt, um Worte über die Lippen zu bringen. Sie konnte sich einfach nicht vorstellen, dass ihr Vater hier irgendwo lag, an Schläuche und Geräte angeschlossen, die über sein weiteres Schicksal entschieden. So ein starker, lebenshungriger Mann wie er konnte doch nicht einfach aus dem Leben gerissen werden. Nein, nicht ihr Vater! Ihn konnte so schnell nichts aus der Fassung bringen. Außer vielleicht ein packendes Fußballspiel. Unwillkürlich musste Kati an die Zeit denken, als ihr Vater sie häufiger mit ins Stadion nach Hamburg genommen hatte. Mit all seiner Begeisterung hatte er sogar sie angesteckt. Fußball war seine ganz große Leidenschaft. Im Heidehof zeigte er regelmäßig die wichtigsten Spiele im Gastraum, in dem er *public viewing* organisierte. Und während einer WM kamen sogar die Fußballfans aus der gesamten Nachbarschaft zusammen. Hinrich Weidemann und sein Gasthof waren ohnehin so etwas wie der Dreh- und Angelpunkt des Ortes. Und sein Heide-Barbecue war weit über die Gemeindegrenzen hinaus bekannt.

Zusammen mit ihrem Freund hatte Kati bei der letzten WM das Endspiel in Uhlendorf gesehen. Zwar ergab sich nur selten die Gelegenheit, gemeinsam mit Simon aufs Land zu fahren, aber wenn, dann wurden sie während ihres Besuchs von allen Seiten maßlos verwöhnt.

Wann war sie eigentlich das letzte Mal dort gewesen? Kati fuhr sich durch die Haare. Ihr wurde schwer ums Herz.

«Es sieht nicht besonders gut aus», sagte Dorothee beinahe tonlos und sah Kati mit großen Augen an. «Sie haben ihn notoperiert und in ein künstliches Koma versetzt.»

Kati stockte der Atem. Am liebsten hätte sie Dorothee in die Arme geschlossen und etwas Beruhigendes gesagt. Doch sie war unfähig einen klaren Gedanken zu fassen.

Bitte, lieber Gott, flehte sie innerlich, bitte, lass ihn schnell wieder aufwachen!

Ihre Kehle wurde immer enger. Mit glasigen Augen registrierte sie, wie Elli auf den Stuhl neben ihr sank.

«Und was bedeutet das?», hörte Kati sich fragen. «Ich meine, die machen das doch bestimmt, damit sie ihn besser behandeln können, oder?»

Dorothee zuckte mit den Schultern. «Ich kann es dir nicht sagen, Kati.»

Sie wirkte beinahe schroff. Als hätte sie sich inzwischen gesammelt und in Windeseile ihre undurchdringliche Fassade wieder aufgebaut.

«Alles, was ich weiß, ist, dass er sehr viel Blut verloren hat und der Kreislauf sich erst stabilisieren muss.»

Kati hielt einen Moment die Luft an. Sie hing förmlich an Dorothees Lippen. Dann fragte sie: «Wie schlimm ist es wirklich?»

«Ich weiß es nicht.»

Erst nach einer kleinen Pause fügte Dorothee leise einen Satz hinzu, der Kati einen Schauer über den Rücken jagte: «So, wie ich es verstanden habe, stehen seine Überlebenschancen nicht zum Besten.»

Die Vorstellung, dass ihr Vater womöglich nie wieder der souveräne und großzügige Gastwirt sein würde, als den sie ihn zeit ihres Lebens gekannt hatte, war für Kati unerträglich. Doch jetzt sollte sie einfach hier sitzen und warten. Benommen starrte sie vor sich hin. Stumm. Die Angst lähmte sie geradezu, und obwohl sie ihr Herz kräftig schlagen spürte, fiel ihr das Atmen schwer. Nein, ihm durfte nichts geschehen! Das Schicksal war bereits grausam genug mit ihnen umgesprungen. Sie konnte unmöglich erneut einen geliebten Menschen viel zu früh verlieren.

Die nächste Zeit erlebte Kati wie in Trance. Sie hatte die schwache Hoffnung, wenigstens einen kurzen Blick auf ihren Paps werfen zu können. Außerdem wollte sie persönlich mit den Ärzten sprechen. Gleichzeitig fühlte sie sich wie in einen Schleier gehüllt, und sie wagte nicht diesen Schleier wegzuschieben. Zu beängstigend erschien ihr die nackte Wahrheit.

«Liebes ...» Erst als ihre Großmutter sie sanft am Arm berührte und ihre Worte wiederholte, wurde sich Kati ihrer Umgebung wieder bewusst. «Wir müssen das Beste hoffen. Es wird bestimmt alles gut.»

Kati vermochte nicht zu sagen, wie lange sie dort gesessen und auf die graugrüne Wand gestarrt hatte. Ob Elli die ganze Zeit schon ihre Hand gehalten hatte? Kati sah die Großmutter liebevoll an. Wie vertraut ihr faltiges, gütiges Gesicht war!

Obwohl man Elli ihre beinahe 83 Jahre durchaus ansehen konnte, war noch immer die schöne Frau zu erahnen, die sie früher gewesen sein musste. Auch wenn sie ihre Arbeit im Heidehof nur selten ruhen ließ und kaum aus dem Dorf herauskam, hatte sie immer sehr viel Wert auf ein gepflegtes Äußeres gelegt. Aber war sie auch immer schon so schmal gewesen? Kati konnte sich nicht erinnern, dass Elli je so zerbrechlich gewirkt hätte. Außer damals vielleicht … Kati schob den Gedanken schnell beiseite und streichelte ihrer Großmutter über die Wange.

«Da kommt Dr. Steindamm.» Dorothee sprang auf und ging dem Mediziner hoffnungsvoll entgegen.

Doch der Chefarzt konnte immer noch nichts Genaues sagen. Er informierte sie lediglich darüber, dass die OP so weit gut verlaufen sei. Als wie schwerwiegend sich aber die eigentlichen Folgen des Magendurchbruchs erweisen würden, musste auch das Ärzteteam abwarten.

Einen Moment war Kati etwas eingeschüchtert von Steindamms großer Statur, seinem weißen Kittel und der randlosen Brille, die ihm zusätzlich Autorität verlieh.

«Können wir zu ihm?», fragte Kati.

Dr. Steindamm legte seine hohe Stirn in Falten und räusperte sich. «Nun, wenn Sie versprechen, ruhig und gefasst zu bleiben, kann ich sie kurz zu dem Patienten lassen. Aber wirklich nur für einen Moment.»

Die drei Frauen erhoben sich und folgten ihm bis vor das Zimmer mit der Nummer 114. Vorsichtig öffnete der Arzt die Tür und ließ sie eintreten.

Der Raum strahlte eine seltsame Atmosphäre aus. Die Wände waren in zartem Hellblau gestrichen und ließen das Zimmer mit all den technischen Geräten, Maschinen und Monitoren irgendwie unmenschlich und zugleich auf eine seltsame Weise auch beruhigend erscheinen. Neben Hinrichs Bett stand noch ein zweites, mit einer durchsichtigen Plastikhülle überzogenes. Es wirkte sehr steril. Offenbar war die Intensivstation nicht ausgelastet.

Leise näherte sich Kati dem Krankenbett. Dort lag ihr Vater scheinbar leblos auf dem Rücken, eine Sauerstoffmaske auf dem blassen Gesicht. Es war ein schrecklicher Anblick, und Kati fühlte sich plötzlich wie ein hilfloses Kind. Sie musste schwer schlucken.

Auch Dorothee war die Beklemmung ins Gesicht geschrieben. Sie trat an das Krankenbett und strich mit dem Zeigefinger behutsam über die Wange ihres Mannes und sein noch recht volles graues Haar. Diese Geste hatte etwas derart Hilfloses, dass Kati schlucken musste. Sie konnte sich nicht erinnern, die beiden jemals so vertraut miteinander erlebt zu haben. Normalerweise war Dorothee eher der geschäftige Typ, der nur wenige Gefühle zeigt. Doch wie sie jetzt dort bei ihrem kranken Mann stand, wirkte sie beinahe genauso schwach wie er.

«Du ... Sturkopf», flüsterte Dorothee mit zitternder Stimme, «ich habe es doch gewusst.»

Irritiert sah Kati ihre Großmutter an. Was meinte Dorothee damit? Doch ehe Elli etwas sagen konnte, räusperte sich Dr. Steindamm und gab mit einem Handzeichen zu verstehen, dass sie den Raum nun wieder verlassen mussten. Kati nickte ihm zu und streifte im Hinausgehen kurz die Decke des Krankenbettes. Sie glaubte, die Beine ihres Vaters gespürt zu haben. Ob er von dieser Geste etwas mitbekam? Kati beobachtete noch, wie Dorothee sich über ihren Vater beugte, um ihn zum Abschied sanft auf die Stirn zu küssen. Dann trat sie hinter ihrer Großmutter auf den Flur.

Dr. Steindamm versicherte ihnen, dass sie im Moment nichts für den Patienten tun konnten.

«Fahren Sie lieber nach Hause und schonen Sie Ihre Kräfte für die nächsten Tage», erklärte er. «Dann wird sich alles Weitere entscheiden. Wir halten Sie natürlich auf dem Laufenden.»

Kati ging das alles viel zu schnell. Wie lautete die genaue Diagnose? Welche Chancen hatte ihr Vater? Wann würde er aufwachen? Doch sie stand noch immer unter Schock. In ihrem Kopf wirbelten die Fragen wie Herbstlaub im Wind umher. Hilflos sah sie ihre Stiefmutter an.

Dorothee schien die Einzige zu sein, die einen klaren Gedanken fassen konnte. Ihr war offensichtlich bewusst, dass der Arzt recht hatte. Sie drehte sich bereits zum Fahrstuhl um. Da hielt Kati sie an der Schulter fest.

«Was ist mit Paps los? Was meintest du eben?»

Dorothee zuckte mit den Schultern. Ganz eindeutig war ihr die Situation unangenehm.

«Wenn es nach mir gegangen wäre», erklärte sie leise, «hättest du längst etwas erfahren. Aber ...» Sie brach ab und warf Elli einen strengen Blick zu. «Aber ich durfte ja nichts sagen.»

Kati verstand gar nichts mehr. Unsicher blickte sie von einer zur anderen. «Was –?»

«Ach, lass gut sein.» Dorothee zog bereits ihre Jacke über. «Ich nehme an, ihr fahrt zusammen zum Heidehof zurück?»

Was eigentlich eine Frage war, klang wie eine Feststellung. Schon wendete sie sich zum Gehen, ohne eine Antwort abzuwarten.

Kati drehte sich zu ihrer Großmutter. «Was durfte sie mir nicht sagen, Elli?» Ihre Stimme war leise, aber eindringlich.

Elli atmete schwer und nestelte an den Knöpfen ihrer Strickjacke. «Jetzt nicht, Liebes», seufzte sie und hakte sich bei Kati unter. «Deine Stiefmutter hat recht: Lass uns erst mal nach Hause fahren!»

Als sie in Uhlendorf auf dem malerisch gelegenen Heidehof ankamen, wunderte sich Kati, wie marode das alte Haupthaus und die kleineren Nebengebäude wirkten. Sie war schon länger nicht mehr da gewesen, und nun kam es ihr vor, als würde der Hof auch schon ein wenig unter Altersschwäche leiden.

Immerhin blickte der Gasthof auf eine über 300-jährige Geschichte zurück. Kati wusste, wie viel Arbeit darin steckte. Nun aber schreckte sie der Zustand der Gebäude. Einzig die von Elli liebevoll gepflegten Blumenbeete vor dem Haupteingang machten den etwas heruntergekommenen Eindruck wett.

Dorothees Wagen stand schon auf dem großen Parkplatz direkt am Haupthaus. Als sie neben dem Rover ihrer Stiefmutter parkte, sah Kati, dass Elli einen Blick auf ihre Armbanduhr warf.

«Normalerweise würden jetzt die ersten Gäste zum Abendessen kommen», erklärte ihre Großmutter verunsichert. «Was sollen wir nur tun?»

Darauf wusste Kati auch keine Antwort. «Ach Elli, irgendwas wird uns schon einfallen», erklärte sie und stieg aus. «Zur Not müssen wir die Leute eben wieder nach Hause schicken.»

Als sie sich dem Eingang näherten, entdeckten sie an der großen Holztür einen weißen Zettel. In Druckbuchstaben stand dort geschrieben:

DER RESTAURANTBETRIEB IST AUS
FAMILIÄREN GRÜNDEN
BIS AUF WEITERES EINGESTELLT.
D. WEIDEMANN.

«Siehst du, Oma», sagte Kati, «wenigstens *das* Problem hat sich schon mal geklärt.»

Sie fragte sich allerdings, wie Dorothee sich das mit den Pensionsgästen vorstellte. Zwar dürften es noch nicht so viele Übernachtungsgäste sein, denn die Heideblüte hatte noch nicht begonnen, und die eigentliche Hochsaison würde noch zwei, drei Wochen auf sich warten lassen. Aber sollten die derzeitigen Urlauber das Gasthaus morgens etwa hungrig verlassen? Auf das berühmte Heidehof-Frühstück verzichten müssen? Andererseits: Wer sollte für die Verpflegung sorgen, jetzt wo ihr Paps im Krankenhaus lag? Elli konnte das unmöglich alles alleine stemmen. Dorothee wiederum kannte sich mehr mit Zahlen aus und war eher für Managementaufgaben zuständig.

Ob es die Küchenhilfe noch gab? Kati erinnerte sich an eine nette Frau mit dunkelblonden Haaren. Wie hieß sie noch mal? Silke? Sibylle? Kati war sich nicht sicher. Sie wusste nur eines: In den nächsten Tagen würde jede helfende Hand gebraucht werden.

Als sie das Haus betraten, wollte Elli sich sofort um die Küche kümmern und eilte geschäftig umher. Kati blieb etwas verloren in der großen Diele stehen. Mit einem Mal fühlte sie sich irgendwie fehl am Platz und wusste nicht so recht, wohin mit sich. Der Heidehof war schon lange nicht mehr ihr Zuhause.

Kurzerhand beschloss sie, sich in eine ruhige Ecke zurückzuziehen, um zu telefonieren.

«Ich rufe schnell Simon an», rief sie ihrer Großmutter hinterher und schwenkte wie zur Erklärung ihr Handy in der Luft. «Er weiß ja noch gar nicht, was los ist. Ich komme dann gleich nach und helfe dir.»

Elli nickte ihrer Enkelin zu. «Lass dir Zeit», sagte sie und war auch schon verschwunden.

Kati ging in das Büro ihres Vaters, das im Laufe der Jahre mehr und mehr von Dorothee und ihren Aktenordnern in Beschlag genommen worden war. Nachdem sie ihre Tasche abgestellt hatte, setzte sie sich an den schweren Schreibtisch und wählte Simons Nummer.

Doch es folgte eine Enttäuschung. Sie musste mit seiner Mailbox vorliebnehmen. Wie so oft war er beruflich unterwegs, und Kati hatte vergessen, wo er sich gerade aufhielt. Zu häufig wechselten seine Reiseziele mittlerweile. Anfangs, vor rund drei Jahren, als sie ein Paar wurden, fand sie seinen Beruf überaus spannend: ein Wissenschaftsjournalist unterwegs zu den Brennpunkten der Welt! So war ihr Simon von der gemeinsamen Freundin vorgestellt worden, die an jenem Abend ihren 30. Geburtstag feierte. Angeregt unterhielten sie sich und nahmen die anderen Gäste immer weniger wahr. Kati hatte sich sofort in Simon verliebt. Sie bewunderte seine Weltläufigkeit und seine selbstsichere Ausstrahlung. Als unterbezahlte Graphikdesignerin fühlte sie sich dagegen fast ein wenig minderwertig und langweilig. Während sie den lieben langen Tag in Hamburg vor dem Rechner in der Agentur saß, besuchte Simon Kongresse, Fachtagungen und Pressekonferenzen in London, Rom oder Kyoto. Am Anfang hatten sie noch viel gemeinsam unternommen und waren das, was sich Kati unter einem glücklichen Paar vorstellte. Ihre Beziehung war zwar immer noch recht harmonisch, aber inzwischen empfand Kati die mangelnde Struktur ihrer Partnerschaft und die wenige Zeit, die sie miteinander verbrachten, als aufreibend und beklemmend. Kaum hatte sie sich wieder an einen gemeinsamen Alltag gewöhnt und begonnen, ihn zu genießen, musste Simon wieder auf Geschäftsreise. Ständig wirbelte er ihr Leben durcheinander, und sie sah sich mehr oder weniger gezwungen, sich auf ihn und seine Bedürfnisse einzustellen. Wie oft kam er spätabends in die gemeinsame Wohnung, ohne dass er die Zeit gehabt hätte einzukaufen? Wie oft war er frühmorgens zum Flughafen aufgebrochen, ohne Zeit für einen gemeinsamen Kaffee zu haben? Wie oft verschanzte er sich an den Wochenenden am Schreibtisch, um schnell noch eine Reportage oder einen Bericht fertigzustellen? Stets saßen ihm Deadlines und Fristen im Nacken.

Kati seufzte. Eigentlich hätte in diesem Sommer alles besser werden sollen. Zumindest hatte Simon versprochen, sich auf eine Ressortleiterstelle in Hamburg zu bewerben. Dann müsste er weniger reisen, und sie hätten endlich Aussicht auf ein wirklich gemeinsames Zuhause. Ganz zu schweigen von der Möglichkeit irgendwann zu heiraten und eine Familie zu gründen. Kati spielte schon länger mit diesem Gedanken. Schließlich war sie 31 Jahre alt. Doch jedes Mal, wenn sie versuchte, das Gespräch behutsam in diese Richtung zu lenken, vertröstete Simon sie. Oder er machte ein paar spöttische Bemerkungen darüber, dass sie bloß mit sich und ihrem Job unzufrieden sei. Ein Kind könne sie aus diesem Dilemma aber nicht befreien.

Sie hatten deshalb schon oft gestritten. Dabei sehnte sich Kati im Grunde vor allem nach mehr gemeinsamem Alltag und gar nicht so bald nach einem Kind. Doch angesichts der allgemeinen Krise war Simon als Freiberufler weiterhin gezwungen, flexibel und mobil zu bleiben. Das verstand Kati auch. Aber nun, da ihr Vater schwer krank war und sie Simon in ihrer Nähe brauchte, war er wieder einmal nicht da.

Stockholm! Nun fiel es Kati wieder ein. Simon war in Schweden auf einem internationalen Kongress für Meeresbiologie und würde erst am Samstag, also in drei Tagen, zurück sein. Es blieb ihr im Moment nichts anderes übrig, als ihm auf die verhasste Mailbox zu sprechen.

Nachdem sie das Handy wieder in der Tasche verstaut hatte, betrat Kati das Wohnstübchen ihrer Großmutter. So nannte Elli den Raum am westlichen Ende des großen Haupthauses. Der Heidehof wurde bereits seit mehreren Generationen von der Familie betrieben, und Großmutter Elli hatte hier ihren eigenen kleinen Wohnbereich.

Wann immer Kati diese Räume betrat, fühlte sie sich in ihre Kindheit zurückkatapultiert. Der Geruch der antiken Möbel, die allesamt mit selbstgestickten Deckchen und Fotos längst vergangener Tage dekoriert waren, war ihr ebenso vertraut wie das immerwährende Ticken der großen Wanduhr.

Obwohl Ellis Reich, abgesehen von dem noch recht neuen Crosstrainer neben dem Fernsehsessel, eher dunkel und altmodisch eingerichtet war, fühlte sich Kati dort seit jeher zu Hause. Sie mochte die Atmosphäre dieser bescheidenen Einliegerwohnung, die zwar lediglich über zwei Zimmer und eine kleine

Küche verfügte, aber insgesamt viel gemütlicher wirkte, als der große Wohn- und Essbereich, den ihr Vater und ihre Stiefmutter am anderen Ende des Hauses nutzten. Der gläserne Anbau hob sich deutlich vom Haupthaus ab, in dem auch die Gästezimmer untergebracht waren. Dorothee hatte zwar viel Sorgfalt in die stetige Modernisierung gesteckt, doch Kati konnte den luxuriösen Geschmack und Dorothees Vorliebe für großgemusterte Teppiche und überdimensionierte Porzellan-Dalmatiner einfach nicht teilen. Bei einem Weihnachtsessen war es sogar zum Streit wegen der Einrichtung gekommen. Katis Vater hatte sich scherzhaft über die «vergoldeten Hundeleinen» an den neuen Küchengardinen geäußert. Und als auch die anderen in den liebevoll gemeinten Spott einfielen, war Dorothee wutentbrannt nach draußen in die Kälte verschwunden. Sie hatte nicht einmal ihren Mantel übergezogen.

Kati kannte diese Anfälle von Wut oder Jähzorn, und sie wusste, dass Dorothee stets wenige Minuten später wie ausgewechselt zurückkam und zur Tagesordnung überging, als wäre nicht das Geringste vorgefallen.

Wie nichtig erschien ihr jetzt dieser Streit um die Vorhangkordeln!

Im Krankenhaus hatte Dorothee außerdem eine ganz neue Seite von sich gezeigt: Wie weich, ja, geradezu verletzlich sie gewirkt hatte! Es musste schrecklich sein, Angst um den geliebten Mann zu haben, mit dem man den Lebensabend verbringen wollte. Kati hatte noch immer Dorothees erschrockene Miene vor Augen, mit der sie ans Krankenbett getreten war.

Katis Vater stand nur wenige Jahre vor der Pensionierung. Er hatte Dorothee in Aussicht gestellt, im Ruhestand hätte all der Stress auf dem Heidehof ein Ende, und sie würden endlich die

Reisen nachholen, die sie wegen des aufreibenden Familienbetriebs nicht hatten unternehmen können.

Nach der Rückfahrt hatte sich Dorothee offenbar in ihren Teil des Hofes zurückgezogen. Das war Kati nur recht, denn sie wollte sich ganz ihrer Großmutter widmen. Sie wusste, dass Elli ihre Gefühle und Sorgen stets gut verbarg.

Aus der kleinen Küche, die vom Wohnstübchen abging, drang vertrautes Klappern. Kati legte ihre Tasche auf einen Stuhl und betrat den Raum mit der niedrigen Decke. Trotz der noch immer drückenden Schwüle draußen war es hier angenehm kühl.

Elli hatte bereits Tee gekocht und reichte ihrer Enkelin eine Tasse.

«Hast du Simon erreicht?», fragte sie.

Kati rollte mit den Augen. «Natürlich nicht.»

«Na, er wird sich bestimmt bald melden.»

Kati war sich da nicht so sicher. «Ach, mich ärgert, dass er einfach nie da ist, wenn man ihn braucht.»

Fragend sah Elli sie an und wartete auf eine ausführlichere Erklärung. Doch Kati winkte ab. «Wenn er Zeit mit mir verbringen will, soll er halt herkommen und mit anpacken, statt …»

Kati bremste sich. Sie wollte ihre Großmutter nicht auch noch mit ihren Beziehungsproblemen belasten oder sich darüber auslassen, dass sich ihr Freund mit dem Zurückrufen häufig reichlich Zeit ließ.

«Er kann doch nichts dafür, wenn er so viel auf Geschäftsreisen muss», sagte Elli verständnisvoll.

Kati biss sich auf die Lippe und ließ sich auf einen der Holzstühle fallen. «Du hast ja recht. Ich weiß, dass ich mich auf ihn verlassen kann, wenn es drauf ankommt.» Und nach einer kurzen Pause fügte sie hinzu: «Meistens jedenfalls.»

Schweigend tranken sie ihren Tee. Kati rührte in ihrer Tasse und dachte wieder an ihren Vater im Krankenhaus. Sie hatte ganz andere Sorgen, als sich über Simon zu ärgern.

«Was hat Dorothee im Krankenhaus nun eigentlich gemeint? Wieso macht sie Paps Vorwürfe?»

Elli knetete ihre Hände und seufzte. «Ach weißt du, Liebes ... Es ist alles nicht so einfach.»

«Was ist nicht einfach?»

Elli schenkte sich Tee nach und trank einen Schluck. Dann fasste sie sich ein Herz und erklärte: «Nun, dein Vater und ich, wir ... wir hielten es für besser, dir nichts davon zu sagen ...»

«Wovon nichts zu sagen?», fragte Kati ungeduldig. Sie spürte, wie Angst in ihr aufstieg. Was hatten sie ihr verheimlicht?

«Nun, dir nicht zu sagen, dass er ...» Hilflos sah Elli zu Boden. «Dass er ein ... ein Geschwür im Magen hat.»

Kati schluckte schwer. Einige bisher nicht zusammenpassende Puzzleteile bildeten in ihrem Kopf mit einem Mal ein etwas vollständigeres Bild.

«Papa hat ein Magengeschwür?», fragte sie bestürzt. «Deswegen hat er in letzter Zeit Tabletten genommen und nicht, weil er Bluthochdruck hat?!»

Elli nickte. «Es waren nur zwei kleine Stellen, die er nicht operieren lassen wollte ... Du kennst ihn doch.» Ihre Worte klangen beinahe entschuldigend, als sie noch hinzufügte: «Wir wollten nicht, dass du dir zu viele Sorgen machst.»

Kati schüttelte ungläubig den Kopf. «Aber ... das kann doch nicht wahr sein!» Sie fuhr sich durch das halblange Haar und erklärte: «Oma, du hättest es mir sagen müssen! Ich weiß, du meinst es nur gut. Aber zusammen hätten wir ihn bestimmt zur Vernunft gebracht. Und jetzt ...»

Kati stockte.

Wie ein prallgefüllter Ball, der sich einfach nicht unter Wasser drücken lässt, sondern immer wieder an die Oberfläche drängt, kam ihr ein schrecklicher Gedanke: Was, wenn ihr Vater wirklich sterben würde?

«… Und jetzt ist es vielleicht zu spät», sagte sie leise und seufzte schwer. «Warum immer wir? Haben wir nicht schon genug durchgemacht?»

Sie atmete ein paar Mal durch, nippte an dem Tee und blickte anschließend zu ihrer Großmutter, die ebenso nachdenklich aus dem Fenster sah.

«Ach, Liebes …» Elli zog ein säuberlich gefaltetes Stofftaschentuch aus dem Ärmel ihrer Strickjacke. «So darfst du nicht denken. Deinem Vater ist einfach alles über den Kopf gewachsen.» Sie rückte näher an ihre Enkelin heran und reichte ihr das Taschentuch.

Mit feuchten Augen musterte Kati die Initialen auf dem feinen Stoff und wusste nicht, was sie sagen sollte.

«Du kennst ja deinen Vater», fügte ihre Großmutter noch hinzu und nahm ihre Hand, «genauso stolz und arbeitswütig wie früher dein Großvater.» Sie bemühte sich um ein Lächeln. «Aber mach dir nicht zu viele Gedanken. Ich passe in Zukunft besser auf ihn auf. Einer muss das ja schließlich machen!»

«Aber Oma, du bist doch nicht alleine mit all den Problemen. Dorothee ist schließlich auch noch da.»

Kati schnäuzte sich und wollte gerade noch etwas Beruhigendes hinzufügen, als Elli mit einer ungeduldigen Bewegung die Tasse von sich schob und verächtlich schnaubte. Sie murmelte ein paar unverständliche Worte und erhob sich ächzend.

Kati beobachtete ihre Großmutter dabei, wie sie ans Fenster

ging und hinausblickte. Es schien, als würde sie der Anblick der Obstwiesen wieder etwas beruhigen.

Auch Kati hing für einen Moment ihren Gedanken nach. Das Verhältnis zwischen Dorothee und Elli war also nach wie vor angespannt. Was würde sie nur dafür geben, wenn die Sticheleien und Auseinandersetzungen endlich aufhören würden! In den vergangenen Jahren hatte es immer wieder Reibereien mit ihrer Stiefmutter gegeben.

Eine Szene auf dem 60. Geburtstag ihres Vaters im vergangenen Sommer kam Kati in den Sinn. Sie und Dorothee waren in Streit geraten, nachdem Kati versehentlich Dorothees elegantes Kostüm beschmutzt hatte. Sie war beim Einschenken angerempelt worden, und ein ordentlicher Schwall von Ellis selbstgemachtem Cassis landete auf Dorothees weißem Revers. Während die anderen Gäste mit ihren Sektgläsern geduldig auf einen Toast des Gastgebers warteten, hatte Dorothee einen Wutanfall bekommen. Das war typisch für sie: Wenn die sonst so kühle und kontrollierte Dorothee plötzlich aufbrauste, konnte sie sehr ungerecht werden. Und ganz offensichtlich litt auch Elli nach wie vor unter Dorothees seltsamen Anwandlungen. Im Alltag konnten sich die beiden Frauen vermutlich nur schwer aus dem Weg gehen, dachte Kati. Im Heidehof arbeiteten alle Hand in Hand, andernfalls wäre der Familienbetrieb nicht aufrechtzuerhalten.

Kati trank ihren Tee aus, erhob sich und trat zu ihrer Großmutter ans Fenster. Aus der Küche hatte man einen traumhaften Blick auf den alten Obstgarten. Die untergehende Sonne überzog die Bäume mit einem goldenen Schimmer.

«Wie schön es hier ist.»

Kati umfasste die Schultern ihrer Großmutter, und die beiden Frauen schlossen sich fest in die Arme.

Nachdem sie eine Weile in stiller Umarmung am Fenster gestanden hatten, räusperte sich Elli. «Komm», erklärte sie, «ich bringe dich jetzt nach oben und mache dir schnell dein Bett fertig.»

♣

Nachdem sie ihrer Großmutter wenig später eine gute Nacht gewünscht hatte, schloss Kati die Tür ihres alten Kinderzimmers. Es lag ebenfalls in Richtung des Obstgartens. Von hier oben hatte man einen noch besseren Blick über das weitläufige Naturschutzgebiet.

Die Sonne war mittlerweile untergegangen. In einigen hundert Metern Entfernung begann der Wald, den Kati nur noch als schwarzen Schatten wahrnehmen konnte. Der Himmel im Westen war in ein dunkles Rosa getaucht und versprach auch für den nächsten Tag sommerliches Wetter. Ein kräftiger Regenguss wäre Kati deutlich lieber gewesen, aber vielleicht würde die Schwüle ja auch ohne reinigendes Gewitter endlich nachlassen.

Sie zog Ballerinas, Jeans und Bluse aus und beschloss, gleich ins Bett zu gehen, das Elli für sie frisch bezogen hatte. Das hatte sie sich trotz heftiger Proteste nicht abnehmen lassen.

Kurz überlegte Kati noch, ob sie sich am nächsten Morgen wohl etwas zum Anziehen leihen könnte. In all der Aufregung war sie nach Ellis Anruf so überstürzt aus der Agentur aufgebrochen, dass sie überhaupt nicht daran gedacht hatte, irgendetwas einzupacken. Unterwäsche, erinnerte sie sich, musste noch in der kleinen Kommode liegen, die links an der Wand stand. Vielleicht fand sich dort auch noch ein altes T-Shirt oder ein Hemd.

Elli hatte ihr aus dem Schränkchen über dem Waschbecken eine Ersatzzahnbürste und ein Stück Seife gegeben. Auch ein Handtuch hatte sie ihr bereitgelegt. Kati würde also nicht mehr über den dunklen Flur ins Bad laufen müssen.

Sie nahm ihr Handy aus der Handtasche und schaute nach, ob sie einen Rückruf von Simon verpasst hatte. Aber natürlich hatte er sich nicht gemeldet. Enttäuscht legte sie das Telefon auf den Nachttisch, wo sie es jederzeit hören konnte. Dann öffnete sie das Fenster, zog die schwere Gardine zu und legte sich in ihr altes, vertraut duftendes Bett.

Wie jedes Mal, wenn sie sich in ihrem früheren Kinderzimmer aufhielt, war die Vergangenheit sehr präsent. Nicht nur die Wände, auch die Einrichtung und die Bettdecke strömten etwas aus, das sie zum einen als irritierend, zum anderen aber auch als tröstlich empfand. Die dunklen Holzmöbel, die kleinen Sprossenfenster, die ausgeblichene 80er-Jahre-Tapete mit dem pink- und türkisfarbenen Muster – alles schien mit Erinnerungen vollgesogen zu sein, die sich jetzt aus den Schatten lösten.

Kati löschte das große Licht, knipste die Nachttischlampe an und setzte sich aufs Bett. Dann nahm sie das gerahmte Foto ihrer Mutter vom Nachttisch zur Hand und betrachtete es ausgiebig.

Sehr viel wusste Kati nicht über sie. Sie war erst fünf Jahre alt gewesen, als ihre Mutter starb. Ihr Tod war für alle natürlich ein großer Schlag gewesen, und Kati war sicher, dass sie den plötzlichen Verlust ohne Ellis Unterstützung nicht überstanden hätte. Die Großmutter war sofort für sie da und hatte versucht, so gut wie möglich die Mutter zu ersetzen.

Ein beklemmendes Gefühl beschlich Kati bei dem Gedanken an jene Zeit, die mit den Jahren genauso verblasst war wie das

Foto. Sie zwang sich zur Ruhe, atmete gleichmäßig ein und aus. Es brachte schließlich nichts, wenn sie jetzt in die gleiche tiefe und lähmende Traurigkeit wie vor vielen Jahren verfallen würde. Sie musste stattdessen überlegen, wie sie ihrer Großmutter helfen konnte. Ob Kati ein paar Tage frei bekommen könnte? Vielleicht ließ ihr Chef ausnahmsweise mit sich reden. Er regte sich schnell auf und geriet in Panik, wenn nicht alle nach seiner Pfeife tanzten. Aber zur Not würde Kati unbezahlten Urlaub nehmen. Sie konnte ihre Großmutter und auch die Stiefmutter jetzt nicht mit all der Arbeit alleinlassen. Irgendwie musste der Betrieb weiterlaufen. Es gab Hotelgäste, die versorgt werden mussten. Auch wenn der Restaurantbetrieb vorerst eingestellt würde, hatten sie zumindest Anrecht auf ein Frühstück. Außerdem stand die Heideblüte kurz bevor, und damit kamen auch die, wie Kati wusste, dringend notwendigen Feriengäste. In den Sommermonaten musste genügend Geld erwirtschaftet werden, um den Heidehof über den Winter zu bringen. Denn dazu reichten ein paar Weihnachtsfeiern und einzelne Restaurantgäste nicht.

Kati beschloss, gleich am nächsten Morgen ihren Chef in der Agentur anzurufen und sich fürs Erste abzumelden. Auf keinen Fall würde sie sofort nach Hamburg zurückfahren, zuvor mussten ein paar wichtige Dinge geklärt werden. Sie hoffte, dass auch die Aushilfen mehr arbeiten würden, falls es nötig wurde. An Kati sollte es jedenfalls nicht liegen. Auch wenn sie es eigentlich nie lange aushielt in der Heide, wusste sie, dass sie in der nächsten Zeit gebraucht wurde. Diesen Einsatz war sie ihrer Familie schuldig. Auch ihrer Mutter.

Kati schluckte und stellte den Bilderrahmen zurück auf den Nachttisch. Die Angst vor schmerzhaften Erinnerungen, die sie hier einholen würden, legte sich wie ein bleierner Umhang um ihren Brustkorb. Ihr Atem ging schwer. Es gab in der Heide Orte und Dinge, die in Kati tiefes Unbehagen auslösten. Ein altbekanntes Kribbeln machte sich über ihrem Rücken breit und stieg langsam bis zum Hals auf. Schützend zog sie die Schultern hoch, aber das bedrohliche Gefühl kroch weiter, über den Nacken und den Hinterkopf.

Kati wusste genau: Wenn es ihr jetzt nicht sofort gelang, sich zu entspannen, würde der hämmernde Kopfschmerz kommen, und dann wäre sie morgen zu gar nichts zu gebrauchen.

Ganz ruhig, sagte sie sich, ganz ruhig! Wie ein Mantra murmelte sie die beiden Worte immer wieder vor sich hin. Als das nicht half, machte sie einige der Entspannungsübungen, die sie zusammen mit ihrer liebgewonnenen Kollegin Flo bei einem Yoga-Kurs gelernt hatte.

Allmählich fühlte sie, wie die Anspannung nachließ und das Kribbeln abnahm. Sie schenkte dem leicht vergilbten Porträt ihrer Mutter ein winziges Lächeln. Wie hübsch sie war mit ihren gewellten, dunkelbraunen Haaren, dachte Kati. Das Foto musste irgendwann in einem Sommer Ende der 70er gemacht worden sein. Ihre Mutter trug einen Minifaltenrock und eine Bluse, deren Kragen ziemlich breit war. Kati mochte das Foto. Ihre Mutter sah darauf sehr glücklich aus.

Bevor ihre Augen zu brennen begannen, löschte Kati schnell das Licht und starrte noch eine gefühlte Ewigkeit in das bedrückende Halbdunkel. Und doch konnte sie nicht verhindern, dass sich ein paar stumme Tränen den Weg über ihre Wangen bahnten.

Die Gedanken in ihrem Kopf gerieten in einen schwindelerregenden Strudel und vermischten die Bilder der Vergangenheit mit denen ihres Vaters im Krankenhaus. Sie verschwanden auch nicht in der kurzen Spanne zwischen Wachsein und Schlaf, sondern erst als Kati von der Müdigkeit überwältigt wurde.

Schließlich ging ihr Atem so ruhig und gleichmäßig, dass sie nicht einmal den aufkommenden Wind bemerkte, der ein Sommergewitter ankündigte. Schon erleuchteten die ersten Blitze den finsteren Himmel über dem weiten, sanft gewellten Land. Aber selbst der grollende Donner konnte Kati in dieser Nacht nicht aus den Albträumen wecken, die sie seit über zehn Jahren verfolgten.

2

Am nächsten Morgen lag Katis Vater noch immer im künstlichen Koma. Dr. Steindamm hatte empfohlen, zunächst von weiteren Besuchen abzusehen. Das jedenfalls hatte Dorothee ihnen nach einem Telefonat mit dem Krankenhaus mitgeteilt. Sie war bereits mit ihrem Wagen losgefahren, um etwas zu erledigen. Genaueres wusste Kati nicht.

Elli kümmerte sich zusammen mit der Küchenhilfe um das Frühstück der Gäste. Kati blieb nichts anderes übrig, als abzuwarten. Da sie mit den Abläufen nicht vertraut war, hatte sie mehrfach ungeschickt im Weg gestanden und war von ihrer Großmutter schließlich sanft verscheucht worden.

Kurzerhand hatte sich Kati auf ihr Zimmer zurückgezogen und versucht, ihren Chef in der Agentur zu erreichen. Da Gero jedoch meist der Letzte war, der am Morgen das Büro betrat, rief sie zunächst ihre Freundin Flo an.

«Er ist noch immer nicht aufgewacht», erklärte sie, als sich Flo mitfühlend nach ihrem Vater erkundigte.

Kati brachte sie auf den neuesten Stand und klang offenbar so bedrückt, dass Flo besorgt fragte: «Soll ich kommen? Ich meine, ich kann dich doch nicht in der Heide alleine lassen, wenn du mich brauchst.»

«Danke, das ist lieb gemeint, aber ich muss erst mal schauen, wie es überhaupt weitergeht.»

«Weißt du was?», entgegnete Flo kurzerhand. «Wir machen es anders. Was hältst du davon, wenn ich am Wochenende zu dir rauskomme und dir ein bisschen Gesellschaft leiste?»

Katie war gerührt, mochte das Angebot jedoch nicht sofort annehmen. Flo war wirklich die tollste Freundin, die man sich wünschen konnte: immer zur Stelle, wenn es mal schlecht lief. Und Kati wusste, dass Flo ihr, so gut es ging, den Rücken frei halten würde. Tatsächlich versprach sie, sich um das aktuelle Projekt zu kümmern, solange Kati nicht in der Agentur war.

Das verschaffte Kati ein wenig Luft. Nun musste sie nur noch ihren Chef bitten, ihr spontan ein paar Tage Urlaub zu geben. Und da Gero noch immer nicht in der Agentur erschienen war, rief Kati ihn kurzerhand auf dem Handy an.

Wie sie nicht anders erwartet hatte, nahm er nur wenig Anteil am Zustand ihres Vaters. Für Gero zählte allein die Firma. Und als Kati ihr Anliegen vortrug und darum bat, für zwei Tage Urlaub nehmen zu dürfen, willigte er nur zähneknirschend ein. Er beschwerte sich sogar, dass sie ihre Arbeit im Stich ließ, und fügte am Ende mürrisch hinzu, Kati solle endlich ihr Privatleben in den Griff bekommen.

Diese vollkommen unangebrachte Bemerkung machte sie derart wütend, dass sie nach dem Telefonat dringend frische Luft brauchte. So viele Gedanken wollten sortiert werden. Ganz zu schweigen von den angestauten Aggressionen, die sie loswerden musste. Wie konnte Gero so wenig Mitgefühl zeigen? Hatte sie sich nicht schon genug für seine Agentur ins Zeug gelegt? Was war mit den unzähligen unbezahlten Überstunden?

Kati beschloss, einen kleinen Spaziergang zu machen. Im Moment konnte sie im Gasthof ohnehin nichts tun, und auf keinen Fall wollte sie unnötig im Weg stehen.

Sie gab Elli Bescheid, zog sich ihre Jeansjacke über und trat aus dem Haus.

Ohne nachzudenken, ging sie in Richtung des kleinen Spielplatzes, den ihr Vater zusammen mit anderen Dorfbewohnern gebaut hatte. Er lag am Ende des Parkplatzes, kurz vor dem Wald, und war durch eine Hecke vom Heidehof getrennt. Neben einer großen Sandkiste und einem Holzklettergerüst gab es noch immer die alte Schaukel, auf der Kati mit ihrer Schwester früher so viel gespielt hatte. Ein schmales Holzbrett hing an zwei kräftigen Tauen von dem dicken Ast einer Eiche herab. Kati ließ sich darauf nieder und versuchte ihre Gedanken zu ordnen.

Der Vormittag war noch immer ein wenig diesig, aber die Sonnenstrahlen wärmten ihr bereits das Gesicht. Während sie langsam vor und zurück schwang, atmete sie tief durch. Der Geruch des Waldes wehte zu ihr herüber und entfaltete eine beruhigende Wirkung. Es war beinahe vollkommen still.

Kati beschloss, die Gegend neu zu erkunden, die ihr einst so vertraut gewesen war. Sie stand auf, wandte sich Richtung Süden und marschierte los.

Schon nach wenigen Metern lag ein heller Sandweg vor ihr, der sich durch die hügelige Heidelandschaft schlängelte. Sie folgte dem Pfad und spürte durch ihre dünnen Schuhe den weichen Muller, wie der fein rieselnde Sand hier genannt wurde. Nach etwa fünfzehn Minuten gelangte sie auf eine kleine Anhöhe. Sie blieb stehen und ließ ihren Blick über die weite Landschaft schweifen. Es war so friedlich hier. Die Heidepflanzen mit ihrem zu dieser Jahreszeit typischen, satten Grün bildeten einen geschlossenen Teppich, der nur vereinzelt von kleinen Geländeinseln unterbrochen wurde. Die meisten dieser Inseln waren mit Wacholderbüschen bewachsen, entweder mit den rundlichen, fast kugeligen, weiblichen Pflanzen oder mit den schlanken, in die Höhe strebenden männlichen. Auf einigen wenigen mit Gras bewachsenen Erhebungen standen Kiefern, die mit ihren knorrigen Stämmen und ihren recht spärlich ausgestatteten Kronen ein äußerst bizarres, aber reizvolles Bild boten.

Kati spürte, wie sie in der vertrauten Umgebung und vor allem in der für sie ungewohnten Stille immer ruhiger wurde. Langsam ließ auch die Wut auf ihren Chef nach. Sie hatte ja im Grunde damit gerechnet, dass Gero seinem schlechten Ruf wieder einmal gerecht werden würde. Gero, das Grauen! So wurde er von den meisten Kollegen heimlich genannt. Einzig Flo wagte es manchmal, ihm Kontra zu geben. Sie hatte sich durch ihre aufmüpfige Art sogar ein wenig Respekt bei ihm verschafft. Dennoch war sie als Texterin ebenso unterbezahlt wie alle anderen. Aber welche Alternativen hatten sie schon? Die Zeiten waren auch in der Werbebranche nicht besonders rosig. Und Hoffnungen auf einen Wechsel in eine größere Agentur machte sich keiner.

Wenn sie Freiberuflerin wäre, dachte Kati, könnte sie jetzt sofort alles stehen und liegen lassen und sich ganz der Familie widmen.

Aber auch so konnte sie unmöglich zurück nach Hamburg fahren, bevor nicht geklärt war, wie es mit ihrem Vater weitergehen würde. Entschlossen folgte sie dem Weg. Und obwohl sie fast verging vor Angst um ihn, ermahnte sie sich mit jedem Schritt, optimistisch und stark zu bleiben. Bestimmt würde ihr Paps noch heute wieder zu Bewusstsein kommen und erste Scherze über das Krankenhausessen machen. Auch für Elli und Dorothee wäre es besser, wenn sie mutig nach vorne schaute. Sie musste die beiden, so gut es ging, unterstützen. In ihrem Alter würde die Großmutter keine zusätzliche körperliche und psychische Belastung verkraften. Elli sollte sich keine Sorgen machen müssen. Auch wenn zu befürchten war, dass Paps nicht sofort wieder ins Geschäft einsteigen konnte. Schließlich musste er zuerst einmal wieder ganz gesund werden. Und die Angst, dass er vielleicht nie wieder in der Lage sein würde, den Hof zu führen, verdrängte Kati, so gut es ging.

In Gedanken versunken war sie dem schmalen Weg gefolgt und stand plötzlich vor einer riesigen Kiefer. Sie kannte den mächtigen Baum gut. In ihrer Familie wurde er immer nur «der Kletterbaum» genannt.

Als Kind war sie so oft auf diesen Baum gestiegen, dass sie jeden Ast und jeden Zweig kannte. Stundenlang war sie auf der knorrigen Kiefer herumgeturnt, ohne dass ihr langweilig wurde. Mal ging es nur darum, möglichst weit nach oben zu kommen, manchmal wurde die Baumkrone aber auch zum Schiffsdeck, von dem aus man in der Ferne Land sichten konnte. Oder sie hielt wie auf einer Safari Ausschau nach wilden Tieren. Die Heidschnucken wurden dann zu einer Herde Gnus und die Hütehunde der Schäfer zu gefährlichen Raubkatzen. Einer der Schäfer hatte stets ein paar Honigbonbons für sie in der Tasche gehabt. Auch wenn der hochgewachsene Mann namens Ewald ansonsten eher wortkarg war und den Kontakt zu Fremden mied.

Kati trat näher an den Stamm der Kiefer und betastete vorsichtig die Rinde. An einer Stelle waren die eingeritzten Buchstaben eines Namens zu lesen. Man musste sehr genau hinsehen, um die Schrift entziffern zu können. Die Witterung hatte die Spuren verwischt. Als ihre Finger über die Stelle fuhren, zuckte Kati unwillkürlich zurück. Wie tausend kleine Nadelstiche bohrte sich die schmerzhafte Erinnerung in ihren Brustkorb: Jule! Da war er, der Name, der mit ihren Albträumen verbunden war und der sie nachts so oft nicht schlafen ließ.

Kati spürte, wie sie ein übergroßes Gefühl der Einsamkeit und des Alleinseins überkam und drohte, ihr den Boden unter den

Füßen wegzuziehen. Sie schluckte und unterdrückte den Drang, einfach loszuweinen. Denn sie wusste, das half ohnehin nichts. Also atmete sie tief durch und bemühte sich mit aller Kraft, die Kontrolle nicht zu verlieren. Sie musste sich in die Gegenwart zurückholen. Auch wenn sie ahnte, dass die Wunden der Vergangenheit noch längst nicht geheilt waren.

※

Als sie eine halbe Stunde später zurück zum Heidehof kam, ging Kati kurz auf ihr Zimmer, um sich das Gesicht mit kaltem Wasser zu waschen. Sie wollte nicht, dass jemand ihre Traurigkeit bemerkte. Dann machte sie sich auf die Suche nach ihrer Großmutter. Vielleicht konnte sie ihr doch noch bei der weiteren Tagesplanung helfen.

Elli war in der Küche, wo sie mit erstaunlicher Schnelligkeit zwischen den Tischen und Ablagen herumwirbelte. Voller Konzentration verstaute sie Teller und Töpfe in den großen Metallregalen und räumte das Geschirr vom Frühstücksbuffet in die große Spülmaschine. Kati sah ihr von der Tür aus zu. Überall standen Töpfe, Pfannen und Schalen herum. Fast sah es so aus, als würde ihr Vater hier jeden Augenblick ans Werk gehen und ein viergängiges Menü zaubern. Die meiste Zeit seines Lebens hatte er wohl in diesem Raum verbracht.

Während Kati ihre zierliche Großmutter bei der Arbeit beobachtete, stiegen Erinnerungen an früher in ihr auf. Wie oft hatte sie ihren Vater und Elli in der Küche aufgesucht, um etwas zu naschen oder um Neues aus der Schule zu berichten. Häufig wollte sie auch einfach nur in ihrer Nähe sein, und sie genoss es, wenn Elli ihr im Vorbeigehen über die Haare strich. Schon damals war die Großmutter Kati recht alt erschienen. Elli hatte schon sehr früh erste graue Haare bekommen. Außerdem trug sie zumindest bei der Arbeit meistens einen Kittel, der sie nicht besonders vorteilhaft kleidete.

Vielleicht war es aber auch mehr eine Frage der Generation als des Alters gewesen, dachte Kati. Heute sahen Frauen um die sechzig wesentlich jünger aus.

Auch Ellis Gang war bedächtiger geworden und ihre Figur noch schmaler als ohnehin schon. Doch jetzt wirbelte sie herum, als hätte die Zeit keine Spuren hinterlassen. Der geblümte Kittel, den sie heute trug, schlackerte um ihre Hüften und war mindestens eine Nummer zu groß.

Vielleicht sollte sie Elli mal zu einer kleinen Shoppingtour überreden, wenn es ihrem Vater besser ging und im Heidehof wieder alles normal lief, dachte Kati. Sie konnte sich nicht erinnern, dass sich ihre Großmutter seit dem runden Geburtstag ihres Sohnes irgendetwas Neues zum Anziehen gegönnt hatte. Überhaupt hatte sie sich in letzter Zeit viel zu wenig um Elli gekümmert. Wann hatten sie eigentlich das letzte Mal etwas gemeinsam unternommen? Vielleicht könnten sie sich mal einen schönen Tag in Hamburg oder Lüneburg machen.

Kati fuhr sich durch die Haare und betrat die Küche. «Ich bin wieder da», erklärte sie.

Elli schrak aus ihrer Versunkenheit auf. Als sie ihre Enkelin sah, zog ein Lächeln über ihr Gesicht. «Das ist schön. Ich hoffe, der Spaziergang hat dir gutgetan. Möchtest du etwas essen?»

«Nein, danke, ich habe keinen Hunger. Was kann ich helfen?»

«Ach, lass mal. Du würdest mir nur alles durcheinanderbringen. Setz dich, ich mache dir einen Kakao.»

Die Großmutter lächelte Kati warm an.

«Ich bin doch keine zwölf mehr», sagte Kati kopfschüttelnd und hauchte Elli zum Dank einen Kuss auf die Wange.

«Für mich wirst du immer meine Kleine bleiben», erwiderte Elli und lächelte versonnen. «Und zu einem Tee sagst du bestimmt nicht nein.»

«Habt ihr was Neues von Papa gehört?» Kati zog sich einen Stuhl heran. «Diese Warterei ist schrecklich, findest du nicht?»

Elli seufzte und wischte sich die Hände an einem Geschirrtuch ab. Sie trat neben Kati und legte ihr eine Hand auf die Schulter. «Ja, die Ungewissheit ist das Schlimmste.»

Kati wusste, dass ihr Vater bei der Arbeit zusammengebrochen war. Hier auf dem gekachelten Boden hatte er gelegen, bis Elli ihn fand. Sie sah aus dem Fenster und betrachtete die Wolkenformationen.

Elli schenkte ihr eine Tasse Tee ein. «Hier», sagte sie und schob mit ihrem dünnen Arm zwei Teller auf den Tisch, «wir dürfen uns jetzt nicht hängenlassen.»

«Butterkuchen!», seufzte Kati und brachte ein Lächeln zustande. Gleichzeitig fragte sie sich, wann die Großmutter ihre Spezialität wohl gebacken hatte.

«Buchweizen-Butterkuchen», bestätigte Elli und setzte sich neben sie. «Ich habe uns zwei Stück von gestern aufgewärmt, also sei vorsichtig.»

Kati nahm zwei Kuchengabeln aus der Schublade des großen Metallschranks und legte sie neben die Teller. Erst jetzt sah sie, dass ihre Großmutter auch noch einen DIN-A5-Block auf den Tisch gelegt hatte.

«Was hast du vor?»

Kati ließ sich ein erstes, eigentlich viel zu süßes Stückchen

Kuchen auf der Zunge zergehen. Und mit einem Mal wurde ihr klar, wie hungrig sie doch war. Sie deutete auf den Block. «Willst du das Rezept aufschreiben und mir endlich das Geheimnis deines Butterkuchens verraten?»

Elli nahm einen Kugelschreiber vom Fensterbrett, dann rückte sie ihren Stuhl neben den ihrer Enkelin und sagte: «Ich verliere den Überblick, was in den nächsten Tagen alles zu bedenken und zu erledigen ist. Außerdem muss ich eine Einkaufsliste schreiben.»

«Meinst du nicht, du solltest damit auf Dorothee warten?»

«Ich kann ja schon mal anfangen. Wenn ich nichts tue, werde ich noch verrückt. Hilfst du mir?», fragte Elli. «Sie ist bestimmt froh, wenn wir uns schon mal Gedanken machen.»

«Du hast recht. Das lenkt uns bestimmt auch ein bisschen ab.»

Im Stillen war sich Kati allerdings nicht sicher, wie Dorothee wohl reagieren würde, wenn sie auf eigene Faust begannen, Pläne zu machen. Ihr war es immer so vorgekommen, als habe ihre Großmutter Dorothee gegenüber nicht viel zu melden.

Schließlich entschieden sie, drei Spalten anzulegen: Zum einen würden sie Dinge notieren, die sofort erledigt werden mussten, dann die Punkte, über die längerfristig nachgedacht werden musste, und als Drittes, wer was erledigen würde.

«Wir müssen zum Beispiel prüfen, was an Anmeldungen und Bestellungen vorliegt», sagte Elli mit konzentriertem Gesichtsausdruck. «Außerdem sollten wir dringend eine Inventur des Kühlraums machen.»

Kati nickte. «Wenn du es mir erklärst, könnte ich bei den Vorbereitungen für das Frühstücksbuffet helfen oder einkaufen fahren.»

«Eins nach dem anderen. Ich weiss gar nicht, wie viel Geld überhaupt noch da ist. Wir müssen als Erstes eine Art Bestandsaufnahme über anfallende Kosten und Rechnungen machen», erwiderte Elli. «Aber dazu brauchen wir wohl doch Dorothee. Sie macht schliesslich die Buchhaltung.»

«Aber die laufenden Kosten sind doch sicher abgedeckt.»

Unsicher zuckte Elli mit den Schultern. «Ich weiss nur, dass dein Vater und Dorothee in letzter Zeit ständig Streit hatten wegen des Geldes.»

Kati runzelte die Stirn. «Hat Paps etwa Geldsorgen? Der Heidehof läuft doch nicht schlechter als sonst, oder?»

Ohne ihre Enkelin anzusehen, stand Elli auf und strich sich die Kittelschürze glatt. Kati hielt sie am Arm zurück und sah ihr in die Augen. Ein furchtbarer Gedanke machte sich in ihrem Kopf breit.

«Bitte, sei ehrlich! Wie steht es um den Heidehof?»

Elli seufzte. «Ich weiss es nicht. Ehrlich nicht.»

«Aber du glaubst, dass Papas Zusammenbruch kein Zufall ist?», fragte Kati. «Wächst ihm alles über den Kopf, und ist er deswegen krank geworden?»

Elli setzte sich wieder auf den Stuhl und rückte dichter an Kati heran.

«Mach dir keine Sorgen, Liebes! Es wird sich alles finden.» Liebevoll strich sie ihr über den Kopf. «Sag mir erst einmal, wie lange du überhaupt bleiben kannst. Musst du nicht längst wieder in Hamburg sein?»

Kati schüttelte den Kopf. «Darum mach du dir keine Gedanken! Erst mal schreiben wir jetzt diese Liste. Ich will euch bei den dringendsten Punkten helfen, und erst danach fahre ich zurück nach Hamburg. Denn vermutlich muss ich doch persönlich mit meinem Chef sprechen, und vor allem muss ich mir was zum Anziehen besorgen.»

Kati sah an sich hinunter. Ihre Jeans hatte schon einen unschönen Fleck, und ihre Bluse würde sie auch gerne gegen ein frisches Oberteil eintauschen. Sie beschloss, am Abend die 50 Kilometer nach Hamburg zu fahren und am nächsten Tag mit Gero zu sprechen. Vielleicht hatte er doch ein Herz und würde ihr sogar eine ganze Woche frei geben, wenn sie ihn eindringlich darum bat. Außerdem wollte sie bei sich zu Hause nach dem Rechten sehen und dann gegebenenfalls eine Tasche mit dem Nötigsten packen.

Wer weiß, dachte Kati, als Elli aufstand, um das Belegungsbuch zu holen, wie lange ich hier gebraucht werde.

In dem Buch wurde aufgelistet, wer und wie viele Personen in den nächsten Wochen angemeldet waren. Es war quasi die Bibel der täglichen Arbeit und würde für ihre weiteren Entscheidungen sehr wichtig sein.

Der Heidehof verfügte über zehn Zimmer mit insgesamt 16 Betten. Und Kati wusste, dass sie jetzt, wo die Hochsaison kam, den Gästen unmöglich absagen konnten. Das wäre fatal für die Geschäfte und den Ruf des Hauses.

Wie sie kurz darauf aus dem Buch erfuhren, war der Hof ab dem folgenden Wochenende für die kommenden acht Wochen praktisch ausgebucht. Lediglich kleine Lücken gab es noch, und die würden sicher durch Spontananreisende gefüllt werden, erklärte Elli, als sie sich gemeinsam über die Seiten beugten.

Für die Reinigung der Zimmer und das Frühstück würde noch eine zusätzliche Aushilfe gefunden werden müssen. Zwar gab es zwei Servicekräfte, aber beim Einkauf und der Vorbereitung würde die Kraft ihres Vaters fehlen. Um das Personal hatte er sich immer je nach Auslastung der Gästezimmer gekümmert.

Dorothee könnte vielleicht den Frühstücksdienst übernehmen, schlug Elli vor, das hatte sie schon öfter getan. Aber die Reinigung der Zimmer wäre sicher unter ihrem Niveau. Vielleicht wäre ja eine Frau aus dem Dorf bereit, die Tätigkeit kurzfristig zu übernehmen, überlegte sie. Schließlich fiel Elli eine junge Mutter ein, deren Töchter vormittags im Kindergarten beziehungsweise in der Schule waren.

Das größte und drängendste Problem aber war, Katis Vater in der Küche zu ersetzen, denn die Übernachtungsgäste sollten möglichst auch im Haus essen. Und selbst ohne die hauseigenen Gäste lagen schon zahlreiche Anmeldungen für das Restaurant vor. Darunter war sogar eine Hochzeitsgesellschaft mit über 50 Personen, die Elli am meisten Kopfzerbrechen bereitete.

Sie selbst würde sich natürlich wie gewohnt um die Desserts kümmern sowie um die Torten und Kuchen für das Kaffeegeschäft.

Sibylle, die Küchenhilfe, wäre sicher bereit, mehr Stunden als sonst zu arbeiten. Trotzdem wurde dringend ein erfahrener Koch oder eine erfahrene Köchin gebraucht. Nur, woher sollte man die nehmen?

Katis Großmutter schwieg und ließ sich erschöpft auf ihrem Stuhl zurücksinken.

Nach gut einer halben Stunde waren mehrere Seiten des Blocks vollgeschrieben. Gerade als Kati ihrer Großmutter noch einmal vorlas, was sie notiert hatten, trat Dorothee ein.

Sie wirkte seltsam aufgekratzt. «Ich hab gerade noch mal mit dem Krankenhaus telefoniert», erklärte sie. «Hinrichs Zustand hat sich stabilisiert und –»

«Gott sei Dank!», entfuhr es Elli.

«Dürfen wir zu ihm?», fragte Kati aufgeregt.

Doch Dorothee schüttelte den Kopf. «Er ist noch nicht wieder bei Bewusstsein, aber zumindest akut außer Lebensgefahr. Dr. Steindamm sagt, es geht ihm den Umständen entsprechend gut. Trotzdem kann er noch keine Entwarnung geben.» Es klang fast ein wenig ermahnend. «Morgen wissen wir vielleicht mehr. Aber es wird wohl sehr lange dauern, bis er wieder richtig auf den Beinen ist. Geschweige denn, dass er wieder arbeiten kann.»

Und dann fügte sie abfällig hinzu: «Wenn überhaupt.»

Kati hielt die Luft an. «Was soll das heißen?», fragte sie irritiert.

«Ich denke, er hat genug geleistet in seinem Leben. Wenn er sich nicht vollständig erholt, sondern hier gleich wieder voll einsteigt, riskiert er womöglich sein Leben», sagte Dorothee.

Kati wusste nichts zu erwidern. Ihr war klar, dass Dorothee im Grunde recht hatte. Ihr Vater hatte schon immer viel zu viel gearbeitet. Und doch war Kati nicht sicher, ob es wirklich seine Arbeit als Koch war, die ihn krank gemacht hatte. Schließlich liebte er es, in der Küche zu stehen, selbst wenn es dort hektisch zuging.

Ob es stattdessen eher finanzielle Sorgen waren, die ihm auf den Magen geschlagen waren? Kati nahm sich vor, Dorothee danach zu fragen. Doch sie hielt es nicht für klug, in diesem Moment eine Diskussion darüber anzufangen.

«Wie soll es bloß weitergehen?», fragte Elli mehr sich selbst. Sie schob die Liste beiseite, stand auf und trat ans Fenster.

«Wir müssen versuchen, irgendwie durch die Hauptsaison zu kommen», erwiderte Dorothee. «Die Einnahmen dürfen wir uns nicht entgehen lassen. Danach sehen wir weiter.»

«Wir haben schon mal aufgeschrieben, worum wir uns vorrangig kümmern müssen», sagte Kati und gab ihr den Block mit der Liste.

Dorothee überflog die Punkte und sah Kati anschließend erstaunt an.

«Wie soll das gehen, Kati? Du kannst hier nicht deinen Vater ersetzen. Du hast doch dein eigenes Leben. Außerdem ist das hier kein Hobby, das man mal eben so nebenbei erledigen kann. Du stellst dir das ein bisschen zu einfach vor.» Ihr Ton duldete keinen Widerspruch.

Kati hielt die aufbrausende Reaktion ihrer Stiefmutter für reichlich übertrieben.

«Ich werde mit meinem Chef sprechen. Vielleicht gibt er mir unbezahlten Urlaub», erwiderte sie bemüht souverän. Sie wollte deutlich machen, dass sie die Sache bereits gründlich durchdacht hatte und es durchaus ernst meinte.

Dorothee rieb sich die Augen. «Am liebsten würde ich einfach alles hinschmeißen und den ganzen Laden verkaufen», entfuhr es ihr plötzlich.

Kati und Elli sahen sich erschrocken an.

«Das ist nicht dein Ernst!», entgegnete Kati und blickte Dorothee eindringlich an.

Nach einer kurzen Pause atmete Dorothee tief durch und straffte die Schultern. «Natürlich nicht. Entschuldigt bitte, das ist für uns alle eine schwere Situation. Lasst uns später über eure Liste reden, ja?»

Damit ließ sie die beiden stehen und ging zur Tür.

Wortlos setzte sich Elli wieder auf ihren Stuhl. Kati hatte geradeaus gestarrt. Sie konnte nicht glauben, was sie gerade gehört hatte. Bestimmt war Dorothee nur genauso mit den Nerven fertig wie sie alle. Sie konnte doch nicht ernsthaft über einen Verkauf des Heidehofs nachdenken, oder etwa doch?

Kati schüttelte stumm den Kopf. Sie wusste, wie sehr ihr Vater an dem Gasthof hing. Er war sein Lebenswerk und schon seit Generationen in der Familie. Er war das Erbe seines Vaters, der den Hof von seinen Eltern, und die hatten es wiederum von ihren Vorfahren übernommen. Hinrich würde ihn niemals freiwillig in fremde Hände geben.

Kati dachte an das alte Haupthaus, die vielen kleinen Nebengebäude, das Backofenhäuschen, die Remise und den Treppenspeicher, den Obstgarten, die liebevoll gepflegten Blumenbeete vor dem Haupteingang, die unzähligen Eichen, die Wiese und das verpachtete Land. All das gehörte zum Heidehof mit seiner über 300-jährigen Geschichte. Das durfte doch nicht einfach so verkauft werden!

Als Dorothees Worte in ihrem Kopf nachhallten, erklärte sie aufbrausend: «Also, wenn ich es nicht besser wüsste, würde ich ihr glatt zutrauen, dass sie Papas Notlage ausnutzt und den Hof heimlich verkauft.»

«Nein, Kati, das würde sie niemals tun. Hinrich in den Rücken zu fallen, das –»

«Das Recht dazu hätte sie aber», entgegnete Kati kopfschüttelnd. «Du hast selbst gesagt, dass sie alle Vollmachten hat.»

Kati griff nach Ellis Händen und umklammerte sie fest. Der Druck wurde erwidert, und instinktiv spürte Kati die Angst ihrer Großmutter. Auf keinen Fall wollte sie Elli unnötig beunruhigen. Daher sagte sie in einem entschiedenen Tonfall: «Du hast recht. So etwas würde sie nicht wagen. *Das* würde Papa wirklich nicht überleben.»

3

Am nächsten Morgen schreckte Kati hoch, weil ihr Handy klingelte. Der Wecker zeigte 6:50 Uhr.

Zunächst wusste sie nicht, wo sie war. Dann nahm sie die Umrisse ihres alten Kinderzimmers wahr. Allmählich kam die Erinnerung zurück. Am Vortag war sie doch nicht mehr nach Hamburg gefahren. Sie hatte Elli einfach nicht alleine lassen wollen und war den restlichen Tag über nicht von ihrer Seite gewichen. Kurz vor dem Schlafengehen hatte sie noch einmal versucht, Simon zu erreichen.

Das war er jetzt bestimmt, dachte Kati und griff nach ihrem Telefon. Ein bisschen ärgerte sie sich fast, dass er sie so früh morgens aus dem Tiefschlaf riss.

Doch als sie jetzt aufs Display sah, erschrak sie. Nicht Simon rief sie endlich zurück. Nein, es war Dorothee. Und das konnte nichts Gutes bedeuten. Wieso sollte sich ihre Stiefmutter zu einer so frühen Uhrzeit melden?

«Dorothee!» Mit rasendem Herzschlag nahm Kati den Anruf entgegen. Sie musste sich räuspern, um überhaupt einen Ton herausbringen zu können. «Wo bist du? Was ist passiert?»

Es dauerte eine Weile, bis Dorothee sprach. In der langen Pause wurde Kati beinahe hysterisch.

«Dein Vater ist aufgewacht», erklärte Dorothee schließlich. «Sie haben ihn zurückgeholt. Ich bin bei ihm und habe gerade auch schon mit ihm gesprochen.»

Kati sank vor Erleichterung in sich zusammen. War das nun die erlösende Nachricht, die sie sich so erhofft hatte? Tränen rollten ihr übers Gesicht, und sie verfiel nun ihrerseits in längeres Schweigen. Als sie spürte, dass die übermäßige Anspannung aus ihrem Körper wich, richtete sie sich wieder auf.

«Wie geht es ihm?»

«Er ist noch nicht ganz klar, aber Dr. Steindamm sagt, er habe das Schlimmste überstanden.»

«Kann ich zu ihm?»

Schon wieder machte Dorothee eine unnötig lange Pause, bevor sie weitersprach: «Natürlich. Ich bleibe so lange hier. Sag doch bitte auch Elli Bescheid.»

«Klar.» Kati war schon aus dem Bett gesprungen. «Ich fahre gleich los und dann anschließend weiter nach Hamburg. Ich werde heute mit meinem Chef sprechen und bin spätestens am Wochenende wieder da.»

«Ist gut», sagte Dorothee. Und dann fügte sie noch in einem überraschend sanften Ton hinzu: «Danke, Kati.»

Als sie aufgelegt hatte, atmete Kati noch einmal erleichtert durch und rieb sich die Augen. Dann lief sie zur Tür, um Elli die gute Nachricht zu überbringen.

Etwa eine Stunde später kamen Kati und Elli im Krankenhaus an.

Von Dorothee fehlte jedoch jede Spur. Auf dem Flur befragten sie eine etwas ältere Krankenschwester, die ihnen zwar nicht sagen konnte, wo Dorothee war, sie aber zu Katis Vater ins Zimmer brachte. Mit der Ermahnung, möglichst ruhig zu sein und den Patienten nicht aufzuregen, ließ sie die beiden mit ihm allein.

Kati fand ihren Vater immer noch furchtbar blass, aber nicht mehr so leblos wie zuvor. Er schlief, also schlich Kati sich leise an sein Bett und schaute den regelmäßigen Atembewegungen seiner Brust zu. Schließlich griff sie nach seiner Hand. Sie konnte nicht anders, sie musste ihren Vater berühren und ihn spüren lassen, dass er nicht allein war.

Nach einer Weile öffnete er tatsächlich seine müden Augen. Er lächelte zaghaft, als er seine Tochter erkannte.

«Wie fühlst du dich, Paps?», flüsterte sie und sah ihn erwartungsvoll an.

Nun trat auch Elli näher. Hinrich schien die Anwesenheit seiner Mutter zu registrieren. Weil er aber offenbar zu schwach war, um zu antworten, versuchte Kati ihn ein wenig aufzumuntern.

«Fang ja nicht an, dir Sorgen zu machen», erklärte sie in bemüht fröhlichem Tonfall. «Wir haben zu Hause alles im Griff und kommen auch gut ohne dich aus. Du kannst dich voll und ganz auf uns verlassen.»

Doch die Worte schienen ihren Vater gar nicht zu erreichen. Seine Augen fielen wieder zu, noch bevor er etwas erwidern konnte.

Hilflos sahen Kati und Elli sich an. Dann fiel Katis Blick auf einen kleinen Stoffteddy, der auf dem Nachttisch lag. Sie wunderte sich. Das konnte unmöglich ein Geschenk von Dorothee sein. Denn wenn eines nicht zu dem unterkühlten Charakter ihrer Stiefmutter passte, dann Sentimentalitäten. Geschweige denn ein Herz für Stofftiere.

Als die Krankenschwester wenig später die Tür öffnete, verstand Kati, dass es Zeit war, sich für heute zu verabschieden. Zusammen mit Elli folgte sie der Schwester in den Flur und fragte, ob es möglich wäre, noch mit einem Arzt zu sprechen.

Die Schwester bat sie, im Flur Platz zu nehmen. Sie würde den diensthabenden Arzt benachrichtigen, er würde sicher bald zu ihnen kommen.

Nach zehn Minuten kam tatsächlich ein jüngerer Mann im grünen Kittel auf sie zu.

«Ich bin Dr. Heintze», stellte er sich vor. «Dr. Steindamm hat ja bereits Frau Weidemann über den Gesundheitszustand des Patienten informiert. Ich weiß also gar nicht, ob ich Ihnen noch weiterhelfen kann.»

Kati musterte sein ernstes Gesicht. Er wirkte zwar noch recht jung, sah aber doch müde aus. Mit seiner Auskunft gab Kati sich nicht zufrieden. Ungeduldig erkundigte sie sich, wie es mit ihrem Vater nun weitergehen würde.

Dr. Heintze zuckte mit den Schultern und fuhr sich durch sein dunkelbraunes, volles Haar.

«Ich kann Ihnen nur sagen, dass wir die weitere Entwicklung abwarten müssen. Herr Weidemann hat sehr viel Blut verloren und ist dadurch doch ziemlich geschwächt.»

Er redete angenehm ruhig. Doch irgendetwas in seiner Stimme ließ Kati noch nervöser werden. «Es kann noch ein paar Tage dauern», fuhr er fort, «bis wir weitere Komplikationen ausschließen können.»

Kati schluckte. Sie hatte gar nicht damit gerechnet, dass sich die Situation noch wieder verschlechtern könnte.

Auch Elli schien überrascht. «Was für Komplikationen können das denn sein?»

An dem Gesichtsausdruck des Arztes konnte Kati ablesen, dass er sich schwertat, eine verbindliche Auskunft zu geben. Also setzte sie schnell nach: «Er wird doch wenigstens bald von der Intensivstation kommen?»

«Auch das wird noch einige Tage dauern», erklärte Dr. Heintze. «So leid es mir tut. Im schlimmsten Fall müssen wir den Patienten erneut in ein künstliches Koma versetzen. Durch die auslaufende Magensäure oder bedingt durch den Durchbruch des Geschwürs könnte es zu einer Bauchfellentzündung kommen. Es dauert sicher noch ein, zwei Wochen, bis wir völlige Entwarnung geben können.» Er musterte sie mitfühlend und ergänzte: «Aber das muss natürlich nicht eintreten.»

«Und wie geht es dann weiter?», hakte Kati nach. «Wann können wir ihn nach Hause holen?»

«Er wird sicher noch eine Weile in stationärer Behandlung bleiben. Danach sind ein, zwei Monate Schonung das mindeste, was Herr Weidemann beherzigen sollte. Am besten wäre dann eine Rehabilitationsmaßnahme. In einer entsprechenden Einrichtung würde er nicht nur wieder zu Kräften kommen, er würde auch lernen, wie er mit seinem geschädigten Magen umgehen muss. Denn eine Zeitlang wird er sicherlich Diät halten müssen.»

Unmissverständlich gab Dr. Heintze zu verstehen, dass er nun nicht länger bei ihnen bleiben konnte. «Sie sollten nach Hause fahren und sich ausruhen. Wir informieren Sie, sobald es einen neuen Stand gibt.»

Elli und Kati bedankten sich für die Auskünfte und verabschiedeten sich. Schweigend gingen sie zum Aufzug.

Als sie draußen auf dem Parkplatz am Auto ankamen, fasste Elli ihre Enkelin am Arm und sah ihr fest in die Augen. «So, Liebes, du hast es gehört: Wir können im Moment nichts für Hinrich tun. Jetzt ab mit dir nach Hamburg! Deinem Vater wird es sicher bald wieder besser gehen. Er ist doch ein Kämpfer.»

Kati seufzte und nickte stumm. Eigentlich war alles gesagt,

und doch gab es noch so viele offene Fragen und quälende Ungewissheiten. Würde ihr Vater wieder ganz gesund werden? Wann würde er das Krankenhaus verlassen können? Wie würde ihn die Krankheit verändern? Wie würden Elli und Dorothee damit klarkommen? Was würde aus dem Heidehof werden?

Auf einmal fühlte sie sich wie das kleine Mädchen von damals, das sich einfach nur wünschte, auf dem Schoß des Vaters zu sitzen und mit ihm herumzualbern und zu lachen.

Offenbar ahnte Elli, was in ihr vorging. Mitfühlend sagte sie: «Vielleicht solltest du mit Simon am Wochenende etwas Schönes unternehmen, um auf andere Gedanken zu kommen.»

Kati schüttelte entschieden den Kopf. «Spätestens morgen bin ich wieder da. Ich bringe dich jetzt zurück und fahre dann nach Hamburg.»

Sie schloss das Auto auf und half ihrer Großmutter beim Einsteigen.

«Vielleicht kann ich sogar heute noch mit meinem Chef reden und klären, wie es nächste Woche weitergeht. Ich lasse dich doch jetzt nicht hängen. Irgendwer muss schließlich auf dich aufpassen», sagte Kati mit einem Lächeln. Bevor sie die Beifahrertür zudrückte, fügte sie noch hinzu: «Und auf Dorothee …»

Nachdem Kati ihre Großmutter in Uhlendorf abgesetzt hatte, machte sie sich auf den Weg nach Hamburg. Sie hoffte, vor dem Elbtunnel nicht in einen Stau zu geraten. Doch schon nach einer Dreiviertelstunde kam sie in Altona an und fand ausnahmsweise auf Anhieb einen Parkplatz, fast direkt vor ihrer Haustür.

Die Altbauwohnung im dritten Stock hatte dreieinhalb Zimmer, eine Kochnische und – jedenfalls für Kati das Wichtigste – ein Badezimmer mit Badewanne. Für diesen Luxus nahm sie gerne die knarrenden Dielen und die altmodischen Doppelfenster in Kauf. Das wöchentliche Baden gehörte zu den Höhepunkten in ihrem oft eintönigen Alltag. Vor allem, wenn Simon wieder einmal in der Weltgeschichte unterwegs war.

Als Kati unter die Dusche sprang, war es erst 11 Uhr. Sie hatte beschlossen, gleich noch in die Agentur zu gehen, um den eiligen Auftrag für die Metromedia, dem derzeit wichtigsten Kunden, abzuschließen. Die Ablenkung würde ihr sicher guttun. Außerdem hoffte sie, Gero in einem guten Moment abzupassen.

Sie zog sich frische Sachen an und machte sich auf den Weg zur Agentur. Unterwegs kaufte sie noch einen Coffee to go und ging dann mit schnellen Schritten die paar hundert Meter bis zu dem modernen Bürohaus in der Behringstraße. Sie öffnete die schwere Tür zum Eingangsbereich und lief die Treppe hinauf in den ersten Stock. Durch die Glastür zur Agentur hörte sie schon Geros aufgebrachte Stimme.

«Wann kommt die Weidemann denn wieder? Wir brauchen dringend die Entwürfe!»

Eine weibliche Stimme antwortete mit leicht ironischem Unterton: «Wie nett von dir, dass du dir Sorgen um Kati und ihre Familie machst. Und was ihre Arbeit angeht, ich hab dir doch gesagt, dass ich mich um den Auftrag kümmere.»

In dem Moment trat Kati in Geros lichtdurchflutetes Büro und nickte Flo dankbar zu, die lässig am Fenster stand. Dann wandte sie sich ohne Umschweife ihrem Chef zu, der wie üblich in seinen Schuhen wippte. Er trug eine graue Anzughose und einen hellblauen Pullunder mit Rauten. Sein Oberkörper war etwas vornübergebeugt, und er starrte Kati durch die dicken Gläser seiner Brille an wie ein Uhu.

«Hallo Gero!», sagte Kati betont freundlich. «Vielen Dank, dass du mir so spontan frei gegeben hast.»

«Ich ... ich hab dir doch gar nicht –» Gero sah sie irritiert an. «Moment mal, so fröhlich, wie du wirkst, kann es sich bei deiner angeblich dringenden Familienangelegenheit wohl kaum um etwas Dramatisches handeln.»

Kati wurde augenblicklich schlecht, und sie wusste nicht, was sie sagen sollte.

Flo rettete die Situation: «Ich finde es toll, dass Kati sich nicht unterkriegen lässt, obwohl ihr Vater auf der Intensivstation liegt.»

Kati hielt den Atem an. Auch Gero wirkte etwas überfordert und suchte offenbar nach den richtigen Worten. «Wie auch immer. Es tut mir ja leid für dich und deine Familie. Aber die Zeit musst du natürlich nacharbeiten. Da kann ich keine Ausnahme machen. Und was das Metromedia-Projekt angeht, so –»

«So werden die Layouts natürlich wie immer rechtzeitig zur Kundenabnahme fertig sein», erwiderte Flo schnell.

«Dafür müsste ich dann aber nächste Woche noch mal Urlaub haben», fügte Kati geistesgegenwärtig hinzu. «Das verstehst du sicher.»

«Natürlich versteht er das!», kam es prompt von Flo. «Er ist schließlich kein Unmensch. Stimmt's, Gero?»

Nun blieb Gero wirklich der Mund offen stehen. Er schien noch etwas erwidern zu wollen, winkte dann aber ab und ging an den beiden vorbei in Richtung Teeküche.

Auch Flo und Kati verließen erleichtert das Zimmer und eilten in ihr gemeinsames Büro am anderen Ende des langen Flurs.

Sobald Flo die Tür hinter ihnen geschlossen hatte, fragte sie: «Und? Wie geht es deinem Vater?» Sie tat einen Schritt auf Kati zu und umarmte die Freundin. «Erzähl, ist es so übel, wie du aussiehst?»

Kati bemühte sich um ein Lächeln, ließ sich auf ihren Stuhl fallen und antwortete mit einem tiefen Seufzer: «Jetzt geht's schon besser. Der Arzt meint, das Schlimmste sei überstanden. Aber das war für uns alle ein ganz schöner Schock.»

«Das glaube ich.»

«Es kann noch Monate dauern, bis mein Vater wieder einsatzfähig ist, vielleicht wird er auch nie wieder der Alte sein.» Bei diesen Worten musste Kati schwer schlucken, aber sie versuchte, sich zusammenzureißen.

Als Flo ihr eine angefangene Packung Toffifee hinhielt, griff Kati gedankenverloren zu. Es war ein schwacher Versuch ihrer Freundin, sie ein wenig aufzumuntern.

Seit sechs Jahren arbeiteten sie nun schon gemeinsam in der Agentur. Kati als Grafikerin, Flo als Textchefin. Es war zwar eine Arbeit, die beiden eigentlich Spaß brachte, aber leider war Gero nicht nur ein cholerischer, sondern auch ein äußerst muffeliger Chef. Und besonders in letzter Zeit verlor Kati oft die Lust an dem Job. Ohne Flo hätte sie den aufreibenden Alltag in der Agentur schon längst nicht mehr durchgestanden. Mit ihrer guten Laune schaffte die Freundin es immer, Kati aus einem Stimmungstief herauszuholen. Und stets hatte sie etwas Süßes zur Hand, ihre große Schwäche.

Flo war ganz anders als Kati. Sie war gut zehn Zentimeter größer, hatte dunkelblonde Locken und leuchtend blaue Augen, aus denen auch jetzt der pure Lebensmut funkelte.

«Wie geht es denn nun weiter?», fragte Flo.

Kati erklärte, dass sie so schnell wie möglich zurück nach Uhlendorf wollte und die gesamte nächste Woche dortbleiben würde. Als typische Reaktion folgte von Flo der Vorschlag, gemeinsam an Katis Projekt zu arbeiten, damit Gero zufrieden war und Kati den Urlaub bewilligen würde. Am Wochenende wollte sie die Freundin außerdem wie versprochen nach Uhlendorf begleiten, um auch dort zu helfen.

In den nächsten Stunden konzentrierten sie sich auf die Anmerkungen der Metromedia zu dem aktuellen Auftrag. Die Firma hatte so enge Vorgaben für die visuelle Gestaltung ihrer Kampagne gemacht, dass Kati gar nichts anderes übrigblieb, als ihr eigene Kreativität zu unterdrücken und wieder einmal nach Schema F vorzugehen.

«Das ist wie malen nach Zahlen», erklärte sie, als Flo ihr anerkennend über die Schulter schaute. Auf dem Bildschirm war bereits das Layout der Anzeige zu erkennen.

«Meine Headline ist auch nicht gerade eine Glanzleistung», räumte Flo ein und schenkte ihnen beiden noch Kaffee aus einer Thermoskanne nach.

Genau wie auf sämtlichen Bechern, Kugelschreibern und Bildschirmschonern prangte auch auf der Thermoskanne das Firmenlogo der Agentur. In giftgrünen Lettern stand dort: «perfect dialog», und darunter war eine alberne Graphik mit einem Fragezeichen, gefolgt von einer leuchtenden Glühlampe und einem Ausrufungszeichen zu sehen.

Gero hatte das Logo nach einem Relaunch knapp zwei Jahre zuvor gegen den Widerstand von nahezu der gesamten Belegschaft durchgedrückt. Kati hatte seine Wünsche eins zu eins umsetzen müssen und war mit ihren eigenen Anregungen auf Granit gestoßen. Dennoch hatte Gero eine Versammlung mit allen Mitarbeitern einberufen und zur Abstimmung aufgefordert. Da nur die üblichen Duckmäuser sofort zustimmten, hatte er eine Dreitagesfrist vorgeschlagen, in der jeder einen Gegenvorschlag machen konnte. Und so rottete sich ein kleines Team zusammen, das unter Katis Federführung sehr originelle Entwürfe für die neue Corporate Identity zauberte. Doch als die Gruppe ein neues Meeting zur Abstimmung anberaumen wollte, erklärte Gero die Frist für überschritten. Da hatte er seine Ideen nämlich längst in die Herstellung gegeben.

Von da an war es mit der Stimmung in der Agentur kontinuierlich bergab gegangen. Die allgemeine Finanz- und daraus resultierende Wirtschaftskrise trugen ihr Übriges dazu bei. Darauf folgten die ersten Entlassungen. Doch aufgrund mangelnder Alternativen arrangierte sich Kati bei der Arbeit, so gut es ging. Der einzige Spaß bestand oft darin, über den Chef herzuziehen. Und ohne Flo war auch das nicht vorstellbar.

Es war bereits nach 22 Uhr, als Kati endlich den Druckauftrag abschickte. Ihre Augen brannten vor Müdigkeit.

«Wann willst du denn morgen losfahren?», fragte Flo, die mit ihr ausgeharrt hatte.

«Am liebsten vorm Aufstehen», antwortete Kati mit einem Grinsen. Sie spielte darauf an, dass Flo gern bis mittags im Bett blieb.

«Kein Problem! Dann machen wir die Nacht durch, damit das Aufstehen nicht so hart wird», scherzte Flo und betrachtete den Ausdruck, den Kati ihr jetzt unter die Nase hielt. Sie nickte anerkennend und nahm die Entwürfe entgegen, zu denen sie die Texte geschrieben hatte. Dann heftete sie alles in die Präsentationsmappe, die sie sorgfältig vorbereitet hatte, obwohl das eigentlich Katis Aufgabe war.

«Ich weiß gar nicht, wie ich dir danken soll», sagte Kati zerknirscht. «Erst rettest du meinen Job, und jetzt willst du auch noch dein wohlverdientes Wochenende für mich opfern.»

Doch Flo winkte ab. «Du weißt ja, ich wollte schon lange mal in deine kitschige Heideidylle, wo es angeblich noch ungeteerte Straßen gibt.»

Kati lachte laut auf. Flo war tatsächlich ein echter Stadtmensch, in Hamburg geboren und aufgewachsen. Sie konnte sich vermutlich kaum vorstellen, wie es war, in einer Gegend groß zu werden, in der weite Teile der Landschaft unter Naturschutz standen und man dort nicht einmal Auto fahren durfte.

Nachdem sie die Rechner heruntergefahren und die Präsentationsmappe in dreifacher Ausführung auf Geros Schreibtisch gelegt hatten, verließen sie erschöpft, aber zufrieden die Agentur. Sie verabredeten, dass Kati am nächsten Morgen gegen 9 Uhr bei Flo auftauchen und sie abholen sollte.

Als Kati schließlich vollkommen erledigt zu Hause ankam, fiel ihr Blick als Erstes auf den blinkenden Anrufbeantworter. Das Gerät stand auf der Kommode im Flur, und Kati drückte die Wiedergabetaste.

Es war Simon: «Hi, ich bin's. Tut mir leid, das mit deinem Dad. Hoffe, es geht ihm besser. Grüß ihn schön und schlaf gut.»

Kopfschüttelnd spielte Kati die Nachricht noch einmal ab. Diesmal achtete sie ganz genau darauf, wann der Anruf eingegangen war, nämlich kurz nach 21 Uhr, vor gut zwei Stunden.

Wieso hatte Simon sie nicht gleich auf ihrem Handy zurückgerufen? Schließlich musste er doch auf seinem Display sehen, dass sie es innerhalb der letzten 48 Stunden mehrfach bei ihm probiert hatte. Und wieso verlor er kein Wort darüber, wann er am nächsten Abend nach Hause kommen würde?

Ohne nachzudenken drückte Kati auf ihrem Telefon die Kurzwahltaste für Simons Handy und war nach einem kurzen Moment mit seinem Anschluss verbunden. Es klingelte, und Kati wusste genau, noch ein weiterer, sechster Ton, dann würde wieder die blöde Mailbox anspringen. Wieder einmal hatte Kati das Gefühl, dieses verflixte Ding würde ihre Sehnsucht, Simons Stimme zu hören und mit ihm zu sprechen, einfach verspotten und sie – wie so oft – kalt abweisen.

«Hallo ...», begann sie, ohne genau zu wissen, was sie eigentlich sagen wollte. «Paps geht es besser, aber er liegt immer noch auf der Intensivstation. Am Wochenende will ich wieder in die Heide fahren. Sag mir doch mal, wann genau du nach Hause kommst. Vielleicht schaffst du es ja, mich zu begleiten oder nachzukommen? Also, melde dich, ja? Und zwar auf dem Handy! Gute Nacht.»

Die letzten beiden Sätze hatte sie mit einem überraschend scharfen Unterton vorgebracht, sodass selbst der unsensibelste Mann die versteckte Kritik verstehen musste. Aber im Grunde war Kati viel zu müde, um sich über Simons Ignoranz gegenüber ihren Sorgen und Ängsten aufzuregen.

Sie zog ihre Jacke aus, schleuderte ihre Schuhe in die Ecke und ging ins Wohnzimmer. Dort ließ sie sich mit einem tiefen Seufzer aufs Sofa fallen und schaltete den Fernseher an. Sie war hundemüde, aber die Gedanken kreisten unablässig in ihrem Kopf, und sie wollte sich noch etwas ablenken.

Doch sie musste wohl bald eingeschlafen sein und sich irgendwann mit der Wolldecke, die auf der Armstütze des Sofas lag, zugedeckt haben. Denn als sie mitten in der Nacht durch die Schreie aus irgendeiner drittklassigen Krimiserie hochschreckte, lag sie unter der Decke und war schweißgebadet.

Sie hatte ein unangenehm trockenes Gefühl im Mund, und ihr Herz raste. Ein schreckliches Gefühl kroch in ihr hoch, das ihr nur allzu vertraut war.

Kati richtete sich auf und wusste Bescheid. Es war nicht das Fernsehprogramm gewesen, das sie aus dem Schlaf gerissen hatte. Es waren Szenen ihres immer wiederkehrenden Albtraumes gewesen.

Nicht schon wieder!, dachte Kati und fuhr sich durch die verschwitzten Haare. Würde sie die grausamen Bilder denn niemals loswerden?

Doch nach den jüngsten Ereignissen in der Heide ahnte sie, dass die schrecklichen Träume sie nun wieder regelmäßiger heimsuchen würden. Klarer und schockierender als jemals zuvor.

4

Da sich Kati schon gedacht hatte, dass Flo verschlafen würde, besorgte sie am nächsten Morgen als Reiseproviant vorsorglich zwei Franzbrötchen beim Bäcker. Und tatsächlich musste sie mehrfach klingeln, bis ihre Freundin endlich den Summer betätigte.

Während Flo eilig unter die Dusche sprang und ein paar Sachen zusammenpackte, kochte Kati ihr einen starken Kaffee und setzte sich auf ihren Lieblingsplatz: einen quietschblauen Schaukelstuhl, der links vom Herd stand.

Kati mochte Flos Wohnung. Flos Geschmack war eher zeitlos, ihre Einrichtung puristisch, und doch hatte sie einen Sinn für liebevoll ausgesuchte Accessoires wie etwa den alten Schaukelstuhl in der Küche. Das gute Stück hatten sie zusammen auf einem Flohmarkt erstanden, und Flo hatte ihn zu Hause knallblau angestrichen. Zwar lag darauf immer ein Haufen Zeitungen und getragener Klamotten, dennoch verlieh er dem ansonsten schlichten Raum mit den weißen Möbeln und Vorhängen eine warme und harmonische Atmosphäre.

Als sie endlich aufbrachen und bereits südwärts in Richtung Lüneburger Heide fuhren, erzählte Kati ihrer Freundin von Orten mit so witzigen Namen wie Hützel oder Undeloh. Und während Kati nach ungeduldigen Spurenwechseln hinter der Elbe ordentlich Gas gab, drehte Flo die Mamma-Mia-CD auf, legte ihre nackten Füße aufs Armaturenbrett und sang jedes Lied aus voller Kehle mit. Sie hatte das Album bestimmt schon hundertmal gehört und kannte es in- und auswendig.

Rechts und links rauschte die Landschaft an ihnen vorbei, und Kati war froh, die Freundin an ihrer Seite zu haben. Denn nach der schrecklichen Nacht, in der sie von den alten Albträumen heimgesucht worden war, wäre sie nur ungern alleine zurück in ihre alte Heimat gefahren. Von Simon hatte sie immer noch nichts gehört, ihm aber vorsichtshalber auch noch eine Nachricht auf dem Küchentisch hinterlassen.

In der Landschaft wechselten sich bereits abgeerntete Getreidefelder mit grünen Wiesen, lichten Buchenhainen und dunklen Fichten- und Kiefernwäldern ab. Auf den Weiden grasten Pferde, und ab und zu sahen sie sogar Rehe. Besonders auffällig waren die grüppchenweise aufgestellten Windräder, die ihren Dienst angesichts des drückenden Sommerwetters aber zu verweigern schienen.

Als Kati das Tempo schließlich drosselte und die Abfahrt Richtung Uhlendorf nahm, stellte Flo die Musik leise und krächzte: «Wie lange habe ich nicht mehr so bescheuert gesungen? Ich habe schon Halsweh!»

«Lass das nicht meine Oma wissen», erwiderte Kati, «sonst steckt sie dich das ganze Wochenende über ins Bett und gibt dir Tee aus selbstgepflückten Kräutern zu trinken!»

«Also, ich hätte gern so eine Rundum-Sorglos-Paket-Oma. Meine kann nicht mal kochen.»

«Irgendwo musst du deine Talentfreiheit in der Küche ja herhaben», stichelte Kati. Sie wusste, das Einzige, was Flo zustande brachte, waren Tiefkühlpizzen und Nudeln mit Fertigsoßen.

Doch Flo ignorierte Katis sarkastischen Kommentar, kurbelte das Fenster herunter und streckte ihren Lockenkopf neugierig in den Fahrtwind, um die Landluft mit einem tiefen Seufzer einzuatmen.

Sie fuhren nun über eine einsame Landstraße und gelangten nach wenigen Kilometern in den geschützten Bereich des Naturparks Lüneburger Heide. Verschlafene Orte schmiegten sich hier in die sanft gewellte Landschaft. Im Schutz von uralten Eichen lagen die typisch niedersächsischen Höfe, häufig umringt von Feldsteinmauern.

Schließlich kamen sie nach Uhlendorf. Die Einfallstraße wurde von kleinen Häusern gesäumt, die in der Nachkriegszeit gebaut worden waren. Die Mitte des Ortes war ein paar kleinen Läden und einer Tankstelle vorbehalten, was Kati leicht spöttisch als «Stadtzentrum» bezeichnete. Im südlichen Teil des Dorfes standen einige neuere, meist mit kunstvollem Fachwerk versehene Häuser, ebenso wie ein halbes Dutzend gepflegter Bungalows, in denen meist Zugezogene wohnten, wie Kati ihrer Freundin erklärte.

Dann folgte sie der Hauptstraße mitten durchs Dorf und bog hinter der Kirche rechts ab auf die Sandstraße.

Als sie die Abzweigung zum Heidehof schon fast erreicht hatten, schoss plötzlich ein dunkler Kombi aus einer Seitenstraße. Der Fahrer begann sofort aggressiv zu hupen, und Flo entfuhr ein spitzer Schrei. Geistesgegenwärtig riss Kati das Lenkrad nach rechts und trat kräftig auf die Bremse. In letzter Sekunde kam der Wagen vor einer dicken Eiche zum Stehen.

Kati und Flo atmeten beide tief durch und sahen sich erschrocken an. Dann stieg Kati aus dem Auto, um nach dem Kombi zu sehen, der auf dem sandigen Boden gefährlich ins Schlittern geraten war und nun in einigen Metern Entfernung am Straßenrand stand.

Ein junger Mann stieg aus.

«Alles okay mit Ihnen?», fragte er aufgebracht und ging ein

paar Schritte auf Kati zu. Dann blieb er plötzlich stehen, und an seinem Gesicht war deutlich seine Überraschung abzulesen, als er sie erkannte.

«Katharina?!», entfuhr es ihm vollkommen entgeistert. «Dich habe ich ja schon eine Ewigkeit nicht mehr gesehen!»

Kati stutzte. Dann erkannte auch sie ihr Gegenüber und erstarrte. Fassungslos stand sie einfach nur da und musste sich sammeln, ehe sie die richtigen Worte fand.

«Tut mir leid, ich ... ich hab vermutlich nicht aufgepasst.»

Auf der Stelle machte sie kehrt und eilte zurück zu ihrem alten Golf. Sie wollte so schnell wie möglich wieder einsteigen, doch der dunkelhaarige Mann rief ihr nach: «Kati, warte doch!»

Im Einsteigen warf Kati ihm einen bösen Blick zu und zischte: «Wag es ja nicht, mich aufzuhalten!»

Kaum hatte sie die Fahrertür geschlossen, ließ sie den Motor an und drückte das Gaspedal durch. Der Motor heulte auf, bevor der Wagen davonschoss.

Flo schlug sich verängstigt die Hand vor den Mund und schüttelte ungläubig den Kopf.

«Was ist denn in dich gefahren?», fragte sie mit hochgezogenen Augenbrauen. «So hab ich dich ja noch nie erlebt!»

Kati schwieg und klappte energisch die Sonnenblende herunter.

«Was hat der arme Kerl dir denn getan? Der war doch total schnuckelig.»

Kati seufzte und ärgerte sich insgeheim, dass sie sich so hatte gehenlassen. Sie hätte damit rechnen müssen! Natürlich konnte er ihr hier begegnen. Wie lange war das jetzt her? Aber Kati wusste es ganz genau: Seit fast zehn Jahren hatte sie ihn nicht mehr gesehen.

Als der Heidehof in Sichtweite kam, spürte Kati, dass Flo sie noch immer fragend ansah und auf eine Erklärung wartete.

«Tut mir leid», murmelte sie angefressen, «ist eine lange Geschichte. Glaub mir, ich habe meine Gründe, warum ich nichts mit diesem Kerl zu tun haben will.»

Kati lenkte den Wagen über die Kieseinfahrt und parkte seitlich des alten Haupthauses unter einer alten Eiche. «Jetzt lass uns erst mal reingehen, okay?»

«Na schön», entgegnete Flo, obwohl die Antwort sie ganz offensichtlich nicht befriedigte.

Doch ihr Blick wurde bereits gefangengenommen von der imposanten Fassade des Heidehofs und den liebevoll gepflegten Blumenbeeten vor dem großen Haus.

Flo schien beeindruckt. «Hier kommst du also her …» Anerkennend pfiff sie durch die Zähne.

Die beiden Frauen stiegen aus und nahmen ihre Taschen aus dem Kofferraum. Durch die grüne Holztür betraten sie den einladenden Flur, der zu den Wirtschaftsräumen führte. Aus der Küche kamen vertraute Geräusche.

«Komm», erklärte Kati und zog Flo hinter sich her. «Ich stelle dich meiner Oma vor.»

Sie ließ ihre Tasche fallen und eilte in die Küche, wo ihre Großmutter gerade eine Torte garnierte. Sie schloss Elli in die Arme.

«Oma, ich hab uns einen richtigen Sonnenschein mitgebracht.» Kati winkte ihre Freundin heran. «Das ist sie: Florentine oder besser gesagt Flo! Sie will sich übers Wochenende bei uns nützlich machen.»

Elli wischte sich ihre Hände ab, um Flo zu begrüßen, und freute sich offensichtlich über den unerwarteten Besuch.

«Herzlich willkommen auf dem Heidehof! Sie sind also die berühmte Freundin meiner Enkelin.»

Kati hatte inzwischen die Küchenhilfe entdeckt, die sich gerade über die Speisekarte beugte. Zum Glück fiel ihr der Name der jungen Frau wieder ein.

«Und das hier ist Sibylle.» Mit einem breiten Lächeln trat die mittelgroße, vollschlanke Frau auf sie zu. Ihr dunkelblonder Pferdeschwanz wippte bei jedem Schritt fröhlich auf und ab, und die kleinen Fältchen um ihre Augen verrieten, dass sie gern lachte.

Flo gab Sibylle die Hand, und auch Elli drehte sich um und fügte noch hinzu: «Ja, ohne sie würde hier alles zusammenbrechen.»

Doch dann scheuchte sie die beiden Neuankömmlinge erst einmal nach draußen.

«Willst du deiner Freundin nicht zuerst den Hof zeigen?», fragte Elli.

Erwartungsvoll sah Flo sie an. Kati zuckte mit den Schultern und zog ihre Freundin hinter sich her.

Im Erdgeschoss lagen die Gaststube, das Frühstückszimmer, das Restaurant, die Waschküche und die Vorratsräume. Staunend registrierte Flo die Tür, hinter der sich die Treppe zum Weinkeller verbarg. In einem kleinen Vorraum der Gaststube war schräg in die Wand eine kleine Tür eingelassen, die zum Öffnen hochgeklappt werden musste.

Nach dem Rundgang durch das Haupthaus führte Kati ihre Freundin über das gesamte Gelände. Sie redete einfach drauflos, erzählte Anekdoten vom Heidehof und darüber, wo sie als Mädchen überall gespielt und später als Teenager die Gegend unsicher gemacht hatte. Sie war erstaunt, wie viel sie noch über die Geschichte des Hofes wusste. So erklärte sie, dass das reetgedeckte, mit Fachwerk versehene Haupthaus eigentlich unvollständig war. Wie bei einem typischen Niedersachsenhaus hatten hier früher Menschen und Tiere gemeinsam unter einem Dach gelebt. Aber Ende des 19. Jahrhunderts war der Teil, der als Stall fungierte, nach einem Blitzeinschlag abgebrannt. Der Wohntrakt blieb glücklicherweise erhalten, und die Brandschäden wurden repariert. Statt des Stalls war eine großzügige Veranda angebaut worden. Von dort aus hatte man direkten Zugang zur Küche, was sich seit der Aufnahme des Gastbetriebs als außerordentlich praktisch erwies.

«Die neuen Stallungen wurden 40 Meter vom Haus entfernt errichtet», erklärte Kati, während sie über den gepflasterten Parkplatz gingen. «Aus Sicherheitsgründen entschied man sich damals für einen massiven Steinbau mit Holzdach. Heute wird er nur noch als Garage und Lagerschuppen genutzt.»

Dann führte sie Flo zu einem alten Häuschen, dessen spitzes Dach aus roten Ziegeln bis zur Erde reichte.

«Hier wurde früher ein Mal in der Woche Brot und manchmal auch Kuchen gebacken», erzählte sie. «Unter dem überstehenden Dach ist Platz für die Holzkloben, mit denen der Ofen über Stunden angeheizt werden musste.»

«Holzkloben?» Flo sah sie erstaunt an. «Mensch, Kati, wenn ich es nicht besser wüsste, würde ich denken, du kommst aus einer anderen Welt.»

«Ja, das ist hier ja auch ein ganz anderes Leben.» Sie lachte befreit und registrierte überrascht, wie gut sich dieser kleine Spaziergang anfühlte.

«Also, Backen war damals jedenfalls echte Knochenarbeit», fuhr Kati fort. «Wenn die nötige Hitze erreicht war, wurden Holzreste und Asche aus dem Ofenloch herausgekehrt und der

Ofenboden mit einem nassen Tuch gesäubert. Dann wurden die Kuchenbleche reingeschoben. Wenn sie fertig waren und die Hitze etwas nachgelassen hatte, konnten auch die Brotlaibe gebacken werden. So an die 18 Stück passten nebeneinander in den Ofen. Das hat Elli mir mal erklärt.»

Da Flo ihr aufmerksam zuhörte, fuhr Kati fort: «In den meisten Dörfern gab es damals nur einen gemeinsamen Backofen mitten im Dorf. Die Frauen haben dort ihr Brot und auch den Sonntagskuchen gebacken. Aber da der Weidemannhof über einen großen Waldbestand und damit viel Holz verfügte, hat einer meiner Vorfahren einen hofeigenen Ofen gebaut. Leider wird er heute nicht mehr benutzt.»

«Das wäre eine Attraktion!» Flo war begeistert.

Sie gingen weiter zu einem alten Treppenspeicher, einem Lagerraum, der seinen Namen der außen angebrachten Treppe verdankte, die bis zum Giebel reichte. Kati erläuterte: «Diese Art Speicher ist typisch für die Lüneburger Heide.»

«Wieso?»

«Weil die Vorräte so vor Nässe geschützt und dank der Außentreppe mit den hohen Stufen auch vor Mäusen und Ungeziefer aufbewahrt werden konnten. Die Höfe hatten meistens mehrere Treppenspeicher mit unterschiedlichen Funktionen. So würden Getreide, Buchweizen, Flachs und Wolle, Honig, Speck und anderes Fleisch getrennt voneinander aufbewahrt.»

Um zu testen, ob Flo überhaupt noch zuhörte oder nur so tat als ob, fragte Kati sie, warum die Speicher wohl oft etwas abseits der Höfe standen.

Flo dachte einen Moment lang nach und sagte: «Damit im Falle eines Brandes nicht sämtliche Vorräte vernichtet werden?»

Kati war baff. «Bravo! Damit hast du dir ein Stück Kuchen verdient!»

Sie drehte sich um und bedeutete Flo, ihr weiter in Richtung des ehemaligen Hühnerstalls, der Remise und der alten Scheune zu folgen, wo früher vor allem Holz gelagert wurde.

Als sie schließlich durch den Gemüse- und Kräutergarten und über die Obstbaumwiese zurück zum Hof gingen, seufzte Flo und sagte: «Du bist wirklich im Paradies aufgewachsen, Kati. Das ist traumhaft hier! Ich versteh gar nicht, wieso du hier überhaupt weggegangen bist.»

Verunsichert schaute Kati zu Boden. Sie hatte damals ihre Gründe gehabt, gute Gründe. Aber darüber wollte sie jetzt nicht reden. Eigentlich wollte sie niemals und mit niemandem darüber reden.

«Ah, da ist Elli», sagte sie schnell und winkte ihrer Großmutter zu, die eben aus der Küche auf die Veranda trat.

«Na? War's schön?», fragte sie und fügte hinzu: «Ihr seid sicher durstig. Setzt euch schon mal, ich bringe euch Holunderblütensaft.»

Kati und Elli suchten sich ein schattiges Plätzchen neben dem Fliederbaum. Über der Pergola an der linken Seite hatte ein uralter Efeu seinen Weg gefunden, und auch die Ranken eines Geißblattes ringelten sich über das Holzgestänge.

«Ich komme mir vor wie die Statistin in einem Heimatfilm», erklärte Flo und setzte sich mit Begeisterung auf eine grün gestrichene Holzbank mit buntem Sitzkissen. «Irgendwie spießig, dafür aber urgemütlich!»

Einen Moment später betrat auch Dorothee die Veranda. Auch sie begrüßte den Gast freundlich, wenn auch sehr viel distanzierter als Elli.

«Kommst du aus dem Krankenhaus? Wie geht es Paps?», erkundigte sich Kati sofort. «Gibt es was Neues?»

Doch Dorothee fertigte sie nur kurz ab. «Er schläft nach wie vor sehr viel und scheint kaum etwas mitzubekommen.»

«Aber was sagen die Ärzte, wie geht es weiter?»

«Übers Wochenende werden wohl keine weiteren Untersuchungen durchgeführt.»

Dorothee nickte Flo noch einmal zu, dann wünschte sie ihnen noch einen schönen Tag. «Ich hab noch etwas Dringendes zu erledigen.»

Kati fand, dass Dorothee seltsam einsilbig war, und sah ihr kopfschüttelnd hinterher.

«Das war also deine berühmt-berüchtigte Stiefmutter», sagte Flo erstaunt. Sie wusste, dass es zwischen Dorothee und Kati nicht zum Besten stand und dass sie kein besonders herzliches Verhältnis hatten.

«Ach, weißt du», seufzte Kati und setzte sich ebenfalls auf die Bank, «wir sind vermutlich alle ziemlich angespannt. Keiner weiß, wie es weitergehen wird.»

Kati hatte Flo zwar schon häufiger von ihrer Familie erzählt, aber mit den Hintergründen wollte sie Flo jetzt einfach nicht langweilen. Und auch nicht mit der Tatsache, dass es, wie sie mittlerweile ahnte, bereits seit Monaten gravierende finanzielle Schwierigkeiten auf dem Heidehof gab. Kati wusste zwar nicht viel darüber, aber sie hatte mitbekommen, dass einige der Pachtverträge für die Ländereien ausgelaufen waren und Elli sich über die Zukunft sorgte. Der Heidehof wurde außerdem allmählich baufällig. Das war sogar ihr selbst aufgefallen. Allerdings schienen ihr Vater und ihre Stiefmutter unterschiedlicher Ansicht zu sein, wie man das Gasthaus wieder auf die Erfolgsschiene bringen könnte. Ihr Vater baute auf Tradition und Heideromantik, Dorothee dagegen plädierte für eine komplette Modernisierung, um neue Gästegruppen zu erschließen. Kati wusste, dass ihre Großmutter auf der Seite ihres Sohnes stand, es aber vermied, offen Stellung zu beziehen.

«Aber deshalb muss Dorothee noch lange nicht alles hinschmeißen», murmelte Kati mehr zu sich selbst.

«Wie meinst du das denn?», fragte Flo.

«Na, jetzt, wo Paps im Krankenhaus liegt, hat natürlich Dorothee hier das Sagen. Und ...»

Plötzlich überkam Kati ein schlechtes Gewissen, denn die alte Ermahnung ihres Vaters, sie habe Dorothee nie wirklich eine Chance gegeben, hallte in ihrem Kopf nach.

Kati hatte schon immer Probleme mit der zweiten Frau ihres Vaters gehabt. Etwa zwei Jahre nach dem Tod ihrer Mutter war Dorothee in ihr Leben getreten, und Kati war nie wirklich warm mit ihr geworden. Natürlich wusste sie, dass es auch für Dorothee sicher nicht einfach gewesen war, ihren Platz in der Familie zu finden. Und in diesen Tagen fühlte sie sich Dorothee in der gemeinsamen Sorge um ihren Vater das erste Mal etwas näher.

Kati traute ihrer Stiefmutter zwar viel zu, wenn es darum ging, die eigenen Bedürfnisse in den Vordergrund zu stellen. Aber sie war im Grunde kein böser oder gar hinterlistiger Mensch. Das musste sie sich eingestehen.

In diesem Moment betrat Elli die Veranda und brachte die versprochenen Getränke.

«So, hier kommt endlich die frisch zubereitete und eisgekühlte Holunderlimonade.» Aus einer Karaffe mit Eiswürfeln schenkte sie den hellgelben Saft in die Gläser. «Ist gut für Herz und Kreislauf.»

Flo erhob ihr Glas, um mit Elli und Kati anzustoßen. «Auf den wunderschönen Heidehof!» Mit einem Blick auf Kati fügte sie noch hinzu: «Und auf deinen Vater. Er wird bestimmt schnell wieder fit sein.»

Kati lächelte tapfer und trank ihr Glas in einem Zug leer. Der Holunderblütensaft schmeckte wirklich köstlich. Auch Flo war begeistert.

«Wahnsinn, ist der lecker!», versicherte sie Elli mit großen Augen. «Aber ich dachte immer, Holunder wäre dunkel. Wieso ist der Saft so hell?»

Elli holte sich einen Stuhl heran. «Tja, die meisten Menschen kennen nur den Saft von den dunklen Beeren, nicht von den Blüten», erklärte sie. «Wir machen das nach einem uralten Rezept, das hat schon die Großmutter meines Schwiegervaters den Gästen des Heidehofs serviert. Die Blüten werden mit viel Zucker und Zitronensaft angesetzt, sodass ein zähflüssiger Sirup entsteht, der mit Eiswasser oder – bei besonderen Gelegenheiten – mit Sekt aufgegossen wird.»

«Und Saft von Holunderbeeren machen Sie aber auch?», erkundigte sich Flo.

Elli und Kati mussten schmunzeln und antworteten unisono: «Die heißen dann Fliederbeeren!»

Flo blickte verdutzt von einer zur anderen und sah dabei so verwirrt aus, dass Kati zum zweiten Mal an diesem Tag laut lachen musste.

Nach der kleinen Erfrischungspause auf der Veranda fragte Kati ihre Großmutter nach dem Stand der Dinge, und Elli erzählte, dass sie keinen weiteren Punkt der Liste hatte abhaken können. Das Tagesgeschäft machte schon mehr als genug Arbeit.

«Mensch, Oma, ich finde, du hast jetzt erst mal ein Pause verdient. Jetzt sind wir dran.»

Kati versprach, sich um die dringendsten Punkte zu kümmern. «Wo ist denn unsere Liste?», fragte sie und begann, die leeren Gläser auf das Tablett zu stellen, um alles zurück in die Küche zu tragen.

«Die müsste auf dem Schreibtisch in Dorothees Arbeitszimmer liegen», erklärte Elli und erhob sich ächzend. «Keine Ahnung, ob sie damit etwas anfangen kann.»

Kati und Flo folgten ihr ins Haus, räumten das Geschirr weg und machten sich dann auf den Weg ins Arbeitszimmer, wo sie Dorothee vermuteten.

«Elli ist wirklich ein Schatz», sagte Flo neidvoll, als sie durch die Diele gingen. «So eine Oma hatte ich mir auch immer gewünscht.»

«Ja», seufzte Kati, «ich habe nur Sorge, dass sie sich gerade ein bisschen übernimmt.»

Aber sie war froh, endlich helfen und ihrer Großmutter etwas Arbeit abnehmen zu können.

An der Tür zum Arbeitszimmer blieben sie stehen und klopften. Dorothee bat sie herein und sah Kati fragend an.

«Gibt es ein Problem?»

«Nein, wir dachten nur, wir könnten dir vielleicht ein bisschen helfen.»

Dorothee saß an dem schweren Holzschreibtisch, der Computer war angeschaltet. Es war ein recht altes Gerät, das den größten Teil des Schreibtisches in Anspruch nahm. Kati fragte sich, ob ihr Vater ihn jemals benutzt hatte und ob sie ihm nicht vielleicht einen Laptop schenken sollte.

«Vielleicht könnten wir zusammen die Liste durchgehen, die Elli und ich geschrieben haben.»

«Ich bin eigentlich gerade mit Abrechnungen und Buchhaltung beschäftigt.»

Als Kati näher trat, räumte Dorothee eilig ein paar Unterlagen zur Seite.

«Tja, äh ... die Liste ... Wo ist sie bloß?»

Kati stutzte. Dorothee war sehr gut organisiert und viel zu ordentlich, als dass sie Zettel einfach lose herumliegen ließ.

«Ach, da ist sie ja.» Dorothee wedelte mit einem Papier, auf dem sie ganz offensichtlich noch das ein oder andere ergänzt hatte.

Kati war froh, dass ihre Arbeit nicht vollkommen umsonst gewesen war und Dorothee nach ihrer anfänglichen Skepsis anscheinend doch etwas damit anfangen konnte.

«Sollten wir uns nicht ganz dringend nach einem Aushilfskoch oder einer Köchin umsehen?», fragte Kati, setzte sich auf einen der Stühle und bedeutete Flo, ebenfalls Platz zu nehmen. «Ich habe das Gefühl, Elli ist schon total überarbeitet. Sie schafft die Küche nicht alleine.»

Nach einer Weile beugte sich Dorothee vor. «Ja, vermutlich hast du recht. Aber wo sollen wir jetzt jemanden finden? Immerhin ist Hauptsaison, Hinrich hat es offenbar nicht mal mehr geschafft, sich wie sonst um einen Aushilfskoch zu kümmern. Wo sollen wir denn jetzt einen Ersatzkoch oder eine Köchin finden? Gute Leute haben jetzt in der Saison doch längst einen Job.»

«Könnte man vielleicht jemanden per Zeitungsannonce suchen?», schlug Flo vor. «Gibt es hier so etwas wie eine Lokalzeitung?»

«Ja, sicher», stellte Kati fest. Ihr fiel neben der Böhme-Zeitung noch der Winsener Anzeiger ein, aber vielleicht gab es auch noch weitere Publikationen, die für sie interessant waren.

«Fast noch wichtiger wäre das Fachblatt für Hotellerie und Gastronomie. Aber das könnt ihr natürlich nicht wissen», kam es von Dorothee.

Ihr Ton war weniger gereizt, sie klang eher erschöpft. Vermutlich hatte auch sie in den letzten Nächten nicht besonders viel Schlaf bekommen, dachte Kati. Es musste schwer für sie sein. Aber Dorothee verstand es wie immer, ihre Gefühle zu verbergen und sich hinter einer Maske aus professioneller Disziplin zu verschanzen.

«Einen Versuch wäre es aber doch wert, oder?», fragte Kati vorsichtig, bemüht um einen optimistischen Tonfall.

«Ich fürchte, wir können nicht besonders wählerisch sein», gab Dorothee zu bedenken.

Als das Telefon klingelte, griff Dorothee etwas genervt zum Hörer. Sie nickte den beiden jungen Frauen mit einem entschuldigenden Lächeln zu und meldete sich mit ihrem Namen. Der Anrufer schien etwas Wichtiges mitzuteilen zu haben, denn Dorothee widmete ihm ihre ganze Aufmerksamkeit.

Ob es wohl das Krankenhaus war, fragte sich Kati und versuchte, aus der Mimik ihrer Stiefmutter Rückschlüsse auf den Anrufer zu ziehen. Doch Dorothee hörte mehr zu, als dass sie selbst sprach.

«Ja, natürlich. Gerne sofort», sagte sie und legte auf. An Kati gerichtet, erklärte sie knapp: «Ich muss leider noch mal weg. Vielleicht könnt ihr euch inzwischen um die Annonce kümmern, ihr seid ja schließlich die Werbefachleute.»

Schon griff sie nach ihrer Handtasche und verschwand aus dem Zimmer.

Etwas erstaunt sah Kati ihr hinterher. «Komisch, wo will sie denn jetzt schon wieder hin?»

«Das war aber wohl nicht das Krankenhaus ...», gab Flo zu bedenken und machte sich auch schon an die Arbeit.

Zunächst entwarfen die beiden Frauen am Computer ein Inserat für die beiden Lokalzeitungen und eines für eine Gastro-Zeitung, die ihnen seriös erschien. Per E-Mail schickten sie die Anzeigenaufträge ab. Außerdem verfassten sie ein Stellenprofil, das sie auf der Internetseite des Heidehofs platzierten.

Bei dieser Gelegenheit realisierte Kati, dass die Homepage eigentlich dringend überarbeitet werden musste. Aber das war jetzt nicht vorrangig.

Anschließend beschäftigten sie sich mit der Liste der angemeldeten Übernachtungsgäste. Kati erklärte, dass sie überprüfen müssten, ob alle Gäste ihre Buchungsbestätigungen erhalten hätten. Es durfte auf keinen Fall zu Doppelbelegungen kommen, und deshalb verglichen sie noch einmal die Liste der Bestätigungen mit dem Belegungsplan.

«Sag mal, woher kannst du das eigentlich alles?», fragte Flo verwundert. «Hast du hier früher schon mal im Büro geholfen?»

Kati schmunzelte. «Das hab ich in der großen, weiten Welt gelernt!»

«Bitte?» Flos Gesicht war ein großes Fragezeichen.

«Ach, ich hab nach dem Abi einige Monate in einem Hotel in Barcelona gejobbt.»

«Erzähl!», rief ihre Freundin begeistert. «Das wusste ich ja gar nicht!»

«Ich … äh, ich wusste nach der Schule erst nicht so richtig, was ich machen sollte. Also hab ich meinen Koffer gepackt und mich erst in Kroatien und Italien rumgetrieben und bin dann schließlich in Spanien gelandet. Vier Monate war ich in dem Hotel in Barcelona. Es war ein Vier-Sterne-Haus!»

«Und die haben dich einfach so genommen?», staunte Flo.

«Ja, ich hatte Glück. Die Personalchefin hatte viele Jahre in Deutschland gearbeitet und mich eingestellt, obwohl ich noch nicht so gut Spanisch konnte. Tja, und dort habe ich dann gelernt, was an einer Rezeption wichtig ist und wie man mit einem Buchungssystem umgeht. Und gelernt ist gelernt!»

Bei ihrer Prüfung stellten sie fest, dass für Ende September noch drei Bestätigungen zu schreiben waren und in der Nacht vom 28. auf den 29. August eine Unstimmigkeit vorlag.

Flo machte sich daran, die Bestätigungsmails zu schreiben. Dabei griff sie auf die Formulierungen in den abgehefteten Unterlagen zurück.

Nach einer kurzen Besprechung mit ihrer Freundin griff Kati zum Telefon und wählte die Nummern der Gäste, die sich für Ende August angemeldet hatten. Glücklicherweise stellte sich heraus, dass die Buchungen bereits einen Tag vor dem Zusammenbruch ihres Vaters bestätigt worden waren. Vermutlich hatte in der Aufregung der darauffolgenden Tage einfach nur niemand daran gedacht, die Angaben in das Buch zu übertragen.

Kati entschuldigte sich für die Verwirrung und erklärte den zukünftigen Gästen, dass der Chef des Hauses leider erkrankt sei und die besprochene Terminänderung daher wohl nicht notiert hatte.

Anschließend nahm sie sich die Restaurantanmeldungen vor. Doch dabei stieß sie bald an ihre Grenzen. Da Kati sich mit den Plätzen und den verschiedenen Stellmöglichkeiten der Tische nicht auskannte, war es unmöglich festzustellen, ob allein rein platztechnisch alle Reservierungen wie bestellt durchführbar waren.

Bei der Speisekarte und den bereits geäußerten Sonderwünschen fehlte ihr das Fachwissen noch mehr. Sie konnte nicht beurteilen, welche Wünsche erfüllbar waren. Auch mit der nötigen Vorratshaltung und dem Einkauf hatte sie Schwierigkeiten. Da Dorothee noch immer nicht zurück war, ging Kati mehrfach zu Elli in die Küche, um sich Rat zu holen. Häufig wusste Elli auf Anhieb auch keine Lösung, dennoch gab sie sich wie gewohnt zuversichtlich. Ihre Standardantwort lautete: «Kommt Zeit, kommt Rat.»

Gegen Abend wurden Kati und Flo zum Essen auf die Veranda gerufen. Elli hatte bereits zwei Teller und ein Tablett mit Köstlichkeiten bereitgestellt. Sie erklärte, dass Dorothee aus dem Krankenhaus angerufen habe und erst später kommen würde.

«Ich bin wirklich sehr dankbar und froh, dass ihr beide solch fleißige Lieschen seid», erklärte Elli und strich ihre Schürze glatt.

Flo und Kati lächelten gerührt. Dann nahmen sie auf der grünen Holzbank Platz und genossen den lauen Sommerabend.

Das Geißblatt schien zu dieser späten Stunde besonders intensiv zu duften. Und auch die Schwüle war nicht mehr so unangenehm wie noch im Verlauf des Tages.

Schweigsam starrten beide zum Horizont, wo weiße, lang gezogene Schleierwolken imposante Muster in den Himmel über der Heide zeichneten. Sie verloren kein Wort mehr über all die noch ungelösten Aufgaben.

Kati seufzte und musste an ihren Vater denken. Wie gerne er hier immer in den Abendstunden gesessen und in die Ferne geblickt hatte! Sie merkte, wie die Arbeit sie heute von den Sorgen um ihn abgelenkt hatte. Dafür war sie dankbar. Und sie beschloss, ihn morgen im Krankenhaus zu besuchen. Vielleicht würde sie Flo doch mit dem Auto zurück nach Hamburg bringen. Bei dieser Gelegenheit konnte sie einen kurzen Abstecher nach Soltau machen.

Als es um kurz nach zehn Uhr allmählich zu dämmern begann, zogen sich Kati und Flo in den Familienbereich im ersten Stock des Heidehofs zurück.

Kati wollte Flo in dem schmalen Gästezimmer einquartieren, das gleich neben ihrem früheren Kinderzimmer lag. Gemeinsam stiegen sie die Holztreppe hinauf, als Flo im Flur stehen blieb. Aufmerksam musterte sie eine Serie von Aquarellen mit Heidelandschaften. Eines der Bilder betrachtete Flo besonders intensiv. Der kleine See, der von Birken und Wacholdern umgeben war, hatte es ihr besonders angetan.

«Wow!», sagte sie beeindruckt. Dann las sie laut vor, was klein in der rechten, unteren Ecke eines der Bilder stand: *«Von Kati für Jule. (1998).»* Sie stutzte. «Krass! Die sind ja von dir?!»

Kati nickte zaghaft und wollte schon weitergehen. Doch Flo hielt sie zurück.

«Ich meine, ich habe ja keinen Plan von Malerei. Aber das sehe ja sogar ich: Du hast nicht nur Irrsinnstalent am Computer, sondern auch mit dem Pinsel!»

«Kann schon sein», sagte Kati leise.

«Wer ist denn Jule?»

Bei der Erwähnung des Namens zuckte Kati unwillkürlich zusammen, und Flo spürte sofort, dass sie einen wunden Punkt getroffen hatte. «Habe ich etwas Falsches gesagt?», fragte sie leise.

Kati überging die Frage und sagte stattdessen: «Komm, ich zeig dir dein Zimmer.»

«Du glaubst doch nicht, dass du mir so davonkommst!» Flo verschränkte die Arme vor der Brust. «Das ist heute schon das zweite Mal, dass du mir ausweichst. Mir scheint es fast so, als hättest du hier in der Heide ein paar Geheimnisse, die –»

«Ach, so ein Quatsch», warf Kati ein. Sie atmete tief durch und versuchte, dem fordernden Blick ihrer Freundin auszuweichen, indem sie Flo weiter die Treppe hinaufschob.

Oben angekommen, öffnete Kati die Tür zum Gästezimmer und bedeutete Flo mit einer einladenden Geste einzutreten. Doch ihre Ablenkungsversuche waren vergeblich. Flo ließ sich mit einem Satz auf das bereits gemachte Bett fallen und klopfte neben sich auf die Matratze, damit Kati sich neben sie setzte.

Widerwillig folgte Kati ihrem Wunsch und ließ sich wortlos auf das Bett sinken.

«Du brauchst nicht mit mir zu reden, wenn du nicht willst. Aber du weißt, dass ich mir Sorgen mache.»

Kati seufzte.

«Das ist ja auch lieb. Nur ändert das nichts.»

«Was ändert sich nicht?»

Kati beugte sich vor und knipste die Nachttischlampe an, während sie nach den richtigen Worten suchte.

«Ach ... Ich habe nicht mehr gemalt, seit ...»

«Seit was?», fragte Flo leise.

Kati sackte in sich zusammen. Sie war unfähig, weiterzusprechen. Einen Moment lang dachte sie nach, dann erklärte sie: «Ich werde dir irgendwann alles erzählen. Ehrlich. Nur im Moment ... Da ist auch noch die Sache mit meinem Vater ... Also, das ist gerade alles zu viel für mich. Verstehst du?»

Flo sah ihre Freundin voller Mitgefühl an und umarmte sie. «Natürlich verstehe ich das.»

«Danke! Du bist wirklich die allerallerbeste Freundin, die man sich nur wünschen kann.»

Als Kati sich in ihr Zimmer zurückgezogen hatte, kramte sie das Handy hervor. Den ganzen Tag hatte es unbeachtet in ihrer Tasche gelegen. Und obwohl Kati sich mehrfach kurz gefragt hatte, ob Simon wohl schon versucht hatte, sie zu erreichen, war immer etwas dazwischengekommen.

Jetzt nahm sie das Handy und fand tatsächlich eine SMS von Simon. Sie freute sich, dass sein Name als Absender einer Nachricht auf dem Display zu lesen war, obwohl sie fast 24 Stunden auf eine Antwort von ihm gewartet hatte. Sie hoffte, dass er ihr diesmal seine Ankunft mitteilen würde.

Doch mit jedem Wort wurde ihre Enttäuschung größer: «sorry, süße. mir wurden noch zwei extratermine reingedrückt. komme erst morgen. flieger landet gegen 19 uhr.»

Wütend warf Kati das Handy aufs Bett und lief fluchend im Zimmer auf und ab. Dabei stieß sie sich den rechten kleinen Zeh am Bettpfosten, und sofort schossen ihr Tränen in die Augen. Ob vor Schmerz oder Wut vermochte Kati im ersten Augenblick nicht zu sagen.

Was war nur mit Simon passiert? Früher hatte er keine so lieblosen SMS geschickt. Nicht einmal Zeit für einen Anruf, geschweige denn einen virtuellen Kuss hatte er noch für sie übrig. Und das, obwohl sie eine schwere Zeit durchmachte, das musste er sich doch denken können. Aber offenbar interessierte er sich nicht sonderlich dafür, wie es ihrem Vater ging oder wie sie sich damit fühlte.

Um sich abzulenken, machte Kati sich fürs Schlafengehen fertig. Nachdem sie sich die Zähne geputzt, den Zopf gelöst, das Haar gekämmt, sich eingecremt und umgezogen hatte, legte sie sich ins Bett, löschte das Licht und starrte in die Dunkelheit.

Eine ganze Zeit lag sie so da. Die Gedanken in ihrem Kopf fuhren Achterbahn. Wie lange sollte die Beziehung mit Simon noch so dahinplätschern, fragte sie sich. Und selbst wenn er doch noch irgendetwas für sie empfand, was wollte sie eigentlich? Konnte sie wirklich an der Seite eines Mannes leben, der im Grunde nie für sie da war und nicht einmal ansatzweise erkennen ließ, wie er sich eine gemeinsame Zukunft mit ihr vorstellte?

Kati grübelte und grübelte, und ihre Gedanken zogen immer weitere Kreise. Sie dachte an Simon, an ihren kranken Vater und an die Zukunft des Heidehofs. Lange wälzte sie sich in dem alten, knarrenden Bett hin und her. Und mit jeder Minute wuchs ihre Angst vor dem nächsten Albtraum.

Schließlich richtete sie sich benommen auf, knipste die Nachttischlampe an, um nachzusehen, wie lange die quälenden Sorgen sie schon vom Einschlafen abgehalten hatten.

Kati erschrak. Es war halb vier! Sie musste also doch eingenickt sein, ohne dass es sich für sie nach erholsamem Schlaf angefühlt hatte.

Doch statt sich auf die Seite zu drehen, die Lampe auszuschalten und schnell wieder einzuschlafen, durchfuhr sie plötzlich ein Gedanke. Und mit einem Mal war ihr alles ganz klar. Sie fühlte sich plötzlich hellwach und setzte sich mit einem Ruck im Bett auf.

Nun wusste sie, was sie wirklich wollte!

Sie wollte Simon nicht verlieren, sondern um ihre Liebe kämpfen. Das Leben war schon grausam genug. Warum also sollte sie sich in ihre gekränkte Eitelkeit hineinsteigern und Simon mit Vorwürfen überschütten? Damit würde sie doch vor allem sich selbst schaden. Sicher war es für ihn auch nicht immer leicht. Wann hatte sie ihn eigentlich das letzte Mal gefragt, wie es ihm ging? Sie wusste ja nicht einmal genau, wo er sich jeweils aufhielt und was ihn beschäftigte. Nein, so konnte es nicht mit ihnen weitergehen! Wenn nicht jetzt die Zeit für eine Wende gekommen war, wann dann?

Natürlich war die erste Verliebtheit lange verflogen. Immerhin waren sie schon ein paar Jahre zusammen. Doch einer wirklich großen Liebe konnte das bekanntlich nichts anhaben. Man konnte ... man *musste* einer Beziehung sogar immer aufs Neue Leben einhauchen. Und das hatten sie selbst in der Hand! Kati hatte es in der Hand!

Also beschloss sie, endlich die Initiative zu ergreifen. Gleich morgen Abend würde sie mit Simon reden. Sie würde Flo nach Hamburg fahren und ihn vom Flughafen abholen. Oder sie konnte vielleicht etwas Schönes für sie beide kochen und ihn mit einem leckeren Essen überraschen, wenn er nach Hause kam – so wie sie es früher oft getan hatte. Im Grunde war sie mit schuld, dass ihre Beziehung in den vergangenen Monaten so fade geworden war. Denn Kati musste sich eingestehen, dass auch sie nicht besonders viel in ihr gemeinsames Glück investiert hatte, sondern stattdessen meist einfach abwartete, ob Simon irgendwie aktiv wurde. Wenn sie ganz ehrlich war, hatte sie sich sogar darauf zurückgezogen und schmollend erwartet, dass er ihr endlich einen Heiratsantrag machen würde.

Ein leichtes Lächeln huschte über Katis Gesicht. Wie dumm sie gewesen war!

Vielleicht kam die momentane Krise also genau zum richtigen Zeitpunkt, damit sie endlich ihr Leben in Ordnung brachte. Vielleicht würde sich Simon ja sogar überreden lassen, aufs Land zu ziehen. Dann wäre sie ein wenig näher an der Heide und könnte ihre Familie besser unterstützen.

Wer weiß, dachte sie, vielleicht hatte die Krankheit ihres Vaters damit wenigstens ein Gutes. Dann schlief Kati im festen Glauben an eine hoffnungsvolle Zukunft endlich richtig ein.

5

Am nächsten Morgen standen Kati und Flo früh auf, um bei den Vorbereitungen für das Frühstücksbuffet zu helfen. Sie taten, was man ihnen auftrug. Aber ob sie Elli und Sibylle in der morgendlichen Hektik überhaupt eine Hilfe waren, vermochten die beiden Freundinnen nicht zu sagen.

Später zeigten sie Dorothee die aufgegebenen Anzeigen und das Stellenprofil auf der Homepage. Dorothee bedankte sich zwar, machte sich aber keine große Hoffnung, dass sich überhaupt jemand auf die Inserate melden würde. Deutlich positiver nahm sie die Überprüfung der Buchungen auf. Sie sprach den beiden ein dickes Lob aus.

Am frühen Nachmittag brachen Kati und Flo schließlich auf.

Dorothee und Elli verabschiedeten die beiden mit einem herzlichen Dankeschön und luden Flo ein, bald wiederzukommen. Wenn es etwas ruhiger zuging, wollten sie ihr mehr von der schönen Gegend zeigen.

Dann stiegen Kati und Flo gut versorgt mit frischen Blumen und reichlich Proviant in den alten Golf und fuhren los. In Soltau wollte Kati noch bei ihrem Vater im Krankenhaus vorbeischauen. Der Besuch fiel denkbar kurz aus, aber Kati war froh, wenigstens einen Moment am Bett ihres Vaters gesessen zu haben. Hinrich lag in einem ständigen Dämmerzustand und war nicht ansprechbar. Leider hatte Kati auch nur kurz mit einem jungen Assistenzarzt sprechen können und nichts wirklich Neues erfahren.

Als Kati gegen 17 Uhr vor Flos Tür hielt, nahmen sich die

Freundinnen noch mal fest in den Arm. Kati bedankte sich herzlich für Flos spontane und tatkräftige Unterstützung. Und Flo wünschte Kati noch einen schönen Abend und – in Anspielung auf Simons manchmal fehlende Empathie – viel Glück.

Kati hatte ihrer Freundin auf der Rückfahrt von ihren nächtlichen Überlegungen berichtet. Flos deutlich ironischer Unterton bei dem Gespräch ließ Kati unfreiwillig auflachen. Flo machte keinen Hehl daraus, dass sie Simon nicht besonders mochte. Am Anfang ihrer Beziehung hatte Kati gedacht, Flo wäre möglicherweise ein bisschen eifersüchtig. Schließlich hatte ihre beste Freundin leider nie besonders viel Glück mit Männern und entweder nur kurze oder sehr einseitige Beziehungen gehabt. Doch jedes Mal, wenn Flo und Simon aufeinandertrafen, verstrickten sie sich in aufreibende Diskussionen über jedes nur denkbare Thema. Nie waren sie dabei auf einen Nenner gekommen. Auch hatten sie einen sehr unterschiedlichen Humor. Dabei konnte Simon ganze Gesellschaften bestens unterhalten und brachte jeden mit seiner Ironie zum Lachen. Eloquent, wie er war, bereitete es ihm keine große Mühe vor vielen Leuten zu reden und dabei einen witzigen Ton anzuschlagen. Das kam ihm in seinem Job sicher des Öfteren zugute. Und auch wenn Kati mit seinem Beruf bisweilen auf Kriegsfuß stand, so war sie doch stolz, einen so klugen und erfolgreichen Mann an ihrer Seite zu wissen.

Kati und Flo verabredeten sich für den nächsten Morgen in der Agentur. Sie wollten noch einmal gemeinsam mit Gero über die Präsentation sprechen, und Kati wollte bei dieser Gelegenheit ganz offiziell ihren Urlaub einreichen.

Als Kati endlich ihr Wohnhaus in Ottensen erreichte, musste sie zwei Mal um den Block fahren, bis sie einen Parkplatz fand. Die Parklücke war winzig und eigentlich viel zu weit von ihrer

Wohnung entfernt. Mit viel Rangieren und Fluchen bugsierte sie ihren alten Golf schließlich zwischen zwei andere Autos. Und obwohl sie sich darüber ärgerte, dass sie nun sämtliche Lebensmittel, die sie für den Abend aus der Gasthofküche hatte mitnehmen dürfen, so weit schleppen musste, war sie erstaunlich guter Laune.

Als Kati oben in der Wohnung ankam, beschloss sie, gleich mit dem Kochen zu beginnen. Die Zeit drängte, wenn sie Simon um 19 Uhr vom Flughafen abholen wollte. Er würde Augen machen, wenn sie ihn dort überraschte! Und noch größere, wenn zu Hause sein Lieblingsessen von der Speisekarte des Heidehofs auf ihn wartete: Mandel-Brokkoli-Gratin mit Filetspitzen und Heidekartoffeln.

Anfangs hatte sie Simon öfter zum Flughafen gebracht oder ihn dort abgeholt. Doch seit er darauf bestand, seinen Auftraggebern sämtliche Reisekosten in Rechnung zu stellen, fuhr er immer mit dem Taxi.

Nach einer guten Stunde hatte Kati das Essen, soweit es ging, für den Abend vorbereitet. Sie deckte noch den Tisch und dekorierte ihn liebevoll mit Blumen aus Ellis Garten. Dann fischte sie einen französischen Rotwein aus dem Regal, den Simon und sie damals bei ihrem ersten gemeinsamen Urlaub in der Provence so köstlich gefunden hatten.

Anschließend zog sie sich um. Zwei Wochen zuvor hatte sie im Mercado, dem Einkaufszentrum von Altona, spontan eine Bluse gekauft, die hervorragend zu ihrer innig geliebten Cavalli-Jeans passte. Vor dem Spiegel fühlte sie sich ein bisschen wie ein Teenager vor dem ersten Date. Es kam ihr irgendwie albern vor, so aufgeregt zu sein. Andererseits sollte das Wiedersehen mit Simon so romantisch wie möglich verlaufen.

Lächelnd verließ sie die Wohnung, lief zum Wagen und fuhr in Windeseile durch die Stadt.

Als Kati am Flughafen ankam, musste sie sich kurz vergewissern, dass sie auch am richtigen Terminal gehalten hatte. Glücklicherweise hatte sie trotz ihrer Aufregung alles richtig gemacht. Der nächste Schreck erwartete sie im Inneren der Ankunftshalle. Laut Anzeigentafel war der Flieger aus Stockholm bereits vor zehn Minuten gelandet! Also rannte Kati, so schnell es ging, zum richtigen Ausgang und ärgerte sich ein bisschen, dass sie doch noch in Schuhe mit hohen Absätzen geschlüpft war. Andererseits mochte es Simon, wenn sie sich etwas weiblicher anzog, als sie es für gewöhnlich im Alltag tat.

Keuchend näherte sich Kati endlich der Menschenmenge, die vor der geschlossenen Glastür stand. Leider konnte man keinen Blick in die Gepäckhalle werfen, weil die Scheiben mit einem Sichtschutz beklebt waren.

Hin und wieder öffnete sich die Tür und spuckte vereinzelt Passagiere aus. Kati scannte die Ankommenden so schnell wie möglich mit ihren Blicken, obwohl Simon mit seinen fast ein Meter neunzig eigentlich nicht zu übersehen war. Sie hoffte, dass er noch am Band auf seinen Koffer wartete und nicht schon längst in ein Taxi gestiegen war. Meist nahm Simon aber nur wenig Gepäck mit. Sein kleiner Trolley ging als Handgepäck durch und beschleunigte die Abfertigung.

Immer wieder sah Kati auf die Uhr. Langsam wurde sie nervös. Nach weiteren fünf Minuten überlegte sie, Simon vielleicht doch besser anzurufen, damit sie sich nicht verpassten. Da erkannte sie plötzlich sein markantes Gesicht in einer kleinen Menschentraube. Er lächelte, und das stand ihm immer besonders gut.

Mit klopfendem Herzen ging Kati ihm ein Stück entgegen.

Doch dann blieb sie abrupt stehen. Da war eine hübsche Frau an seiner Seite. Simon schien in eine anregende Unterhaltung vertieft zu sein.

Instinktiv trat Kati einen Schritt zur Seite und versuchte sich zu erinnern, ob sie die Begleiterin aus Simons beruflichem Umfeld kennen sollte. Die blonde Frau war etwa Mitte vierzig, eher auffällig gekleidet und auf sympathisch perfekte Weise zurechtgemacht. Nein, Kati konnte sich nicht erinnern, ihr schon einmal begegnet zu sein. Vielleicht hatte Simon eine flüchtige Bekanntschaft während des Fluges gemacht? Oder er arbeitete nur hin und wieder mit ihr zusammen?

Ehe Kati sich bemerkbar machen konnte, huschten die beiden an ihr vorbei. Simon hatte sie nicht gesehen. Also drehte Kati sich nach ihm um und trat einen Schritt nach vorn. Sie wollte gerade seinen Namen rufen, als ihr Herz plötzlich einen Aussetzer hatte.

Sie traute ihren Augen kaum: Fast wie in Zeitlupe sah sie, wie sich Simons Hand wie selbstverständlich und vertraut um die Taille seiner Begleiterin legte. Kati konnte es nicht fassen, und wie von einem Automatismus gesteuert folgte sie den beiden unauffällig.

Sie gingen durch die Drehtür nach draußen. Kati hielt etwas Abstand, war aber nahe genug, um zu sehen, wie Simon ein Taxi heranwinkte und sich dann mit einem Kuss von der Frau verabschiedete. Als sie eingestiegen war und er die Tür sanft hinter ihr zugedrückt hatte, klopfte er noch auf das Dach des Wagens.

Mit offenem Mund stand Kati da und registrierte, mit welch zufriedenem Lächeln Simon dem blonden Schopf hinter der Heckscheibe nachsah. Er selbst stieg in das nächste Taxi und war weg, ehe Kati auch nur einen Laut von sich geben konnte.

Kati konnte sich nicht erinnern, wie sie den Weg zurück nach Ottensen gefunden hatte. Etwa eine halbe Stunde später parkte sie den Wagen im Halteverbot direkt vor ihrer Wohnung und starrte schweigend aus dem Autofenster. Obwohl ihr die Bilder von Simon, wie er diese andere Frau küsste, nicht mehr aus dem Kopf gingen, war in ihr nichts als Leere.

Mehr noch als Traurigkeit oder Wut spürte Kati so etwas wie Scham. Sie schämte sich für ihre Dummheit, für ihre Naivität. Wie hatte sie nur so dämlich sein können, fragte sie sich, niemals Simons Treue in Frage zu stellen? Dabei hatte er auf seinen zahlreichen Reisen doch weiß Gott genug Gelegenheiten, sie zu hintergehen. Und das vom Beginn ihrer Beziehung an.

Die Vorstellung, dass er womöglich schon über Wochen oder gar Monate eine Affäre hatte oder sie womöglich schon seit Jahren betrog, war unerträglich. Kati wusste nicht, was sie tun sollte. Unwillkürlich blickte sie zu ihrem Küchenfenster hinauf und erschrak, weil dort plötzlich das Licht anging. Simon war offenbar bereits zu Hause. Vermutlich wunderte er sich über den gedeckten Tisch und das Essen auf dem Herd. Gleich würde ihr Handy klingeln, da war Kati sicher.

Doch was sollte sie tun? Zu ihm hinaufgehen und ihm eine Szene machen? Das alles schien ihr so absurd und unwirklich.

Wie ferngesteuert stieg sie aus dem Wagen, betrat das Haus und schleppte sich mühsam die Treppe hoch. Mit langsamen Bewegungen öffnete sie die Wohnungstür, blieb aber im Flur stehen, als Simon mit freudigem Gesichtsausdruck auf sie zueilte.

«Hallo, meine Süße!» Er wollte sie auf die Wange küssen. «Du hast für uns gekocht?!»

«Ich bin nicht deine Süße», hörte sich Kati beinahe tonlos sagen.

Simon verstand nicht und sah sie irritiert an.

Kati spürte, dass sie ihre Tränen nicht mehr zurückhalten konnte, und wendete sich ab. Doch Simon bekam sie am Arm zu fassen und zog sie in die Wohnung.

«Kattharina, was ist denn los? Ist was mit deinem Vater?»

Sie hasste es, wenn Simon sie Kattharina nannte, und schrie ihm ins Gesicht: «Allerdings ist was mit meinem Vater: Er ist todkrank! Und mein sogenannter Freund hat nichts Besseres zu tun, als eine billige Blondine zu vögeln!»

Simon erstarrte vor Schreck.

Was dann kam, erschien Kati wie ein schlechter Film. Ein Film, von dem sie niemals gedacht hätte, dass ausgerechnet sie die jämmerliche Hauptfigur darin abgeben würde. Als sie Simon damit konfrontierte, dass sie ihn am Flughafen hatte abholen wollen und ihn dort mit einer anderen Frau im Arm gesehen hatte, reagierte er vollkommen verständnislos. Er verdrehte die Augen und stritt alles ab.

Er behauptete, mit dieser Claudia sei nichts gelaufen und dass sie eine Kollegin aus Hamburg wäre. Allerdings gab er zu, dass sie Annäherungsversuche gemacht hatte.

«Aber ich empfinde überhaupt nichts für sie», beteuerte er.

Kati atmete tief ein. «Ich war vielleicht naiv – all die Monate oder Jahre. Aber blind bin ich nicht!»

Einen Moment lang sah Simon sie böse an. Seine Augen wirkten plötzlich kalt und fremd. Kati erschauderte. Keine Sekunde länger wollte sie seinem bohrenden Blick ausgesetzt sein. Sie wollte weg, nur weg. Raus aus der Enge ihrer Wohnung und fort von Simons stechendem Blick.

Mit einem Ruck drehte sie sich um, rannte zur offen stehenden Wohnungstür hinaus und nahm zwei Stufen auf einmal. Im Treppenhaus hallte Simons Stimme. Er rief ihr irgendetwas nach, was Kati aber weder richtig hören konnte noch wollte. Sie wollte nur noch weg von ihm.

※

«Tut mir leid, wenn ich das sage: Aber in eurem Fall ist das berühmte Ende mit Schrecken bestimmt besser, als das Leiden ohne Ende.» Zum dritten Mal an diesem Abend reichte Flo ihrer Freundin die Kleenexbox.

Doch Kati hörte gar nicht richtig zu. Sie schnäuzte sich lautstark und rutschte noch etwas tiefer in den Schaukelstuhl.

Sie saßen in der Küche, Flo hatte Tee aufgesetzt und die obligatorische Packung Toffifee bereitgestellt.

«Mal im Ernst», sagte ihre Freundin nun schon etwas strenger, «du willst mir doch nicht erzählen, dass ihr in letzter Zeit auch nur einen Tag zusammen glücklich wart.»

Kati sah sie mit verquollenen Augen an und seufzte. «Keine Ahnung. Aber es tut trotzdem weh, so verarscht zu werden.»

«Das ist schon mal ein guter Anfang. Die Wut wird dir jede Stunde wieder klarmachen, dass Simon echt ein Arschloch ist. Ein arrogantes Arschloch. Und total humorbefreit!»

Kati musste unwillkürlich grinsen. Doch dann katapultierte sie der Piepton ihres Handys zurück in den Schmerz. Es war bereits die zweite SMS von Simon.

Flo nahm ihr das Telefon aus der Hand und las laut vor: «geh bitte ran oder sag mir wenigstens, wo du bist. mache mir Sorgen!»

«Pah! Auf einmal!», höhnte Flo und schüttelte den Kopf. «Soll er sich ruhig Sorgen machen! Am besten, du ignorierst ihn.»

Kati nickte zaghaft, während gleichzeitig ihr Kopf immer schwerer wurde. Sie war so müde! Ja, hundemüde bin ich, dachte Kati. Sie war es leid, auch nur einen einzigen weiteren Tag, eine Woche, einen Monat oder gar ein weiteres Jahr wegen Simon zu leiden. Selbst wenn sich alles aufklären würde und er ihr tatsächlich treu war, so wäre er am Ende doch der Falsche. Nein, für Simon lohnte es sich nicht, all diese Entbehrungen auf sich zu nehmen. Das wusste Kati im Grunde schon lange. Jetzt gab es keine Ausflüchte mehr. Und diese bittere Erkenntnis lähmte sie vollkommen.

Trotz ihrer bleiernen Müdigkeit konnte Kati in dieser Nacht nicht einschlafen. Dabei hatte Flo darauf bestanden, dass Kati ihr gemütliches Bett haben sollte, während sie selbst aufs Sofa im Wohnzimmer auswich.

Seit geraumer Zeit lag Kati nun bereits unter der leichten Sommerdecke und ließ ihren Blick in dem Halbdunkel des Zimmers umherwandern. Von draußen fiel das Licht der Straßenlampen herein und verlieh dem Raum eine warme, tröstliche Atmosphäre. Es war eine Geborgenheit, die Kati in ihrer eigenen Wohnung so nicht fand.

Ob es an Simon lag?, fragte sie sich. Einerseits hatte sie an Tagen, an denen er unterwegs war, oft ihre Freiheit genossen. Neben den ausführlich zelebrierten Badeabenden hörte sie dann gerne laut die Musik, die er nicht mochte, und ließ überall ihre Sachen herumliegen. Andererseits hatte sich dieser Alltag immer wie ein Leben auf Abruf angefühlt. Auch wenn sie es nicht wollte, so hatte sie sich doch immer auf Simons Reisen eingestellt und versucht, sich seinen Vorstellungen von einem gemeinsamen Leben anzupassen. Das fing schon damit an, dass sie die Wohnung ganz anders eingerichtet hätte, wenn sie dort alleine wohnen würde. Damals war alles ganz schnell gegangen. Sie brauchte eine neue Bleibe, weil sich ihre alte WG aufgelöst hatte. Und Simon lebte damals noch mit seiner Exfreundin unter einem Dach. Mit Tina war er zwar schon lange auseinander gewesen, auch lange bevor Kati ihn kennenlernte. Doch aus Bequemlichkeit oder was auch immer war keiner von beiden ausgezogen. Kati konnte Simon schließlich überreden, mit ihr gemeinsam etwas Neues zu suchen. Über einen Maklerfreund von Simon fanden sie dann die Dreizimmerwohnung.

Kati war damals sehr froh über diesen ersten Schritt in eine gemeinsame, ja irgendwie erwachsene Zukunft gewesen. Aber wenn sie ganz ehrlich zu sich war, ging es ihr vielleicht schon damals nicht wirklich um Simon als Mensch, sondern eher um seine Rolle als zukünftiger Mann an ihrer Seite. Oder versuchte sie, sich das jetzt nur einzureden?

Nein, seufzte Kati innerlich, so ganz falsch schien dieser Gedanke nicht zu sein. Auch wenn ihr die Vorstellung, alleine wieder von vorn anfangen zu müssen, und die Einsamkeit und Leere ihr eine höllische Angst einjagten. Sie brauchte Abstand. Vielleicht konnten sie danach in Ruhe über alles reden. Vielleicht konnten sie beide ihre Beziehung – oder das, was davon noch übrig war – ja noch einmal neu überdenken.

Kati sah auf die digitale Anzeige von Flos Radiowecker und stöhnte, weil sie in nur drei Stunden schon wieder aufstehen musste. Sie hatte mit Flo besprochen, dass sie am nächsten Morgen gemeinsam in die Agentur gehen würden. Hoffentlich ergab sich dann endlich eine gute Gelegenheit dafür, dass Kati Gero um einen etwas längeren Urlaub bitten konnte. Mindestens drei Wochen wollte sie sich in der Heide ganz der Familie widmen können.

Auf ihre unnachahmliche Art hatte Flo behauptet, dass selbst so ein Unmensch wie Gero ihr diesen Wunsch unmöglich abschlagen konnte, wenn sie morgen vollkommen verheult und mit schwarzen Augenrändern vor ihm stand.

Kati hoffe inständig, dass er mit der Präsentation zufrieden war und sie grünes Licht bekam, um Hamburg eine Zeitlang den Rücken zu kehren. Kein Zeitpunkt war besser geeignet als dieser.

Rund sechs Stunden später steckte Kati mit zitternden Fingern den Schlüssel ins Schloss ihrer Wohnungstür.

In der Agentur hatte sie Gero in einer kräftezehrenden Verhandlung vier Wochen unbezahlten Urlaub aus den Rippen geleiert. Jetzt wollte sie so schnell wie möglich ihre kleine Hamburger Welt verlassen.

Wild entschlossen, während Simon außer Haus war, nur rasch ein paar Sachen zu packen, war sie die Treppen hinaufgelaufen. Doch in der Wohnung, wo angefangen von den Fotos am Kühlschrank bis hin zu den DVDs im Regal alles an ihre gemeinsame Zeit mit Simon erinnerte, beschlich Kati wieder eine lähmende Traurigkeit.

Sie atmete einmal tief ein und aus. Dann riss sie sich zusammen und ging ins Schlafzimmer, um ihre große Reisetasche für die nächsten Tage in Uhlendorf zu packen. Schnell stopfte sie das Nötigste hinein.

Als sie jedoch den kleinen Stoffhasen entdeckte, den Simon ihr vor langer Zeit geschenkt hatte und der nun einsam und verlassen auf ihrem Kissen lag, hielt sie inne und musste gegen die Tränen kämpfen. Sie nahm den Hasen in die Hand und strich ihm über die langen Schlappohren.

«Ach, Rübe», seufzte sie, «ich weiß, das ist traurig, aber es geht nicht anders.»

Dann steckte sie ihn zwischen Hosen, Shirts, Socken und Unterwäsche in die Tasche, die sie zuletzt während eines Urlaubs auf Lanzarote benutzt hatte. Damals war sie noch glücklich gewesen mit Simon. Oder redete sie sich auch das nur ein?

Wütend riss Kati den Gepäckstreifen der Airline ab und trug die Tasche in den Flur. Sie wollte nur noch einige Sachen aus dem Bad holen, als sie hörte, wie die Wohnungstür aufgeschlossen wurde, und erschrocken innehielt.

Simon musterte sie schweigend. Er musste ihr ansehen, wie verletzt sie war. Vorsichtig trat er näher, streckte die Arme nach ihr aus und zog sie an sich.

Kati wollte ihrem ersten Impuls folgen und seine Hände wegschieben, um sich der Umarmung zu entziehen. Doch sie war zu schwach. Sie konnte nicht anders, als sich einfach nur fallenzulassen und zu weinen.

Meistens war Simon mit ihren Emotionen überfordert gewesen. Immer wenn sie heulen musste, ließ er einen dämlichen Spruch vom Stapel. Aber diesmal war es anders. Er drückte sie ganz fest an sich und streichelte ihr sanft über den Kopf.

«Du musst mir glauben», flüsterte er, «ich wollte dich nicht verletzen.»

«Hast du aber», nuschelte Kati und spürte, dass sein Hemd bereits eine nasse Stelle an der Brust bekam, wo ihr Gesicht lag.

Sie löste sich aus seiner Umarmung und sah ihn eindringlich an. «So eine Szene hätten wir uns wirklich ersparen können. Vielleicht hätten wir schon längst die Notbremse ziehen müssen.»

Zu ihrer Verwunderung schien Simon nicht überrascht. Offensichtlich verstand er genau, was sie damit sagen wollte, und statt etwas zu erwidern, schob er Kati ins Wohnzimmer und bugsierte sie zum Sofa. Fast kam sich Kati wie ein kleines Kind vor. Erst recht, als er sich vor sie auf den Boden kniete.

Dann erschrak sie und fürchtete für einen kurzen Moment, ihr Herz würde stehen bleiben. Simon konnte doch nicht jetzt, in dieser unmöglichen Situation, das machen, worauf sie schon seit Monaten wartete.

«Du willst mir ja wohl keinen Antrag machen?», fragte sie ehrlich entsetzt.

«Nein, das will ich nicht.» Simon musste lächeln. Dann wurde er wieder ernst und fügte noch hinzu: «Und um ehrlich zu sein, hatte ich das auch nie vor.»

Das saß. Kein anderer Satz hätte Kati tiefer treffen können.

Da sie weiter schwieg, sprach Simon nach einer Pause ruhig und wie immer wohlüberlegt weiter: «Ich gehe vor dir auf die Knie, weil ich dich um Verzeihung bitten möchte. Für das, was gestern passiert ist, und für das, was in den letzten Jahren nicht passiert ist. Ich habe dich oft mies behandelt, ohne es zu wollen, und dir nicht die Aufmerksamkeit geschenkt, die du verdient hättest.» Nach einer Weile fügte er noch hinzu: «Aber ich habe dich wirklich geliebt, weißt du?»

Schon wieder bohrte sich das Messer in Katis Herz. Diesmal bohrte sich die Klinge sogar noch ein Stück tiefer hinein.

Doch sie atmete weiter, erstaunlich ruhig sogar, ein und aus, und lauschte seinen Worten. Und als wäre ihr Unterbewusstsein schon lange darauf programmiert gewesen, passierte schließlich etwas Erstaunliches.

Sie hörte sich selbst wie aus weiter Ferne sprechen, hörte, wie sie ihn unterbrach und Worte für ein Gefühl fand, das sich seit längerer Zeit in ihr breitgemacht hatte.

«Ich liebe dich auch nicht mehr», sagte sie leise, «jedenfalls nicht so, wie ich einen Mann lieben müsste, mit dem ich mir eine gemeinsame Zukunft wünsche. Ich weiß nicht, ob ich dir verzeihen kann. Ich weiß nur, dass ich *mir* nicht verzeihen könnte, wenn wir so weitermachen würden wie bisher», sagte sie mit etwas festerer Stimme. Die Sätze waren nur so aus ihr herausgesprudelt, ohne dass Kati jemals über diese Wahrheiten nachgedacht hatte.

Plötzlich traten Simon Tränen in die Augen. Er nickte und drehte sich weg, damit sie nicht sah, dass er sich genauso schwer tat.

Er richtete sich auf und setzte sich neben sie. Nach einer Weile drehte er ihr den Kopf zu und strich ihr eine Strähne aus dem Gesicht.

Dann nahmen sie sich wieder in die Arme und hielten sich eine ganze Zeitlang fest umschlungen. Bis Kati sich löste und vorschlug, dass sie erst einmal getrennte Wege gehen sollten. Sie berichtete Simon von ihrem unbezahlten Urlaub und der Idee, in der Heide etwas Abstand zu allem zu gewinnen.

«Der alte Despot hat dir wirklich vier Wochen Urlaub genehmigt?», fragte Simon erstaunt.

Kati schnaubte. «Pah! Vermutlich ist er froh, auf diese Weise Geld zu sparen. Dafür ist ihm schließlich jede Gelegenheit willkommen.»

Simon musste grinsen. «Und so fertig, wie du gerade aussiehst, war ihm wohl klar, dass bei dir im Moment eh nichts zu holen ist.»

Nun musste auch Kati lächeln. Es war seltsam. Das erste Mal seit langem fühlte sie sich Simon wieder nahe, und mit jeder Minute, in der sie einfach nur da saßen und redeten, wurde Kati klarer, was schiefgelaufen war zwischen ihnen.

«Warum haben wir eigentlich aufgehört zu reden?», fragte sie schließlich und sah ihn ernst an.

Doch Simon schien irritiert. «Du meinst jetzt?»

«Nein, überhaupt. Wieso haben wir uns damit so lange so schwer getan? Jetzt können wir doch auch miteinander reden.»

Simon dachte eine Weile nach, bevor er antwortete. «Vielleicht hatten wir beide einfach Angst davor, dass es das letzte Gespräch sein könnte.»

Kati musste schlucken. Aber sie spürte, wie der Schmerz sich allmählich in eine Traurigkeit, ja beinahe in eine süßliche Melancholie verwandelte, und sie erhob sich entschlossen.

«Vielleicht haben wir zu lange an etwas festgehalten, was es längst nicht mehr gab», erklärte sie und griff nach ihrer Reisetasche.

Doch Simon ließ es sich nicht nehmen, ihr das Gepäck abzunehmen und Kati nach unten zu ihrem Wagen zu begleiten.

Als sie die Sachen im Kofferraum verstaut hatten, erkundigte er sich offenbar ehrlich besorgt, ob er sie guten Gewissens alleine Auto fahren lassen konnte.

Kati versprach ihm, langsam zu fahren, und erklärte selbstironisch, dass sie in den letzten Tagen schon als größeres emotionales Wrack am Steuer gesessen hatte.

Plötzlich fiel ihr wieder der Beinahe-Unfall an der Zufahrt zum Heidehof ein. An sich wäre der Vorfall schnell vergessen gewesen, hätte sie die Begegnung nicht an das dunkelste Kapitel ihres Lebens erinnert. Aber das war etwas, das sie mit Simon nie geteilt hatte. Und so sollte es auch bleiben. Was Kati wirklich tief in ihrem Herzen umtrieb, konnte sie nur jemandem anvertrauen, der damit umzugehen wusste.

Gemeinsam verabredeten sie, sich zunächst nicht zu kontaktieren und erst mit einem gewissen Abstand noch einmal über alles zu sprechen.

Doch Kati war sich bereits ganz sicher, dass die Liebe zu Simon nie das hätte werden können, wonach sie schon seit Ewigkeiten suchte. Ihre tiefe Sehnsucht nach einem Seelenverwandten konnte Simon nicht ausfüllen.

Zum Abschied küsste sie Simon auf die Wange und fuhr davon. Im Rückspiegel konnte sie trotz ihrer Tränen erkennen, wie er ihr nachdenklich hinterhersah.

6

Die nächste Woche war eine einzige Achterbahnfahrt der Gefühle. Es gab Momente, in denen Kati sich so stark fühlte, dass sie aus einem Impuls heraus sämtliche SMS von Simon löschte, ohne eine Spur von Schmerz. Doch dann gab es auch Phasen, vor allem abends, wenn sie allein in ihrem alten Bett lag, in denen sie am liebsten einschlafen und nie wieder aufwachen wollte. Die Erinnerungen an die schönen Zeiten mit Simon zerrissen ihr förmlich das Herz.

Nach ihrer Rückkehr hatte sich Elli mehrfach nach Simon erkundigt. Doch Kati war dem Gespräch stets ausgewichen. Sie wollte erst Abstand gewinnen und in Ruhe über alles nachdenken. Außerdem sollte sich ihre Großmutter nicht noch mehr Sorgen machen, deshalb schwindelte Kati und erklärte, dass Simon auf einer längeren Geschäftsreise und in den nächsten Wochen ohnehin nicht zu Hause sei.

Es war schrecklich, Elli etwas vormachen zu müssen, aber Kati wusste, dass es besser so war.

Als ihr Vater zudem erneut in ein künstliches Koma versetzt werden musste, fühlte sie sich dem Abgrund so nah wie nie zuvor. Es war, als würde eine unbesiegbare Macht sie nach unten ziehen. Eine Nachblutung hatte einen neuerlichen Eingriff erfordert. Zwar hatte Dorothee ihr in aller Deutlichkeit erklärt, dass diese Maßnahme rein therapeutischer Natur war. Doch die Sorge um ihn blieb. Da Hinrich noch ziemlich geschwächt war, wagten die Ärzte auch nicht, ihn zu extubieren. Er sollte so lange im Dämmerschlaf bleiben, bis sichergestellt war, dass sämtliche

Giftstoffe herausgewaschen waren und dem Organismus nichts mehr würden anhaben können. Diese Maßnahme stellte für ihn aber keine Gefahr dar, hieß es.

Da Elli nun den Hauptteil der Arbeit in der Küche übernahm, versuchten Dorothee und Kati die dadurch entstehenden Engpässe an anderen Stellen zu stopfen. Kati kümmerte sich um die Reinigung der Zimmer, und Dorothee half nach Schließung des Restaurants beim Säubern der Galasräume.

Leider blieb ihnen wenig Zeit, sich Hinrich so zu widmen, wie sie es gerne wollten. Dorothee und Kati wechselten sich jeden Tag mit einem Besuch im Krankenhaus ab, weil sonst einfach zu viel Arbeit liegen geblieben wäre. Elli schaffte es sogar nur jeden dritten Tag, eine von ihnen zu begleiten. Aber all das änderte nichts an der Tatsache, dass sie sich sehr große Sorgen um ihn machte. Kati versuchte, darauf zu vertrauen, dass die Ärzte die Wahrheit sagten und ihr Vater in guten Händen war.

Immer wenn sie an seinem Bett saß, fühlte sie sich vollkommen hilflos. Doch obwohl sie dort im Grunde nichts ausrichten konnte, hoffte Kati, ihr Vater würde ihre Gegenwart irgendwie spüren.

Um sich abzulenken stürzte sich Kati in die Arbeit auf dem Heidehof. Sie stand morgens früh auf und fiel abends erschöpft ins Bett. Die Abläufe wurden ihr immer vertrauter, und die einzelnen Tätigkeiten gingen ihr täglich besser von der Hand. Viele Arbeiten verrichtete sie mittlerweile mechanisch. Auch gab es Aufgaben, wie etwa die Inventur des Kühlraumes, die sie sogar ganz gerne verrichtete, weil es sie auf andere Gedanken brachte.

Auch Betten zu beziehen und Badezimmer zu schrubben fand Kati ganz in Ordnung. Dabei entstand eine willkommene Leere in ihrem Kopf, denn sie musste weder über ihre Handgriffe nachdenken, noch hatte sie sonst Gelegenheit zu grübeln.

In der Nacht von Dienstag auf Mittwoch hatte sie jedoch so schlecht geschlafen, dass sie morgens vollkommen neben sich stand und versehentlich drei komplette Sechsertische zu viel eindeckte.

Dabei war der Frühstücksdienst schon lange nicht mehr so arbeitsintensiv wie in alten Zeiten. In früheren Jahren, als das Frühstück noch an jedem Tisch einzeln serviert wurde, hatte Kati oft in den Schulferien und vor allem, wenn Hochbetrieb herrschte, ausgeholfen. Doch inzwischen bot der Heidehof seinen Gästen morgens ein Frühstücksbuffet, das einerseits reichhaltig und abwechslungsreich war, andererseits aber von nur einer Person im Service vorbereitet werden konnte.

Sibylle erklärte sich bereit, weitere Aufgaben zu übernehmen. Zusätzlich zu ihrer Arbeit in der Küche half sie, die Gästezimmer und den Frühstücksraum zu reinigen.

Kati hoffte, durch ihre Mitarbeit Elli und Sibylle etwas entlasten zu können. Aber sogar Dorothee betonte immer wieder, wie dankbar sie für Katis Einsatz war. Es sei keinesfalls selbstverständlich, dass Kati ihren unbezahlten Urlaub opferte, um im Heidehof einzuspringen.

Für Kati wiederum war es gar keine Frage, dass sie in dieser Situation zusammenhalten mussten. Darin lag doch der Sinn von Familie!

Kati hatte jegliches Zeitgefühl verloren und lebte allein im Rhythmus des Heidehofs. Wie lange sie schon hier war? Sie wusste es nicht. Es kam ihr vor wie eine halbe Ewigkeit. Dabei waren erst fünf Tage vergangen, seit sie aus Hamburg aufgebrochen war.

Gerade lud sie die letzten Geschirrstapel in die quadratischen Kunststoffbehälter, um sie durch die riesige Spülmaschine zu jagen. Sie konnte etwas frische Luft gebrauchen. Denn in der Großküche mischten sich sämtliche Gerüche und Dämpfe. Selbst wenn Kati nicht am Herd stand, rochen ihre Haare und ihre Kleidung noch Stunden später nach Abluft und Fett. Die altersschwache Belüftungsanlage und die schlecht zu öffnenden Fenster trugen ihr Übriges zur stickigen Luft bei.

Im Grunde, dachte Kati, müsste man noch einmal richtig in den Heidehof investieren, wenn er wirklich eine Zukunft haben soll. Das Haupthaus war marode, das Mobiliar verwohnt. Und selbst wenn ihr Vater wieder vollkommen gesund werden würde, konnte niemand sagen, wie lange er wohl noch die Kraft hätte, den Betrieb zu leiten.

Kati legte ihre Schürze beiseite und trat aus der Küche auf die Veranda.

War es wirklich schon fast eine Woche her, dass sie hier mit Flo gesessen hatte? Fast täglich erkundigte sich die Freundin am Telefon, wie es ihr ging. Und Kati tat es gut, dass Flo sie in ihrer Entscheidung bestärkte, den Kontakt zu Simon fürs Erste auf Eis zu legen. Dass auch er sich an die Abmachung hielt, machte es Kati leichter.

Gerade als sie wieder ins Haus gehen wollte, trat Elli aus der Küche. Kati spürte den besorgten Blick ihrer Großmutter.

«Willst du dir nicht eine kleine Auszeit nehmen?», schlug Elli vor, als hätte sie die Sorgen ihrer Enkelin erraten. «Du könntest einen Spaziergang unternehmen. Oder wie früher mit dem Rad nach Bispingen fahren, um ein Eis zu essen.»

Kati lächelte. «Das ist lieb von dir, aber ich will lieber bei den anfallenden Arbeiten helfen.»

Doch Elli duldete keinen Widerspruch. «Das kannst du später immer noch tun. Jetzt holen wir dir erst mal mein Rad aus dem Schuppen.» Sie hakte sich bei ihrer Enkelin unter und zog sie mit sich über den Rasen.

※

Nachdem Kati die Luft in den Reifen kontrolliert hatte, stieg sie auf das alte Fahrrad ihrer Großmutter und trat voller Elan in die Pedale. Sie winkte Elli zu, die ihr die Schürze abgenommen hatte, und bereits wieder Richtung Veranda ging.

Nach nur wenigen Minuten hatte sie das Ende des Ortes erreicht. Sie folgte dem Radweg entlang der Kreisstraße nach Bispingen. Dichte Kiefernwälder säumten hier den Straßenrand und spendeten nicht nur reichlich Schatten, sondern verströmten auch einen würzigen Holzgeruch. Der Duft des Waldes mischte sich in der Sommerhitze mit dem Dunst des gleißenden Asphalts. Ein leichtes Flimmern schien über der Straße zu liegen. Die wenigen Autos, die Kati überholten oder ihr begegneten, konnten den Eindruck von Stille und Geruhsamkeit nicht wirklich stören.

Heimat, dachte Kati, so riecht Heimat.

Nachdem sie eine kleine Erhebung hinaufgeradelt war, sah sie bereits das Ortsschild von Bispingen.

Es tat gut, mal wieder durch die alte Heimat zu radeln. Früher hätte Kati sich nicht vorstellen können, freiwillig hier wegzugehen.

Wie es wohl wäre, wieder in der Heide zu leben, fragte sie sich, als sie mit Rückenwind den langgezogenen Hügel hinunter Richtung Ortsmitte rollte. Aber was sollte sie hier tun?

Das ganze Jahr über Bettwäsche wechseln und Geschirr abräumen?

Früher hatte ihr Vater immer gesagt, dass sie den Heidehof eines Tages übernehmen sollte. Doch es gab zahlreiche Argumente, die dagegen sprachen. Angefangen damit, dass Kati die richtige Ausbildung fehlte, um den Familienbetrieb voranzubringen und auch selbst langfristig mit diesem Leben zufrieden zu sein. Außerdem kannte sie in dieser Gegend ja eigentlich niemanden mehr. Natürlich sah sie gelegentlich noch ein bekanntes Gesicht, alte Klassenkameraden oder deren Eltern. Doch Kati hatte ihrer alten Heimat schon vor mehr als zehn Jahren den Rücken gekehrt, und das aus gutem Grund. Sie würde sich niemals wieder im Dorfleben zurechtfinden.

Es war damals die einzig richtige Entscheidung gewesen. Kati hatte weit weg ein ganz neues Leben beginnen wollen, um all den Schmerz und die Trauer loszuwerden. Nach dem Abi war genau der richtige Zeitpunkt gekommen. Sie hatte sich per Interrail ganz allein auf den Weg nach Süden gemacht. Und nach der intensiven Zeit in Barcelona war sie zwar nach Deutschland zurückgekehrt, nicht jedoch in die Heide. Sie war damals nach Hamburg gegangen, um dort ein Designstudium zu beginnen. In der großen Stadt konnte sie ganz von vorn anfangen. Niemand kannte sie, und vor allem wusste dort niemand über ihr furchtbares Schicksal Bescheid. Kati hatte die schrecklichen Ereignisse in einer tiefen Ecke ihres Herzens weggesperrt und sich verboten, darüber zu reden. Mit niemandem hatte sie bisher darüber gesprochen, auch mit Flo nicht.

Und das soll auch so bleiben, dachte Kati, als sie am Schwimmbad von Bispingen vorbeifuhr.

Hier hatte sie als Jugendliche jeden freien Tag verbracht. Es waren großartige Sommer gewesen, und Kati war glücklich damals. Natürlich wusste sie, dass man solche Zeiten im Nachhinein glorifiziert und glaubt, es habe nie kalte oder regnerische Tage gegeben, sondern nur Sonne und ein grenzenloses Gefühl von Freiheit. Die Jahre verschmelzen dann zu einem einzigen wunderbaren Sommer, der nie aufzuhören schien. Genauso wie Katis Erinnerungen an die Winter ihrer Kindheit ausschließlich von Schneemassen und Weihnachtsidylle geprägt waren.

Die Mittagssonne brannte, und am liebsten wäre Kati wie damals barfuß mit dem Rad zum Schwimmen gefahren, hätte sich den ganzen Tag auf eine Wiese gelegt und mit ihrer Schwester und ihren engsten Freundinnen von damals, Angie und Nicole, über die Leute gelästert. Was hatten sie für Spaß gehabt! Kati erinnerte sich daran, wie oft sie mit Jule das letzte Taschengeld zusammengekratzt hatte, um eine Kugel Stracciatella im Eiscafé bei Toni zu kaufen.

Sie musste lächeln. Zwar wäre es ihr jetzt albern vorgekommen, einfach ihre Schuhe abzustreifen und barfuß weiterzuradeln. Aber Geld hatte sie im Vergleich zu damals wahrlich genug.

Kurzerhand bog sie in die Hützeler Straße ein, um sich tatsächlich ein leckeres Eis zu gönnen.

Kati lehnte das Fahrrad an einen Pfahl und stellte sich brav in die Schlange, die überwiegend aus Touristen, hauptsächlich jungen Familien, bestand. Als sie sich dem Tresen näherte und den Besitzer der Eisdiele wiedererkannte, musste sie grinsen. Denn Toni persönlich bediente seine Kunden tatsächlich noch mit der gleichen Begeisterung wie eh und je.

«Ich hätte gern drei Kugeln», erklärte Kati, als sie an der Reihe war. «Sahne-Kirsch, Haselnuss und …»

«Stracciatella?», fiel Toni ihr ins Wort. «Ciao, bella!», fügte er hinzu und lächelte herzlich. «Dich habe ich ja eine Ewigkeit nicht gesehen!»

«Das stimmt», sagte Kati beinahe verlegen, «dass du dich noch an mich erinnerst …»

Toni schien extragroße Kugeln für sie zu formen, denn sie passten kaum auf die Waffel. Kati war überrascht und gerührt zugleich. Sie wusste nicht, wie sie mit der Situation umgehen sollte und befürchtete, Toni könnte nach ihrer Schwester fragen.

Als Kind hatte Kati nie darüber nachgedacht, dass sie oft gar nicht als Individuum, als einzelnes Mädchen wahrgenommen wurde, sondern immer als eine der beiden Heidehof-Schwestern. Jule und sie waren Zwillingsschwestern und hatten sich wirklich sehr ähnlich gesehen. Außerdem war es normal gewesen, alles miteinander zu teilen und praktisch jede freie Minute zusammen zu verbringen. In den Schulpausen, nach den Hausaufgaben und in den Ferien. Vermutlich wäre es irgendwann zu einer räumlichen Trennung gekommen. Sie hätten ja schlecht für den Rest ihres Lebens wie siamesische Zwillinge aneinanderkleben können. Ein Alltag ohne Jule wäre für Kati zwar ungewohnt und mit einem gewissen Schmerz verbunden gewesen. Doch das, was dann passiert war, fühlte sich für sie an wie eine Amputation, deren Wunde auch nach über zehn Jahren nicht verheilt war.

Schnell verabschiedete sie sich und balancierte das Eis vorsichtig zum Fahrrad. Mit der freien Hand schob sie es zu einer Parkbank, auf der gerade ein Platz frei wurde. Sie setzte sich und beobachtete die Leute, während sie ihr Eis genoss. Es schmeckte tatsächlich noch genauso gut wie damals.

Kati seufzte. Wie lange war es eigentlich her, dass sie mit einem Eis in der Sonne gesessen hatte? Ohne Termindruck, ohne

Stress? Und plötzlich durchfuhr sie ein kleines Glücksgefühl. Und obwohl sie nicht wusste, wie es in ihrem Leben weitergehen würde, versuchte sie, diesen kostbaren Augenblick einfach zu genießen.

※

Als Kati wenig später den Rückweg antrat und kurz vor Uhlendorf die letzte große Kurve nahm, sah sie in etwa fünfzehn Metern Entfernung ein Mofa auf dem Fahrradweg stehen.

Der Fahrer hatte seinen Helm auf den Knien abgelegt und versuchte ungeschickt eine größere Landkarte zusammenzufalten. Schon von weitem hörte Kati ihn fluchen.

Als sie sich dem verschwitzten jungen Mann näherte, musste sie lächeln. Er trug legere Sportschuhe, und sein hellblaues Hemd fiel locker über die dunkle Anzugshose.

«Na, kein Smart-Phone dabei?», sagte sie im Vorbeifahren.

Verdutzt hob der Mann den Kopf und sah ihr nach. «Akku ist leer.» Er grinste schief. Dann rief er ihr hinterher: «Kennst du dich hier aus? Ich glaub, ich hab mich verfahren. Hier sieht ja ein Weg wie der andere aus.»

«Wo soll's denn hingehen?» Kati stieg vom Rad und schob es die paar Meter zurück.

«Nach Uhlendorf zum Heidehof. Kennst du den?»

Kati unterdrückte ein Grinsen und nickte. «Ich glaube, ich weiß, wo der ist. Da musst du hier geradeaus weiterfahren.» Sie zeigte in die entsprechende Richtung. «An der nächsten Abzweigung links ab, dann noch ungefähr einen Kilometer die Hauptstraße weiter und an der Tankstelle wieder links. Nach etwa dreihundert Metern siehst du dann auf der rechten Seite den Heidehof liegen.»

«Cool. Vielleicht schaffe ich es doch noch rechtzeitig zu meinem Termin. Danke!»

Kati musterte ihr Gegenüber interessiert. Wollte der Mann sich etwa als Aushilfe vorstellen? Dorothee hatte ihr gar nichts von einem Termin gesagt.

Als Zimmermädchen kam der Typ aber wohl nicht in Frage. Seine schweißnassen, mittelblonden Haare kringelten sich kreuz und quer über der Stirn. Die Ohren waren ein wenig zu groß, wohingegen die Nase etwas zu kurz wirkte. Aber seine blauen Augen strahlten etwas Freundliches aus, und er machte insgesamt einen ziemlich sympathischen Eindruck.

«Ich hoffe, dein Termin ist nicht allzu förmlich.»

Kati deutete auf einen großen, kalkartigen Fleck auf seiner Hose.

Der Mann sah entsetzt an sich hinunter.

«Oh nein!» Eilig rubbelte er an dem Fleck herum. Aber es half nichts, sondern machte die Sache nur noch schlimmer. Schließlich gab er auf und zuckte resigniert mit den Schultern.

«Ich hab ein Vorstellungsgespräch. So ein Mist, verdammter!»

Kati horchte auf. Jetzt wurde es interessant.

«Ein Vorstellungsgespräch, das ist ja toll. Na, da wünsche ich dir viel Glück!»

«Danke, immerhin komme ich jetzt wenigstens pünktlich.»

Kati lachte und sah ihm kopfschüttelnd hinterher, wie er noch im Anfahren die Karte in seinen Rucksack stopfte und seinen Helm gerade rückte.

Amüsiert stieg sie aufs Rad und fuhr los. Das kann nur ein Koch gewesen sein, dachte sie und wunderte sich erneut, dass

Dorothee keinen Vorstellungstermin erwähnt hatte. Sie konnte sich auch nicht erinnern, dass ihre Stiefmutter überhaupt etwas von einer eingegangenen Bewerbung gesagt hatte.

Kati beschloss, eine Abkürzung zum Heidehof zu nehmen, und bog links in den nächsten Waldweg ein.

Schon wenige Minuten später erreichte sie leicht verschwitzt den Hof, stellte das Fahrrad an die Schuppenwand und ging eilig ins Haus. In dem kleinen Gästebad im Eingangsbereich wusch sie sich die Hände und kämmte ihr vom Wind zerzaustes Haar.

Als sie die Tür zur Gaststube öffnete, bot Dorothee dem Mofafahrer soeben mit freundlichen Worten einen Sitzplatz an.

Kati trat ein und sah ihre Stiefmutter fragend an. Dorothee bedeutete ihr näher zu treten. Offensichtlich fühlte sie sich durch Katis Anwesenheit nicht gestört.

«Das ist Pit Brüggemann», erklärte sie. «Er bewirbt sich um die Stelle des Aushilfskochs.»

Als der Mann sich zu Kati umdrehte und sie erkannte, zog er seine Augenbrauen hoch und schaute sie verdutzt an.

Kati trat näher und reichte ihm die Hand. «Freut mich sehr», sagte sie, nachdem Dorothee sie als Tochter des Hauses vorgestellt hatte.

Pit Brüggemann räusperte sich verlegen und schien dankbar, als Dorothee das Gespräch fortsetzte.

«Sie haben recht gute Zeugnisse, Herr Brüggemann, aber wie kommt es, dass Sie jetzt so kurz vor der Hauptsaison zur Verfügung stehen? Normalerweise ist gutes Personal zu diesem Zeitpunkt ja längst vergeben.»

«Seekrankheit.»

«Bitte?», fragte Dorothee erstaunt. «Sagten Sie Seekrankheit?»

«Also, das war so», begann Pit seine Erklärung, «ich hatte einen Job auf einem dieser coolen Kreuzfahrtschiffe. Atlantiküberquerung und so. Aber leider habe ich es nur eine Woche ausgehalten, weil ich total seekrank wurde. Ich hing ständig über der Kloschüssel ... Entschuldigung. Also, es war ziemlich uncool.» Als er merkte, dass sich seine Zuhörerinnen verstohlene Blicke zuwarfen, räusperte er sich und straffte die Schultern. «Na ja, jedenfalls hat mir der Personalchef nach drei Tagen Seekrankheit nahegelegt, im nächsten Hafen von Bord zu gehen. Tja, und so musste ich meine Pläne kurzfristig ändern. Ich bin dann erst mal auf einen kurzen Besuch bei meinen Eltern in der Heide abgetaucht. Nicht gerade die coolste Gegend, aber: hey! Gestern bin ich dann über die Anzeige im Winsener Anzeiger gestolpert, dass hier ein Koch gesucht wird.»

«Verstehe. Aber Sie wissen schon, dass wir hier keine Stellung zu vergeben haben, die ...» Dorothee machte eine Kunstpause. «... die besonders *cool* ist?»

Pit rutschte auf seinem Stuhl hin und her, hielt die rechte Hand dabei aber betont lässig über den Fleck auf seiner Hose. Man bemerkte den Fleck nur, wenn man ganz genau hinguckte.

Kati konnte sich ein Grinsen nicht verkneifen. Der Typ gefiel ihr.

«Klar!», rief Pit. «Ich meine, ähm ... also, ich weiß schon, der Heidehof ist kein Schiff. Aber ich hätte echt Bock ... Entschuldigung, ich meine natürlich: Lust, hier zu arbeiten. Und zwar am liebsten ab sofort.»

Dorothee warf Kati einen verzweifelten Blick zu. Doch Kati lächelte und nickte.

«Also gut», erklärte Dorothee. «Wir können ja einen Probetag machen, gleich heute, wenn es Ihnen passt.»

Auf Pits Gesicht machte sich ein erleichtertes Grinsen breit. «Das passt!»

«Dann sollte Elli ihn auf jeden Fall auch kennenlernen», warf Kati ein. Sie fand es wichtig, dass sich auch ihre Großmutter so schnell wie möglich ein Bild von Pit Brüggemann machen konnte. «Ich meine, sie wird ja am meisten mit ihm zu tun haben.» Und an Pit gewandt, fügte sie erklärend hinzu: «Meine Großmutter ist vor allem für die Torten und Desserts zuständig.»

«Elli ist mit Sibylle zum Großmarkt gefahren. Sie wird nachher Gelegenheit haben, ihn kennenzulernen», antworte Dorothee knapp und erhob sich. «Der Einkauf würde übrigens auch zu Ihrem Aufgabenbereich gehören, Herr Brüggemann.»

«Cool ... äh, ich meine, das ist kein Problem.» Pit stand ebenfalls auf.

«Sie haben nicht zufällig ein Auto?», fragte Dorothee.

«Nein, leider nur mein altes Mofa.»

«Na, aber einen Transporter können Sie schon fahren, oder?»

«Ja, klar. Cool!»

Einen Moment sah Dorothee ihn mit großen Augen an, dann huschte ein gequältes Lächeln über ihr Gesicht.

«Soll ich mit Herrn Brüggemann vielleicht als Erstes einen Rundgang über den Hof machen?», fragte Kati, um die Situation zu entspannen.

«Ja, das ist vermutlich eine gute Idee.» Dorothee reichte Pit die Hand. «Dann kommen Sie doch morgen früh um 9 Uhr in mein Büro. Dort sprechen wir über Ihre Bezahlung und die weiteren Details. Und wenn alle einverstanden sind, setzen wir den Vertrag auf. Einen befristeten Vertrag mit Probezeit, versteht sich.»

«Cool, danke!» Pit schüttelte ihre Hand. Dann folgte er Kati aus der Gaststube.

Als sie durch die Diele gingen, registrierte Kati, wie er sie von der Seite musterte.

«Da hast du mich ja schön zum Deppen gemacht», erklärte er.

Kati blieb stehen und hob spöttisch die Augenbrauen. Doch bevor sie etwas erwidern konnte, verwandelte sich Pits Gesichtsausdruck plötzlich in leichtes Entsetzen.

«Oh, sorry! Darf ich überhaupt noch ‹du› sagen?»

Kati lachte. «Klar, ich bin wohl kaum älter als du. Ich heiße übrigens Kati.»

«Cool.»

Kati musste erneut lachen. Schon jetzt hatte sie Pit ins Herz geschlossen. Nicht als Mann, definitiv nicht. Schon eher als so eine Art kleiner Bruder, der ständig Flausen im Kopf hatte, aber immer für gute Laune sorgte.

Als Elli von der Einkaufstour zurückkam, berichtete Kati ihr sofort von Pit Brüggemann.

«Ich glaube, du wirst ihn mögen», sagte sie und half ihrer Großmutter aus dem weißen Transporter, den Sibylle vor dem Hintereingang geparkt hatte. «Er wartet in der Küche auf uns, du kannst dich also gleich selbst von ihm überzeugen Er hat so lustige Augen und scheint ein echter Witzbold zu sein.»

«Hoffentlich kann er auch kochen», entgegnete Elli trocken und folgte ihrer Enkelin über die Veranda, während Sibylle begann, die Kisten aus dem Wagen zu laden.

«Ich habe mir von Dorothee noch mal seine Zeugnisse zeigen lassen, die sind richtig gut.»

«Deinen Vater wird er jedenfalls nicht ersetzen können. So viel steht schon mal fest.» Elli rieb sich erschöpft die Augen.

«Was ist denn eigentlich mit Frau Holm?», erkundigte sich Kati besorgt. Ohne eine zusätzliche Aushilfe würde ihre Großmutter bestimmt bald zusammenklappen. Elli kam ihr jetzt schon vollkommen überarbeitet und ungewohnt mürrisch vor. «Hast du sie inzwischen gesprochen?»

Elli blieb abrupt stehen. «Ach, das hatte ich ganz vergessen, dir zu erzählen. Frau Holm hätte tatsächlich großes Interesse. Bis nächste Woche will sie das mit ihren beiden Kindern regeln. Dann könnte sie vormittags vier Stunden aushelfen.»

Kati nickte erfreut. «Es geht also voran», erklärte sie und öffnete schwungvoll die Tür zur Küche. Gleich würde sich Ellis Laune bessern, dachte Kati. Sie setzte große Hoffnungen in den neuen Koch.

«Dann schauen wir uns den Kerl mal an, was?» Mit einem leichten Seufzer trat Elli ein.

Pit lehnte lässig an der großen Arbeitsplatte, nahm aber sofort Haltung ein, als Kati ihn mit ihrer Großmutter bekannt machte.

«Soll ich gleich loslegen?», fragte er eifrig.

Elli schüttelte den Kopf. «Nein, wir müssen erst den Transporter ausladen. Aber Sie könnten mit anpacken, wenn Sie mögen. Kräftig genug scheinen Sie ja zu sein.»

Kati konnte ihrer Großmutter am Gesicht ablesen, dass auch sie den jungen Mann sympathisch fand.

«Und anschließend sollten Sie zunächst einmal das hier gründlich studieren», sagte Elli bemüht streng und drückte ihm eine Speisekarte in die Hand.

Mit leicht spöttischem Blick und nicht ohne Stolz erwiderte Pit: «Aber liebe Frau Weidemann, das habe ich doch längst getan. Die Karte steht ja auch im Netz. Ich bin doch kein Anfänger!»

Es war offensichtlich, dass die beiden sich auf Anhieb mochten.

Zusammen mit Sibylle luden Pit und Kati den Transporter aus und verstauten die Lebensmittel im Kühlraum, der sich direkt an die Küche anschloss. Auf diese Weise konnte Pit sich gleich mit den Gegebenheiten der Küche vertraut machen.

Schließlich erklärte Elli: «Ich glaube, es ist Zeit für eine Zitronencreme.»

«Oh, die ist lecker!», rief Kati erfreut. «Und ich denke, wir können alle eine Kaffeepause gut vertragen.»

«Ich dachte eigentlich nicht an ein Kaffeekränzchen, mein Liebes», warf Elli ein und tätschelte Kati den Arm. «Ich dachte vielmehr, Herr Brüggemann könnte uns mal seine Tortenkünste zeigen.»

Fragend zog Pit die Augenbrauen hoch und sah erst Elli, dann Kati irritiert an. Es war deutlich, dass ihm die Situation nicht behagte.

«Äh, ich bin Koch und kein Konditor», gab er zu bedenken.

«Keine Sorge, junger Mann.» Elli gab sich versöhnlich. «Meine Enkelin ist leicht zu beeindrucken.»

«Oma!», rief Kati mit gespielter Empörung.

Mit erstaunlichem Elan räumte Elli die große Arbeitsplatte frei. «Ich denke, ihr könnt vielleicht beide noch etwas lernen», sagte sie und legte sich ihre Schürze um.

«Das Wichtigste bei einer Zitronencreme ist, dass man unbehandelte Zitronen hat. Ohne abgeriebene Zitronenschale bekommt man nämlich keinen Geschmack an die Sache.» Sie holte aus der Abstellkammer noch zwei Schürzen für Pit und Kati. «Also, wir brauchen Zitronenschale und Zitronensaft, Zucker, Eier, Gelatine und Sahne. Zuerst muss die Gelatine eingeweicht und aufgelöst werden.»

Sie bat Pit, die entsprechenden Zutaten aus dem Kühlraum zu holen. Zu Kati gebeugt, fügte sie flüsternd hinzu: «Wir wollen doch mal sehen, was er so draufhat.»

Kati freute sich. Schon lange hatte sie ihre Großmutter nicht mehr so vergnügt erlebt!

Nachdem Pit alles auf die Arbeitsplatte gelegt hatte, begann Elli unter den aufmerksamen Augen ihrer Zuschauer die Zutaten zu verarbeiten. Dabei achtete sie allerdings sehr genau darauf, dass Pit die angefangenen Arbeitsschritte zu Ende führte.

Schnell erkannte Elli, dass er sein Handwerk durchaus verstand, und schon diskutierten sie über mögliche Rezeptvarianten. Als Kati merkte, wie gut es zwischen den beiden lief und dass sie nicht mehr gebraucht wurde, verabschiedete sie sich.

«Ich kümmere mich jetzt um die Wäsche.» Sie nickte Pit freundlich zu. «Wir sehen uns dann hoffentlich morgen wieder.»

Als Kati an diesem Abend müde, aber zufrieden ins Bett ging, dachte sie noch einmal über die Ereignisse des Tages nach.

Bis weit nach Mitternacht hatte sie im Restaurant und später auch in der Küche aufgeräumt und geputzt. Anschließend hatte sie noch mit Elli und Dorothee über Pit Brüggemann gesprochen.

Er hatte sich überaus nützlich gemacht und war länger als geplant geblieben. Elli war sehr angetan von dem jungen Mann, erzählte aber auch unumwunden, was ihm bei den Vorbereitungen zum Abendessen missglückt war. Versehentlich hatte er nämlich statt der vorgesehenen Brühe Essig zum Gemüse gegeben. Allerdings war aus seinen Rettungsbemühungen letztlich ein ausgesprochen leckeres Ratatouille entstanden. Solche kleinen Pannen schienen dem leicht chaotischen Pit immer wieder zu überraschenden kulinarischen Erfolgen zu verhelfen.

Am Ende sprach Elli sich aber dennoch deutlich für ihn aus. Und auch Dorothee war mit dem jungen Mann als Aushilfskoch so weit einverstanden, betonte aber nochmals, dass er sich erst noch in der Probezeit bewähren müsse.

In dem guten Gefühl, dass ihnen das Schicksal einen Küchenengel geschickt hatte, schlief Kati in dieser Nacht ein.

7

Zu Katis großer Überraschung tauchte am Samstag noch ein weiterer Engel auf. Denn während sie das Frühstücksbuffet abräumte, stand plötzlich Flo in der Diele.

«Was machst du denn hier?», rief Kati überrascht und umarmte ihre Freundin, als hätten sie sich eine Ewigkeit nicht mehr gesehen.

«Ich kann meine beste Freundin in diesen schweren Zeiten doch unmöglich im Stich lassen!»

Flo ließ ihre Tasche auf den Boden fallen und erklärte, sie könne Kati weder die Sorge um ihren Vater noch den Liebeskummer nehmen. «Aber bei allem anderen bin ich dabei!»

Wie sich herausstellte, war sie mit der Bahn nach Handeloh gefahren und von dort mit dem Heide-Shuttle weiter nach Uhlendorf.

Kati war gerührt und umarmte ihre Freundin erneut. Auch Elli und Dorothee begrüßten Flo herzlich. Allerdings kam es für beide nicht in Frage, dass Katis Freundin nur zum Arbeiten gekommen war. Dieses Mal sollte sie auch etwas von der Landschaft sehen.

Zunächst aber brachte Flo ihre Sachen ins Gästezimmer, dann folgte sie Kati in die Küche, um den neuen Aushilfskoch zu begrüßen.

Als Kati die beiden miteinander bekannt machte, beobachtete sie amüsiert, wie ihre Freundin Pit unauffällig musterte. Offenbar war sie recht angetan von diesem jungen Mann.

Auch Elli schien das nicht entgangen zu sein. Mit dem Hinweis, Pit müsse sich jetzt auf die Lammkeule konzentrieren und dürfe das Essen nicht versalzen, verscheuchte sie die beiden Frauen aus der Küche. Alle Proteste halfen nichts. Elli bot erneut ihr altes Fahrrad an, und Flo mit ihren längeren Beinen würde das von Hinrich bekommen.

Eine halbe Stunde später fuhren die beiden los. Kati schlug vor, über Steinkenhöfen nach Bispingen zu radeln. Später würden sie dann durch das Naturschutzgebiet nach Wilsede fahren und dort eine Kaffeepause einlegen.

Sie folgten der Hauptstraße durch den Ort und radelten zunächst Richtung Süden. Als sie Uhlendorf hinter sich ließen, ging es entlang der Rübenäcker und abgeernteten Getreidefelder Richtung Autobahn. Flo hatte leichte Probleme, auf den ausgefahrenen Wegen das Gleichgewicht zu halten. Der unebene Untergrund machte mit seinen Riefen und Steinen das Fortkommen nicht einfach.

«Was hast du eigentlich vor?», fragte Flo, als sie nach etwa zwei Kilometern die Unterführung der Autobahn erreichten. «Mit mir für einen Triathlon trainieren?» Sie war etwas aus der Puste.

«Ab hier geht es direkt nach Bispingen», sagte Kati lachend.

Auf der anderen Seite der Autobahn folgten sie einem mit kleinen Feldsteinen gepflasterten Weg.

«Und dann? Willst du mir das Stadtzentrum zeigen und mit mir shoppen gehen?»

«Dieser Ort hat gerade mal knapp zweieinhalbtausend Einwohner.» Kati hob die Augenbrauen. «Erwarte also lieber nicht zu viel.»

«Zweieinhalbtausend Einwohner? So viele Menschen wohnen in Ottensen ja schon allein in deiner Straße!», spottete Flo.

«Aber es gibt dort das weltbeste Eis. Du willst wohl keins, was?», konterte Kati und animierte ihre Freundin zu einer kleinen Wettfahrt.

Wenig später radelten sie durch den Ortskern zu Tonis Eiscafé. Sie schlossen ihre Räder an und stellten sich in die Schlange. Kati erinnerte sich an ihren gestrigen Besuch und seufzte. Eigentlich war es wie früher mit Jule, als sie im Sommer auch beinahe täglich zur Eisdiele gefahren waren.

Als Flo und Kati von einer Aushilfskraft mit zwei vollen Eistüten versorgt worden waren, schob Kati ihre Freundin an den vielen Touristen vorbei weiter Richtung Dorfkern.

«Und wo schleifst du mich jetzt hin?», nuschelte Flo in ihre Cookie&Cream-Kugel.

«Ich will dir eine Kirche zeigen.»

Sie bogen von der Hauptstraße in eine kleine Seitenstraße ab und stießen nach wenigen Metern auf die St.-Antonius-Kirche, die die Mitte von Bispingen markierte.

Flo blieb stehen und blickte mit verzogenen Mundwinkeln auf das rote, neugotische Backsteingebäude.

«Dadrin wurdest du bestimmt getauft und konfirmiert und so ein Zeug», erklärte sie, «und ich will dir ja auch wirklich nicht zu nahe treten. Aber diese Kirche sieht, abgesehen von dem aufgesetzten Turm, aus wie jede andere.»

Kati lachte und zog ihre Freundin am Ärmel weiter. «Du wirst schon sehen.»

Als sie um eine Ecke bogen, stand dort zu Flos Erstaunen ein zweites, viel kleineres graues Backsteingebäude inmitten von altem Baumbestand.

«Das ist ja schnuckelig!», rief sie und schien tatsächlich beeindruckt von dem alten Gemäuer.

«Das ist die Ole Kerk, die ‹Alte Kirche›. Ohne Turm, aber urgemütlich», erklärte Kati. «Sie ist etwas ganz Besonderes. Ich meine, abgesehen davon, dass hier der Gottesdienst zu meiner Einschulung stattfand.»

Flo trat an die dicken Mauern heran und strich ehrfürchtig über einen der großen, unregelmäßigen Feldsteine, aus denen die Kirche Mitte des 14. Jahrhunderts erbaut worden war.

Wie ein professioneller Reiseleiter erläuterte Kati: «Die Menschen waren hier früher so arm, dass sie keine Ziegel für den Bau der Kirche verwenden konnten. Sie haben also auf Feldsteine und Holz für das Fachwerk zurückgegriffen. Aber immerhin hat der damalige Bauherr, der Bischof von Verden, allen, die beim Bau der Kirche halfen, 40 Tage Ablass versprochen.»

«Guter Deal», spottete Flo.

«Es gibt eine Sage, nach der die Kirche eigentlich in Volkwardingen gebaut werden sollte», fuhr Kati fort. «Die Bispinger sollen in einer Nacht-und-Nebel-Aktion die bereits gesammelten Steine aber mit ihren Pferdewagen einfach abtransportiert haben. Und damit die Volkwardinger sich die Steine nicht zurückholen konnten, haben sie sofort mit dem Bau angefangen.»

«Sehr schlau. Aber *Volkwardingen?* Das ist ja wieder so ein lustiger Name», entfuhr es Flo amüsiert.

«Ein Nachbarort, der auch zur Gemeinde gehört. Jedenfalls haben die Volkwardinger 'ne lange Nase gemacht. Und ich glaube, das wurmt manche bis heute.» Kati sah sich um. «Mein Vater ist hier übrigens zum Konfirmandenunterricht gegangen», erklärte sie und zeigte auf ein anderes Gebäude. «Das Gemeindehaus da drüben gab's damals noch nicht, da hab ich dann Konfer gehabt.»

«*Konfer …*», murmelte Flo und schüttelte den Kopf.

Aber Kati ließ sich nicht beirren. «Die Kirche ist im Übrigen schon über 650 Jahre alt!», erklärte sie stolz. «Man kann sich leicht vorstellen, warum heutzutage Hochzeitspaare aus ganz Norddeutschland herkommen, um sich in dieser Kirche trauen zu lassen.»

Anerkennend drehte Flo sich einmal um sich selbst und betrachtete nun auch die imposanten Eichen, die dieses alte Gotteshaus mit seinem leicht eingesunkenen, roten Ziegeldach zu beschützen schienen.

«Das ist ja mal wirklich wahnsinnig romantisch», sagte Flo und vergaß vor lauter Begeisterung ihr Eis. Sie drehte sich erneut im Kreis, um alles aufnehmen zu können, und plötzlich lag ein freches Grinsen auf ihrem Gesicht. Sie deutete auf ein Gebäude in der Nähe, das wie eine typische Schule aussah und erklärte: «Und dort können die frisch Vermählten dann gleich ihren Nachwuchs anmelden.»

Kati verdrehte die Augen. «Das ist wirklich meine Schule. Hier sind meine Schwester und ich von der ersten bis zur sechsten Klasse gewesen, bevor wir dann jeden Tag mit dem Bus nach Soltau zum Gymnasium fahren mussten.»

«Deine Schwester? Du hast eine Schwester?» Flo machte große Augen.

«Ja ... Jule.»

«Jule? War das Aquarellbild auf der Treppe also für sie?»

Kati nickte kurz, dann blickte sie etwas verlegen zu Boden. Sie wollte und konnte nicht darüber sprechen. Auch nicht mit ihrer besten Freundin.

«Was ist los?» Offenbar hatte Flo bemerkt, dass sie mit ihren Gedanken plötzlich ganz woanders war.

Kati schüttelte stumm den Kopf.

«Was ist mit deiner Schwester?» Flo trat näher an sie heran. «Du weichst mir immer aus, wenn es –»

«Sie ist tot.» Die Worte kamen nur so aus Kati herausgeschossen.

Vor Schreck hielt Flo sich eine Hand vor den Mund.

«Sie ist vor zehn Jahren gestorben ... Aber ich möchte nicht darüber sprechen», fügte Kati schnell hinzu.

«Okay.» Flo nickte. «Tut mir leid ... Ich ... Ich weiß gar nicht, was ich sagen soll.»

«Ist schon in Ordnung.»

Nach einer Weile strich Flo ihr über den Rücken und sagte: «Du weißt, wenn du irgendwann mit mir reden willst, bin ich immer für dich da. Vielleicht willst du mir ja irgendwann mal was von ihr erzählen oder mir ein Foto von ihr zeigen oder so.»

Kati lächelte schief. «Da kann ich dir genauso gut welche von mir zeigen. Jule war meine Zwillingsschwester. Unsere Mutter und später auch unsere Oma haben uns immer in die gleichen Klamotten gesteckt.»

Ihr kam das Klassenfoto in den Sinn, auf dem sie beide in der Mitte saßen und genau gleich angezogen waren. Die Lehrer hatten es irgendwann aufgegeben, sie auseinanderhalten zu wollen, und verzweifelten jedes Mal, wenn sie und Jule nicht auf ihren angestammten Plätzen saßen. Kati musste auch an die großen und kleinen Pausen denken, die sie mit ihrer Schwester immer am Turngerüst auf dem Schulhof verbracht hatte. Von den vielen Drehungen an den Stangen holten sie sich immer blaue Kniekehlen.

«Ich hatte nie so einen engen Draht zu meiner Schwester», sagte Flo seufzend. «Aber sie ist ja auch viel älter als ich und ganz anders drauf.»

Langsam gingen sie wieder zurück zu ihren Fahrrädern.

«Wo ist sie denn beerdigt, deine Schwester?», fragte Flo unvermittelt, und Kati wusste zunächst nicht, was sie darauf antworten sollte.

Seit der Beerdigung war sie nicht ein einziges Mal an Jules Grab gewesen. Sie hatte einfach nicht die Kraft dazu gehabt.

Bei ihrer Mutter war es anders. Jedes Jahr ging Kati am Geburtstag der Mutter zum Waldfriedhof, um einen Strauß ihrer Lieblingsblumen aufs Grab zu legen. Lilien. Natürlich legte sie die Lilien stets auch in Jules Namen dort ab, weil die Schwestern es immer so gemacht hatten. Annette war bei ihren Eltern in einem Familiengrab beigesetzt worden. Für Jule war dort leider kein Platz mehr gewesen. Sie lag am anderen Ende des wunderschön gelegenen Waldfriedhofes, wo es nur jüngere Einzelgräber gab.

Mit diesem einsamen Grab konnte Kati einfach nichts anfangen. Außerdem war die Vorstellung, Jules Namen auf einem Grabstein zu lesen und ihr Geburtsdatum, das ja nun mal auch Katis eigenes war, für sie so grauenvoll, dass sie es nie über sich gebracht hatte, dorthin zu gehen.

Aber vielleicht hatte Flo recht. Vielleicht war es an der Zeit, dass sie aufhörte, Orte und Menschen zu meiden, die sie an ihren großen Schmerz erinnerten.

«Ich war noch nie an Jules Grab», sagte Kati leise und sah ihre Freundin verlegen an. «Ich meine, außer bei der Beerdigung natürlich.» Sie dachte noch einen Moment nach, dann fügte sie entschlossen hinzu: «Aber ich weiß, dass ich irgendwann mit meiner Vergangenheit klarkommen muss. Ich darf nicht mehr vor allem weglaufen … Und wenn es so weit ist, zeige ich dir die Stelle gerne.»

Flo nickte Kati aufmunternd zu und wollte gerade etwas erwidern, als jemand nach Kati rief.

«Warte mal!», hörte sie eine männliche Stimme. Kati drehte sich um und erkannte Volker Kruse, einen alten Freund aus Schulzeiten. Sie nickte ihm erfreut zu, als er auf sie zukam. Er hatte sich kein bisschen verändert: mittelgroß und schlank, dunkelblondes, gepflegtes Haar, Jeans und helles Hemd, sportliche Schuhe, unterm Arm eine Zeitung. Um die Augen sah Kati ein paar Lachfalten. Er wirkte zufrieden.

Kati reichte ihm die Hand und stellte ihm Flo vor. «Ich habe meiner Freundin gerade unsere alte Schule gezeigt.»

«Ja, damals ...» Er sah zu dem Gebäude. «Das ist Lichtjahre her!» Dann lächelte er Kati an. «Und wann haben wir uns das letzte Mal gesehen? Vielleicht auf dem Heidemarkt?»

Kati musste gestehen, dass sie sich an ihre letzte Begegnung gar nicht mehr erinnern konnte.

Schnell erklärte sie Flo, dass der alljährliche Heidemarkt zwar eine Art Jahrmarkt für Touristen war, aber auch eine gute Gelegenheit, um alte Bekannte wiederzutreffen.

«Sag mal, Kati», sagte Volker und machte ein besorgtes Gesicht. «Wie geht es denn deinem Vater? Ich habe ja Schlimmes gehört.»

Kati seufzte. Sie hatte wenig Lust, ein langes Gespräch über den Gesundheitszustand ihres Vaters zu führen. «Er liegt im Krankenhaus in Soltau, aber es geht ihm schon viel besser.» Sie bemühte sich, schnell das Thema zu wechseln. «Was machst du denn so?»

Wenn sie ehrlich war, musste Kati zugeben, dass es sie wirklich interessierte. Volker war immer einer der netteren Jungs in ihrer Clique gewesen.

«Ich bin mittlerweile dreifacher Vater, inklusive Zwillingen!», erklärte er nicht ohne Stolz. «Und ich arbeite als Architekt in meiner eigenen kleinen Firma.» Mit einem fast entschuldigenden Blick auf Flo fügte er noch hinzu. «Wie mein Vater.»

«Siehst du», sagte Kati lachend und wandte sich ebenfalls an ihre Freundin. «Hier bleibt immer alles in der Familie.»

«Dann müsstest du ja bald den Heidehof übernehmen!», warf Volker ein. «Der Hof soll doch erhalten bleiben, oder?»

Der forschende Blick, mit dem sie ihr alter Schulkamerad musterte, war Kati beinahe ein wenig unheimlich.

«Äh, ja sicher», stammelte sie.

«Also, wann wirst du wieder herziehen?», fragte er spöttisch.

«So weit kommt es noch!» Kati lachte. «Nein, ich habe nur Urlaub genommen und helfe zu Hause ein bisschen aus.»

«Kommt ihr denn so weit klar?», fragte Volker ernst. «Für euch Weidemanns ist das ja nicht der erste Schlag ...»

Wie zum Trost legte er ihr die Hand auf die Schulter. Und mit einem kurzen Seitenblick auf Flo fügte er noch hinzu: «Ich hoffe, ich habe nichts Falsches gesagt.»

Kati lächelte ihn dankbar an. «Nein, nein. Flo ist meine beste Freundin. Sie opfert sogar ihr Wochenende, um uns zu helfen.»

«Tja, also, ich mache mich jetzt auf den Weg. Die Kinder warten.» Er gab ihnen zum Abschied die Hand. «Aber wenn du Hilfe brauchst – du kannst mich jederzeit anrufen. Ich bin übrigens auch im Gemeinderat.»

Er holte eine Visitenkarte aus seinem Portemonnaie und überreichte sie Kati. Dann nickte er und ging weiter.

Nachdenklich blickte Kati ihm hinterher und steckte das Kärtchen weg.

«Der war aber nett», sagte Flo und fuhr sich durch die Haare. «Wahrscheinlich eine gute Partie, so ein Gemeinderat, oder?»

Kati lachte und stupste ihre Freundin an. «Komm, lass uns die Räder holen!»

※

Sie fuhren über das alte Bauerndorf Borstel in der Kuhle, das seinem Namen alle Ehre machte, weiter Richtung Hörpel. Dort überquerten sie die Brücke über die Autobahn und folgten einer kleinen Straße Richtung Döhle. Nach rund zwei Kilometern lichtete sich der Wald, und Eichen und Birken gaben den Blick frei auf die weite Heidelandschaft.

An einer besonders schönen Stelle stiegen sie ab und nahmen das faszinierende Bild in sich auf. Die sanft ansteigenden Hügel waren bereits von ersten lilafarbenen Teppichen bedeckt. Bald würde die Heideblüte ihre ganze Pracht zeigen.

«Horch mal», sagte Kati in die Stille hinein, «das hab ich lange nicht gehört.»

Jetzt nahm auch Flo das tiefe Summen wahr, das über der Landschaft lag. Offensichtlich waren Tausende Bienen mit ihrem sprichwörtlichen Fleiß dabei, Nektar aus den Blüten des Heidekrauts zu sammeln. Eine ganze Weile lauschten die beiden diesem eifrigen Gesumm und Gebrumm, bis Kati ihre Freundin leicht in die Seite stieß.

«Schau mal, da drüben! Heidschnucken!»

In einiger Entfernung war eine große Schafherde zu sehen. Und jetzt hörten sie auch das Blöken der Tiere und das Gebell der beiden Hütehunde.

Kati erklärte ihrer Freundin, dass der Verein Naturschutzpark mehrere Schnuckenherden unterhielt, um die Heide zu pflegen und so zu erhalten.

«Trampeln die nicht alles kaputt?», fragte Flo.

«Ach, die zertreten höchstens die Spinnennetze im Heidekraut und sorgen so dafür, dass die Bienen freien Zugang zu den Blüten haben.»

Anerkennend sah die Freundin sie an. Kati war selbst überrascht über ihr Wissen und kramte noch tiefer in ihrer Erinnerung. «Wenn ich mich richtig erinnere, verhindern die Heidschnucken sogar, dass hier Bäume wachsen. Und das ist gewollt, denn die Landschaft soll ja so erhalten bleiben, wie sie ist.»

«Und warum heißen die Tiere überhaupt Heidschnucken?», hakte Flo nach.

«Weil sie die Heide *schnucken*.» Kati lachte. «Das heißt so viel wie naschen. Sie beißen die Triebe ab und halten so die Pflanzen kurz, sonst würde die Heide verholzen und vergreisen.»

Die Tiere kamen näher, und Kati dachte, dass vielleicht der Schäfer Ewald mit seiner Herde unterwegs war. Aber nicht er, sondern ein alter Freund ihrer Großeltern war bei den Tieren. Kati freute sich, als sie Opa Brockmann erkannte, wie sie ihn seit Kindertagen nannte. Denn Karl Brockmann konnte herrliche Geschichten erzählen.

Die Herde erreichte jetzt den Weg, auf dem Kati und Flo mit ihren Rädern standen. Und als die Tiere sie entdeckten, hatten die Hütehunde viel zu tun, um die empört blökenden Heidschnucken vorwärtszutreiben.

Der Schäfer nickte ihnen zu und wollte schon vorbeigehen, als er Kati erkannte.

«Na, min Deern, wie geiht jo dat denn?», fragte er. In der

schwarzen Weste mit den 52 weißen Knöpfen, seiner dunklen Cordhose und dem grünen Schlapphut wirkte er wie jemand aus einer längst vergangenen Zeit.

Kati begrüßte ihn ebenfalls und bat: «Sprich doch bitte Hochdeutsch mit uns, Opa Brockmann, meine Freundin kann leider kein Platt.»

«Und ich kann kein Hochdeutsch», polterte der alte Mann und lachte.

«Man hört's», amüsierte sich Flo.

«Wo wollt ihr zwei denn hin? Ihr seht ja sehr unternehmungslustig aus.»

«Wir waren in Bispingen und wollen jetzt nach Wilsede zum Kaffeetrinken. Ich war schon ewig nicht mehr da, und Flo kennt den Ort gar nicht.»

«Na, denn mol tau, ik mut ok wieder. Mokt dat man gaud, jü twei!»

Sie winkten Opa Brockmann zum Abschied zu und schwangen sich wieder aufs Rad. Dann setzten sie ihren Weg fort und erreichten etwa eine Viertelstunde später den Rand der Heidefläche. Jetzt waren es nur noch ein paar hundert Meter.

Über eine gepflasterte Allee erreichten sie Wilsede. Wie ein Museumsdorf mutete der kleine Ort an, allerdings ein bewohntes Dorf. Flo war erstaunt zu hören, dass in den alten, hutzeligen Fachwerkhäusern mit den reetgedeckten Dächern tatsächlich noch Leute wohnten. Auch hier wurden die meisten Häuser von riesigen alten Eichen beschützt oder waren von Holzzäunen oder Feldsteinmauern umgeben. Viele besaßen Schuppen und Treppenspeicher und standen in blühenden Gärten.

In den vergangenen Jahrhunderten schien sich hier nicht das Geringste verändert zu haben, und eine wundersame Ruhe lag über dem Dorf. Außer Vogelzwitschern und fernem Hundegebell war nur das Klappern von Pferdehufen zu hören.

Doch je näher sie dem eigentlichen Dorfkern kamen, desto lebhafter wurde es auf der Straße mit Kopfsteinpflaster. Es war Kaffeezeit, und zahlreiche Pferdekutschen brachten Touristen nach Wilsede. Einige Urlauber kehrten nach einer Wanderung in einem der Gasthäuser ein, aber die meisten waren ganz offensichtlich mit dem Fahrrad unterwegs. Unzählige Räder standen vor den Eingängen der Gaststätten und des Heimatmuseums.

«Gut, dass es das Fahrverbot in diesem Teil der Heide gibt. Der Ort Wilsede ist sogar komplett autofrei», sagte Kati, als sie mit den Rädern die Ortsmitte durchquerten. «Stell dir vor, die wären alle mit ihren Autos hier!»

«Dann wäre wahrscheinlich der halbe Ort ein Parkplatz», erwiderte Flo.

«Hast du großen Durst, oder wollen wir erst ins Museum?», fragte Kati und hielt an. «Angeblich ist es vor einigen Jahren modernisiert worden. Ich glaube, ein Besuch lohnt sich.»

Flo bremste ihr Rad neben dem ihrer Freundin, schaute auf die Uhr und sagte: «Lass uns erst das Museum anschauen und dann irgendwo einkehren.»

Sie stellten ihre Fahrräder am benachbarten «Gasthaus zum Heidemuseum» ab und gingen vorbei an den Fenstern der neugestalteten Ausstellungsräume zum Eingang. «Dat ole Huus» stand an der Tür.

An der Kasse hatte sich eine lange Schlange gebildet. Das Interesse schien riesig.

Die beiden Freundinnen berieten kurz und waren sich schnell einig, dass sie eine ausführliche Rast verdient hätten. Eventuell würden sie dann später noch mal ihr Glück beim Museum versuchen.

Da immer noch strahlendes Sommerwetter herrschte, wollten sie ihren Kaffee im Freien genießen. Am besten geeignet erschien Kati die Terrasse gegenüber bei der «Milchhalle». Früher bot das Gebäude Wanderern und Schülergruppen eine einfache und preiswerte Einkehrmöglichkeit. Vor einigen Jahren hatte man das alte Gebäude aber gründlich renoviert und dem ganzen Haus einen völlig neuen Stil verpasst. Gemütliche Sitzecken und ein angegliedertes Souvenirlädchen waren mit viel Liebe zum Detail ausgestattet worden.

«Das ist ja sehr charmant hier», sagte Flo anerkennend, nachdem sie sich alles ausführlich angesehen hatte.

Als sie sich anschließend mit dem Speiseangebot der kleinen Gaststätte beschäftigten, staunte Flo nicht schlecht. «Hier kann man ja auch Heidschnuckenbratwurst und sogar Heidschnuckenfrikadellen bekommen!»

Die beiden entschieden sich allerdings für zwei riesige Buchweizen-Schmand-Schnitten. Zusammen mit zwei Schalen Milchkaffee balancierten sie alles auf einem Tablett nach draußen. Die Suche nach einem ruhigen Plätzchen im Schatten gestaltete sich jedoch als gar nicht so einfach, weil auch hier sehr viel Andrang herrschte.

Schließlich setzten sie sich zu einem jungen Pärchen an den Tisch, weil es die einzig freien Plätze waren. Der Mann hing förmlich an den Lippen seiner Partnerin und hätte sie vermutlich am liebsten gleich an Ort und Stelle vernascht. Die beiden offensichtlich frisch Verliebten turtelten hemmungslos herum.

Kati musste schlucken und nippte schweigend an ihrem Milchkaffee. In dieser Idylle schien ihr das junge Glück beinahe unerträglich. Alle fanden ihre große Liebe, selbst Volker Kruse war bereits dreifacher Vater ... Lustlos stocherte sie in dem Kuchen herum.

Flo wirkte etwas hilflos. Sie verstand offenbar genau, was in ihrer Freundin vorging.

«Hat Simon sich eigentlich noch mal gemeldet, oder hält er sich an die Kontaktsperre?», erkundigte sie sich vorsichtig, nachdem sie einen ersten großen Schluck Kaffee getrunken hatte.

Kati seufzte und holte wortlos ihr Handy aus der Handtasche. Nachdem sie sich durch das Menü geklickt hatte, hielt sie Flo das Display hin.

«Die letzte SMS von Simon. Sie kam gestern.» Kati griff zur Gabel. «Vielleicht sollte ich sie einfach löschen. Wie die anderen auch.»

«*Du fehlst mir, S.*», las Flo vor und verzog angewidert das Gesicht. «Ach, auf einmal fehlst du ihm! Und was war in der ganzen Zeit davor? Da hat er sich durch die ganze Welt gevögelt!»

Erschrocken über Flos aufbrausenden Ton schaute Kati verstohlen nach rechts. Doch das Pärchen war zu sehr mit sich selbst beschäftigt. Aber offensichtlich hatten die beiden beschlossen aufzubrechen. Der Mann trug mit einer Hand das Tablett, mit der anderen fasste er seiner Freundin um die Taille.

Versonnen sah Kati ihnen nach und hörte nur mit halbem Ohr, wie Flo sich weiter in Rage redete: «Ist doch wahr! Das ist so typisch für Simon. Er weiß genau, was er schreiben muss, damit es dir wieder schlechtgeht.»

«Aber es ist doch eigentlich ganz süß, was er schreibt», erwiderte Kati kleinlaut.

Flo sah sie mit hochgezogenen Augenbrauen tadelnd an.

«Okay, okay, du hast ja recht», versuchte Kati ihre Freundin zu beschwichtigen. «Ich habe ja auch nicht geantwortet. Zufrieden?»

«Ich bin erst zufrieden, wenn du diesen Schwachmaten aus deinem Hirn und deinem Herz gekriegt hast!» Flo erhob mahnend ihre Gabel, dann aß sie genüsslich weiter.

«Mann, ist das lecker», erklärte sie. «Da könnte ich glatt meine geliebten Toffifee vergessen. Auch der Kaffee ist super!»

Flos Begeisterung konnte Kati nicht anstecken. Nachdenklich rührte sie in ihrem Milchschaum herum. Aber sie wusste, dass Flo mal wieder richtiglag. So schwer es ihr auch fiel, sie musste versuchen, Abstand zu Simon zu gewinnen. Nur war das leichter gesagt als getan. Immer wieder tauchten in ihrem Kopf Erinnerungen an Zeiten auf, in denen sie sehr glücklich gewesen waren.

Auch nach Wilsede hatten sie und Simon einmal eine Kutschfahrt unternommen. Damals waren seine Eltern zu Besuch, und Kati hatte ihnen etwas Besonderes bieten wollen. Zu Simons Eltern hatte Kati allerdings nie einen besonderen Draht entwickeln können, und sie wusste immer noch nicht, ob ihnen der Ausflug in ihre Heimat eigentlich gefallen hatte. Aber sie konnte sich noch gut daran erinnern, wie stolz und souverän Simon seine Eltern über den Heidehof geführt und ihnen alles erzählt hatte, was er über die Geschichte des Hofes wusste. Von dem großen Brand Ende des 19. Jahrhunderts, dem ein Teil des Haupthauses zum Opfer gefallen war, oder auch von dem Backofenhaus, das noch bis vor 20 Jahren regelmäßig genutzt wurde ...

«Ich finde, du solltest so schnell wie möglich reinen Tisch machen und ihn aus der Wohnung schmeißen», erklärte Flo und riss Kati damit aus ihren Gedanken. Sie hatte ihren Buchweizenkuchen bereits verputzt und hielt jetzt ihr Gesicht in die Sonne, die durch die Äste eines großen Baumes schien.

«Das ist aber unsere gemeinsame Wohnung. Da kann ich ihn nicht so einfach rauswerfen.»

«Aber du hast jedes Recht dazu. Wer ist denn fremdgegangen? Du oder er?»

Darauf wusste Kati nichts zu erwidern. Was sollte sie glauben und was nicht? War diese Claudia wirklich Simons Geliebte? Oder nur eine Kollegin, wie er behauptete? Aber eine, die durchaus Interesse an ihm hatte ... Es war alles so verworren. Je länger sie über Simon und ihre Beziehung nachdachte, desto unklarer wurden ihre Gefühle.

Kati seufzte und schlug vor, aufzubrechen. Wenn sie sich ablenkte, konnte sie Simon wenigstens eine Zeitlang vergessen. Sie wollte gerade aufstehen und das Geschirr einsammeln, als Flo aufsprang.

«Ich mach das! Ich muss eh noch kurz aufs Klo.»

Während ihre Freundin das Tablett nach drinnen brachte, atmete Kati tief durch und sah sich um. Es war wirklich ein malerischer Ort, dachte sie. Ein Ort, der gleichermaßen verschlafen wie geheimnisvoll wirkte mit seinen vielen alten Eichen, den reetgedeckten Fachwerkhäusern, Feldsteinwegen und Mäuerchen, die von einer längst vergangenen Zeit erzählten.

Seufzend stand sie auf und folgte Flo in das Gebäude, um sich die Hände zu waschen. Dann nahmen sie ihre Räder und schoben sie über die Pflasterstraße Richtung Wilseder Berg.

Kati hatte vorgeschlagen, noch auf die höchste Erhebung der Lüneburger Heide zu fahren, von wo aus man einen grandiosen Blick über die Landschaft hatte. Bei klarem Wetter konnte man sogar den Fernsehturm in Hamburg sehen, was Flo nicht glauben wollte.

Am Ortsrand von Wilsede mussten sie einer großen Gruppe

Platz machen, der eine Gästeführerin gerade Wissenswertes über die Lüneburger Heide erzählte. Im Vorbeigehen schnappten sie Teile des Vortrags auf und blieben interessiert stehen.

«Diese Kulturlandschaft könnte ohne Pflege nicht überleben», erläuterte die Frau. «Beweiden, Abbrennen und Abplaggen, also das Entfernen der oberen Humusschicht, sind seit Jahrhunderten die vorherrschenden Methoden der Heidepflege. Das Plaggen wird heute allerdings maschinell erledigt, und das Brennen erfolgt in der Regel kontrolliert.»

Kati und Flo freuten sich über diese Gratiseinlage. Als die Touristengruppe weiterzog, stiegen sie auf ihre Räder und folgten dem leicht ansteigenden Weg zum Wilseder Berg.

Sie fuhren an offen liegenden Sandpartien und großflächigem, violett leuchtendem Heidekraut vorbei und erreichten bald das Hochplateau. Bei einem großen Findling hielten sie an und stellten ihre Räder ab.

Flo war völlig außer Atem und lehnte sich an den Stein, in den die Entfernung zu Städten in aller Welt eingemeißelt war. Beim Anblick der fernen Orte wurde Kati plötzlich ganz leicht ums Herz. Wie klein ihre Probleme angesichts dieser Weite mit einem Mal erschienen!

«Komm!», rief sie und zog mit neuer Energie die Freundin hinter sich her und die letzten rund zweihundert Meter bis zum höchsten Punkt des Berges hinauf. «Es lohnt sich!»

Flo schnaufte und jammerte: «Das ist ja wie die Besteigung des Matterhorns!»

«Kein Wunder, dass dir die Puste ausgeht», sagte Kati neckend. «Bei der für Norddeutschland beachtlichen Höhe von 169,2 Metern …»

Oben angekommen, musste auch Flo anerkennen, dass die

letzte Anstrengung sich gelohnt hatte. Von hier aus hatten sie einen einmaligen Ausblick auf die rundum liegenden Heideflächen und weitläufigen Nadelwälder. Und es war für Kati ein stiller Triumph, dass sie an diesem Tag, wie in allen Werbeprospekten beschrieben, tatsächlich am nördlichen Horizont die Turmspitzen von Hamburg entdecken konnten.

Als sie wenig später wieder auf die Räder stiegen, versprach Kati: «Von nun an geht's nur noch bergab.»

«Nein», erwiderte Flo und ließ bereits ihre Haare im Fahrtwind flattern. «Für uns geht es ab jetzt bergauf!»

8

Am am Sonntag zählte Pit Brüggemann bereits voll zum Team des Heidehofs. Er hatte sich unglaublich schnell in die neuen Aufgaben eingearbeitet, und Elli war optimistisch, dass sie die Hauptsaison gemeinsam meistern konnten.

Und doch ergaben sich auch weitere, unvorhergesehene Schwierigkeiten. Sibylle hatte sich am Samstagnachmittag die rechte Hand beim Bedienen der Abwaschmaschine verbrüht. Sie würde einige Tage ausfallen, und das brachte Elli fast um den Verstand. Leider lag auch die Tochter von Frau Holm mit Windpocken im Bett und konnte nicht in den Kindergarten. Frau Holm würde als Arbeitskraft daher zunächst nicht in Frage kommen.

Flo hatte sich bereit erklärt, erst am Montag in der Früh wieder nach Hause zu fahren und war am Sonntag, so gut es ging, für Sibylle eingesprungen.

Am Montag hatte das Restaurant Ruhetag. Und da sich der Küchendienst aufs Frühstückmachen beschränkte, nutzte Kati die Gelegenheit, um Flo schnell zum Bahnhof nach Handeloh zu fahren, von wo aus die Freundin den Zug nach Hamburg nehmen konnte.

Gerade als Kati sich von ihr verabschiedet hatte und der Zug abfuhr, rief Elli aufgeregt auf dem Handy an.

«Das Krankenhaus hat angerufen. Die Ärzte wollen Hinrich aus dem Koma holen!»

Da jedoch Dorothee mit dem Transporter unterwegs war, machte Elli sich Sorgen, er könnte aufwachen, ohne dass jemand an seiner Seite war.

«Hast du schon versucht, Dorothee auf dem Handy zu erreichen?», fragte Kati.

«Es ging nur das Band an.»

Kurzerhand vereinbarten sie, dass Kati auf schnellstem Wege ins Krankenhaus fahren und so lange dort bleiben sollte, bis Hinrich aus dem Koma erwacht war.

Etwa eine halbe Stunde später kam Kati am Heidekreis-Klinikum in Soltau an. Etwas außer Atem betrat sie die Intensivstation, fragte eine der Schwestern nach ihrem Vater und ob sie noch rechtzeitig gekommen war.

Die Schwester, die Kati mittlerweile schon beim Namen kannte, lächelte. «Ihr Vater schläft noch, Frau Weidemann. Aber wenn Sie ihm Gesellschaft leisten wollen, können Sie das gerne tun.»

Kati bedankte sich und versuchte nun selbst, Dorothee auf dem Handy zu erreichen. Doch das Gerät war ausgeschaltet, was Kati reichlich merkwürdig fand. Immerhin war sie laut Elli schon mehrere Stunden weg, und eigentlich hatten sie verabredet, jederzeit erreichbar zu sein, falls etwas Wichtiges mit Hinrich war.

Kati ertappte sich bei dem Gedanken, dass ihre Stiefmutter einen Geliebten haben könnte. Natürlich war diese Vorstellung absurd, aber Kati wusste, dass es einmal einen hartnäckigen Verehrer gegeben hatte. Der Inhaber einer Boutique, bei der Dorothee früher beschäftigt war, hatte nie einen Hehl aus seinem Interesse gemacht und war mehrfach mit eindeutigen Absichten im Restaurant des Heidehofs erschienen. Katis Vater hatte die Avancen seines Nebenbuhlers immer mit Humor genommen, weil er sich sicher war, dass Dorothee ihn niemals verlassen würde.

Doch vielleicht war in Wahrheit alles ganz anders, dachte Kati, als sie über den Krankenhausflur zum Zimmer ihres Vaters ging. Vielleicht war Dorothee die ewigen Sorgen leid und wollte tatsächlich alle Verpflichtungen hinter sich lassen und mit einem anderen Mann ein unbeschwerteres Leben führen. Nein, Kati schüttelte den Kopf über sich selbst. Dorothee liebte ihren Vater, auch wenn sie es nach außen nicht zeigen konnte. In dieser traurigen Situation würde sie nicht einfach davonlaufen.

Leise betrat sie das Zimmer und ermahnte sich, jetzt ganz für ihren Vater da zu sein und sich nicht länger so albernen Gedankenspielchen hinzugeben. Als sie sich dem Bett näherte, spürte Kati, wie aufgeregt sie war. Ob er sie wohl erkennen würde?

Abgesehen von der nun fehlenden Atemmaske sah ihr Vater genauso aus, wie an den Tagen zuvor. Seine Haut war blass, die Wangen eingefallen, und er schien in einer ganz anderen Welt zu sein. Er wachte nicht auf, als Kati ihm zur Begrüßung einen Kuss auf die Stirn gab.

«Hallo, Papa!», flüsterte sie und zog sich einen Stuhl heran.

Sie überlegte, wie sie die Zeit bis zu seinem Erwachen am besten überbrücken konnte. Zunächst vergewisserte sie sich jedoch, dass ihr Handy im Zimmer auch Empfang hatte, aber leise gestellt war. Falls Dorothee ihre Mailbox abhören und zurückrufen würde, wollte sie den Anruf auf keinen Fall verpassen.

Kati lehnte sich auf dem Stuhl zurück und seufzte.

Welche Schicksale hatten sich in diesem Raum wohl schon abgespielt? Durch die Isolierfenster hörte sie einen Hubschrauber auf dem Krankenhausgelände landen. Ob es irgendwo einen Unfall gegeben hatte? Es musste schrecklich sein, als Arzt um das Leben anderer Menschen zu kämpfen.

Als das gedämpfte Brummen endlich verstummte, war nur

noch das immerwährende Piepen des Überwachungsgerätes zu hören.

Sie selbst hatte außer bei ihrer Geburt noch nie im Krankenhaus gelegen. Damals waren sie und ihre Schwester, wie es bei Zwillingen durchaus nicht unüblich ist, etwas zu früh auf die Welt gekommen. Die Ärzte hatten sie längere Zeit dabehalten, bis sich die beiden zarten Babys an das selbständige Atmen gewöhnt hatten.

Kati musste an das Foto denken, das in ihrem Album klebte. Stolz hielten ihre Eltern darauf je eine von ihnen in den Armen. Ihre Mutter war damals so jung gewesen, viel jünger als sie heute. Und wenn Kati daran dachte, dass sie kaum länger gelebt hatte, als sie bislang … Sie nahm die Hand ihres Vaters. Ob ihre Mutter wohl auch so an Hinrichs Krankenbett gesessen hätte wie Kati gerade? Sie musste lächeln und streichelte seine Hand.

Eigentlich konnte sie sich kaum an ihre Mutter erinnern und wusste viel zu wenig von ihr. Allein durch die lebendigen Erzählungen ihrer Großmutter hatte Kati auch als Kind immer das Gefühl gehabt, der Mutter ganz nah zu sein. Elli hatte Annette sehr geschätzt und sprach immer von einer besonderen Sanftheit, die ihre erste Schwiegertochter gehabt habe. Kati wusste zwar nie genau, was ihre Großmutter damit meinte, aber auch sie verband ein unbestimmtes Gefühl von Wärme und Geborgenheit mit ihrer Mutter.

Elli hatte häufig betont, wie ähnlich Kati ihrer Mutter sah. Und dass sie ihr im Gegensatz zu Jule auch vom Wesen her ähnelte. Natürlich hatte Kati das stets sehr gerührt, weil sie es als großes Kompliment empfand. Doch gleichzeitig entwickelte sie ihrer Schwester gegenüber ein schlechtes Gewissen, weil Jule ein viel extrovertierterer und launischerer Mensch gewesen war.

Sie schluckte und betrachtete das Gesicht ihres Vaters, das noch immer keine Regung zeigte. Er war so ein humorvoller, lebenslustiger Mann! Das konnte man auf den ersten Blick erkennen: seine Lachfalten, die seitlich der Augen jeweils in gleichmäßigen Abständen in Richtung Schläfe verliefen. Aber auch sein Mund, der selbst im Schlaf zu einem fast schelmischen Lächeln verzogen war. Seine grauen Haare waren von ein paar dunklen Sprenkeln unterbrochen und noch immer recht voll. Und doch sah er älter aus als ein Mann Anfang sechzig. Die zahlreichen Schicksalsschläge in seinem Leben hatten ihre Spuren hinterlassen. Genauso wie die 60-Stunden-Wochen, das stressige Saisongeschäft sowie die Sorgen um den Erhalt des Heidehofes, die er so gut verbergen konnte.

«Du ... brauchst dir wirklich keine Gedanken zu machen, Paps. Wir kommen schon irgendwie klar.»

Kati fand es seltsam, mit ihrem Vater zu sprechen, obwohl der sie vermutlich nicht hören konnte. Oder sollten Angehörige nicht sogar zu Komapatienten sprechen?

«Wir haben einen Aushilfskoch eingestellt, stell dir vor», fuhr sie etwas selbstbewusster fort. «Er kocht bestimmt nicht so gut wie du, ist ja klar. Aber er findet deine Rezepte toll. Und er entlastet Oma und bringt uns zum Lachen! Du wirst ihn mögen, wenn du ...»

Sie verstummte und versuchte, eine Reaktion auf dem Gesicht ihres Vaters abzulesen. Doch es tat sich nichts. Sie fragte sich, ob sie noch einmal einen Arzt oder eine Schwester bitten sollte, zu überprüfen, ob auch alles in Ordnung war. Unsicher erhob sie sich vom Stuhl, öffnete die Tür und warf einen Blick in den Flur. Da sie aber niemanden entdecken konnte, schloss sie die Tür wieder und ging unschlüssig durchs Zimmer. Am Fenster kündeten erste kleine Wassertropfen vom einsetzenden Regen, der nach der ununterbrochenen Hitze der letzten Tage endlich etwas Abkühlung versprach.

Kati ertappte sich bei dem Gedanken, dass sie ihre Fenster zu Hause mal wieder putzen müsste, und lachte leise auf. Das war wirklich absurd. Sie saß hier am Krankenbett ihres Vaters und wusste nicht einmal, ob sie jemals wieder eine Nacht in ihrer Wohnung in Ottensen verbringen würde, dachte aber ans Putzen!

Was würde wohl aus der Wohnung werden? Ob Simon sie behalten wollte? Sie selbst hatte sich in dem Stadtteil mit all seinen kleinen Läden, Cafés und Kneipen und vor allem dem schönen Markt zwar immer wohl gefühlt. Doch sie konnte sich nicht vorstellen, allein in der Wohnung zu bleiben. Alles dort würde sie an die Zeit mit Simon erinnern. Außerdem konnte sie sich die Miete allein gar nicht leisten, und für die Gründung einer WG waren die Räume zu ungünstig aufgeteilt.

Kati wurde aus ihren Gedanken gerissen, als ihr Handy leise klingelte.

Dorothee!, dachte Kati und beeilte sich, das Gespräch entgegenzunehmen. Eilig kramte sie nach ihrem Telefon.

«Hallo?»

«Er ist aufgewacht?», fragte Dorothee ohne jede Begrüßung. Im Hintergrund war Straßenverkehr zu hören.

«Nein», erwiderte Kati, «er schläft noch, aber die Schwester sagt, es ist bald so weit.»

«Bist du jetzt bei ihm?»

«Ich bleibe, bis er aufwacht.»

«Gut, dann komme ich am frühen Nachmittag. Danke, Kati. Bis später!»

Kati wunderte sich und hielt für einen Moment ihr Handy irritiert vor sich hin. Doch noch ehe sie etwas sagen oder sich verabschieden konnte, hatte Dorothee die Verbindung auch schon unterbrochen. Und ehe Kati sich über ihr merkwürdiges Verhalten ärgern konnte, bemerkte sie, dass ihr Vater sich bewegte. Vermutlich war er vom Klingeln des Telefons geweckt worden.

Kati eilte ans Bett und beugte sich über ihn:

«Papa? Ich bin's, Kati!», flüsterte sie und streichelte ihm über die Stirn. Dann zog sie ihren Stuhl wieder näher heran, setzte sich und nahm erneut seine Hand.

Nach ein paar Sekunden spürte sie einen ganz sanften Druck. Kati lächelte erleichtert. Tränen rannen ihr übers Gesicht.

«Paps, bist du wach?»

Ganz langsam schlug ihr Vater die Augen auf, aber nur einen winzigen Spalt, sodass Kati nicht wusste, ob er sie erkannte.

«Kati?»

Vor Freude hätte sie am liebsten aufgeschrien. Sie wischte sich die Tränen aus dem Gesicht und sagte: «Ja, ich bin's.»

«Was ... was machst du hier?» Seine Stimme klang brüchig.

Kati lachte auf. «Dich besuchen, du Witzbold! Wie geht es dir?»

Ihr Vater schwieg einen Moment, und da seine Augen wieder zufielen, dachte Kati schon, er würde wieder einschlafen. Doch dann sprach er weiter und erklärte mit schwacher Stimme: «Es ging mir nie besser.»

«Weißt du überhaupt, was passiert ist? Was mit dir los war?»

Er versuchte zu schlucken. Sein Gesicht verkrampfte sich, und er schien Schmerzen zu haben. Wie von der Schwester angekündigt, hatte er offenbar Folgebeschwerden durch die Intubation. Der Schlauch zur künstlichen Beatmung war zwar bereits entfernt worden, aber die Luftröhre fühlte sich vermutlich noch extrem trocken an.

«Alles wird gut, Papa. Du wirst wieder ganz gesund, und wenn du nach Hause kommst, wirst du sehen, dass wir alles bestens im Griff haben.»

«Wieso ... Wieso bist du nicht ... in Hamburg?», fragte er weiter. Aber diesmal schien er tatsächlich in einen Dämmerzustand zu geraten, bevor Kati antworten konnte. Beunruhigt klingelte sie nach der Schwester.

Als die junge Frau wenige Augenblicke später hereineilte, konnte sie Kati jedoch damit beruhigen, dass Hinrichs Zustand vollkommen normal war. Immerhin habe er fast zwei Wochen im Koma gelegen, da brauche der Körper eine gewisse Zeit, um wieder zu Kräften zu kommen. Der Patient müsse jetzt viel schlafen.

Unsicher, wie sie sich verhalten sollte, verließ Kati mit der Schwester das Zimmer, um ihre Großmutter anzurufen. Sie schilderte Elli ihren Eindruck und erkundigte sich schließlich, ob Dorothee wieder aufgetaucht sei.

Elli verneinte, erklärte aber, dass sie dringend auf Dorothees Rückkehr warte, weil sie den Transporter brauche, um zusammen mit Pit die Einkäufe zu erledigen. Vor allem Milch, Sahne und frisches Obst würden dringend benötigt.

Kati wunderte sich erneut über Dorothees Verhalten und versprach, sie noch einmal auf dem Handy anzurufen.

Als sie aufgelegt hatte, versuchte sie es bei Dorothee. Doch sofort sprang die Mailbox an. Kati entschloss sich, keine weitere Nachricht zu hinterlassen, sondern zurück zum Heidehof zu fahren. Im Krankenhaus konnte sie im Moment ohnehin nichts ausrichten. Ihr Vater schlief, und die Schwester hatte versprochen, sich sofort zu melden, wenn es Neuigkeiten gab.

Auf dem Weg zum Heidehof machte Kati Station in Bispingen, um im Supermarkt ein paar Besorgungen zu machen, die Elli ihr aufgetragen hatte.

In dem Ort war es inzwischen spürbar voller geworden. Zahlreiche Autos mit Kennzeichen aus dem In- und Ausland waren zu sehen. Ebenso zahlreich waren die Fahrräder, die von den Gästen des angrenzenden Bungalow-Ferienparks gemietet wurden. Auf dem Parkplatz stand ein Reisebus, aus dem zumeist ältere Menschen stiegen. Aber auch etliche Familien suchten einen Parkplatz, sodass Kati auf einen Hinterhof ausweichen musste.

Gerade als sie aus dem Auto stieg, stutzte sie, weil sie in der Reihe gegenüber den Transporter des Heidehofs ausmachen konnte. Sie sah sich um, ob Dorothee irgendwo zu entdecken war, und ging einmal um den Gebäudekomplex hinter dem Parkplatz. Dort waren seit langem eine Apotheke, ein Drogeriemarkt und ein italienisches Restaurant beheimatet. Doch Kati konnte Dorothee nirgends entdecken. Also ging sie weiter in Richtung Supermarkt, um für Elli einzukaufen.

Auch dort wimmelte es vor Touristen und Kindern, die bei dem Regenwetter sicher kaum etwas mit sich anzufangen wussten. Kati fragte sich, warum die Eltern ihren Nachwuchs nicht mit einer Runde auf der Kartbahn oder beim Skifahren im Snow Dome bei Laune hielten.

An der Kasse begegnete Kati dann noch der Mutter einer alten Schulfreundin. Frau Heuer freute sich offenbar sehr, sie zu sehen.

«Komm doch mal auf einen Kaffee bei uns vorbei», schlug sie vor. «Angie freut sich bestimmt, dich wiederzusehen.»

Kati hatte wenig Lust, ihre alte Schulkameradin zu treffen.

«Ach, lebt sie hier in der Heide?», fragte sie höflich.

«Sie wohnt mittlerweile im Haus nebenan!» Frau Heuer ließ es sich nicht nehmen, voller Stolz weitere Details aus dem Leben ihrer Tochter zu berichten. «Angie ist ja längst verheiratet und bereits zweifache Mutter!»

Für Kati waren solche Nachrichten von alten Weggefährtinnen immer wie eine stechende Erinnerung daran, dass sie selbst nichts in dieser Richtung vorzuweisen hatte. Eventuelle Nachfragen umschiffte sie meist elegant.

«Das freut mich für sie», sagte sie schnell. «Richten Sie ihr doch ganz liebe Grüße von mir aus, ja?»

Und bevor sich Frau Heuer womöglich noch nach dem Gesundheitszustand ihres Vaters erkundigen konnte, verabschiedete sich Kati eilig. Auf keinen Fall wollte sie der Tratschtante neues Futter liefern.

Als sie wenig später eine Palette Sahne und mehrere Kartons Milch und das Obst im Kofferraum verstaut hatte und sich wieder hinters Steuer setzte, traf es Kati plötzlich wie ein Schlag. Denn sie beobachtete, wie Dorothee mit einem Mann im Schlepptau aus dem italienischen Restaurant kam und vor der Tür noch ein wenig plauderte. Instinktiv duckte Kati sich hinters Steuer, um zu verhindern, dass sie gesehen wurde.

Durch die Windschutzscheibe versuchte Kati, einen vorsichtigen Blick auf die beiden zu erhaschen. Sie kannte den Anzugträger mit den blonden Haaren nicht. Aber Dorothee strahlte ihn an und warf ihre Haare in den Nacken.

Kati wurde augenblicklich schlecht. Was machte ihre Stiefmutter da? Flirtete sie etwa in aller Öffentlichkeit mit einem fremden Mann? Was sollte das?

Kati hatte den Türgriff schon in der Hand, um aus dem Auto

zu steigen und Dorothee zur Rede zu stellen. Da verschwanden die beiden auch schon in einer Seitenstraße.

Eine Weile saß Kati einfach nur da. Was sollte sie tun? Hier im Wagen auf Dorothees Rückkehr warten? Und die Lebensmittel im Kofferraum?

Kati beschloss, lieber schnell zurück zum Heidehof zu fahren. Vielleicht klärte sich ja später, wer dieser Unbekannte war.

※

Nachdem Kati in Uhlendorf angekommen war, wollte Elli als Erstes alle Neuigkeiten aus dem Krankenhaus hören.

Die Großmutter war gerade dabei gewesen, Teig für Tortenböden anzurühren, als Kati sie von hinten umfasste und ihr einen leichten Kuss auf die rechte Wange drückte.

«Wie gesagt, Paps geht es so weit gut», erklärte Kati und war froh, mit ihrer Großmutter ungestört sprechen zu können.

Elli hatte Pit zum Ausladen nach draußen geschickt. Er sollte die Einkäufe aus dem Auto ins Kühlhaus bringen. Sie unterbrach ihre Arbeit, wusch sich schnell die Hände und setzte sich zu Kati an den Küchentisch.

«Wie hat mein Hinrich denn ausgesehen?», fragte sie aufgeregt.

«Er war wirklich noch ziemlich benommen, aber hat mich immerhin erkannt.»

Elli seufzte erleichtert. Auch ihr fiel ein Stein vom Herzen. «Und wie geht es jetzt weiter?»

Kati erklärte, das würden die Ärzte sicher Dorothee erzählen, wenn sie nachmittags ins Krankenhaus käme. «Falls sie überhaupt hinfährt.» Der Satz war Kati einfach herausgerutscht, und fast hoffte sie, Elli hätte nichts gehört.

Denn Kati beschlichen mit einem Mal Zweifel, ob sie ihre Großmutter mit dem, was sie gesehen hatte, überhaupt beunruhigen sollte. Sie biss sich auf die Lippe. Vielleicht hatte Dorothee ja auch nur zufällig einen alten Bekannten getroffen, wie Kati die Mutter ihrer Schulkameradin. Die Tatsache, dass der Besitzer des Heidehofs im Krankenhaus lag, hatte sich ja bestimmt schon herumgesprochen.

«Soll ich uns einen Kaffee machen?», fragte Kati und wollte aufstehen. Doch Elli hielt sie zurück.

«Gern, aber sag mir erst, was mit dir los ist.»

Kati fühlte sich ertappt, lächelte betreten und suchte schnell nach einer Erklärung, mit der sie ihre Großmutter anschwindeln konnte.

Doch Elli kam ihr zuvor. «Immer wenn du die Lippen so aufeinanderpresst», erklärte sie, «hast du etwas ausgefressen.»

Kati musste lachen. «Früher vielleicht, als wir heimlich Kuchen genascht oder deine Beete beim Spielen ramponiert haben.»

Aber es half nichts. Elli sah sie noch immer fragend, ja beinahe streng an.

Also berichtete Kati von der seltsamen Situation, in der sie Dorothee beobachtet hatte, und davon, dass sie schon länger den Verdacht hatte, Dorothee würde irgendetwas geheim halten.

«Was denkst du?», fragte Kati, als sie mit ihrem Bericht geendet hatte. «Was hat das alles zu bedeuten?»

Elli zuckte mit den Schultern und rieb sich ihre müden Augen. «Ach Liebes, vielleicht machst du dir zu viele Gedanken.»

«Du glaubst also nicht, dass Dorothee einen Liebhaber hat?»

«Papperlapapp!» Elli wedelte mit einer Hand durch die Luft. «Sie liebt deinen Vater. Auch wenn sie es vielleicht nicht so zeigen kann. Das habe ich dir schon einmal gesagt.»

Kati kam ins Grübeln. Ihre Stiefmutter war kein besonders herzlicher Typ. Was vielleicht auch daran lag, dass sie weder eigene Kinder noch Geschwister hatte. Vielleicht tat sie ihr also wirklich Unrecht. Dorothee hatte sicher genug Kummer zurzeit, und diszipliniert, wie sie war, vermochte sie ihre Gefühle einfach gut zu verbergen. Aber Kati konnte nicht nachvollziehen, dass Dorothee zwar immer wieder betonte, die Verwaltung und Buchhaltung des Heidehofs drohten ihr über den Kopf zu wachsen, während sie andererseits genug Zeit hatte, mindestens ein Mal am Tag für zwei, drei Stunden zu verschwinden mit der flüchtigen Bemerkung, sie hätte noch einen Termin oder etwas Dringendes zu erledigen. Natürlich verbrachte sie auch viel Zeit im Krankenhaus, aber irgendwie kam Kati das Verhalten ihrer Stiefmutter seltsam vor.

«Und was ist, wenn Dorothee den Hof doch verkaufen will? Hinter Papas Rücken?»

Elli griff nach Katis Hand.

«Das ist doch Unsinn, Liebes!»

Kati hob skeptisch ihre Augenbrauen. «Rein rechtlich könnte sie aber. Sie hat schließlich sämtliche Vollmachten, und die Patientenverfügung...»

«Sie würde es niemals wagen, uns anzulügen oder hinter Hinrichs Rücken einen Käufer zu suchen», warf Elli ein.

Kati seufzte. «Na, wenn du es sagst...» Ihre Stimme ließ deutlich erkennen, wie groß ihr Vertrauen zu Dorothee war.

«Hinrich ist auf dem Weg der Besserung. Und selbst wenn er nicht sofort wieder voll arbeiten kann, ist er doch nicht unmündig. Außerdem würde Dorothee so etwas nicht tun. Dafür ist sie viel zu korrekt in allem, was sie tut. Glaub mir!»

Kati schüttelte zweifelnd den Kopf.

«Aber wieso redet sie dann nicht mit uns über die Finanzen und darüber, wie es um den Hof wirklich steht? Das betrifft uns doch alle!»

«Über Geldprobleme redet doch niemand gern.»

Kati nickte. Im Grunde wusste sie, dass Elli recht hatte. Dorothee war wirklich nicht der Typ, der gerne über persönliche Themen sprach. Abgesehen von ihren Wutanfällen war sie ein höchst beherrschter Mensch, stets bemüht um Wahrung der Fassade. Andererseits war genau das der Zug an Dorothee, der Kati so argwöhnisch machte. Ihre Stiefmutter hatte sich ihr gegenüber nie richtig offen gezeigt, weil sie es vermutlich gar nicht konnte. Aber der Heidehof ging sie schließlich alle etwas an!

Elli erhob sich schwerfällig und wollte sich ganz offensichtlich wieder ihren Tortenböden widmen.

«Ach, Kati», seufzte sie, «letztlich ist uns doch allen klar, dass hier dringend was passieren muss, wenn wir die Gäste halten und Umsatz machen wollen.»

«Ja, vermutlich hast du recht.» Kati versuchte, sich wieder etwas zu entspannen. «Vermutlich sehe ich nur Gespenster.»

Außerdem war sie erleichtert, dass ihre Großmutter Dorothee kein Verhältnis mit einem anderen Mann zutraute. Und das war weitaus wichtiger als alles andere. Schließlich würde Hinrich sich noch schlechter von seinem Zusammenbruch und den vielen Eingriffen erholen, wenn er erfahren müsste, dass seine Ehe am Ende war. Und wenn Kati ehrlich zu sich selbst war, musste sie zugeben, wie froh es sie machte, dass ihr Vater, nach allem, was er durchgemacht hatte, dank Dorothee wieder glücklich schien.

Während Elli und Pit sich in der Küche zu schaffen machten, beschloss Kati, sich um die Homepage des Heidehofs zu kümmern. Am Ruhetag fielen weniger Arbeiten für sie an.

Sie wollte sich auf ihr Zimmer zurückziehen und mit dem Laptop arbeiten. Die Zugangsdaten für das lokale Netzwerk konnte sie sich in Dorothees Arbeitszimmer holen.

Also ging Kati in das Büro und suchte auf dem Schreibtisch nach den Daten. Unter einigen Lieferscheinen und Rechnungen fand sie die gesuchte Info und wollte schon wieder gehen, als ihr Blick auf ein schwarzes Büchlein neben dem Telefon fiel.

Kati konnte es sich nicht verkneifen und schaute hinein. Es war ein Kalender, in dem Dorothee offenbar sorgfältig eintrug, was zu tun war – von der Entsorgung der Gewerbemülltonne über Bestellungen bis hin zu Überweisungsterminen.

Aus einem Impuls heraus blätterte Kati zum aktuellen Datum und stutzte. Quer über die Reihen für den gesamten Vormittag standen die Initialen F. L. und dahinter drei Ausrufungszeichen. Kati blätterte weiter vor und zurück. Und tatsächlich tauchte der gleiche Eintrag noch mindestens drei Mal auf. Im hinteren Adressteil suchte Kati, ob unter dem Buchstaben F oder L ein vollständiger Name zu finden war. Doch die Seiten waren allesamt leer. Dafür steckte hinten ein kleiner Papierstapel zwischen Deckel und Vorsatzpapier. Es waren ein paar Notizzettel sowie zwei Kassenbons und einige Visitenkarten. Sie fand auch eine von Dorothees Friseur mit handschriftlich geänderter Telefonnummer, sowie eine von der Schlachterei, die den Heidehof schon seit Jahren belieferte, wie Kati zu wissen glaubte. Dann stieß sie auf eine Karte mit einem geschwungenem Firmennamen darauf: «F&T-Invest». Das Unternehmen hatte seinen Sitz in Hamburg. Kati konnte mit den Angaben nichts Rechtes anfangen, packte den Papierstapel zurück in das Büchlein und legte es wieder so zurück, dass Dorothee keinen Verdacht schöpfen würde.

Als Kati es sich auf ihrem Bett bequem gemacht hatte, klappte sie ihren Laptop auf und wartete ungeduldig, dass er hochfuhr. Sie zog sich die Schuhe aus und winkelte die Beine an.

Als Erstes sah sie, dass sie sechs ungelesene E-Mails in ihrem Posteingang hatte, eine davon von Flo. Weil die Nachricht den Betreff «G. d. G.» hatte, las Kati sie sofort. Offenbar gab es Neuigkeiten von Gero:

> Nimm deinen Kalender, eine neonpinke Sprühflasche und mache drei fette Kreuze beim heutigen Datum: GdG ist endlich mit unserer Präsentation durch. Und er hat NICHT (!!!) gemeckert, sondern Fremdwörter wie «ausdrucksstark» und «gut gemacht» benutzt. Ich soll nur noch eine Headline ändern. Vielleicht kann ich doch noch Urlaub nehmen. Yes!!!!
> Bussis, Flo

Kati musste lächeln. Es kam in der Tat einem Wunder gleich, dass Gero das Grauen sich endlich einmal positiv zu ihrer Arbeit geäußert hatte. Anfangs hatte Kati seine meist abwertenden Kommentare immer persönlich genommen und sehr darunter gelitten, wenn er ihre Ideen und Entwürfe kritisierte. Als sie aber mitbekam, dass er auch an sämtlichen Kollegen kein gutes Haar ließ, legte sie sich ein immer dickeres Fell zu. Inhaltlich oder fachlich konnte er sie bald gar nicht mehr kränken – auch weil sie von etlichen Kunden ein motivierendes Feedback bekam.

Am meisten aber freute Kati sich über Flos Anspielung auf

ihren Urlaub. Denn noch am Morgen auf dem Weg zum Bahnhof hatte sie gesagt, sie hätte einmal richtig Lust auf dem Land Ferien zu machen, und vorgeschlagen, sie könne sich ja ebenfalls ein, zwei Wochen am Stück auf dem Heidehof nützlich machen. Kati hatte sich sehr über das Angebot gefreut und fragte sich, ob wohl ein gewisser Aushilfskoch mit Flos Hilfsbereitschaft zu tun hatte. Immerhin hatte sie Pit aufmerksam beäugt und sich plötzlich für die banalsten Arbeitsabläufe in der Küche interessiert.

Kati seufzte und schob ihre Beine unter die Tagesdecke. Leider war es so gut wie ausgeschlossen, dass Gero auch Flo spontan Urlaub geben würde. Vermutlich würde er sie stattdessen lieber spüren lassen, wie kurzsichtig Flos Idee war, einen Teil von Katis Aufgaben übernehmen zu wollen.

Die nächsten Mails waren bloß irgendwelche Newsletter. Als letzte Mail fand Kati eine Nachricht ihrer Cousine Rita aus Franken, die meist nur schrieb, um von ihren tollen Kindern zu berichten. Lustlos las sie die Zeilen. Dann öffnete sie die Website des Heidehofs und begann sich mit der Struktur vertraut zu machen.

Viel gab es jedoch nicht zu sehen. Ein altes Foto von der sommerlichen Terrasse und eins von einer Heidschnuckenherde. Der Text war schlecht zu lesen und ungünstig um die Bilder herumgebastelt.

Kati wusste nicht, wer mit der Gestaltung beauftragt worden war. Und beinahe schämte sie sich ein wenig dafür, dass sie sich bislang so wenig dafür interessiert hatte. Immerhin hätte sie mit ihrer Erfahrung als Graphikerin und dank ihrer Kontakte zu Webdesignern dem Heidehof schon früher zu einem überzeugenderen Auftritt im Internet verhelfen können.

Hier gibt es noch eine Menge zu tun, dachte Kati und klickte sich weiter durch die Seiten. Doch da sie nicht sofort eine zündende Idee hatte, surfte sie noch ein wenig im Internet.

Irgendwann siegte ihre Neugier, und sie gab in einer Suchmaschine «F&T-Invest» ein.

Die Seite war sehr professionell gestaltet, aber da Kati überhaupt nichts von Finanzunternehmen verstand, sagten ihr all die hypermodern und wichtig klingenden Begriffe auf der Startseite nichts. Also klickte sie sich weiter zum Profil der Firma. Vielleicht konnte sie dort nachvollziehen, um was für ein Unternehmen es sich eigentlich handelte.

Sie überflog den Text und erfuhr, dass «F&T-Invest» lediglich fünf Mitarbeiter hatte, in der Hafencity ansässig und 2004 gegründet worden war. Unter den Referenzen tauchten diverse Firmennamen auf, die Kati ebenfalls nichts sagten. Erst als sie unter der Rubrik «Team» ein Bild des Geschäftsführers fand, war sie hellwach. Dieser Frank Lehmann sah dem Mann verdammt ähnlich, mit dem Dorothee sich heute in Bispingen getroffen hatte. Sein gelecktes Äußeres und das überhebliche Grinsen waren Kati irgendwie unsympathisch. Angeblich war er zuständig für Investitionen und Tourismusprojekte, und mit einem Mal dämmerte Kati, was das alles zu bedeuten hatte.

Sie war fassungslos und klappte eilig ihren Laptop zu, um so schnell wie möglich noch einmal mit Elli zu sprechen.

Als sie unten in der Diele an einem der Fenster vorbeiging, entdeckte sie Dorothees Wagen vor dem Haus. Sie wunderte sich, denn sie hatte Dorothee nicht kommen hören, und gleichzeitig fragte sie sich besorgt, ob sie womöglich schlechte Nachrichten aus dem Krankenhaus mitgebracht hatte. Kati beschloss, gleich mit ihr zu reden und sie zu fragen, ob es etwas Neues von Dr. Steindamm oder einem seiner Kollegen gab.

Da sie ihre Stiefmutter weder im Wohntrakt noch in der Küche antraf, ging Kati zum Büro. Und tatsächlich hörte sie Dorothee durch die angelehnte Bürotür telefonieren. Gerade wollte sie sich durch ein zaghaftes Klopfen bemerkbar machen, als sie plötzlich irritiert innehielt. Wider Willen bekam sie mehr von dem Gespräch mit, als ihr lieb war.

«Richtig, die Gesamtgröße des Geländes beläuft sich auf neuneinhalb Hektar. Etwa 3000 Quadratmeter entfallen davon aufs Grundstück, inklusive der Flächen für das Wohn- und die Nebengebäude. Rund 80 Prozent der Ländereien sind an zwei einheimische Landwirte verpachtet, allerdings nur noch bis zum Ende dieses Jahres.»

Dorothee machte eine Pause und lauschte ihrem Gesprächspartner.

Vor der Tür hielt Kati den Atem an, als Dorothee weitersprach: «Natürlich. Den Grundbucheintrag faxe ich Ihnen zu.» Dann fügte sie lachend hinzu: «Ich muss Sie enttäuschen, Herr Lehmann. Nach Einschätzung des Maklers sollte der Kaufpreis durchaus im siebenstelligen Bereich liegen, selbst wenn ich Ihnen entgegenkomme. Wie gesagt, ich bin sehr gespannt auf Ihr Angebot. Bis morgen dann!»

Noch immer stand Kati stocksteif da, die Hände vor den Mund geschlagen. Einen kurzen Moment überlegte sie, ob sie sich unentdeckt davonschleichen sollte. Doch die Wut, die in ihr hochkroch, überwältigte sie.

Kati konnte gar nicht anders, als die Tür mit einem lauten Knall aufzustoßen und Dorothee mit zitternder, aber lauter Stimme zur Rede zu stellen:

«Was fällt dir ein?», rief sie. «Du willst heimlich den Heidehof verkaufen, während Papa im Krankenhaus liegt?!»

«Oh Gott, Kati! Hast du mich erschreckt.»

«Das kann ich mir vorstellen!» Kati baute sich mit verschränkten Armen vor dem Schreibtisch auf.

Doch Dorothee ließ nicht erkennen, ob sie sich ertappt fühlte oder gar ein schlechtes Gewissen hatte. Sie lehnte sich selbstbewusst zurück und erklärte, es gäbe keinen Grund, sich aufzuregen.

«Wie bitte?!» Kati wurde noch wütender: «Du verscherbelst Haus und Hof hinter unserem Rücken! Da soll ich mich nicht aufregen?»

«Von *verscherbeln* kann gar keine Rede sein, und hinter eurem Rücken schon gar nicht.»

«Du gibst es also zu! Du hast den Heidehof zum Verkauf angeboten!»

Dorothee erhob sich und machte eine ihrer überheblichen Kunstpausen, ehe sie antwortete: «Ja, denn ich denke, es ist das Beste. Für uns alle.»

Kati konnte es nicht fassen, mit welcher Arroganz und Anmaßung Dorothee sich über sie hinwegsetzte. Und vor allem über Hinrich.

Ihre Mutter hätte so etwas niemals getan, dachte sie voll Zorn, ermahnte sich aber, nicht zu unbeherrscht zu reagieren. Sie musste jetzt einen kühlen Kopf bewahren. Wenn sie sich aufspielte wie ein pubertierender Teenager, würde sie von Dorothee gar nichts mehr erfahren.

«Was ist denn hier los?» Elli stand in der Tür und sah irritiert von einer zur anderen. «Müsst ihr so laut werden?»

«Dorothee hat uns etwas mitzuteilen», sagte Kati spitz.

Seufzend holte Dorothee ein paar Unterlagen hervor und forderte die beiden auf, Platz zu nehmen.

«Ich habe mich heute mit einem Herrn von der Firma F&T getroffen. Es handelt sich dabei um einen Investor aus der Freizeit- und Tourismusbranche. Herr Lehmann, der Geschäftsführer, hat Interesse, den ganzen Hof einschließlich Gelände zu übernehmen. Und bevor ihr jetzt gleich losschreit …» Beschwichtigend hob sie Arme. «Das würde bedeuten, der Heidehof würde saniert und modernisiert werden, und wir sind zunächst einmal raus aus unserem finanziellen Dilemma.»

Kati stöhnte auf und erwiderte trotzig: «Und Papa verliert alles, was ihm wichtig ist!»

«Das ist doch völliger Quatsch. Hör mir doch erst mal zu!» Dorothee strich sich die Haare zurück. «Dieser Herr Lehmann hat eine Menge guter Ideen, wie man den Heidehof wieder auf Vordermann bringen könnte.»

«Und Papa? Hast du auch mal eine Sekunde darüber nachgedacht, was er will?», entfuhr es Kati, weil sie sich von Dorothees überheblicher Art, die Dinge zu präsentieren, immer mehr provoziert fühlte.

«Es ist sicher zu seinem Besten, wenn er nicht weiterhin sechzig Stunden die Woche schuftet und für nichts und wieder nichts seine Gesundheit riskiert!», giftete Dorothee.

Die beiden maßen sich mit Blicken, sodass Elli versuchte, beruhigend dazwischenzugehen: «Es gibt sicher gute Gründe für deine Bemühungen», erklärte sie. «Aber Kati hat recht, so etwas können wir unmöglich ohne Hinrich entscheiden.»

«Das habe ich auch nicht vor», verteidigte sich Dorothee. «Ich wollte ihm lediglich so schnell wie möglich ein lukratives Angebot vorlegen. Ein Angebot, das er nicht ausschlagen kann. Irgendwer muss ihn schließlich zur Vernunft bringen.» Ihre Stimme wurde jetzt schriller. «Oder wie habt ihr euch das vorgestellt? Dass der ganze Stress wieder von vorn losgeht, wenn er aus dem Krankenhaus kommt?»

«Ich verstehe trotzdem nicht, warum du einen solchen Alleingang hinlegst und heimlich Kontakt zu irgendwelchen Finanzhaien aufnimmst», erklärte Kati kopfschüttelnd.

Dorothee schnaubte verächtlich.

«Abgesehen davon», fuhr Kati fort, «hast du dir schon mal überlegt, dass Papa sich vermutlich total aufregen wird, wenn er von alldem erfährt? Was, wenn er einen Rückschlag erleidet?»

Kati sah zu Elli, um sich ihrer Zustimmung zu vergewissern. Dann wandte sie sich wieder an Dorothee. «Oder hast du es ihm schon an den Kopf geknallt, gleich nachdem er aus dem Koma aufgewacht ist?»

«Nicht *ich* habe mit Herrn Lehmann Kontakt aufgenommen», verteidigte sich Dorothee. «Das ging von seiner Seite aus. Und natürlich habe ich das mit Hinrich noch nicht besprechen können. Wie auch? Mir ist durchaus bewusst, dass er momentan absolut keine Aufregung verträgt. Aber ich kann mir nicht vorstellen, dass er etwas dagegen hätte, auf einen Schlag aus allen Schwierigkeiten herauszukommen. Schließlich hat ihn unsere Situation schon lange schwer belastet.»

Unsere Situation? Kati musste sich zusammenreißen, um nicht ausfallend zu werden. «Der Heidehof ist seit Generationen in Familienbesitz.»

Auch Elli gab nun zu bedenken: «Hinrich hat immer sehr viel Wert auf die Bewahrung der Tradition gelegt, das weißt du.»

«Ja, sicher. Aber vor lauter Tradition kann man doch nicht die Zukunft vergessen!» Dorothee stützte sich am Schreibtisch ab und beugte sich vor. «Wenn jeder nur nach hinten gerichtet denkt, gäbe es gar keinen Fortschritt und die Menschen würden immer noch in Höhlen leben!»

Elli schüttelte den Kopf. Auch sie schien nach den richtigen Worten zu suchen, um Dorothee nicht unnötig gegen sich aufzubringen.

«Trotzdem kann man so was nicht einfach aus dem Ärmel schütteln. Das muss gründlich überlegt werden!»

«Ich hab ja auch nicht gesagt, dass der Verkauf schon entschieden ist. Aber ich finde, wir sollten froh sein, ja sogar dankbar, dass uns so eine Chance geboten wird.»

Nach längerem Schweigen fügte sie in versöhnlicherem Ton hinzu: «Morgen Vormittag kommt Herr Lehmann hierher. Dann könnt ihr ihn kennenlernen und euch selbst ein Bild von ihm und seinen Plänen machen. Auf mich hat er jedenfalls einen sehr seriösen und kompetenten Eindruck gemacht.»

Kati schnaubte. Sie würde sich von so einem schmierigen Anzugschnösel jedenfalls nicht umgarnen lassen!

«Ich versteh dich einfach nicht», erklärte sie. «Seit fast zwei Wochen reißen wir uns hier den Arsch auf und geben unser Bestes, um gut durch die Saison zu kommen. Und jetzt kommst du und willst mit einem Schlag alles zunichte machen? Als wäre der Heidehof nichts weiter als ein beliebiges Investitionsobjekt.» Sie sah Dorothee herausfordernd an. Ihre Augen blitzten. «Das lasse ich nicht zu! Niemals!»

9

Da Dorothee gleich am nächsten Morgen zu Hinrich ins Krankenhaus fuhr, konnte ihr Kati leicht aus dem Weg gehen. Inzwischen ärgerte sie sich vor allem über ihre mangelnde Souveränität ihrer Stiefmutter gegenüber. Sie hätte vermutlich viel gelassener bleiben und sich Veränderungen gegenüber offener zeigen müssen. Schließlich wusste Kati, wenn sie ehrlich war, auch selbst, dass es nicht so weitergehen konnte wie bisher. Gleichzeitig hoffte sie, dass sich eine bessere Lösung finden ließe, als das Schicksal der Familie in die Hände einer x-beliebigen Investmentfirma zu geben.

In jedem Fall fürchtete sich Kati vor Veränderungen auf dem Heidehof, denn sie hatte in der letzten Zeit erfahren, wie tief sie trotz allem mit diesem Stückchen Land verwurzelt war. Abgesehen davon hatte immer noch ihr Vater zu bestimmen, wie es mit dem Heidehof weitergehen würde.

Als ihre Stiefmutter dann aber über Handy anrief und ankündigte, nicht rechtzeitig zu dem Termin mit dem F&T-Vertreter zurück sein zu können, wuchs Katis Groll wieder. Schließlich waren sie und Elli damit gezwungen, Herrn Lehmann alleine zu empfangen. Außerdem hasste sie es, wenn sie sich von Dorothee herumdirigiert fühlte. Es kam ihr so vor, als hätte Dorothee das alles absichtlich so eingefädelt, obwohl sie wusste, dass Kati nicht mit diesem Investor reden wollte. Kati vermutete hinter Dorothees Ausrede den billigen Versuch, sie von den fragwürdigen Plänen dieses Investors zu überzeugen. Aber sie würde nicht auf so einen aalglatten Kerl hereinfallen! Andererseits hatte Kati beinahe gegen ihren Willen Verständnis dafür, dass Dorothee dabei sein wollte, wenn Hinrich von den Ärzten noch einmal gründlich untersucht wurde.

Der Unternehmer hatte sich für 11 Uhr angekündigt und kassierte bei Kati schon den ersten Minuspunkt, weil er eine gute halbe Stunde zu früh eintraf. Völlig unvermittelt trat er plötzlich in die Küche. Er musste seinen Wagen am Hintereingang geparkt haben und über die Veranda gegangen sein. Kati fragte sich sofort, ob er womöglich nicht zum ersten Mal auf dem Heidehof war.

«Verzeihen Sie, dass ich hier so hereinplatze», erklärte er, «aber vorne war niemand.»

Wenn er nicht so einen leicht glänzenden, furchtbar perfekt sitzenden Anzug mit den passenden Luxusschuhen getragen hätte, wäre sein erster Eindruck auf Kati vielleicht ein besserer gewesen. Denn Frank Lehmann hatte ein durchaus sympathisches Gesicht und freundliche Augen.

«Sie müssen Herr Lehmann sein», sagte sie und legte das Messer beiseite, mit dem sie gerade umständlich Zwiebeln hackte.

«Einen wunderschönen guten Morgen!»

Kati registrierte, wie Pit einen vielsagenden Blick auf den seltsamen Gast warf, als Lehmann sich ihr nun in aller Form vorstellte. Pit war längst eingeweiht in die Auseinandersetzungen, die sich gestern hier abgespielt hatten. Und es war keine Frage, auf welcher Seite er stand. Um die Stimmung etwas aufzuheitern, hatte er bei den Vorbereitungen zum Mittagessen ein paar aberwitzige Ideen zur Rettung des Heidehofes vorgeschlagen: die Gründung einer Hippie-Heide-Kommune oder ein Trainingscamp für Fußballprofis. Seine Späße brachten sogar Elli zum Lachen. Doch dann war ihm bei den Vorbereitungen zum

Mittagessen der Braten auseinandergefallen, was für Katis Großmutter einer Katastrophe gleichkam. Das Lachen war ihr im Hals steckengeblieben, und seitdem versuchte sie fieberhaft, den Mittagstisch zu retten. Pit hatte vorgeschlagen, Heidschnucken-Frikassee daraus zu machen. Seine einzige Chance.

Und nun kam dieser Investor auch noch viel zu früh! Dabei hatte sich Kati doch noch umziehen wollen. Nur dass ihr beim Aufräumen dann ein Tablett mit sauberem Besteck heruntergefallen war und sie wertvolle Zeit verloren hatte, weil sie alles wieder aufsammeln musste.

«Ich bin Katharina Weidemann, die Tochter des Hauses. Sie müssen entschuldigen, hier geht es gerade etwas turbulent zu.» Kati zog sich die Schürze aus. «Meine Stiefmutter verspätet sich. Sie hat mich aber gebeten, schon mal mit der Führung anzufangen.»

Lehmann nickte freundlich und entblößte ein Zahnpastareklame-Lächeln.

Kati stellte ihm Pit vor, der nun ihre Arbeit an dem nach wie vor recht großen Berg Zwiebeln übernehmen musste, und führte Lehmann dann in den hinteren Teil der Küche, wo Elli gerade das Fleisch des misslungenen Heidschnuckenbratens vom Knochen löste. Auch sie fühlte sich offenbar etwas überrumpelt, als der Besucher sich höflich verbeugte.

«Ich freue mich sehr, Sie kennenzulernen!», schmeichelte Lehmann. «Wunderschön haben Sie es hier!»

«Danke», erwiderte Elli knapp und bat ihn und Kati, schon auf der Veranda Platz zu nehmen. «Ich komme sofort nach und bringe etwas zur Erfrischung.»

«Aber darum kann ich mich doch kümmern», sagte Kati schnell. «Du musst das Mittagessen retten.» Doch Elli scheuchte sie aus der Tür und widmete sich wieder der Rettung des Mittagsgerichts.

Kati blieb nichts anderes übrig, als den Gast zu dem großen Tisch auf der Veranda zu führen und ihm höflich einen Sitzplatz anzubieten.

«Wohnen Sie auch hier auf diesem schönen Fleckchen Erde?», fragte Lehmann und blickte Kati aus leuchtend blauen Augen an.

Der antrainierte Charme dieses Selfmade-Manns irritierte sie. «Ich ... äh, ich wohne eigentlich in Hamburg und bin nur zur Aushilfe hier. Die Hauptsaison ist ja gerade angelaufen und ...»

«Weit über eine Million Übernachtungen allein in Bispingen!» Seine Augen blitzten. «Die Gemeinde ist somit Marktführer, nicht nur durch den angrenzenden Ferienpark, sondern auch durch die Nähe des Wilseder Bergs und des Naturschutzgebietes.»

Kati wusste nicht so recht, ob sie beeindruckt oder genervt war von seiner offensichtlich auswendig gelernten Marketingansprache. Glücklicherweise kam Elli in diesem Moment mit den Getränken und ersparte ihr, auf den ungebetenen Gast eingehen zu müssen.

Wie üblich reichte Elli ihren Holunderblütensaft, den Lehmann sofort überschwänglich lobte.

«Ganz köstlich, Frau Weidemann.»

«Meine Spezialität!», erwiderte Elli nicht ohne Stolz. «Damit Sie auf ihrem Rundgang mit meiner Enkelin nicht ins Schwitzen geraten.»

«Wie, du kommst nicht mit?», entfuhr es Kati eine Spur zu entsetzt.

«Ich kann Pit mit dem Mittagessen unmöglich alleine lassen.

Der misslungene Braten heute Vormittag hat mir gereicht. Aber du kannst Herrn Lehmann in aller Ruhe herumführen und ihm alles zeigen.»

Freudig lächelte Lehmann Kati an, so als ob er ganz und gar nichts dagegen hätte, die nächste Stunde mit ihr allein zu verbringen.

«Also, wollen wir gleich starten?», fragte er und leerte sein Glas.

Widerwillig sagte Kati: «Nun ... Aber mit den Details kenne ich mich nicht sehr gut aus. Ich lebe ja schon seit ...»

«Das macht nichts. Es geht mir zunächst einmal um einen grundsätzlichen Eindruck.» Aus seiner Jacketttasche holte er eine schicke, kleine Digitalkamera hervor. «Also, von mir aus kann's losgehen.»

Kati setzte das gleiche Gesicht auf, das sie Gero stets dann präsentierte, wenn jede weitere Diskussion überflüssig schien. «Gern», antwortete sie schmallippig.

Kati schlug vor, mit dem ersten Stock des Haupthauses zu beginnen. Im unteren Bereich herrschte wegen der Mittagessenszeit gerade Hochbetrieb. Später würde sie dann die Nebengebäude, den Garten und die Obstwiese zeigen können.

Lehmann schien mit allem einverstanden. Gemeinsam gingen sie zurück in die Küche und dann weiter durch die Diele Richtung Treppenhaus. Langsam stiegen sie die Stufen in den ersten Stock hinauf, und Kati erklärte alles zur Geschichte und zum Alter des Hauses, was sie noch wusste. Auch die typische Bauweise eines niedersächsischen Vierständerhauses erläuterte sie und blieb dann vor einem der Gästezimmer stehen.

«Dieses Zimmer können wir besichtigen. Die Gäste sind heute Morgen abgereist, und die nächsten kommen erst gegen

Abend. Die anderen Zimmer sind im Moment alle belegt, aber sämtliche Räume sind im gleichen Stil eingerichtet, sodass Sie sich bestimmt ein Bild machen können.»

Als sie den Raum betraten, reagierte Frank Lehmann etwas verhalten. «Das ist ja ganz schön dunkel hier.» Er schien Katis skeptischen Blick zu bemerken, denn er fügte schnell hinzu: «Aber durchaus gemütlich!»

Kati beobachtete, wie er mehrere Fotos aus unterschiedlichen Perspektiven machte. Auch ihr fiel plötzlich auf, dass die Einrichtung zwar solide, aber vielleicht tatsächlich etwas klobig und altmodisch war. Die Betten mit den bunten Bezügen wirkten zwar gemütlich, doch der Raum an sich war einfach düster, da hatte Lehmann recht.

Als er ans Fenster trat, hellte sich seine Miene deutlich auf. «Was für eine herrliche Aussicht!»

Kati stellte sich neben ihn und schaute ebenso fasziniert auf die wellige Landschaft, die in sattem Lila strahlte. Der Anblick der Heide hatte schon immer eine beruhigende Wirkung auf sie gehabt, und sie konnte sich daran einfach nicht sattsehen.

«Wie schön die Erika blüht!», schwärmte Lehmann. «Das ist bestimmt Ihre Lieblingsblume, oder?»

«In der Heide hier wächst gar keine Erika.»

Kati triumphierte innerlich. Denn nun konnte sie ihm zeigen, dass er offenbar längst nicht alles wusste, was die Lüneburger Heide betraf.

Lehmann schien das erste Mal sprachlos, sodass Kati mit Vergnügen die Erklärung nachschob, die sie seit dem Sachkundeunterricht in der Grundschule auswendig kannte: «Das Meiste hier ist Calluna, oder noch richtiger *Calluna vulgaris*, auf Deutsch die ‹Gemeine Besenheide›. Erika ist Glockenheide, die blüht schon im Juli und hat so richtig glockenförmige Blüten. Der lateinische Name lautet übrigens *Erica tetralix*.»

Beeindruckt hob Lehmann seine Augenbrauen.

«Ich hatte nie Latein», verteidigte er sich. «Und auch Biologie habe ich in der Oberstufe abgewählt.»

Kati winkte ab. «Irgendwie hat es sich so eingebürgert, dass immer alle von Erika sprechen, wenn sie eigentlich die Besenheide meinen. Aber schließlich heißt das ja auch ‹Lüneburger Heide› und nicht ‹Lüneburger Erika›.»

Nun musste Lehmann lachen. «Sie haben Humor, das gefällt mir!»

Kati war das ziemlich egal. Sie mochte den Kerl einfach nicht, und sie wollte auch nicht länger neben ihm am Fenster stehen. Sie wollte sich gerade vom Anblick der Heide lösen, als Frank Lehmann sich unvermittelt zu ihr umdrehte.

«Schön, wirklich sehr schön, was ich hier sehe …» Dabei blickte er Kati einen Moment zu lang in die Augen.

Flirtet dieser Kerl etwa mit mir?, fragte sie sich empört. Was will er eigentlich hier? Bestimmt war Frank Lehmann ein Vollprofi, der Frauen jeden Alters um den kleinen Finger wickeln konnte. Bei Dorothee hatte er mit seiner Masche ja offensichtlich bereits Erfolg gehabt.

Kati musste zugegeben, dass er durchaus attraktiv war und gut als Hauptdarsteller einer seichten TV-Serie hätte durchgehen können. Im Fernsehen hätte er sicher eine große weibliche Fangemeinde. Aber sie ließ sich nicht beirren.

Wenn er sein blondes Haar etwas weniger korrekt geschnitten und etwas weniger gestylt tragen würde, wäre sie womöglich auch auf seinen Charme hereingefallen. Doch stattdessen zeigte sie sich unbeeindruckt von seiner zweideutigen Anspielung.

Mit einem Ruck zog sie die Vorhänge zu, um deutlich zu signalisieren, dass es hier nichts mehr zu sehen gab.

Dann ging sie zurück in den Flur und forderte Lehmann auf, ihr zu folgen. Sie wollte ihm als Nächstes die restlichen Gasträume sowie den Wohntrakt zeigen.

Als sie an den Bildern vorbeikamen, die Kati gemalt hatte, blieb er abrupt stehen.

«Die gefallen mir», erklärte er und betrachtete die Werke ausgiebiger. «Kennen Sie den Künstler? Oder die Künstlerin?»

Das irgendwie schelmische Grinsen in seinem Gesicht verunsicherte Kati, und schon wieder wusste sie nicht, ob er sie an der Nase herumführte oder ob die Frage ernst gemeint war.

«Äh … flüchtig», entgegnete Kati knapp und ging schnurstracks weiter.

Um die Gäste im Restaurantbereich nicht zu stören, schlug Kati Herrn Lehmann als Nächstes einen Rundgang über das Gelände vor.

Sie spulte die Erläuterungen zu den einzelnen Bauten so sachlich und präzise wie möglich herunter und erklärte kurz alles Wissenswerte zu dem reetgedeckten Fachwerk und zu den Eigenarten eines typischen Niedersachsenhauses. Vor allem schmückte sie den großen Brand vom Ende des 19. Jahrhunderts aus. Sie zeigte Lehmann auch den relativ neuen Steinbau, der inzwischen aber nur noch als Garage und Lagerschuppen benutzt wurde. Dann kamen sie zu dem Backhäuschen, und Kati berichtete von der Backtradition auf dem Heidehof.

Immer wieder unterbrach Lehmann ihre Erklärungen, um zu sagen, wie interessant er alles fand, und um weitere Fotos zu machen. Freundlich fragte er hier und da konkreter nach, und Kati wusste nicht recht, ob er nur höflich sein wollte oder ob sein Interesse echt war. Sie hatte das seltsame Gefühl, dass er sie dadurch geschickt aushorchte. Und ihr war unwohl, weil sie den Eindruck hatte, das ein oder andere Mal ins Visier seiner Kamera geraten zu sein.

Demonstrativ trat sie zur Seite und räusperte sich. «Leider wird der hofeigene Ofen heute nicht mehr benutzt.»

«Wie schade, das sollte man ändern», fand Lehmann.

«Eine schöne Idee, aber leider –»

Kati unterbrach sich, als plötzlich Lehmanns Handy klingelte.

Er holte sein Telefon aus der Innentasche seines Jacketts hervor und sah aufs Display. «Bitte verzeihen Sie, es dauert nur einen kleinen Moment!»

«Bitte», antwortete Kati trocken und ärgerte sich schon im nächsten Moment über ihr eigenes Verhalten. Denn im Grunde hatte dieser Mann ihr rein gar nichts getan.

Diskret ging Lehmann ein paar Schritte zur Seite und sprach über Anlageformen und Zahlen in unglaublicher Höhe. Kati hoffte, dass es keine Geldbeträge waren. Bei der Vorstellung, jemand könne es täglich mit solchen Summen zu tun haben, wurde ihr schwindelig. Aber Lehmann hatte eine angenehme Stimme, das musste sie sich eingestehen.

Schließlich beendete er das Telefonat, steckte sein Handy weg und sah sich nach ihr um.

«Wissen Sie, was mich am meisten an diesem schönen, alten Hof beeindruckt?», fragte er unumwunden.

Kati sah ihn fragend an.

«Diese unbeschreiblich ruhige und entspannte Atmosphäre, die hier herrscht.» Mit seinem Arm machte er eine ausschweifende Bewegung. «Auch auf die Gefahr hin, dass es pathetisch oder lächerlich klingt, ich finde, dieser Ort hat etwas ...»

«Magisches?», ergänzte Kati, ohne groß nachzudenken.

Auf Lehmanns Gesicht machte sich ein warmes, herzliches Lächeln breit. «Sie sagen es. Genau das meine ich! Wir sind offensichtlich seelenverwandt.»

Kati blickte ihn irritiert an.

Lehmann musste ihre Verunsicherung bemerkt haben, denn er lachte und erklärte: «Wenn ich mir erlauben darf, das zu sagen: Immer wenn Sie mich so irritiert ansehen, zeigt sich auf Ihrem hübschen Gesicht diese sympathische kleine Falte.»

Er deutete mit seiner Hand auf seine Nasenwurzel und lächelte sie weiter unverhohlen an.

Kati wusste nicht, wie sie darauf reagieren sollte, und ärgerte sich insgeheim, weil sie spürte, dass sie rot wurde.

«Gehen wir weiter?», fragte sie knapp.

«Gern.» Kurzerhand wechselte Lehmann das Thema und schilderte, worin genau seine Arbeit eigentlich bestand.

In den letzten Jahren habe er sich regelmäßig mit den neuesten Statistiken, Studien und Tourismustrends der Deutschen beschäftigt. Demnach herrschte eine noch immer wachsende Nachfrage nach Ferien auf dem Lande inklusive der bäuerlichen Idylle mit freilaufenden Hühnern, Kühen und Pferden.

Er ließ seinen Blick schweifen und deutete schließlich auf die alte Scheune – das letzte Gebäude, das sie noch nicht in Augenschein genommen hatten.

«Was hat es damit auf sich?»

«Dort wurde früher vor allem Holz gelagert», erklärte Kati.

«Sie würde sich perfekt als Eventscheune eignen», erklärte Lehmann anerkennend und besah sich das Gebäude aus der Nähe.

Kati beobachtete aufmerksam, wie er seine Fotos knipste. Sie konnte Lehmann nicht einschätzen. Einerseits gab er den protzigen Geschäftsmann, der große Pläne mit dem Heidehof hatte und sich nicht scheuen würde, alles auf den Kopf zu stellen. Andererseits schien er etwas von seinem Metier zu verstehen und wirkte aufrichtig interessiert an der Geschichte des Hofes. Und wenn sie ehrlich war, schmeichelte es Kati sogar ein bisschen, dass er von ihrem Zuhause so angetan war. Oder jedenfalls so tat.

Tief in ihrem Herzen musste sie nämlich zugeben, doch ein wenig stolz auf ihre Heimat zu sein. Und dieses Gefühl bestärkte sie in dem Wunsch, für den Erhalt des Heidehofes zu kämpfen. Das war sie nicht nur ihrem Vater und ihrer Großmutter schuldig, da waren auch die ganzen Erinnerungen, die sie mit diesem Hof verband. Ihre Mutter und ihre Schwester hatten hier gelebt, und sie waren hier sehr glücklich gewesen.

Vielleicht war es allmählich an der Zeit, dachte Kati, dass sie diese Vergangenheit bewahrte, statt vor ihr wegzulaufen. Vielleicht war der drohende Verkauf ein Zeichen – ein Zeichen, sich endlich den Schatten der Vergangenheit zu stellen. Denn niemals zuvor hatte Kati eine solch tiefe Verbundenheit zu ihrer Heimat verspürt wie in diesen letzten Tagen.

Als sie über die Obstbaumwiese zurück zum Haupthaus gingen, strahlte Frank Lehmann sie erneut an und sagte: «Sie haben es wirklich wunderschön hier. Das ist ein richtiges Paradies, daraus kann man sicher etwas ganz Besonderes machen!»

Kati schaute ihn eindringlich an und fragte: «Was genau verstehen Sie denn nun unter *etwas ganz Besonderes*? Immerhin steht hier so ziemlich alles unter Denkmalschutz, und wenn man renovieren will, muss man richtig tief in die Tasche greifen.»

«Das ist mir bewusst, keine Frage. Aber das ist eine Investition, die durchaus lohnt. Davon bin ich überzeugt.»

«Würden Sie denn investieren wollen?», versuchte Kati ihm noch mehr zu entlocken.

«Man muss natürlich erst einmal genauer hinsehen. Die Bausubstanz muss von Fachleuten gesichtet werden, und mit dem Landkreis müsste man die Belange des Denkmalschutzes besprechen. Erst dann kann man ein abschließendes Gutachten erstellen.» Er blieb stehen und sah sie ernst an. «Außerdem müsste sich Ihre Familie erst einmal entscheiden, ob sie überhaupt verkaufen will.»

Wie aufs Stichwort fuhr Dorothee in diesem Moment auf den hofeigenen Parkplatz. Sie parkte den Wagen neben einem silberfarbenen Mercedes SLK, von dem Kati vermutete, dass er Frank Lehmann gehörte. Als Dorothee ausstieg und sie entdeckte, winkte sie ihnen zu.

«Ihre Mutter ist da, wie schön!», sagte Lehmann erfreut.

«Stiefmutter», murmelte Kati und dachte, Lehmann hätte sie nicht gehört. Aber er entschuldigte sich sofort.

Dorothee begrüßte Lehmann per Handschlag und erkundigte sich, ob sie den Rundgang schon abgeschlossen hätten. Als Kati bejahte, nickte sie ihr dankbar zu.

«Vielleicht sollten wir dann auf der Veranda noch einen Kaffee trinken», schlug Dorothee vor.

Kati hätte sich am liebsten so schnell wie möglich verdrückt, doch sie wollte Dorothee nicht allein das Feld überlassen und lieber alles mitbekommen, was die beiden besprachen. Vor allem wollte sie verhindern, dass die beiden ohne ihr Wissen konkrete Pläne machten.

Wider Erwarten war die Atmosphäre am Tisch ausgesprochen entspannt und locker, was auch daran lag, dass Dorothee zur Hochform auflief. Mit leuchtenden Augen berichtete sie, dass ihr Mann die Intensivstation nun wirklich hatte verlassen dürfen und ganz normal auf der Inneren lag. Dann gab sie ein paar Anekdoten vom Heidehof zum Besten. So erzählte sie unter anderem von Feriengästen aus dem Allgäu, die mit voller Bergwandermontur angereist waren und enttäuscht von ihrer Ersteigung des Wilseder Bergs berichteten. Die Erhebung maß schließlich kaum mal 170 Meter.

Lehmann quittierte jede ihrer Geschichten mit einem höflichen Lachen und verstand es immer wieder, den Faden aufzunehmen und hier und da sein Fachwissen über die Entwicklungen des Tourismussektors einfließen zu lassen. Außerdem ließ er erkennen, dass er sich bereits gründlich über die Gemeinde informiert hatte.

Nach dem Kaffee und einer Panna Cotta mit Blaubeerspiegel, die Elli ihnen an den Tisch brachte, lehnte er sich lässig zurück und bat darum, sein Jackett ablegen zu dürfen.

In der Sonne war es mittlerweile recht warm, und Kati registrierte, wie sich unter Lehmanns hellblau gestreiftem Hemd dezent die Muskeln abzeichneten.

Wortreich lobte Lehmann die wachsende Attraktivität Bispingens und seiner Umgebung mit den entsprechenden Freizeitattraktionen.

«Heidepark, Center Park, Snow Dome und die Kartbahn», zählte er auf. «Das alles in Kombination mit den einmaligen Vorzügen des Naturschutzgebietes und dessen ökologisch intakter Idylle. Das ist meiner Ansicht nach wie geschaffen für einen boomenden Tourismus. Und vergessen Sie nicht, dass die Nachfrage nach Kurzurlauben in jedem Alter enorm angezogen hat. Auch die Verkehrsanbindungen sind hier ideal.»

Kati verschränkte die Arme. «Dann haben Sie aber noch nie

versucht, auf Ihren schicken Wagen zu verzichten und mit öffentlichen Verkehrsmitteln in die Heide zu kommen ...»

Natürlich wusste sie, dass er auf die gute Autobahnanbindung im Dreieck von Hamburg, Hannover und Bremen anspielte. Aber sie wollte testen, ob er sich in seiner anbiedernden Lobesrede auf die Lüneburger Heide irritieren ließ.

«Nein, das habe ich noch nicht», gab er zu. «Und mir ist auch bekannt, dass Bispingen über keinen eigenen Bahnhof mehr verfügt. Aber die Tatsache, dass ein Teil des Naturschutzgebietes nur per Fahrrad oder Kutsche zu erreichen ist, erachte ich als ein hervorragendes USP.»

Als Kati ihn fragend ansah, fügte er schnell hinzu: «Ein *unique selling point*, zu Deutsch: ein Alleinstellungsmerkmal, das es sonst nur auf Inseln wie Langeoog, Spiekeroog oder Juist gibt.»

«Waren Sie überhaupt schon mal im Naturschutzgebiet?», hakte Kati nach.

Lehmann zögerte einen Moment mit seiner Antwort, was Kati bereits als kleinen Triumph wertete.

«Nein, das war ich leider nicht», sagte er und fügte dann überraschend charmant hinzu: «Sie würden mir eine große Freude bereiten, wenn Sie es mir ein wenig näherbringen würden.»

Kati war so überrumpelt von dieser Aufforderung, dass sie nicht schnell genug etwas dagegen vorbringen konnte. Dann kam ihr Dorothee zuvor.

«Das ist doch eine wunderbare Idee! Wie wäre es, wenn du Herrn Lehmann unsere schöne Gegend zeigst?»

Kati war sprachlos.

«Wissen Sie», fuhr Dorothee an Lehmann gerichtet fort, «Kati kennt die Gegend wie ihre Westentasche. Sie ist schließlich hier aufgewachsen.»

«Aber ich habe noch jede Menge zu tun», protestierte Kati. «Ich bin ja nicht zum Spaß hier.»

Doch Dorothee winkte ab. «Das ist kein Problem. Ich übernehme deine Aufgaben. Und länger als zwei, drei Stunden werdet ihr sicher nicht brauchen.» Sie erhob sich. «Ich werde gleich mal bei Schröders anrufen und versuchen, kurzfristig noch eine Kutschfahrt zu organisieren. Natürlich nur, wenn Sie damit einverstanden sind, Herr Lehmann.»

«Es wäre mir ein Vergnügen!», erwiderte er. «Allerdings werde ich es heute wohl leider nicht mehr schaffen.»

Nach einem Blick auf seine Uhr erklärte er, dass er die nette Runde nun leider auflösen müsse, und stand auf. «Ich habe noch einen Termin in Hamburg. Leider.»

Mit einem gewissen Bedauern sah er Kati an, die sich nun ebenfalls von ihrem Stuhl erhob und ihm die Hand reichte.

«Es hat mich gefreut», sagte sie, ohne eine Miene zu verziehen.

Lehmann sah ihr tief in die Augen. «*Mich* hat es gefreut. Ich danke Ihnen, dass Sie Ihre kostbare Zeit für mich geopfert haben. Und wenn Sie in den nächsten Tagen kurzfristig einen Ausflug in die Heide ermöglichen können, werde ich mich selbstverständlich erkenntlich zeigen und Sie zum Essen einladen.»

Kati sah Lehmann fassungslos an. Das fehlte gerade noch!, dachte sie.

«Natürlich nur, wenn Sie einverstanden sind», ergänzte er höflich und hielt noch immer ihre Hand.

«Und ich werde mich um die Kutsche kümmern», warf Dorothee ein. «Aber jetzt begleite ich Sie zu Ihrem Auto.»

Kopfschüttelnd sah Kati den beiden hinterher, wie sie zum Parkplatz gingen. Sie würde heute noch ein ernstes Wörtchen mit Dorothee reden müssen.

10

Obwohl Dorothee erzählt hatte, dass die Ärzte sehr zufrieden mit Hinrichs Zustand waren und es ihrem Vater von Tag zu Tag besser ging, war Kati im Moment alles zu viel. Und jetzt hatte ihre Stiefmutter sie auch noch zur Reiseleiterin für diesen Frank Lehmann auserkoren! Auf ihren Vorwurf, sie mit dem Kerl ja geradezu verkuppeln zu wollen, war Dorothee gar nicht weiter eingegangen. Wo denn eigentlich ihr Freund Simon sei, hatte sie stattdessen gefragt und damit voll in Katis Wunde gestochen.

Um den Kopf frei zu bekommen, beschloss Kati vor dem Abendessensdienst noch einen kleinen Ausflug zu unternehmen. Sie wollte allein sein und sich etwas ablenken.

Ohne bestimmtes Ziel fuhr sie mit Ellis Fahrrad Richtung Bispingen. Doch leider verschaffte ihr das Strampeln zunächst nicht die erhoffte Pause von ihren rotierenden Gedanken. Vor allem Simon ging ihr nicht aus dem Kopf, dabei konnte sie sich im Moment nicht vorstellen, es noch einmal mit ihm zu versuchen.

Keine Frage, Kati vermisste ihn schrecklich. Seinen Duft, das Gefühl, nachts geborgen an seiner Seite zu liegen. Aber wenn sie ehrlich war, war ihre Liebe nicht erst in diesem erschütternden Moment am Flughafen verlorengegangen. Nein, im Grunde war das Vertrauen nie wirklich gewachsen – das Vertrauen einer gereiften Beziehung, in der auch Katis Bedürfnis nach Sicherheit und Beständigkeit ernst genommen wurde. Letztlich hatte sie schon lange das Gefühl gehabt, dass Simon dafür viel zu sehr mit sich selbst beschäftigt war.

Als Kati in den Ortskern kam, fiel ihr Blick auf das «Kaffeestübchen», in dem sie in ihrer Abi-Zeit jede freie Minute verbracht hatte. Fast täglich hatte sie damals mit Jule und ihren besten Freundinnen dort gesessen, um Kaffee zu trinken und Pläne für die Zeit nach der Schule zu schmieden.

Kati machte spontan halt und stellte ihr Fahrrad ab. Glücklicherweise sah das Lokal nicht mehr ganz so heruntergekommen aus wie damals, als sie es liebevoll «Schabracke» nannten. Der Name «Kaffeestübchen» war zwar immer noch der gleiche, wie eine Holztafel über der Tür verriet. Doch der gesamte Eingangsbereich war mittlerweile zu einer großzügigen, modernen Teakholzterrasse umgestaltet worden. Weil Kati draußen keinen freien Platz mehr ergattern konnte, ging sie nach drinnen und setzte sich an einen der kleinen Tische am Fenster.

Wie lange war sie schon nicht mehr hier gewesen! Neugierig sah sie sich um.

Auch der gesamte Barbereich war umfassend renoviert worden. Keine Spur mehr von den alten Sitzecken und verkratzten Tischen. Dafür gab es jetzt kleine Bistrotischchen auf einem schön verlegten Holzfußboden. Und wenn es stimmte, was auf der großen Tafel über der Theke angepriesen wurde, so gehörte mittlerweile sogar ein umfassendes Frühstücksangebot zum Service.

Plötzlich tauchte ein großer Hund auf. Kati erschrak. Sie wusste nicht recht, um was für eine Rasse es sich bei dem strubbeligen Vierbeiner handelte. Sein Fell war kakaofarben und ziemlich lang. Aber er schaute sie aus freundlichen Augen an, schnupperte kurz und legte sich dann brav hinter die Theke. Kati konnte ihn gerade noch mit dem Schwanz wedeln sehen und schlussfolgerte, dass der Hund dem aktuellen Betreiber gehören musste.

Am Nachbartisch saßen zwei junge Mädchen und tuschelten aufgeregt miteinander. Es waren Teenager, die sich mit ihrer Kleidung und ihrem Make-up deutlich älter machen wollten. Auf der anderen Seite saß ein älteres Pärchen.

Kati fühlte sich seltsam wohl in diesen vertrauten Räumen. Sie erkannte einige der Drucke wieder, die schon damals an den Wänden gehangen hatten. Sie stammten von verschiedenen Künstlern und hatten die unterschiedlichsten Größen.

Kati nahm die Karte zur Hand, die in einem Ständer auf dem Tisch stand, und blätterte sie neugierig durch. Zwar konnte die Auswahl nicht mit ihrem Lieblingscafé unweit der Elbe mithalten, dennoch war sie beeindruckt von der Wandlung, die das Angebot in zehn Jahren erfahren hatte.

Als sie sich für einen Latte macchiato entschieden hatte und den Kellner aus der Küche auf sich zukommen sah, stockte ihr der Atem. Es war Andi. Andreas Witthöft, der Mann, dem sie am liebsten nie wieder begegnet wäre.

Kati brachte keinen Ton heraus.

Auch Andi hatte sie mittlerweile erkannt. Er lächelte unsicher und fragte: «Na, hast du den Beinahe-Unfall neulich gut überstanden?»

«Nein, das ... das kann ich nicht sagen», erwiderte Kati und griff nach ihrer Tasche. Sie wollte das Lokal sofort wieder verlassen.

«Also?», fragte Andi. «Was möchtest du bestellen?»

Kati fühlte, wie sich vor Aufregung ihr Herzschlag beschleunigte. Vor genau dieser Situation hatte sie sich immer gefürchtet. Und sie ahnte, dass sie nicht wie zwei zivilisierte Menschen miteinander umgehen konnten. Andreas Witthöft hier zu treffen, damit hatte Kati ganz und gar nicht gerechnet.

«Was ... was machst du überhaupt hier?», stotterte sie.

«Arbeiten?»

Er sah sie aus traurigen Augen an. Dann fügte er erklärend hinzu: «Ich helfe hier schon seit längerem aus. Im Service und beim Einkauf. Jetzt zur Saison bin ich eigentlich jeden Tag hier. Ich brauche das Geld.»

Kati nickte und schluckte die zynische Bemerkung hinunter, wonach er selber schuld war an seiner Lebenssituation. Sie musterte ihn mit ernstem Gesichtsausdruck und nahm unterschwellig wahr, dass er sich äußerlich nur wenig verändert hatte. Seine Gestalt war nach wie vor kräftig, und er wirkte sehr agil. Die dunklen Haare trug er jetzt etwas kürzer als früher, aber seine Kleidung war nach wie vor lässig und eher praktisch: Jeans und hellblaues Shirt.

In der Schulzeit waren Kati und ihre Schwester sehr eng mit Andi befreundet gewesen, und eine Zeitlang waren die drei sogar unzertrennlich. Aber dann war alles zerbrochen.

«Wie geht es deinem Vater?», fragte Andi unvermittelt und riss Kati damit aus ihren Gedanken. «Ich habe gehört, dass er im Krankenhaus liegt und ...»

Kati schüttelte langsam mit dem Kopf und hatte große Mühe, ruhig zu bleiben. Doch dann brach es plötzlich aus ihr heraus: «Du willst mir doch nicht erzählen, dass es dich wirklich interessiert, wie es ihm geht», zischte sie. «Damals hat es dich ja auch nicht interessiert, wie es meiner Familie geht. Dir war vollkommen egal, was du angerichtet hast.»

Eigentlich hatte sie sich keine Blöße geben und derart offen ihre Gefühle zeigen wollen. Doch Kati trug die Wut auf diesen Mistkerl nun schon so viele Jahre in sich, dass offenbar ein kleiner Anlass genügte, damit sie Dampf abließ.

«Das denkst du also von mir.» Es war mehr eine Feststellung als eine Frage.

Statt eine Antwort zu geben, raffte Kati ihre Sachen zusammen und verließ mit schnellen Schritten das Café.

Aufgewühlt machte sie sich auf den Rückweg nach Uhlendorf, dicht gefolgt von den Schatten der Vergangenheit. Einer Vergangenheit, vor der sie lange, lange geflohen war und die sie nun eingeholt hatte.

Während Kati so schnell wie möglich in die Pedale trat und in Rekordzeit zurück nach Uhlendorf fuhr, tauchten immer wieder Bilder von Jule vor ihrem geistigen Auge auf. Wie oft sie gemeinsam diesen Weg gefahren waren! Morgens zur Schule und nachmittags wieder nach Hause. Zum Schwimmen nach Bispingen oder zu Tonis Eisdiele.

Wie eine unsichtbare Macht erfüllte sie plötzlich die überwältigende Sehnsucht nach ihrer Schwester. Jule war immer ihre Seelenverwandte gewesen, mit der sie allen Ärger teilen konnte und die sie verstand.

Und wenn Jule noch da wäre, dachte Kati, als sie das Rad ungesehen zurück in den Schuppen stellte, wäre bestimmt auch alles gut. Ihr Vater läge nicht im Krankenhaus, und auf dem Heidehof ginge alles seinen normalen Gang. Und falls es doch finanzielle Schwierigkeiten gäbe, würde Jule einen Plan aushecken, mit dem man Dorothee oder irgendwelchen geldgeilen Investoren einen Strich durch die Rechnung machen konnte.

Mit hastigen Schritten schlich sie ins Haus und sprintete die Treppe zu ihrem Zimmer hinauf. Sie wollte niemanden sehen, am liebsten unter ihre Decke kriechen und in einen langen, langen Dornröschenschlaf fallen.

Irgendwie schien sich alles um sie herum verschworen zu

haben. Vor drei Wochen war ihre Welt doch noch halbwegs in Ordnung gewesen! Aber nun brach alles auseinander. Und das erste Mal in ihrem Leben wusste Kati nicht mehr, was falsch und was richtig war.

Als sie vor der Tür zu ihrem alten Kinderzimmer stand, zögerte sie und schaute über die Schulter auf die andere Seite des Flurs. Dort lag Jules Zimmer. Bei ihren Besuchen in den letzten Jahren hatte Kati es stets vermieden, diesen Raum zu betreten. Seit zehn Jahren war sie nicht mehr dort drin gewesen. Sollte sie vielleicht ...?

Katis Herz pochte, als sie mit zitternder Hand langsam die Türklinke nach unten drückte. Sie hatte das gleiche Gefühl, das sie stets in ihren Albträumen begleitete: Angst. Und dennoch war dieses Mal ihr Mut größer. Sie öffnete die Tür und trat mit weichen Knien ein. Eine ganze Zeitlang blieb sie einfach so im Zimmer stehen und ließ ihren Blick umherwandern.

Diese erste Begegnung mit der Vergangenheit empfand Kati gar nicht als so unangenehm, wie sie erwartet hatte. Der Raum umfing sie mit einer Vertrautheit, die sie beruhigte. Es roch wie auf einem Dachboden, staubig und trocken, und doch lag der Geruch nach Kindheit in der Luft.

Sie schaltete das Licht ein, und ihr Blick schweifte erneut durch das ganze Zimmer und nahm nun jede Einzelheit wahr. Auf der rechten Seite stand Jules Bett, das mit einem dunkelgrünen Überwurf abgedeckt war. Kati erkannte daneben den Nachttisch und die kleine Kommode. In der Mitte des Raums stand ein rundes Tischchen mit einem Korbsessel davor, wie Kati ihn früher auch besessen hatte. Links vom Fenster befand sich der alte Sekretär, den Jule irgendwann gegen ihren Kinderschreibtisch aus Kiefernholz eingetauscht hatte.

Kati konnte sich noch gut daran erinnern, wie ärgerlich ihr Vater geworden war, als er sah, wie nachlässig Jule mit dem Erbstück umging. Impulsiv, wie sie war, hatte sie nicht nur die Tür eines Tages wutentbrannt zugeschlagen, sodass das feingeschliffene Buntglas links oberhalb der Tischplatte zerbrach. Auch war das Holz irgendwann übersät mit Stickern, zumeist Pferdemotive, die nur schwer abzukriegen waren. Hinrich hatte es bald bereut, seiner Tochter das gute Stück anvertraut zu haben.

Neben dem Sekretär stand ein Bücherregal, das ebenfalls mit Aufklebern übersät war. Der große Kleiderschrank gegenüber wirkte dagegen richtig kahl.

Jules Zimmer sah gar nicht aus wie ein typisches Mädchenzimmer, dachte Kati. Vielmehr wie ein Zimmer, in dem ein Mädchen gelebt hatte, das sich in der Welt draußen älter geben wollte, als es eigentlich war. Mit ihren 21 Jahren war Jule jedenfalls längst nicht so erwachsen gewesen, wie sie es immer sein wollte. Das wusste Kati inzwischen.

Traurig schüttelte sie den Kopf. Mein Gott, wie lange das alles her ist, dachte sie.

Überall an den Wänden hingen noch Poster und kleine Bilder. An der einen Seite Jules geliebte Pferde, zwölf verschiedene Rassen in den unterschiedlichsten Farben, sorgfältig aneinandergeheftet und in derselben Reihenfolge aufgehängt, wie es der Fotokalender von damals vorgegeben hatte. Über dem Bett hingen Poster von den Backstreet Boys, Oli P. und Sasha.

Kati musste schmunzeln. Die gleichen Bilder hatten auch in ihrem Zimmer gehangen. Es war ein bisschen so, als wäre Kati in ihr eigenes Zimmer von damals zurückgekehrt. Nur dass Jule die Chance verwehrt geblieben war, sich von ihrer Jugend zu verabschieden.

Behutsam trat Kati ans Bettende, beugte sich herunter und fuhr mit dem Zeigefinger über die Oberfläche. Kein Staub hatte sich darauf gesammelt, was bedeuten musste, dass hier jemand regelmäßig sauber machte.

Bestimmt kümmerte sich Elli darum, dachte Kati. Und mit einem Mal erschien es ihr merkwürdig, wie lange sie nicht mehr mit ihrer Großmutter über die Schwester gesprochen hatte. Auch für Elli war es damals schließlich nicht leicht gewesen.

Katis Blick fiel auf Jules Gitarrenkoffer, der etwas zur Seite gekippt war. Sie richtete ihn wieder auf. Während Kati sich seit jeher für Malerei interessierte, war Jules große Leidenschaft die Musik gewesen. Sie hatte sogar in der Schulband gespielt, was Kati sich niemals zugetraut hätte. Kati wusste noch, wie stolz sie auf ihre Schwester gewesen war, als Jule bei der Entlassungsfeier für die Abiturienten ganz allein auf der Bühne «Sommertime» gespielt und gesungen hatte.

Kati musste schlucken und trat ans Bücherregal. Dort waren ebenfalls ein paar Bände zur Seite gerutscht. Kati stellte sie gerade hin, nicht ohne jedes einzelne Buch ehrfurchtsvoll in Augenschein zu nehmen.

Anschließend setzte sie sich behutsam aufs Bett und dachte an früher und daran, was mit Jule passiert war. Immer noch erschienen ihr die Ereignisse von damals so unwirklich, dass sie sich nachts, wenn sie aus dem immer wiederkehrenden Albtraum hochschreckte, jedes Mal neu die bittere Wahrheit ins Gedächtnis rufen musste, um sie auch nur ansatzweise begreifen zu können.

Nach und nach kamen in Jules altem Kinderzimmer die schrecklichen Umstände wieder hoch, die zum Tod ihrer Schwester geführt hatten.

Jule war damals mit Andi zusammengekommen. Andi Witthöft war der Sohn des örtlichen Tischlermeisters und hatte schon seit Schultagen zum Freundeskreis der Zwillinge gehört. Nach der Schule lernte Andi das Handwerk seines Vaters und arbeitete in dem kleinen Betrieb der Familie mit. Jule und er verbrachten in jenem Sommer vor Jules Tod so viel Zeit wie möglich zusammen. Die beiden hatten sich sogar Anfang Juli verlobt.

Kati wusste noch, wie glücklich ihre Schwester damals gewesen war. Sie selber hatte zwar auch schon verschiedene Amouren mit Jungen aus der Schule gehabt, aber es war nichts Ernstes dabei gewesen. Trotzdem fand sie die Verlobung von Jule und Andi sehr romantisch und beneidete die Schwester auch ein wenig darum, ihren Mr. Right schon gefunden zu haben.

Eines Tages beobachtete Kati bei einem Spaziergang an der Brunau durch Zufall, wie Andi mit einer fremden Frau herumalberte, sie im Arm hielt und sie küsste. Kati war erstarrt vor Schreck. Sollte Andi ihrer Schwester gegenüber wirklich untreu sein? Aber bevor sie das verliebte Pärchen erreichte, waren die beiden im Wald verschwunden. Sie hatten Kati nicht bemerkt. Als Jule gegen Abend vom Gitarrenunterricht nach Hause kam, nahm Kati sie zur Seite und erzählte ihr, was sie gesehen hatte. Jule sollte die Wahrheit erfahren – und sie reagierte mit einem fürchterlichen Wutanfall. Natürlich wusste Kati, dass ihre Schwester sehr eifersüchtig war und jähzornig werden konnte, aber mit einer so heftigen Reaktion hatte sie nicht gerechnet. Jule schrie, was Kati das eigentlich anginge, sie solle sich doch um ihren eigenen Mist kümmern! Wutentbrannt lief sie davon und kam auch zum Abendessen nicht nach Hause.

Nach dem Essen zog Kati sich immer noch tief verletzt in ihr Zimmer zurück. Sie wusste aus Erfahrung, dass Jule sich beruhigen musste, bevor man wieder mit ihr reden konnte. Trotzdem fand Kati, dass ihre Schwester sich für die wüsten Beschimpfungen entschuldigen sollte.

Etwa eine Stunde später schrillten die Sirenen des Feueralarms durchs Dorf, und wenige Minuten später ertönten die Martinshörner der zwei in Uhlendorf stationierten Löschzüge. Zusammen mit ihrem Vater und Elli ging auch Kati nach draußen, um zu schauen, was passiert war und ob Hilfe benötigt wurde. Ein wenig Neugier steckte natürlich auch dahinter. Es dauerte nicht lange, bis die ersten Nachrichten eintrafen. Einer der Nachbarn, Albert Carstensen, informierte die Weidemanns, dass die Tischlerei der Witthöfts brannte. Angeblich war bereits ein Großteil zerstört.

Kati fand das furchtbar, und eine unbestimmte Angst stieg in ihr auf. Wenn Jule nun zur Tischlerei gefahren war, um mit Andi zu sprechen. Und wenn … Sie mochte den schrecklichen Gedanken nicht zu Ende denken, aber alles sollte noch viel schlimmer kommen. Ein anderer Nachbar erzählte, dass man eine Leiche in der Tischlerei gefunden habe, wahrscheinlich eine tote Frau.

Kati stockte der Atem. Und in ihrem tiefsten Innern war ihr in diesem Augenblick schon klar, wer die Tote, von der alle sprachen, sein musste. Sie war unfähig etwas zu sagen. Als ihr die Beine versagten, kauerte sie sich auf die Stufen zur Veranda und wartete. Mit quälender Gewissheit im Herzen wartete sie einfach nur darauf, dass die furchtbare Nachricht bei ihnen ankam. Irgendwann wurde sie an der Schulter gefasst, und irgendjemand sagte genau die Worte, vor denen sich Kati so gefürchtet hatte: «Jule ist tot!»

An die nächsten Stunden konnte sich Kati nicht erinnern, da waren nur unzusammenhängende Bilder, verschwommene

Schatten und Wortfetzen. Stimmen, die sie von weit her hörte, aber nicht verstehen konnte. Irgendjemand brachte sie ins Bett und flößte ihr etwas ein. Sie wusste nur noch, dass es bitter geschmeckt hatte.

Als sie am nächsten Tag aufwachte, dauerte es ein wenig, bis sie klar denken konnte. Sie hatte entsetzliche Albträume gehabt und sich die ganze Nacht über hin und her gewälzt. Ihr Laken war vollkommen verschwitzt, draußen hatte die Dämmerung kaum begonnen. Dann aber kam die Erinnerung mit voller Wucht zurück, und die entsetzliche Todesnachricht dröhnte immerfort in ihren Ohren.

Kati wischte sich die Tränen aus dem Gesicht und sah sich um. Sie wusste nicht, wie lange sie in Jules Zimmer gesessen und an die damaligen Ereignisse gedacht hatte. Es war das erste Mal, dass sie die Erinnerungen an damals wieder zuließ. Zehn Jahre und zehn Monate hatte sie die Ereignisse um den Tod ihrer geliebten Schwester verdrängt. Zehn lange Jahre, in denen es nicht einen Tag gegeben hatte, an dem Kati nicht unter dem Verlust litt. An manchen Tagen war es unerträglich. Die Tiefs kamen mit unschöner Regelmäßigkeit. Etwa, wenn sie das erste Eis im Frühjahr aß oder den ersten Spekulatius im Herbst. Auch wenn bestimmte Filme oder Serien im Fernsehen wiederholt wurden, dachte Kati mit erstickender Sehnsucht an ihre Schwester. Es waren Erinnerungen an ihre Kindheit, süßlich und bitter zugleich.

Kati schluckte und wollte gerade aufstehen, als ihr Blick auf die kleine weiße Kiste fiel, die unter dem Schrank stand und in der Jule ihre persönlichen Dinge aufbewahrt hatte. Schon damals, nach Jules Tod, hatte Kati nicht gewagt, einen Blick hineinzuwerfen. Und auch heute gab es für sie keinen Grund, in die

Privatsphäre ihrer Schwester einzudringen. Sie horchte auf, als jemand die Treppe hochkam.

Die Holzdielen im Flur knarrten unter den langsamen Schritten. Kurz darauf steckte Elli ihren Kopf ins Zimmer und sah Kati überrascht an. Doch sie sagte nichts, sondern trat vorsichtig ins Zimmer und setzte sich neben sie aufs Bett. Eine Weile saßen die beiden Frauen schweigend nebeneinander. Dann strich Elli ihrer Enkelin zärtlich über die Wange.

«Du glaubst gar nicht, wie froh ich bin, dass du dich dazu überwunden hast. Es wurde höchste Zeit, dass du mal in Julias Zimmer gehst!»

Kati schloss ihre Großmutter fest in die Arme. Es tat so gut, dass Elli offensichtlich auch ohne große Erklärungen verstand, was in ihr vorging. Damals war das Haar ihrer Großmutter in kürzester Zeit schneeweiß geworden. Kurz überlegte Kati, ob sie Elli von der Begegnung mit Andi erzählen sollte. Aber sie wollte ihre Großmutter nicht unnötig aufregen. Elli hatte schon weiß Gott genug Probleme, und sie machte sich bestimmt auch so genug Sorgen um ihre Enkelin.

Als sie sich wieder voneinander lösten, sagte Kati mit fester Stimme: «Wir müssen Dorothees Vorhaben verhindern! Auch wenn es vielleicht blöd klingt, aber ich habe das Gefühl, wenn der Heidehof verkauft wird, stirbt Jule ein zweites Mal.»

11

Die nächsten Tage auf dem Heidehof vergingen in quälender Routine, doch Kati war froh um jeden Handgriff, der sie ablenkte von den diversen Baustellen in ihrem Kopf.

Ihrem Vater schien es zwar von Tag zu Tag besser zu gehen, doch ihre innere Anspannung ließ kaum nach. In den Nächten lag sie lange wach. Die Erinnerungen an Jule und die Brandnacht spukten ihr im Kopf herum und ließen sie nicht schlafen. Und wenn sie doch einmal die Augen schließen konnte, wurde sie von ihrem immergleichen Albtraum heimgesucht. Mehrfach wachte sie nachts schweißgebadet auf. Und morgens fiel es ihr immer unglaublich schwer, aus dem Bett zu kommen.

Der einzige Lichtblick war ein aufgeregter Anruf von Flo am Freitagmorgen. Sie erklärte, das Metromedia-Projekt sei in trockenen Tüchern und Gero habe sich nochmals zu einem Lob hinreißen lassen. Und er hatte ihr überraschend einen freien Tag zugestanden. Für Flo bedeutete dies ein verlängertes Wochenende, das sie unbedingt bei Kati in der Heide verbringen wollte.

Kati konnte noch immer nicht glauben, dass Flo wirklich Lust hatte, ihre kostbaren Urlaubstage auf dem Heidehof zu verbringen. Ob tatsächlich der Aushilfskoch hinter dem wachsenden Interesse steckte? So oder so, Kati freute sich wahnsinnig auf den Besuch ihrer Freundin.

Kati beschloss, vormittags noch im Krankenhaus vorbeizufahren, bevor sie Flo vom Bahnhof abholte. Allerdings war ihr nicht ganz wohl bei der Vorstellung, ihrem Vater womöglich etwas vormachen zu müssen, falls er sich nach den Vorgängen auf dem Hof erkundigte. Überhaupt wusste Kati nicht, ob sie ihm von der ganzen Sache mit Frank Lehmann erzählen sollte. Er durfte sich bestimmt nicht aufregen. Sie würde vorher mit Dorothee und Elli darüber reden müssen.

❧

«Ist es so schlimm?», fragte Flo und musterte Kati vom Beifahrersitz.

Keine zwei Minuten waren vergangen, seitdem sie sich am Bahnhof begrüßt hatten und in den Wagen gestiegen waren.

«Was meinst du?», fragte Kati und startete den Motor.

«Ich merke doch, dass du total neben der Spur bist. Ist es wegen Simon? Also, wenn du mich fragst, hat er es nicht verdient, dass du seinetwegen so lange leidest!»

«Ach, lass mich doch in Ruhe mit Simon!», schnauzte Kati und bereute ihren Tonfall noch in derselben Sekunde. Sie starrte auf die Fahrbahn und spürte, dass Flo sie irritiert ansah.

«Sorry», seufzte sie, «das war absolut nicht so gemeint.»

«Was ist denn los mit dir? Hast du noch mal mit ihm geredet?» Flo klang ehrlich besorgt.

«Ach, es geht doch gar nicht um Simon», sagte Kati und schüttelte verzweifelt den Kopf.

«Aber was ist dann passiert? Dein Dad? Du hast doch gesagt, es geht ihm besser.»

Kati nickte. Ja, das stimmte auch. Sogar gelacht hatten sie, als Kati vorhin am Bett ihres Vaters gesessen und von Pit und seinen kleineren und größeren Katastrophen berichtet hatte. Kati wollte ihrem Vater das Gefühl geben, dass er auf dem Heidehof zwar unersetzbar war, sie aber dennoch eigentlich alles im Griff hatten. Auf keinen Fall sollte er etwas von den Ideen zur Veränderung des Heidehofs mitbekommen. So hatte sie es mit Dorothee und Elli besprochen. Auch die Begegnung mit Andi Witthöft hatte sie ihrem Vater gegenüber lieber nicht erwähnt.

Kati sträubte sich auch, Flo davon zu erzählen. Unmöglich konnte sie ihr sagen, was sie in Wirklichkeit beschäftigte.

Kati bog auf die Bundesstraße ein und schwieg. Doch Flo schien immer noch eine Antwort oder zumindest eine Erklärung für Katis gereiztes Verhalten zu erwarten.

«Also?», fragte sie.

Kati macht eine wegwerfende Handbewegung. «Viel wichtiger ist doch die Frage, wie wir das Beste aus deinem verlängerten Wochenende machen. Wir könnten heute ins Freibad gehen oder –»

«Sag mal, willst du mich verarschen?» Flo richtete sich im Beifahrersitz auf.

Mit einem gequälten Lächeln sah Kati ihre Freundin an. Offenbar war ihr Ausweichmanöver absolut fehlgeschlagen. Flo würde nicht lockerlassen.

«Du bist doch total durch den Wind», wetterte Flo ungehalten. «Du kämpfst mit den Tränen und faselst was von Freibad? Glaubst du, ich raffe das nicht? Ich bin gekommen, um für dich da zu sein, verdammt noch mal!»

Das saß. Kati musste schwer schlucken und spürte, wie ihr die Tränen in die Augen traten. Sie konnte nichts dagegen tun.

Wie ferngesteuert nahm sie den Fuß vom Gaspedal und bog an der nächsten Abzweigung auf eine Nebenstraße ab. Sie fuhr noch etwa 200 Meter weiter, bis es rechts in einen kleinen Feldweg ging. Sie fuhr hinein und kam in der Nähe eines von blühenden Heidebüschen umgebenen Schafstalles an einer einsamen Stelle zum Stehen.

Um sie herum war es vollkommen still. Nur ein paar Bienen summten in der warmen Luft. Kati öffnete das Fenster und ließ die laue Luft herein. Während sie in dem Anblick der ihr so vertrauten Landschaft versank, realisierte sie irgendwann, wie Flo sie von der Seite aufmerksam beobachtete.

Kati drehte ihr das Gesicht zu, lächelte bemüht und sagte: «Nun starr mich nicht so an!»

«Wieso sagst du mir nicht, was los ist?», fragte Flo. Und als sie keine Antwort erhielt, stupste sie Kati leicht am Arm und bohrte erneut nach: «Was ist passiert, dass du so von der Rolle bist?»

«Dir kann man wirklich nichts vormachen, wie?» Kati schloss für einen Moment die Augen. Dann holte sie tief Luft. «Gestern bin ich in Bispingen gewesen ... in meinem alten Stammcafé. Früher habe ich dort stundenlang mit Jule gesessen und ...» Sie stockte. «Jedenfalls habe ich dort gestern ... einen alten Bekannten getroffen. Andi. Das ist der Typ, mit dem wir neulich fast den Unfall gehabt hätten.»

Wissend sah Flo sie an. «Der war doch ganz schnuckelig.»

Kati starrte sie mit großen Augen an. «Er ... Er jobbt dort, was ich nicht wusste. Na ja, und plötzlich steht er vor mir.»

Als Kati nicht weitersprach, fragte Flo: «Und was hat dieser Kerl dir getan, dass er dich so aus der Fassung bringen kann?»

Plötzlich liefen Kati die Tränen übers Gesicht. Sie konnte sie nicht mehr zurückhalten. Und als Flo ihren Sicherheitsgurt löste, sich zu ihr hinüberbeugte und sie in den Arm nahm, war es endgültig um sie geschehen. Kati schluchzte hemmungslos und ließ all ihrer Wut und Trauer freien Lauf.

Als sie sich schließlich wieder etwas beruhigte und mit einem

Taschentuch von Flo die Nase geschnäuzt hatte, begann sie stockend und mit leiser Stimme zu reden. Sie sprach von Jule und von Andi und von der schrecklichen Nacht, in der ihre Schwester gestorben war. Zunächst zögerlich und immer wieder von kleinen Pausen unterbrochen, erzählte sie ihrer Freundin endlich von den tragischen Ereignissen der Vergangenheit und den schrecklichen Umständen, die zu Jules Tod geführt hatten. Die ganze Zeit über hielt Flo Katis Hand und hörte aufmerksam zu.

Als Kati geendet hatte, war sie vollkommen fertig. Und auch Flo, die noch immer Katis Hand fest gedrückt hielt, hatte glasige Augen und seufzte tief.

«Es tut mir so unglaublich leid», sagte sie leise und schüttelte fassungslos den Kopf. «Ich hatte ja keine Ahnung, was du durchmachen musstest!»

Kati sah ihre Freundin dankbar an.

«Sie fehlt mir jeden Tag», flüsterte sie. Ihre Lippen zitterten, und doch erfüllte sie eine riesige Erleichterung, weil sie endlich einmal alles ausgesprochen hatte. Dass sie ihrer Freundin Flo endlich die ganze traurige Geschichte ihrer Zwillingsschwester erzählt hatte.

Eine Weile blieben sie schweigend sitzen. Jede der beiden Frauen hing ihren Gedanken nach.

Irgendwann schüttelte Flo den Kopf, so als wollte sie sich weigern zu glauben, dass all das Schreckliche wirklich passiert war. Dann fand sie ihre Sprache wieder und fragte: «Und wie lange ist das jetzt genau her?»

«Zehn Jahre und zehn Monate», antwortete Kati und sah mit leerem Blick auf den Feldweg. Nach einem Moment des Schweigens erzählte sie weiter, warum sie damals so bald darauf auf Interrailtour und nach Barcelona gegangen war. Weg von allem. Sie hatte es nicht geschafft, wie geplant eine Ausbildung in einem Hotel in der Gegend zu machen. In der Heide hätten die Erinnerungen sie nie zur Ruhe kommen lassen. Deswegen war sie von Uhlendorf fort und ins Ungewisse aufgebrochen. Barcelona schien Kati damals weit genug entfernt, um länger zu bleiben.

«Und jetzt», erklärte Kati, «nach dem Zusammenbruch meines Vaters habe ich ein schlechtes Gewissen, weil ich die Familie seit damals im Stich gelassen habe.»

«Das heißt also, du hast Schuldgefühle?», fragte Flo.

«Ja, sicher.» Kati räusperte sich. «Ich meine, Elli und Hinrich und sogar Dorothee haben schließlich auch gelitten, aber sie konnten nicht einfach abhauen und vor den Erinnerungen weglaufen.»

«Und deswegen hängst du dich jetzt so rein in die Arbeiten auf dem Heidehof», sagte Flo, und es klang mehr wie eine Feststellung.

«Kann schon sein. Der Hof ist der Ort, an dem Jule und ich mehr als 20 Jahre gemeinsam verbracht haben. Hier waren wir sehr glücklich.»

«Könntest du dir denn vorstellen, ganz hierher zurückzukehren?»

Kati sah Flo an. «Ja, vielleicht kann ich das tatsächlich.» Es war das erste Mal, dass sie diesen Gedanken laut ausgesprochen hatte.

12

Elli und Pit standen in der Küche an der großen Arbeitsplatte, als Kati ihren Kopf zur Tür hereinsteckte. Es dauerte einen kleinen Moment, ehe die beiden sie bemerkten. Denn Elli garnierte gerade mit sparsamen, gekonnten Handgriffen eine Torte, und Pit schaute ihr aufmerksam über die Schulter.

«Wir haben Besuch», erklärte Kati und zog Flo hinter sich her in die Küche.

Sofort legte Pit ein breites Grinsen auf und tippte Elli auf die Schulter, die Flo inzwischen richtig liebgewonnen hatte.

«Verstärkung!»

«Wer schleicht sich denn da an?!», fragte Elli erfreut.

Sie legte den Spritzbeutel zur Seite, wischte sich die Hände an der Schürze ab und schloss Flo zur Begrüßung herzlich in die Arme. Pit stand etwas unbeholfen daneben. Als Flo ihm die Hand reichte, beschwerte er sich lauthals: «Warum werde ich nicht umarmt? Bloß, weil ich ein Mann bin?»

«Ein Mann?», fragte Flo und musterte ihn skeptisch.

Er hatte seine mittelblonde Mähne mit einem Band hinten zusammengenommen und trug Hinrichs blau-weiß gestreifte Schürze, die ihm viel zu groß war.

Pit boxte Flo zur Strafe spielerisch in die Seite und ließ es sich dann gern gefallen, dass Flo ihm ein angedeutetes Handküsschen zuwarf.

Kati schlug vor, Flo ins Gästezimmer zu begleiten, damit sie ihre Sachen wegbringen und sich frisch machen konnte.

Doch ihre Freundin winkte ab. «Ach, das läuft doch nicht

weg.» Sie stellte ihre Tasche in einer Ecke ab und betrachtete Ellis Torte. «Ich würde gern deiner Oma zuschauen und was lernen an diesem Wochenende. Was ist das zum Beispiel für ein Kuchen?», fragte sie und deutete auf die Arbeitsplatte.

«Eine Buchweizentorte», antwortete Elli, sichtlich erfreut, dass sich jemand ernsthaft für ihre Arbeit zu interessieren schien. «Ich muss noch mehr Böden fertig machen. Wenn du willst, kannst du mir helfen. Sahne schlagen, Pflaumen schneiden …»

«Ich dachte, du wolltest heute die erste Johannisbeerentorte machen?», fragte Kati irritiert. Schließlich hatte ihre Großmutter erst am Morgen erklärt, wie voll die Büsche in diesem Jahr waren und dass die Früchte langsam reif sein müssten.

«Das wollte ich ja auch, wenn Carstensen mir nicht einen Strich durch die Rechnung gemacht hätte», zischte Elli mit einem überraschend scharfen Unterton.

Kati sah ihre Großmutter fragend an. Sie wusste nur allzu gut Bescheid um die ewigen Streitereien mit dem Nachbarn. Aber was hatte er jetzt wieder getan, dass Elli sich dermaßen über ihn ärgerte?

«Wer ist denn dieser Carstensen überhaupt?», wollte Flo wissen.

Elli schnaubte nur und griff wieder nach dem Spritzbeutel. Offensichtlich hatte sie nicht vor, irgendeinen weiteren Kommentar zu diesem Mann abzugeben.

Mit gedämpfter Stimme erklärte Kati: «Das ist unser Nachbar. Ihm gehört der angrenzende Hof. Aber am besten, du erwähnst seinen Namen nicht in Ellis Gegenwart …»

«Den Fehler habe ich auch schon mal gemacht», ergänzte Pit und tauschte mit Kati einen amüsierten Blick. Doch als Elli drohend den Spritzbeutel hob, zog er schnell den Kopf ein.

«Ach, dieser Carstensen», schimpfte sie, «hat schon wieder auf eigene Faust geerntet. Und das, obwohl die Büsche auf unserem Grundstück stehen!»

Kati musste grinsen. Schon seit Jahren behauptete ihre Großmutter nämlich steif und fest, sie würde die Johannisbeersträucher als Einzige bewässern und schneiden und hätte damit ein natürliches Recht an den Früchten. Hinrich hatte immer gesagt, die Sträucher stünden genau auf der Grundstücksgrenze. Aber natürlich wollte auch er sich deswegen nicht mit Elli anlegen.

«So, die Plauderstunde ist beendet, jetzt wird gearbeitet», verkündete Elli und zeigte Flo, wo sie ein Brett und das richtige Messer zum Schneiden fand.

Auch Pit hob ergeben die Hände und widmete sich wieder dem Gemüse, das bereits geputzt neben dem Herd zum Schneiden bereitstand.

Beeindruckt beobachteten Kati und Flo, wie schnell und sicher er mit dem großen Messer hantierte.

«Wahnsinn! Wo hast du das denn gelernt?», fragte Flo und band sich eine Schürze um, die Elli ihr herausgesucht hatte.

«Ich bin ein Naturtalent.» Sein freches Grinsen breitete sich über sein ganzes Gesicht aus. «So was hat man im Blut oder eben nicht.»

Selbst Kati musste laut auflachen und wollte sich gerade ebenfalls eine Schürze nehmen, als Dorothee die Küche betrat.

«Von wem stammen denn – oh, wir haben einen Gast!»

Erfreut registrierte Kati, dass sich ihre Stiefmutter offensichtlich ebenfalls freute, Flo zu sehen. Die beiden Frauen begrüßten sich, und Dorothee erklärte, sie sei gerade erst vom Einkaufen zurückgekommen.

«Wer hat denn die Johannisbeeren vor deine Tür gestellt, Elli?», fragte sie.

Alle sahen sich fragend um.

«Vor deiner Haustür stehen zwei große, volle Körbe», erklärte Dorothee zu Elli gewandt. «Offenbar frisch geerntet.»

Als ihre Großmutter nicht reagierte, runzelte Kati die Stirn. «Ich dachte, Carstensen sei dir zuvorgekommen.»

Lachend winkte Dorothee ab. «Ach, das alte Spiel wieder.» Und nach einem kurzen Seitenblick auf Elli fügte sie noch hinzu: «Ich wette, Carstensen wollte mal wieder bei Elli punkten und ihr die Ernte abnehmen.»

«Was?», fragte Kati ungläubig. «Ich dachte, die beiden bekriegen sich und das schon seit Jahrzehnten.»

Dorothee schmunzelte. «Ich würde eher sagen, deine Oma führt Krieg. Aber umgekehrt gilt das ganz und gar nicht.»

Kati schüttelte irritiert den Kopf und sah Elli gespannt an. Sie wartete auf eine Reaktion. Doch anstatt etwas zu erwidern, legte ihre Großmutter schweigend den Spritzbeutel beiseite, wischte sich die Hände an der Schürze ab und ging eiligen Schrittes von der Küche auf die Veranda.

Verwundert sahen ihr alle hinterher.

Merkwürdig, dachte Kati, so kenne ich Elli gar nicht.

Sie wollte ihrer Großmutter gerade nachgehen, als Dorothee sie am Arm festhielt. «Lass sie. Das ist eine alte Geschichte.»

«Reagiert sie immer so empfindlich?», fragte Kati. «Ich meine, ist das jedes Mal so, wenn es um Carstensen geht?»

Dorothee zuckte mit den Schultern. «Elli hatte noch nie ein gutes Wort für ihn übrig. Das weißt du besser als ich. Aber heute liegen ihre Nerven wohl ziemlich blank. Albert Carstensen wollte ihr sicher nur einen Gefallen tun.»

«Soweit ich mich erinnere, ist er ja auch eigentlich ganz nett, oder?» Kati verstand nicht, was hinter dem jahrelangen Disput stand. «Ein bisschen kauzig vielleicht. Aber zu mir war er immer freundlich.»

«Keine Ahnung», sagte Dorothee. «Elli behauptet immer, Carstensen würde ihr das Leben auf dem Heidehof unnötig schwer machen. Aber was genau diese Feindschaft begründet, weiß ich auch nicht.»

Dorothee wollte sich gerade wieder zum Gehen wenden, doch dann drehte sie sich noch einmal zu Kati um. «Ich habe übrigens eben mit Frank Lehmann telefoniert.»

Kati hielt in der Bewegung inne.

«Er möchte heute Nachmittag noch mal zu uns rauskommen. So gegen halb vier», erklärte Dorothee. «Ist das in Ordnung für dich? Ich fände es großartig, wenn wir uns seine Vorschläge zusammen anhören könnten.» Und etwas spitz fügte sie noch hinzu: «Bei der Gelegenheit kannst du ihm gleich noch ein bisschen auf den Zahn fühlen. Du scheinst ja noch nicht so ganz überzeugt von ihm zu sein.»

Kati wusste zwar nicht so recht, worauf sich der Kommentar bezog, aber sie willigte ein. Sie sah einem weiteren Treffen mit Frank Lehmann deutlich gelassener entgegen als noch beim ersten Mal. Und wenn sie ehrlich war, so verspürte sie sogar ein seltsames Gefühl von kribbeliger Vorfreude.

Zumindest konnte Lehmann sie nach dem denkwürdigen Zusammentreffen mit Andi Witthöft zeitweise von den Gespenstern der Vergangenheit ablenken.

Trotzdem fand Kati es mal wieder typisch für ihre Stiefmutter, dass sie den Termin so kurzfristig ausgemacht hatte, ohne sie vorher zu fragen.

«Wer ist denn dieser Lehmann?», fragte Flo, als Dorothee gegangen war.

«Ach, nur so ein Investor, der uns Ideen für die Modernisierung des Hofes vorstellen will.»

Kati gab sich bemüht gelassen, und sie war froh, dass ihre Freundin nicht weiter nachbohrte. Im Gegenteil, Flo konzentrierte sich schon auf etwas ganz anderes. Neugierig schaute sie Pit über die Schulter, der sich nach dem Gemüse nun der Zubereitung von Buchweizenblinis widmete. Gerade war er dabei, Milch mit etwas Zucker zu erwärmen und die Hefe darin aufzulösen. Bereitwillig erklärte er jeden Schritt.

«In einer Schüssel mischen wir gleich Weizen- und Buchweizenmehl, dann geben wir die Milch, ein paar Flocken aufgelöste Butter, etwas Salz und Zucker und ein Eigelb dazu.»

Zunächst zögernd, schließlich immer selbstbewusster assistierte Flo ihm. Als er alles gut verrührt hatte, deckte Pit die Schüssel mit einem Geschirrhandtuch ab und erläuterte fachmännisch: «Bevor wir die Blinis braten können, muss der Teig jetzt erst mal eine Stunde gehen.»

«Wohin?», fragte Flo, als wäre das eine völlig berechtigte Frage.

Pit sah sie erstaunt an, doch als er das breite Grinsen in ihrem Gesicht sah, lachte er laut auf.

«Nicht schlecht! Fast wär ich auf dich reingefallen.»

Kati musste ebenfalls schmunzeln.

Fragt sich, wer hier auf wen reinfällt, dachte sie und beobachtete belustigt, wie die beiden sich gegenseitig beschnupperten. Irgendwie kam sie sich sogar ein wenig überflüssig in der Küche vor.

«Sag mal», fragte Flo interessiert, «wo kommt Buchweizen eigentlich her?»

Kati war mehr als überrascht. Seit wann interessierte sich ihre Freundin denn für Körner und Getreide?

«Ich hab schon mal so ein Mehl im Biosupermarkt gesehen», fuhr Flo fort. «Aber Buchweizen als Pflanze kenne ich gar nicht. Wie sieht die denn aus?»

Pit straffte die Schultern. Er war jetzt vollkommen in seinem Element. «Na, die Früchte sind dreikantig zugespitzt und sehen wie kleine Bucheckern aus. Das Mehl ist weiß wie Weizenmehl, daher auch der Name Buchweizen. Aber wo die Pflanze eigentlich herkommt? Keine Ahnung.»

«Wovon haben Sie keine Ahnung?», fragte plötzlich Elli, die gerade wieder die Küche betrat und die letzten Worte offensichtlich noch gehört hatte.

Sie trug einen großen Korb voller Johannisbeeren, kommentierte den Fund aber mit keinem Wort. Stattdessen schien sie Pit auf den Zahn fühlen zu wollen.

«Meine hinreißende Assistentin hat mich gefragt, wo der Buchweizen herkommt», erklärte er, «und ich musste zu meiner großen Schande und angekratzten Kochehre gestehen, dass ich das nicht weiß.»

«Ja, Pit hat mir freundlicherweise schon erklärt, woher der Buchweizen seinen Namen hat», sprang Flo ihm bei, «und ich hab auch mal Buchweizenmehl im Laden gesehen, aber sonst hab ich da keinen Plan.»

«Dann will ich euch mal aufklären», erwiderte Elli zweideutig.

Offensichtlich hatte ihre Großmutter ebenfalls bemerkt, dass es zwischen den beiden knisterte, dachte Kati.

«Buchweizen wurde hier in der Heide früher sehr häufig angebaut», begann Elli ihren Vortrag. «Die Pflanze ist anspruchslos und wächst selbst auf den mageren Heide- und Geestböden sehr gut. Durch den Kunstdünger ist die Qualität der Böden aber besser geworden, und so wurde der Buchweizen in den letzten Jahrzehnten durch Getreide, Kartoffeln und Rüben verdrängt. Nur auf dem Landschaftspflegehof Tütsberg im Naturschutzgebiet gibt es noch ein Buchweizenfeld. Für unsere traditionellen Gerichte wie diese Buchweizentorte hier», sie deutete auf die Arbeitsplatte vor sich, «wird das Mehl aber aus Ungarn oder Polen eingeführt. So, ist euer Wissensdurst jetzt gestillt?»

«Interessant, das wusste ich auch noch nicht», räumte Kati ein. Und mit einem Blick auf den überquellenden Korb fügte sie noch hinzu: «Dafür weiß ich aber, dass frisch geerntete Johannisbeeren bald verarbeitet werden müssen!»

Kati lächelte ihre Großmutter an. Doch Elli verzog kaum merklich die Mundwinkel und schwieg.

«Ja, wo kommen die denn auf einmal her?», fragte Pit spöttisch, als er sich beeindruckt über den Korb beugte. «Haben Sie die Früchte zurückgeklaut, Frau Weidemann?»

Statt auf seine provozierende Frage einzugehen, schnaubte Elli verächtlich und beschwerte sich lauthals: «Jetzt muss ich zehn Pfund Johannisbeeren abzibbeln, nur weil dieser Schwachkopf alles auf einmal abgeerntet hat! Stunden wird mich das kosten. Eine Frechheit!»

Kati schüttelte erheitert den Kopf. Wie hatte ihr das gefehlt – so ein lebendiges Zuhause, in dem viel gestritten, aber auch viel gelacht wurde.

«Ich sag ja, niemals sollte man sich mit Elisabeth Weidemann anlegen!», witzelte Pit und rettete sich vor ihrem bösen Blick in den hinteren Teil der Küche.

Schnell warf Kati ein: «Also erstens finde ich diese Geste von unserem Nachbarn eigentlich sehr nett», erklärte sie, «und zweitens können Flo und ich das doch machen. Ich habe schon ewig keine Johannisbeeren abgezibbelt.»

«Zibbeln?» Flo sah sie fragend an.

«Ich zeig's dir», sagte Kati. Und schon schnappte sie sich zwei Geschirrhandtücher und zwei Schüsseln.

«Tja, also, wenn ihr mir verratet, wie das geht, bin ich natürlich dabei», flötete Flo noch immer voller Tatendrang. Sie hob den Korb hoch und trug ihn hinter Kati her nach draußen auf die Veranda.

«Ich komme gleich nach», rief Elli.

Die beiden suchten sich ein schattiges Plätzchen und breiteten die Trockentücher über ihren Schoß.

«Zibbeln ist eigentlich nichts anderes, als das Grünzeug abzuknibbeln», erklärte Kati.

Flo hob ihre Augenbrauen. «Zibbeln? Knibbeln? Zuppeln?»

Kati lachte. «Dafür gibt es eben kein anderes Wort. Aber wenn Frau Texterin etwas einfällt, kannst du es gerne anders nennen.»

Flo schnitt ein Gesicht und machte sich ebenso wie Kati daran, die Johannisbeeren von ihren dünnen Zweigen abzupulen.

Als Elli wenig später auf die Veranda trat, holte sie sich einen Stuhl heran und setzte sich seufzend dazu. «Das hat er bestimmt mit Absicht gemacht», schimpfte sie.

«Oma, wir schaffen das auch alleine. Du brauchst uns nicht zu helfen», versuchte Kati sie zu beruhigen.

«Aber dann sitzt ihr ja morgen noch hier bei diesen Unmengen.»

«Das macht nichts. Aber willst du uns nicht verraten, warum Carstensen dir gegenüber so aufmerksam ist?»

Elli sah ihre Enkelin schief von der Seite an. «Aufmerksam?»

«Ich meine», fügte Kati entschuldigend an, «was hat er dir eigentlich getan? Es ist doch nett von ihm, dir die Arbeit abzunehmen.»

Elli schwieg. Mit routinierten Handgriffen zog sie die Früchte von den kleinen Ästchen. Sie wirkte irgendwie abwesend, als ließe sie ihre Gedanken weit in die Vergangenheit schweifen.

«Er kümmert sich doch immer nur um seinen eigenen Profit», murmelte sie.

«Ach, und die Körbe vor deiner Haustür? Ist das etwa eine Falle? Sind die Früchte vielleicht vergiftet?» Kati tauschte mit Flo einen amüsierten Blick.

«Ihr braucht das gar nicht zu belächeln», sagte Elli empört. «Sein Verhalten war schon damals überhaupt nicht komisch!»

«Omi, vielleicht hat er sich geändert», gab Kati zu bedenken. «Ich meine, welche Hintergedanken sollte er mit den Körben gehabt haben?»

«Ach, ich habe irgendwann beschlossen, ihn einfach zu ignorieren.» Elli zuckte mit den Schultern. «Und das klappt mal besser, mal schlechter.»

«Und warum kannst du dich nicht darüber freuen, dass er dich ein bisschen hofiert?»

Elli sah sie herausfordernd an. «Das Gleiche könnte ich dich fragen, Katharina Weidemann. Denn was Herrn Lehmann betrifft, so könntest du seine Schmeicheleien ja genauso genießen!»

Kati wusste darauf nichts zu erwidern und versuchte sich wieder auf die Johannisbeeren zu konzentrieren.

Flo warf ihr einen fragenden Blick zu. «Ist das dieser Investor?»

«Ja», erklärte Elli schnell. «Und er hat es sich nicht nehmen lassen, meiner Enkelin Avancen zu machen!»

Flos Miene hellte sich auf. «Der Mann scheint Geschmack zu haben. Wie sieht er denn aus?»

«Oh, ziemlich elegant», antwortete Elli. «So ein richtiger Anzug-Mann. Also, wenn Simon ihn mit Kati gesehen hätte ...»

«Aber Kati und Simon –»

Flo unterbrach sich, weil Kati ihr mit einem stechenden Blick zu verstehen gab, dass sie besser den Mund halten sollte. Flo nickte und verstand offenbar, dass Katis Großmutter keinen blassen Schimmer von dem Drama mit Simon hatte. Trotzdem schüttelte sie den Kopf, um Kati zu zeigen, dass sie diese Geheimhaltung bescheuert fand.

«Was halten Sie denn von den Plänen dieses Investors, Frau Weidemann?», fragte Flo, um schnell das Thema zu wechseln.

Elli sah sie erstaunt an. «*Frau Weidemann?* Ich dachte, das hatten wir längst geklärt: Für dich bin ich doch Elli. Oder gern auch Oma Elli, wenn du möchtest.»

Flo lachte und bedankte sich herzlich für dieses Angebot. «Also? Was sagen Sie ... Entschuldigung, was sagst *du* zu der ganzen Sache?»

«Tja, wenn ich das wüsste!» Elli seufzte. «Ich bin schon ganz durcheinander. Es spricht ja einiges für die Idee mit dem Verkauf, so viel habe ich verstanden. Aber so richtig vorstellen kann ich mir das nicht ...» Fragend sah sie in die Runde. «Ich meine, wo sollen wir denn dann hin? Und was soll aus uns werden? Ach ... aber ich habe ja auch keine Ahnung von all diesen Dingen. Ich frage mich nur, was wohl mein Hinrich zu alldem sagen wird. Ich glaube nicht, dass ihm die Pläne gefallen würden. Der Einzige, der sich freut, wenn wir den Heidehof aufgeben, wäre wahrscheinlich der alte Carstensen.»

Sie deutete zum Wald hinüber, wo der Nachbar lebte. Und

ihr Blick wäre dabei geeignet gewesen, selbst den Mutigsten in die Flucht zu schlagen.

Doch Kati hatte gerade gar keine Antennen, um auf die Sorgen ihrer Großmutter einzugehen. «Mist!», fluchte sie leise. Denn ein paar besonders reife Früchte waren auf ihr Shirt gefallen und hinterließen dort bereits hässliche rote Flecken.

«O je, das musst du gleich auswaschen. Und am besten tust du vorher noch ein paar Tropfen Zitronensaft auf die Stelle», erklärte Elli.

Kati erhob sich schnell.

«Kann ich euch mit dem zweiten Korb alleine lassen?», fragte sie. «Ich muss mir noch schnell was Sauberes anziehen, bevor – »

Als sie kurz auf ihre Armbanduhr sah, erschrak sie. Es war gleich drei! Spätestens in einer halben Stunde würde Frank Lehmann auf der Matte stehen und seine Ideen präsentieren.

«Ach du Schreck, ich muss mich beeilen», erklärte sie und sah ihre Freundin flehend an.

«Ja, klar! Ich mach das schon.» Flo nahm Kati die Schüssel ab. «Aber zieh dir was Ordentliches an. Am besten ein Kleid! Der Kerl scheint eine gute Partie zu sein!»

Kati verdrehte die Augen. Jetzt fing Flo auch schon damit an, sie wegen Frank Lehmann aufzuziehen!

Aber sie wusste tatsächlich nicht, was das richtige Outfit für diesen Anlass war. Es durfte nicht zu aufgedonnert aussehen. Ohnehin passten Highheels oder tiefe Ausschnitte nicht gerade in die Heide. Anderseits wollte sie sich neben Frank Lehmann, diesem Dressman, nicht fühlen wie ein Bauerntrampel. Und immerhin ging es darum, einen seriösen Eindruck zu machen und die Position des Hofes zu vertreten.

Gerade als Kati durch die Diele nach oben eilen wollte, klingelte es an der Haustür. Sie blieb stehen und wartete einen Moment ab, in der Hoffnung, jemand anderes würde kommen und öffnen. Sie hatte jetzt wirklich Dringenderes zu tun. Doch es tat sich nichts, und so ging sie schließlich selbst genervt zur Tür.

Als sie öffnete, stand vor ihr ein offenbar gutgelaunter Frank Lehmann.

«Einen wunderschönen guten Tag! Ich habe uns gutes Wetter mitgebracht», begrüßte er sie mit seinem unnachahmlichen Strahlen.

Kati streckte ihm die Hand entgegen und erwiderte knapp seinen Gruß. Doch er ließ es sich nicht nehmen, sie an sich zu ziehen und ihr je rechts und links einen Wangenkuss zu geben. Dieser Typ war wirklich dreist. Außerdem war Kati diese Nähe unangenehm, weil sie befürchtete, der Geruch der Küche würde ihr noch anhaften.

«Ähm ... Sie sind ein bisschen früh», stammelte sie und musterte ihr Gegenüber unauffällig.

Frank Lehmann trug ein an den Ärmeln hochgekrempeltes, dunkelblaues Hemd ohne Krawatte, lässige Jeans und Schuhe, die weder zu elegant noch zu sportlich und trotzdem nach viel Geld aussahen. Im leicht zurückgegelten Haar steckte eine Designersonnenbrille. Nur sein schwarzer Handkoffer ließ darauf schließen, dass er aus beruflichen Gründen hergekommen war.

Verlegen schaute Kati an sich hinunter. Das Shirt war mit roten Johannisbeerflecken übersät und ohnehin nicht mehr ganz sauber. Zu ihrer abgeschnittenen Jeans trug sie alte, ausgelatschte Chucks.

«Bitte kommen Sie doch herein! Sie müssen sich allerdings noch einen Moment gedulden. Ich ...»

Lehmann hob abwehrend die Hände. «Keine Sorge. Das sollte kein Überfall sein. Ich bin mit Ihrer Mutter verabredet und –»

Er unterbrach sich und korrigierte: «Verzeihung, ich bin mit Ihrer Stiefmutter verabredet. Wir wollten noch ein paar Punkte durchgehen, bevor Sie mich dann in die Heide entführen können.»

Irritiert sah Kati ihn an. «Entführen?»

«Nein? Schade eigentlich», erwiderte er und lächelte souverän, sodass sich Kati sofort unsicher fühlte. Sie hatte seinen Humor offensichtlich nicht verstanden.

Hinter sich hörte Kati, wie Dorothee aus dem Bürozimmer trat und Frank Lehmann erfreut begrüßte.

«Schön, dass Sie es so kurzfristig einrichten konnten, noch einmal zu uns herauszukommen.»

Ha!, dachte Kati und machte ihrer Stiefmutter Platz. Dann hatte also doch Dorothee diesen Termin vorgeschlagen. Kati beobachtete, ob die beiden sich ebenfalls mit Wangenküsschen begrüßen würden. Doch sie reichten einander bloß die Hände.

«Kommen Sie!», sagte Dorothee und ging dem Gast voraus. «Ich habe schon alles vorbereitet.»

Mit einer gewissen Verwunderung registrierte Kati, dass Dorothee sich sogar umgezogen hatte. Ihre Stiefmutter trug eine neue Bluse und Schuhe mit Absätzen. Wollte auch sie einen möglichst professionellen Eindruck machen?

Dorothee führte ihn zum Büro, dann drehte sie sich noch einmal zu Kati um. «Vielleicht magst du dir ja ebenfalls ansehen, welche Ideen Herr Lehmann für den Hof entwickelt hat.»

Kati nickte. «Ja, natürlich.»

Was hatte Dorothee denn geglaubt? Dass Kati die beiden alleine über die Zukunft des Heidehofs verhandeln lassen würde? Einer muss doch auf die beiden aufpassen, dachte Kati.

«Ich sage nur kurz in der Küche Bescheid», rief sie Dorothee hinterher.

Doch statt in die Küche zu gehen, lief sie eilig in ihr Zimmer. Sie wollte bei diesem Treffen ebenfalls ordentlich aussehen.

Es kam ihr zwar selbst komisch vor, wieso sie vor Frank Lehmann einen guten Eindruck machen wollte. Aber sie musste auf jeden Fall seriös wirken. Elli hatte ganz recht, bei so einem *Anzug-Mann* wusste man nie, woran man war.

Kati riss den Kleiderschrank auf und wühlte sich durch die Sachen, die sie mit auf den Heidehof genommen hatte. Schließlich entschied sie sich für eine weiße Bluse, eine beigefarbene Chinohose und passende Ballerinas. Vor dem Spiegel löste sie schnell ihren Zopf, schüttelte die Haare und legte etwas Rouge auf. Dann eilte sie aus dem Zimmer.

Als sie unten an der Gästegarderobe noch einmal einen kurzen Blick auf ihr Spiegelbild erhaschte, schüttelte sie entsetzt den Kopf. Sie sah aus, als würde sie zu einem Vorstellungsgespräch gehen. Doch genau in diesem Moment hörte sie Dorothees schallendes Lachen aus dem Arbeitszimmer.

Schnell schlüpfte sie durch die Tür.

Dorothee und Frank Lehmann saßen nebeneinander am Schreibtisch und schauten auf den Monitor seines Laptops.

«Ah, da sind Sie ja», sagte er. «Ich zeige gerade eine erste Übersicht über die möglichen Vorhaben. Und ich kann Ihnen schon jetzt versichern, dass ich mit ein paar sehr vielversprechenden Ideen für dieses wunderschöne Anwesen komme.»

Kati zog sich einen Stuhl heran und starrte zunächst skeptisch, dann immer interessierter auf die Entwürfe.

Die Präsentation war sehr professionell gestaltet, und Kati musste zugeben, dass die Vorschläge tatsächlich interessant klangen. Gespannt hörte sie zu, als Frank Lehmann seine Ideen ausführlich schilderte. Aus der alten Scheune etwa wollte er ein Eventzentrum für Konzerte, Familien- und Firmenfeiern machen. Und sogar das Backofenhäuschen sollte reanimiert werden. Es war ein Gesamtkonzept für den «Modernen Urlaub auf dem Land», wie er mehrfach betonte.

Nach der Vorstellung seines Konzepts am Laptop legte er ihnen in perfekt aufbereiteten Mappen erfolgreiche andere Projekte vor, die seine Firma bereits abgeschlossen hatte oder die sich noch in Arbeit befanden. Anhand der Fotos und diverser Graphiken sollten Kati und Dorothee sich ein Bild von den vielen unterschiedlichen Möglichkeiten machen. Zu den Beispielen zählte auch eine alte Industriehalle in Mecklenburg-Vorpommern, die vor dem Abriss bewahrt und in ein modernes Kletterzentrum verwandelt worden war. Das Ergebnis konnte sich sehen lassen und hatte durchaus Charme, wie Kati zugeben musste.

Sie wollte gerade ein paar weitere Details erfragen, als das Telefon klingelte.

Dorothee murmelte eine Entschuldigung und nahm ab. Offensichtlich sprach sie mit jemandem aus der Klinik, denn es ging um Hinrich und die Möglichkeit einer baldigen Rehamaßnahme.

Zunächst lauschte Kati dem Gespräch ihrer Stiefmutter, dann blätterte sie wieder in den Mappen, die Frank Lehmann auf dem Tisch ausgebreitet hatte. Da wurde Dorothee unvermittelt lauter.

«Was?», fragte sie entsetzt. «In Süddeutschland? Wie stellen Sie sich das vor?»

Sie gestikulierte mit der freien Hand und gab Kati zu verstehen, dass es Schwierigkeiten gab. Leider besaß die alte Telefonanlage keine Lautsprecher-Funktion, sodass Kati nur aus Dorothees Gesprächsanteil und ihrer Mimik Schlüsse ziehen konnte.

Als sie geendet hatte, erklärte sie: «Es gibt eine gute und eine schlechte Nachricht. Die gute: Die Ärzte meinen, dass er sich schon in einer Woche so weit erholt haben wird, dass er das Krankenhaus verlassen kann.»

«Und die schlechte Nachricht?», fragte Kati.

«Man will ihn in eine Klinik im Schwarzwald schicken. Und zwar so schnell wie möglich, also gleich im Anschluss an die Entlassung aus dem Krankenhaus.» Ratlos zuckte sie mit den Schultern. «Wie soll das gehen, Kati? Ich kann ja wohl schlecht mitgehen und da unten Däumchen drehen.»

«Gibt es denn keine andere Einrichtung, die in Frage kommt?» Kati war es irgendwie unangenehm, das Thema vor Frank Lehmann zu erörtern.

«Keine, die so geeignet ist und so schnell einen Platz frei hat», sagte Dorothee seufzend. Mit einem Blick auf Frank Lehmann fügte sie erklärend hinzu: «Mein Mann soll nächste Woche in die Reha. Sie verstehen sicher, dass es da noch jede Menge zu klären gibt.» Sie stand auf.

«Natürlich verstehe ich das», erklärte Lehmann und begann, seine Unterlagen zusammenzupacken. «Ich hatte Ihnen die entscheidendsten Punkte unseres Konzepts ja auch schon am Telefon erläutert.»

«Aber bleiben Sie doch noch und überzeugen Sie auch meine Tochter von den nötigen Veränderungen!»

Tochter? Ich bin nicht deine Tochter!, fuhr es Kati durch den Kopf. Aber sie schwieg.

Frank Lehmann sah Kati mit seinem freundlichen Blick an und schien ihre Gedanken zu lesen. «Sehr gerne!», sagte er.

«Tja, ich muss jetzt los zu meinem Mann ins Krankenhaus», erklärte Dorothee geschäftig. «Ich darf dich doch mit Herrn Lehmann alleine lassen?», fragte sie zu Kati gewandt, ohne eine Antwort abzuwarten.

Sie griff nach ihrer Tasche und den Autoschlüsseln und verabschiedete sich. An der Tür drehte sie sich noch mal zu Frank Lehmann um. «Aber beim nächsten Mal müssen Sie unbedingt ein Stück von der leckeren Johannisbeertorte meiner Schwiegermutter probieren. Himmlisch!», fügte sie mit übertriebenem Augenaufschlag hinzu.

Dann nickte sie Kati noch einmal kurz zu und war verschwunden.

Kati blieb mit Frank Lehmann alleine zurück.

Dass Dorothee und Lehmann sich offensichtlich schon vorher über die Eckpunkte des Konzepts ausgetauscht hatten, ließ Kati aufhorchen. Sie würde diesen Kerl noch einmal gründlich unter die Lupe nehmen.

«Tja, das sieht ja alles … äh … sehr professionell und durchdacht aus», begann sie zögerlich.

«Danke, wir verstehen unser Handwerk.» Lehmann klang stolz.

«Sagen Sie …» Kati hatte beschlossen, ihn ein wenig auszufragen. «Wie sind Sie eigentlich zu Ihrem Job gekommen?»

Lehmann sah sie mit großen Augen an. «So ganz ohne Lateinkenntnisse, meinen Sie?»

Kati lächelte und deutete ihm durch ein Nicken an, dass sie seine Anspielung auf ihr Gespräch über die Erika vor ein paar Tagen verstanden hatte.

«Die übliche langweilige Geschichte», begann Lehmann. «Studium der Wirtschaftswissenschaften, Schwerpunkt Marketing, Aufbaustudiengang Tourismus-Management in London, erste Jobs in Eventagenturen und bei großen Reiseveranstaltern. Und vor zwei Jahren habe ich mir dann meinen Traum erfüllt: eine eigene Firma mit Sitz in der Hafencity und Ausblick auf die Elbe. Da war ich 41.»

«Dann haben Sie also alles erreicht.» Es war mehr eine Feststellung als eine Frage.

«Na ja», sagte Lehmann und ordnete umständlich die Mappen zu einem Stapel, «fast alles … Wenn Sie wissen, was ich meine.» Er hielt seine rechte Hand hoch und spielte mit den Fingern. «Wie Sie sehen, fehlt noch etwas an meinem Ringfinger.»

«Sie haben keine Familie?» Kati wollte es jetzt ganz genau wissen und schämte sich im gleichen Augenblick für ihre direkte Frage.

«Nein.» Lehmann hielt in der Bewegung inne und sah sie an. «Und Sie? Haben Sie Familie?»

Kati dachte kurz nach. Schließlich erklärte sie grinsend: «Sie haben meine Familie schon kennengelernt!»

Er lächelte, dann räusperte er sich. «Ich meinte, ob zu Ihrer Familie noch mehr Menschen gehören.»

Kati schluckte. Es waren Momente wie dieser, in denen es ihr besonders schwerfiel, so zu tun, als hätte es Jule nie gegeben. Und doch war es unmöglich von ihr zu erzählen. Wie sollte sie einem Frank Lehmann vom Tod ihrer Schwester erzählen, wo sie es doch nicht mal Simon erzählt hatte! Also seufzte sie einmal und kam stattdessen auf das zu sprechen, was ihr Gegenüber offenkundig wirklich in Erfahrung bringen wollte: «Mann, Kind,

Haus und Hund – all das wünsche ich mir zwar, habe es aber nicht. Also ... nicht wirklich jedenfalls. Ich ... äh ...»

Bevor sie weiter herumstotterte, senkte Kati schnell ihren Blick.

«In der Reihenfolge?»

Kati stutzte und brauchte eine Weile, um sich an ihre eigenen Worte zu erinnern. *Mann, Kind, Haus und Hund ...* was hatte sie nur für einen kitschigen Schwachsinn geredet!

«Die Reihenfolge ist nicht so wichtig», erklärte sie schnell und lachte verlegen.

«Ein Haus haben Sie aber im Grunde schon. Und eine so schöne und clevere Frau wie Sie braucht doch bestimmt nur mit den Fingern zu schnipsen.»

Kati wusste im ersten Augenblick nicht, was sie mehr verunsicherte: das Kompliment oder ihre Freude darüber. Schnell wurde sie wieder sachlicher. «Wenn wir schon beim Thema sind: Wie haben Sie sich das mit dem Heidehof nun eigentlich genau vorgestellt?»

Frank Lehmann fuhr sich durch das volle Haar und verkreuzte die Hände selbstbewusst hinter dem Kopf.

«Nächste Woche mache ich Ihnen ein konkretes Angebot.»

Kati wusste nicht, wie sie reagieren sollte. Einerseits sträubte sich alles in ihr, sobald dieser fremde Mann darüber sprach, was er mit dem Familienbesitz anstellen wollte. Sie fürchtete, dass er sie mit einer lächerlichen Kaufsumme abspeisen und den Heidehof bis zur Unkenntlichkeit entstellen würde. Andererseits schien er durchaus Respekt vor der Geschichte des Hofes zu haben und sich der langen Tradition bewusst zu sein. Und sie musste sich eingestehen, dass er einen überaus kompetenten und seriösen Eindruck machte.

In jedem Fall fühlte Kati sich in seiner Gegenwart inzwischen nicht nur wohl, sondern durchaus auch geschmeichelt. Er schien sie wirklich ernst zu nehmen und auf sie einzugehen, ein Gefühl, das ihr Simon schon lange nicht mehr gegeben hatte. Abgesehen davon war Frank Lehmann auch äußerlich höchst ansprechend, wie Flo sicher später bestätigen würde.

«Wissen Sie was?», unterbrach er plötzlich ihre Gedanken. «Ich glaube, Sie haben großes Glück, auf einem so idyllischen Fleckchen Erde aufgewachsen zu sein.»

Seine Worte und die Art und Weise, wie er gesprochen hatte, berührten Kati. Es war seltsam, trotz der schwierigen Situation fühlte sie sich auf dem Heidehof immer noch geborgen.

«Und wenn ich Kinder hätte», ergänzte er, «wäre ich froh, sie in einer solchen Umgebung großziehen zu können.»

Kati staunte. «Meinen Sie das ernst? Sie wissen schon, dass es im Umkreis von zehn, fünfzehn Kilometern weder ein Kino, noch ein Theater oder gar ein Einkaufszentrum gibt?!»

Nun lachte Frank Lehmann so herzlich, dass Kati mitlachen musste.

«Gibt es denn wenigstens ein Restaurant?», fragte er, als er die Mappen in seinem schwarzen Handkoffer verstaute.

Irritiert sah Kati ihn an. «Wir haben hier – »

«Ich meine, ein Restaurant, in das ich Sie mal ausführen könnte?», unterbrach er sie und sah ihr tief in die Augen.

Kati wollte etwas erwidern, doch es kam keine einzige Silbe aus ihrem Mund.

«Ich möchte Sie aber nicht bedrängen», ruderte Lehmann schnell zurück. Er fuhr den Laptop runter und stand auf.

Schade eigentlich, dachte Kati, als sie ihre Fassung zurückgewann. Konnte es sein, dass Frank Lehmann sie gerade nach einem

Date fragte? Frank Lehmann? Der Kerl, der ihr bei der ersten Begegnung so unsympathisch war? Wie lange war es überhaupt her, dass ein Mann sie derart in Verlegenheit gebracht hatte?

«Es dürfen auch mehr als zehn, fünfzehn Kilometer sein», ergänzte er und sah herausfordernd zu ihr hinunter.

Kati spürte, wie ihr Herz einen kleinen Hüpfer machte. Da hatte sie eine Idee.

«Kennen Sie Lüneburg?», fragte sie und erhob sich ebenfalls.

Lehmann hob skeptisch die Augenbrauen und nickte zögernd. «Als ich in der Grundschule war, hat unsere Lehrerin uns zu einer Stadtführung gezwungen. Das war natürlich todlangweilig.»

«Was? Sie wollen mir erzählen, dass Sie als Tourismusexperte für die Lüneburger Heide seit der Grundschule nicht mehr in Lüneburg gewesen sind?», fragte Kati mit gespielter Empörung.

«Tja, ich lasse mich gern von Ihnen überzeugen, dass sich der Weg nach Lüneburg lohnt.» Er grinste.

Als Kati ihn zum Auto begleitete, geriet sie ins Schwärmen. «Die Altstadt ist wirklich superschön. Und ich kann Ihnen versprechen, dass es dort ein kleines, feines Restaurant gibt, dessen Koch der Einzige weit und breit ist, der meinem Vater Konkurrenz machen könnte», erklärte sie halb im Scherz. «Und bei diesem Mann handelt es sich sogar um einen Sternekoch!»

Während sie neben Frank Lehmann zum Parkplatz ging, schilderte sie weitere Sehenswürdigkeiten, die Lüneburg zu bieten hatte. Sie redete einfach drauflos und berichtete vom Salzmuseum, der Ilmenau, dem alten Kran am Hafen, dem Rathaus, dem Wasserturm, dem Kloster und sogar der Telenovela, die vor der romantischen Kulisse der Stadt gedreht wurde. Aber sie erzählte all das nicht, weil sie plötzlich Stadtmarketing für Lüneburg betreiben wollte, sondern um ihre Unsicherheit zu überspielen. Mit aller Kraft wollte sie das aufkommende Glücksgefühl verbergen, das wie ein Flummi in ihrem Bauch umhersprang.

Wie lange hatte sie sich nicht mehr so gut und so lebendig gefühlt?

13

Als Kati an diesem Abend zu später Stunde noch hellwach in ihrem Bett lag, kreisten ihre Gedanken wieder einmal in wilden Bahnen. Aber ausnahmsweise ging es um etwas Erfreuliches. Sie ertappte sich dabei, auch an Frank Lehmann denken zu müssen.

Ein Lächeln huschte ihr übers Gesicht.

Abgesehen von ihren starken Vorbehalten und Vorurteilen ihm gegenüber schien Frank Lehmann doch ein guter Mensch zu sein, der mit beiden Beinen fest im Leben stand und eine Vision im Leben hatte. Das beeindruckte Kati.

Und wer weiß, fragte sie sich, vielleicht waren es seine Pläne zur Rettung des Heidehofes doch wert, geprüft zu werden.

Kati konnte inzwischen auch den Standpunkt ihrer Stiefmutter besser nachvollziehen. In den vergangenen Tagen und Wochen hatte sie hautnah erlebt, was der Hof trotz seines Charmes und seiner Familientradition für eine Riesenbelastung bedeutete und welche Kosten er verursachte. Es war etwas ganz anderes, selbst mit in der Mühle des Alltagsbetriebs zu stecken, als nur theoretisch darüber zu reden. Inzwischen verstand sie die psychische Belastung, die so ein Unternehmen mit sich brachte, ein wenig besser. Kein Wunder, dass Dorothee da mitunter daran dachte, ihre Arbeit auf dem Hof an den Nagel zu hängen.

Schließlich hätte Kati auch, was ihr eigenes Leben, ihr Leben in Hamburg anging, manchmal am liebsten alle Verantwortung abgegeben. Es gab Momente, in denen sie am liebsten schreiend vor allem davongelaufen wäre – weg von ihrem grässlichen Chef, weg aus der Großstadt, weg aus einer Wohnung, die ihr inzwischen kalt und leer erschien. Aber wo sollte sie hin? Zurück nach Uhlendorf, wäre das überhaupt vorstellbar? In dieses Dorf, in dem jeder jeden kannte, und wo an allen Ecken schmerzhafte Erinnerungen lauerten. Und wovon sollte sie leben? Es von hier aus als freie Graphikerin versuchen? Aber die Auftragslage war mehr als schlecht. Und wenn Kati ehrlich war, hatte sie früher mehr Spaß an ihrem Job gehabt.

Nichts zog sie zurück nach Hamburg, und Kati war froh, noch in Uhlendorf bleiben zu können. Auch weil sie so Frank Lehmann bald wiedersehen würde.

Flos Sticheleien trugen ein Übriges dazu bei, dass Kati diesen Mann nicht mehr aus dem Kopf bekam. Ihre Freundin hatte beobachtet, wie sie sich lange und offenkundig höchst angeregt auf dem Parkplatz unterhalten hatten. Flo überschlug sich vor Begeisterung, und Kati wusste nicht, ob es Lehmanns lässiges Outfit oder sein schnelles Auto war, das ihre Freundin mehr beeindruckte.

Abends hatten sie noch zusammen mit Pit draußen am Lagerfeuer gesessen und über die Attraktivität von Investoren im Allgemeinen spekuliert. Flo erklärte sogleich die gesamte Branche zu Freiwild und zog Kati damit auf, dass sie sich ruhig noch mehr hätte herausputzen können. Schließlich sei ihr ein besonders attraktives Exemplar quasi direkt vor die Füße gefallen.

Pit dagegen lästerte über Katis pluderige Chinohose und spottete, dass es ja ohnehin mehr auf innere Werte ankäme.

«Soll ich etwa in einem Kartoffelsack rumlaufen?», protestierte Kati. «Aber von Mode hast du Landei vermutlich keine Ahnung.»

Seltsamerweise fiel Flo ihr gleich darauf in den Rücken und

erklärte: «Bei Kati ist es schon ein eindeutiges Zeichen für Männchenumwerbung, wenn sie ihre Haare offen trägt.»

Kati schluckte. Zugegeben, normalerweise trug sie immer ihren obligatorischen Pferdeschwanz. Etwas widerwillig gab sie schließlich zu, dass Frank Lehmann ihr tatsächlich ein bisschen den Kopf verdreht hatte.

«Okay, ihr habt ja recht, der Typ ist gar nicht so übel, wie ich anfangs dachte», fügte sie noch erklärend hinzu.

Flo lachte. «Vielleicht solltest du mit deinem neuen Verehrer so bald wie möglich mal eine romantische Kutschfahrt durch die Heide unternehmen.»

Was Pit sofort dazu animierte, Flo ebenfalls zu einer Kutschfahrt einzuladen.

Es war ein entspannter Ausklang des Abends, und Kati hatte viel gelacht. Vor allem amüsierte sie sich über Pits immer verzweifeltere Annäherungsversuche, auf die Flo jedoch nicht einging.

Später, als sie nebeneinander die Stufen zu ihren Zimmern hinaufgingen, rollte Flo darauf angesprochen nur mit den Augen.

«Ich finde Pit wirklich sehr sympathisch und total lustig», erklärte sie, «aber ich kann mich in so einen Witzbold einfach nicht verlieben. Verstehst du?»

Kati zuckte mit den Schultern, sie wusste nicht, was sie ihrer Freundin raten sollte.

«Zumal Pit auch noch jünger ist ...», gab Flo zu bedenken.

«Aber nur ein paar Jahre.» Kati sah sie mit großen Augen an. «Was macht das schon?»

Aber eigentlich wusste sie, was Flo damit meinte. Sie kannte ihre Freundin gut genug, um zu wissen, dass Pit in Flos Augen einfach noch kein echter Mann war.

«Im Gegensatz zu dem Typen, den du dir da angelacht hast ...», hatte Flo noch hinzugefügt, nachdem Kati ihren Gedanken ausgesprochen hatte.

Anlachen, dachte Kati, als sie jetzt im Halbdunkel lag und an die Decke starrte. Wie oft hatte sie Frank Lehmann heute angelacht!

Konnte es wirklich sein, dass plötzlich ein Mann aus dem Nichts auftauchte, der ihr Herz berührte? Jemand, der die Trennung von Simon nur noch halb so schlimm erscheinen ließ und der sich obendrein vielleicht sogar als Retter des Heidehofes erweisen könnte?

Als Kati sich in dieser Nacht unter ihre Decke kuschelte, hatte sie zum ersten Mal keine Angst mehr vor dem Einschlafen. Wenn überhaupt, beschlich sie die Sorge, womöglich etwas zu verpassen. Wieder und wieder malte sie sich das bevorstehende Abendessen mit Frank Lehmann aus. Sie hatten verabredet, für den kommenden Sonntagabend in dem bezaubernden Restaurant in Lüneburg einen Tisch zu reservieren. Kati konnte Flo ein Stück mitnehmen und würde auf andere Gedanken kommen. Sogar die Kleiderfrage hatte sich bereits geklärt.

Nachdem Kati ihrer Freundin kurz vorm Schlafengehen von dem Date berichtet hatte, war Flo sofort ins Gästezimmer gestürmt und hatte aus ihrer Tasche ein neues Kleid hervorgezaubert. Es war halblang, endete knapp über dem Knie und hatte einen Ausschnitt, der zwar durchaus sexy, aber nicht billig aussah. Dennoch war Kati zunächst eher skeptisch in das dunkelrot schimmernde Jerseykleid geschlüpft. Der Stoff schmiegte sich perfekt an die Konturen ihres Körpers an. Und das Beste war, dass sie sich darin überhaupt nicht verkleidet, sondern überraschend wohl fühlte.

«Es steht dir wirklich sehr gut», hatte Flo ihr versichert und dann noch lachend hinzugefügt: «Fast besser als mir!»

«Warum hast du so ein spektakuläres Kleid überhaupt fürs Wochenende mitgebracht?», fragte Kati neugierig.

«Ich bin eben allzeit bereit», erwiderte Flo, und das breite Grinsen auf ihrem Gesicht sprach Bände.

Nun hing das Kleid verheißungsvoll auf einem Bügel am Schrank, und jedes Mal, wenn Katis Blick an dem dunklen Umriss hängenblieb, spürte sie, wie ihre Aufregung wuchs.

Würde es in ihrem Leben von jetzt wieder aufwärts gehen?, fragte sie sich.

Immerhin sollte ihr Vater zur großen Überraschung aller tatsächlich früher als gedacht aus dem Krankenhaus entlassen werden. Auch hatte er bereits seinen Bettnachbarn, einen älteren Herrn, mit seinen trockenen Sprüchen zum Lachen gebracht. Dorothee erzählte, er habe über seine nicht ganz unriskante, aber durchaus effektive Diät gescherzt. Sechs Kilo habe er bereits abgenommen, erzählte er stolz, und das, ohne auch nur einen Finger zu krümmen, geschweige denn sich sportlich zu betätigen!

Kati musste lächeln. Das war ihr Vater.

Allein der Gedanke, dass der Heidehof vielleicht schon bald nicht mehr sein Zuhause sein würde, brach ihr fast das Herz. Und noch war ja nicht einmal ansatzweise klar, ob ihr Vater einem Verkauf überhaupt jemals zustimmen würde. Sie hatten gemeinsam beschlossen, noch ein paar Tage abzuwarten, bis er sich auf der normalen Station etwas erholt haben würde. Dann wollten sie ihm so schonend wie möglich die Pläne näherbringen, von denen Kati und auch Elli mehr und mehr überzeugt waren.

Vielleicht würde ein Verkauf sogar genug Geld bringen, um einen Teil des riesigen Grundstücks zu behalten und darauf einen Alterssitz für Hinrich und Dorothee zu bauen. Und Ellis Einliegerwohnung zu renovieren. Aber so weit waren sie in ihren Überlegungen noch gar nicht gekommen. Zunächst musste Frank Lehmann ein Gutachten anfertigen lassen.

Kati beschloss, sich fürs Erste keine weiteren sinnlosen Gedanken mehr zu machen und stattdessen einfach positiv in die Zukunft zu schauen. Denn der Himmel über der Heide schien jeden Tag in noch strahlenderes Blau getaucht, seit sie Frank Lehmann das erste Mal in die Augen gesehen hatte.

❀

«Wieso um alles in der Welt wollt ihr den Heidehof abreißen lassen?»

Kati traute ihren Ohren nicht. Mit einem Anruf von Volker Kruse hatte sie an diesem Samstagmorgen am allerwenigsten gerechnet. Sie stellte das Frühstückstablett zurück und presste ihr Handy näher ans Ohr.

«Wie meinst du das?»

«Ganz ehrlich, Kati, ich hab gedacht, ich hör nicht richtig, als ich im Rathaus davon erfahren habe.»

«Wie? Wer erzählt denn so einen Blödsinn?»

Irritiert runzelte sie die Stirn und gab Flo ein Zeichen, das Abräumen des Frühstücksbuffets zu übernehmen, und zog sich zum Telefonieren zurück. Sie ging über die Veranda hinaus in eine ruhige Ecke des Gartens.

«Der Hof soll bloß modernisiert werden», erklärte sie ruhig, «aber nicht abgerissen. Das geht auch gar nicht, der steht doch unter Denkmalschutz, wie du als Star-Architekt ja wissen dürftest. Abgesehen davon ist das alles noch keine beschlossene Sache.»

Doch Volker ging nicht auf den scherzhaft gemeinten Star-Architekten ein, sondern sprach im ernsten Ton weiter: «Ich muss sagen, ich habe mich auch mehr als gewundert, als ich vorgestern Einsicht in die Unterlagen hatte.»

«Wieso hattest du Einsicht? Und von welchen Unterlagen redest du überhaupt?» Kati ließ sich auf einer Bank im Schatten nieder.

«Ich gehöre seit 2007 dem Bauausschuss der Gemeinde an. Und bei den Vorlagen für die nächste Sitzung am Donnerstag ist ein Tagesordnungspunkt der Abriss des Heidehofes der Familie Weidemann in Uhlendorf. Und das seid ja wohl ihr.»

Kati wurde zunehmend unsicher.

«Das muss ein Missverständnis sein», erklärte sie. «Von Abriss war nie die Rede! Wir haben lediglich Gespräche mit einem potenziellen Investor geführt, der den Heidehof von Grund auf sanieren möchte. Schließlich sind die Gebäude baufällig, und der Betrieb wirft bald nicht mehr genug ab, wenn wir nichts ändern.»

Doch Volker ließ sich nicht beirren. «Es liegt bereits ein Gutachten vor, das zu dem Schluss kommt, die Bausubstanz des Heidehofes sei so schlecht, dass eine Instandsetzung überhaupt nicht mehr möglich ist. Von Holzwurm ist da die Rede, von einsturzgefährdeten Balken und Decken und von irreparablen Schäden am Dachstuhl.»

Kati ließ ihren verzweifelten Blick über die Veranda des Hofes streifen. «Aber der Investor hat erst für nächste Woche eine gutachtliche Begehung angekündigt. Das muss also ein Missverständnis sein.»

Sie hörte, wie Volker lautstark Luft durch die Zähne blies.

«Das ist aber sehr seltsam. Die untere Denkmalschutzbehörde soll dem Abriss nämlich schon zugestimmt haben. Es wurde sogar schon ein Bauantrag für einen neuen Hotelkomplex eingereicht. Auf dem Grundstück des jetzigen Hauptgebäudes. Außerdem ist die Genehmigung zum Bau eines Golfplatzes auf der großen Wiese nördlich von eurem Garten beantragt worden. Ich dachte natürlich, du wüsstest davon.»

Kati war fassungslos. Ungläubig schüttelte sie den Kopf. Sie fand einfach keine Worte. Das, was Volker da sagte, klang viel zu fundiert, um nur irgendein Blödsinn zu sein.

«Sag mal, Kati, kann es sein, dass euch dieser Investor keinen reinen Wein eingeschenkt hat?»

Kati schnaubte. Ganz offensichtlich hatte Frank Lehmann sie die ganze Zeit nur mit seinem Charme einlullen wollen, damit sie dem Verkauf zustimmte. Deshalb hatte Dorothee sie auch so gerne mit ihm alleine gelassen! Weil sie wusste, dass Kati unter normalen Umständen niemals ihre Einwilligung geben würde.

Wut stieg in ihr auf. Dorothee wollte offensichtlich mit dem Verkauf des Hofes den großen Reibach machen und hatte sie absichtlich darüber im Unklaren gelassen, wie umfangreich die Veränderungen wirklich waren. An ein Altenteil für Elli oder Hinrich, geschweige denn an den Erhalt des Haupthauses, dem eigentlichen Herzstück des Hofes, war unter solchen Perspektiven gar nicht zu denken.

«Kati? Bist du noch dran?», wollte Volker wissen. «Habt ihr denn schon irgendwas unterschrieben?»

«Nein, haben wir nicht.»

Kati dachte einen Moment lang nach. Plötzlich begann ihr Herz immer heftiger zu pochen. «Zumindest lässt meine Stiefmutter mich das glauben. Mein Vater liegt ja noch im Krankenhaus. Sie hat die Geschäfte allein in die Hand genommen und ... Ich ... Wir haben ...» Kati musste sich zusammenreißen, um nicht loszuschreien. «Oh, Gott, ich weiß es nicht!»

«Ich hoffe, ich habe nichts Falsches gesagt.» Volkers Stimme war sehr leise geworden. «Aber letztlich geht es hier um ein öffentliches Verfahren, das große Zweifel in mir hervorruft.»

Sie schluckte. «Ich bin froh, dass du mich angerufen hast.»

«Wenn du meinen Rat brauchst – du kannst mich jederzeit anrufen. Meine Handynummer hast du jetzt ja. Und die vom Büro steht auf der Visitenkarte. Und wenn du mich fragst», fügte er noch hinzu, «ist der Heidehof noch nicht verloren. Es gibt bestimmt eine Alternative zu dem Abriss.»

Kati bedankte sich erneut für seine Mühen und legte dann auf. Ihre Hand zitterte, als sie ihr Handy wieder in die Schürzentasche steckte. Jetzt wurde ihr einiges klar. Dorothees Abwesenheit bei Frank Lehmanns erstem Besuch auf dem Hof. War es überhaupt sein erster Besuch gewesen? Woher hatte er sonst all die Informationen? Ganz offensichtlich war auch schon ein Gutachter da gewesen und hatte sich alles angesehen.

Kati konnte es nicht fassen. Dorothee hatte garantiert längst unterschrieben und den Heidehof einfach heimlich verscherbelt!

Jetzt ergaben auch all die seltsamen Telefonate und Dorothees merkwürdiges Verhalten Sinn. Wie oft war sie unter irgendeinem fadenscheinigen Grund vom Hof gefahren! Aber Dorothee hatte sie nicht nur alle hintergangen, sondern Kati ins offene Messer laufen lassen. Beinahe wäre sie auf Frank Lehmann hereingefallen! Mit all seinem Charme hatte er sie problemlos um den kleinen Finger gewickelt und ihr eine beginnende Romanze vorgegaukelt.

Aber vielleicht hatte Volker recht, vielleicht war es noch nicht zu spät.

Als Kati schließlich die Veranda überquerte und durch die Küche stürmte, kochte sie vor Wut.

❦

«Was fällt dir ein? Wie kannst du uns dermaßen verarschen?!»

Katis Stimme hatte einen hysterischen Tonfall, als sie vor Dorothee am Schreibtisch stand.

Dorothee zuckte zusammen und sah irritiert auf. «Was meinst du denn damit?», fragte sie und nahm ihre Lesebrille ab.

«Volker Kruse hat mich gerade angerufen. Er sitzt im Bauausschuss der Gemeinde, und jetzt rate mal, was er mir gesteckt hat?!» Katis Stimme überschlug sich beinahe.

Aber Dorothee schüttelte nur den Kopf. «Kati, jetzt beruhige dich erst mal.»

«Ich soll mich beruhigen?», schrie sie. «Du spielst uns vor, dass der Heidehof saniert werden soll, und in Wahrheit steckst du mit Lehmann unter einer Decke! Ihr wollt alles abreißen und mit einem Schickimicki-Hotel das Geschäft eures Lebens machen!»

«Was redest du denn da? Das ist doch totaler Unsinn!», empörte sich Dorothee und stand auf. «Wie kommt dieser Kruse darauf, solche Gerüchte zu verbreiten?»

«Jetzt tu doch nicht so! Eure Pläne sind bereits öffentlich und werden längst im Bauausschuss diskutiert. Du kannst das Theater jetzt sein lassen!»

Kati sah ihre Stiefmutter eindringlich an.

Dorothee schüttelte den Kopf und ging zum Fenster. Einen

Moment lang schwieg sie und sah einfach nur hinaus in den Garten. Dann seufzte sie und erklärte: «Ich weiß nicht, worüber ich mich mehr ärgern soll. Über deine unverschämte Art oder über diesen Volker Kruse, der so einen Unfug verbreitet!»

Vielleicht wollte sie Zeit gewinnen, um sich eine neue Lügengeschichte zurechtzulegen, dachte Kati. Aber diesmal würde sie damit nicht durchkommen.

Kati war fest entschlossen, die Geschicke des Hofes von nun an selbst in die Hand zu nehmen. Sie würde sich nicht länger blenden lassen, weder von Dorothee noch von einem schleimigen Investor.

«Eure Pläne sind aufgeflogen, und ich schwöre dir, wenn du und dein schmieriger Geliebter –»

«Jetzt reicht es, Kati!» Ruckartig drehte Dorothee sich um. «Du weißt gar nichts. Frank Lehmann –»

«Lehmann ist ein skrupelloses ... Schwein», fiel Kati ihr ins Wort. «Er hat längst Kontakt mit der Denkmalschutzbehörde aufgenommen und einen Gutachter beauftragt. Und das kann ja wohl unmöglich ohne dein Wissen passiert sein!»

«Was? Aber ich ... Ich verstehe nicht.» Dorothee schüttelte erneut ungläubig den Kopf. «Du musst mir glauben, Kati! Ich weiß auch nicht mehr als das, was Lehmann uns in seinem Konzept vorgestellt hat.»

«Und es kommt noch dicker», fuhr Kati fort. «Das Gutachten besagt, dass hier alles rettungslos marode ist! Lehmann will alles abreißen! Der Abriss ist sogar schon genehmigt. Und von alldem willst du nichts gewusst haben? Auch nicht von dem Antrag auf Bau eines Golfplatzes und dem geplanten Hotelkomplex? Für wie dämlich hältst du mich eigentlich?»

Ihre Augen blitzten vor Zorn. «Der Bau des Golfplatzes

ist beantragt, Dorothee! Weißt du eigentlich, was das bedeutet?»

Dorothee hatte sich wieder umgedreht. Ihr Gesicht war leichenblass. Zwanghaft schüttelte sie weiterhin den Kopf, dann öffnete sie den Mund, um etwas zu sagen, doch es kam nur ein heiseres Krächzen heraus. Ihr stand die nackte Panik im Gesicht.

«Kati, bitte ... glaub mir!» Sie fuhr sich nervös durch die Haare. «Von einem Golfplatz oder einem neuen Hotel war nie die Rede. Und schon gar nicht davon, die Gebäude abzureißen!»

Kati wusste nicht, was sie darauf sagen sollte. So hatte sie ihre Stiefmutter noch nie erlebt. Nach einer längeren Pause fragte sie leise: «Ist das wirklich wahr?»

Sie wollte es so gerne glauben. Angestrengt dachte sie nach. War es wirklich möglich, dass Dorothee sich hatte ebenso blenden lassen wie sie selbst? Hatte Frank Lehmann sie alle gelinkt?

Dorothee nickte. Ihre Augen füllten sich mit Tränen, und sie senkte langsam den Blick. Kraftlos ließ sie sich zurück auf ihren Stuhl sinken. «Wenn das stimmt, was dein Volker Kruse da sagt ...» Dorothee stockte. Mit ernster Stimme fuhr sie schließlich fort: «... dann haben wir ein Riesenproblem!»

«Hast du denn unterschrieben?»

«Ich ... ich habe ihm einen ... einen Auftrag für ein Gutachten erteilt. Ich dachte, es sei zur ... zur Prüfung der wirtschaftlichen Tragfähigkeit des Heidehofs. Aber ich hatte ja keine Ahnung, dass ...»

Verzweifelt versuchte Dorothee, die Fassung zu bewahren und ihre Angst zu überspielen. Sie wühlte in den Stapeln auf ihrem Schreibtisch und zog schließlich einen Ordner hervor.

«Hier, hier muss das Schreiben sein.»

Hektisch blätterte sie in den Unterlagen. Sie wirkte vollkommen hilflos, und plötzlich tat sie Kati leid.

«So wie es aussieht», Kati atmete tief durch, «... ist Lehmann wohl nicht der, für den wir ihn gehalten haben», erklärte sie bemüht ruhig. «Er lässt uns in dem Glauben, den Heidehof zu erhalten, hat in Wahrheit aber ganz andere Pläne.»

Sie ging um den Schreibtisch herum, wo Dorothee in blindem Aktionismus alle Papiere durcheinanderwirbelte. Behutsam legte sie ihrer Stiefmutter eine Hand auf die Schulter.

«Lass gut sein.»

Dorothee hielt in der Bewegung inne und griff nach Katis Hand. Mit feuchten Augen blickte sie zu ihr hinauf.

«Ach, Kati, was machen wir denn jetzt?», fragte sie, und es klang ehrlich verzweifelt. «Ich wollte doch nur, dass dein Vater nicht mehr so viel arbeitet. Ich wollte, dass er kürzer tritt und sich nicht mehr so viele Sorgen machen muss. Und jetzt habe ich alles noch viel schlimmer gemacht.»

Die beiden schwiegen eine Zeitlang.

Kati war verunsichert. Sie wusste nicht mehr, was sie noch glauben sollte. Ihre stets so kontrollierte Stiefmutter sah aus, als würde sie jeden Moment in Tränen ausbrechen. Gleichzeitig spürte Kati jedoch auch zum ersten Mal eine seltsame Nähe zu Dorothee. Sie seufzte.

«Ich glaube Volker jedes Wort. Der sitzt schon lange im Gemeinderat und hätte gar keinen Grund, sich irgendwas zusammenzuspinnen.» Sie sprach leise und ohne Dorothees Hand loszulassen. «Er hat mich angerufen, weil er es wahnsinnig findet, alles abzureißen.»

«Dein Vater darf auf keinen Fall etwas davon erfahren!» Flehend sah Dorothee Kati an.

«Natürlich nicht. Aber wir müssen Elli Bescheid sagen, damit sie von diesen irren Plänen nicht durch Dritte erfährt. Wer weiß, welche Kreise das Gerücht zieht ...» Sie fuhr sich übers Kinn. «Und dann müssen wir uns unbedingt diesen Lehmann vorknöpfen. Du hast doch seine Nummer, oder?»

Dorothee schwieg und starrte vor sich hin. «Weißt du, was ich nicht verstehe?», murmelte sie und richtete sich in ihrem Stuhl auf. «Hinrich hat vor einigen Jahren mal beim Amt für Denkmalschutz nachgefragt, ob er das alte Backhaus beziehungsweise einen Teil des Treppenspeichers abreißen dürfte. Das wurde ausdrücklich untersagt. Und nun soll das mit einem Mal erlaubt sein?»

«Vielleicht kann uns Volker sagen, wer dieses zweifelhafte Gutachten erstellt hat.»

Dorothee war einverstanden. «Da ist doch irgendetwas nicht mit rechten Dingen zugegangen. Kann uns dein Bekannter vielleicht die Unterlagen zeigen?»

«Keine Ahnung.» Kati nahm ihr Handy aus der Schürzentasche und wählte Volkers Nummer. «Auf jeden Fall kann er uns mehr zu den Hintergründen sagen.»

Volker Kruse nahm das Gespräch sofort entgegen und versprach, gleich am nächsten Vormittag vorbeizukommen. Er würde sich bis dahin auch noch genauer überlegen, wie man in dieser verflixten Angelegenheit verfahren könnte.

Dann beschloss Kati in die Küche zu gehen, um Elli zu holen. Später würden sie gemeinsam Frank Lehmann anrufen. Unter keinen Umständen wollten sie sich noch länger von ihm vorführen lassen.

Zum ersten Mal hatte Kati das Gefühl, mit ihrer Stiefmutter wirklich an einem Strang zu ziehen.

Sie ging durch die Gaststube in die Küche, wo Pit und Flo gerade ihre Köpfe gemeinsam über einen Topf beugten und Elli damit beschäftigt war, Teig zu rühren. Als sie das besorgte Gesicht ihrer Enkelin registrierte, blickte sie verwundert auf.

«Na, wer hat dich denn geärgert?»

Auch Flo und Pit drehten sich jetzt zu Kati um.

«Was ist los?», fragte Flo. «War das eben dein Date am Telefon? Er will dich schon heute sehen, und jetzt weißt du nicht, was du anziehen sollst?»

Anstatt auf den ironischen Kommentar ihrer Freundin einzugehen, wandte sich Kati direkt an ihre Großmutter. «Können wir dich einen Augenblick sprechen?»

«Um Himmels willen, was ist denn los?», fragte Elli alarmiert.

«Am besten, wir gehen zu Dorothee ins Büro.»

Elli zuckte mit den Schultern und streifte sich den Teig von den Fingern. Dann wusch sie sich die Hände, zog die mit Mehl bestäubte Kittelschürze aus und hängte sie an den Haken neben der Küchentür. Es war ihr deutlich anzusehen, dass sie sich unwohl fühlte. Die Situation war ihr nicht geheuer. Trotzdem ging sie voraus.

Als Kati ihr gerade folgen wollte, hielt Flo sie zurück.

«Was ist los? Ist was mit deinem Vater?»

Kati sah sie stirnrunzelnd an. «Nein, nein.» Sie lächelte schwach. Am liebsten hätte sie ihrer Freundin alles brühwarm erzählt.

«Ich mach mich mal im Kühlraum nützlich.» Pit legte seine Schürze ab und wollte die Küche verlassen.

Kati winkte ab. «Bleib ruhig, dich betrifft das Ganze ja letztlich genauso.» Sie war ihm dennoch dankbar für seine sensible Art. «Es gibt Ärger mit dem Investor … Er hat ziemlich Mist gebaut und uns hintergangen.»

Und dann berichtete sie mit knappen Worten, wie anders die Situation inzwischen aussah und wie sehr sie sich alle von Frank Lehmann hatten täuschen lassen.

«Dann ist also nicht nur der Verkauf geplatzt, sondern auch dein Date», resümierte Flo schließlich.

Kati schnaubte. «Pah! Wenn mir dieser Typ noch einmal vor die Augen kommt, kratze ich sie ihm aus.»

Doch tief in ihrem Innersten tobte nicht nur Wut auf Frank Lehmann, sondern sie fühlte sich auch verletzt. Schon wieder hatte sie sich von den leeren Sprüchen eines Mannes blenden lassen.

«Jetzt muss ich aber zu Elli. Sie weiß noch nichts …» Seufzend drehte sie sich um und eilte aus der Küche und durch die Diele zu Dorothees Arbeitszimmer.

Als sie näher kam, sah Kati, dass die Bürotür nur angelehnt war. Von drinnen war zu hören, wie Dorothee in einem sehr scharfen Ton mit jemandem sprach. Verwundert trat Kati ein.

Während Elli kopfschüttelnd auf einem Stuhl saß und leise vor sich hinmurmelte, das dürfe alles nicht wahr sein, stand Dorothee hinter ihrem Schreibtisch und telefonierte.

Kati tauschte einen besorgten Blick mit Dorothee. Dann konzentrierte sich ihre Stiefmutter sofort wieder auf das Telefonat.

«Ich denke, Sie haben mich ganz richtig verstanden», zischte sie. «Von hanseatischen Geschäftsgepflogenheiten sind Sie meilenweit entfernt!»

Sofort war Kati klar, wer am anderen Ende der Leitung war.

«Und ich werde nicht zögern, dies auch öffentlich kundzutun, Herr Lehmann, wann und wo auch immer sich eine Gelegenheit dazu bietet! Darauf können Sie sich verlassen.» Dorothees Stimme zitterte. «Der Heidehof ist für Sie Geschichte! Sie lassen ab sofort die Finger von unseren Angelegenheiten.» Und dann fügte sie noch energisch hinzu: «Und das Gleiche gilt im Übrigen auch für meine Tochter!»

Mit diesen Worten knallte sie das Gerät wieder auf die Ladestation.

Kati starrte Dorothee entgeistert an. Sie konnte nicht glauben, was sie gerade gehört hatte. Und sie selbst hatte Dorothee eine Affäre mit Frank Lehmann unterstellt!

Endlich schien auch Elli sich aus dem Schockzustand gelöst zu haben. «So ein Schubiack! Dem sollte man ordentlich den Hosenboden versohlen!», empörte sie sich.

Und dann geschah etwas vollkommen Unerwartetes. Die drei Frauen sahen sich an und begannen plötzlich und aus vollen Herzen zu lachen.

Es war, als würde sich eine große Anspannung lösen.

Elli fand ihre Worte als Erste wieder. «Galgenhumor hilft immer! Das würde jedenfalls Hinrich in dieser Situation sagen.»

Dorothee tupfte sich mit einem Taschentuch die tränenden Augen ab und fügte hinzu: «Und ich finde, damit hätte er verdammt recht!»

14

Am nächsten Morgen pünktlich um 10.30 Uhr traf Volker Kruse auf dem Heidehof ein.

Die letzten Frühstücksgäste waren bereits gegangen, und Pit und Flo räumten noch die letzten Teller ein. Elli hatte einen Tisch am Fenster frei geräumt und mit einer Kanne Holunderblütensaft sowie Keksen, Wasser und Kaffee eingedeckt.

Als Volker in Katis Begleitung die Gaststube betrat, ging er direkt auf Elli zu, um sie als Erste zu begrüßen.

«Wie geht es Ihrem Sohn, Frau Weidemann?»

«Es geht ihm gut, danke.» Elli war über das Mitgefühl ehrlich erfreut. «Es hätte alles viel schlimmer kommen können. Wir haben Glück gehabt.»

«Übernächste Woche geht mein Mann nach Süddeutschland in die Reha.»

Es folgte ein kurzes Händeschütteln mit Dorothee, dann nahmen alle Platz.

Nachdem Elli die Getränke eingeschenkt und das Gebäck angeboten hatte, begann Volker mit seinem Bericht.

«Als Erstes habe ich mich nach diesem Gutachten erkundigt.» Er holte ein paar Unterlagen hervor und erklärte: «Es handelt sich um die Firma BPG, die BauPrüfungsGesellschaft, deren Mitarbeiter nach meinen Recherchen schon öfter negativ aufgefallen sind. Womöglich ist das Gutachten also gefälscht worden. Ich könnte mich deswegen mit der Gemeindeverwaltung kurzschließen oder mich an den Landkreis wenden und um Prüfung bitten. Das kann allerdings einige Tage dauern.»

Er trank einen Schluck Kaffee und wandte sich dann gezielt an Dorothee: «Haben Sie eigentlich schon einen Termin für die Unterzeichnung des Kaufvertrages mit der Investorfirma vereinbart?»

Dorothee schüttelte den Kopf. «Nein, noch nichts Festes. Wir hatten einmal die übernächste Woche angedacht. Bis dahin wollte ich mit meinem Mann in Ruhe alles durchsprechen. Also, bevor er in die Reha geht. Selbstverständlich kommt ein Verkauf unter diesen Umständen keinesfalls mehr in Frage!»

Elli und Kati nickten beifällig.

«Meine Schwiegertochter hat recht», erklärte Elli. «Unter diesen Umständen ist an einen Verkauf nicht zu denken.»

«Gut, da bin ich beruhigt.» Volker nickte in die Runde. «Ich bin ohnehin sicher, dass es eine andere Lösung für den Erhalt des Hofes gibt.»

«Was würde denn so ein Umbau kosten?», fragte Elli.

«Ich will Ihnen nichts vormachen, Frau Weidemann, da kämen beträchtliche Kosten auf Sie zu.»

Ängstlich sah Elli in die Runde.

«Ein Investor kommt mir so schnell nicht mehr ins Haus», sagte Kati mit einem strengen Seitenblick in Dorothees Richtung.

«Es gibt natürlich Zuschüsse der Denkmalschutzbehörde», gab Volker zu bedenken. «Auch Steuererleichterungen sind möglicherweise drin.»

«Wie realistisch schätzen Sie denn die Chance ein, an solche Fördergelder zu kommen?», fragte Dorothee weiter. «Ich meine, in einer Höhe, in der es sich überhaupt lohnt, an einen Umbau zu denken.»

Volker zuckte mit den Schultern. «Am besten machen Sie

einen Termin beim Landkreis. Die können Ihnen bestimmt weiterhelfen. Auch was die Steuervergünstigungen angeht, bin ich leider kein Fachmann, da sollten Sie vielleicht mal mit Ihrem Steuerberater oder direkt mit dem Finanzamt sprechen. Das wäre schon mal ein guter Anfang.»

«Das werde ich gleich Montag tun», nahm Dorothee den Vorschlag auf.

«Sind die Gebäude denn wirklich so baufällig?», fragte Kati.

Volker zuckte mit den Schultern. «Genau das müsste man auf jeden Fall als Erstes prüfen. Ich … äh, habe bereits mit einem Bekannten gesprochen und quasi ein bisschen Verstärkung organisiert.» Er räusperte sich. «Wir arbeiten häufiger zusammen. Also … äh, Andreas könnte uns kurzfristig als Fachmann zur Verfügung stehen. Er kennt sich aus mit historischen Gebäuden und weiß, wie man morsche Holzbalken –»

«Sie meinen … Andreas Witthöft?», fragte Elli überrascht und warf Kati einen besorgten Blick zu. Denn offensichtlich ahnte sie bereits, wie ihre Enkelin auf die bloße Erwähnung des Namens reagieren würde.

Tatsächlich erstarrte Kati, als sie den Namen hörte.

«Ich weiß …» Abwehrend hob Volker die Hände. «Da gab es in der Vergangenheit einige Schwierigkeiten. Aber ich glaube, Andi kann uns in der momentanen Situation wirklich am besten weiterhelfen.»

Mit großen Augen starrte Kati ihr Gegenüber an. Sie konnte nicht glauben, was Volker gerade gesagt hatte. In ihren Ohren rauschte es. Alles um sie herum verschwamm, und sie registrierte auch nicht, wie Elli zur Beruhigung ihre Hand nahm und liebevoll streichelte. Am liebsten wäre sie Volker an die Gurgel gesprungen.

Doch ehe sie protestieren konnte, kam Dorothee ihr zuvor: «Wir sind dankbar für jede Hilfe, die wir bekommen können, Herr Kruse.»

«Was!?»

Entsetzt sprang Kati auf. Wie konnte ihre Stiefmutter nur so voreilig sein? Lieber würde sie den Hof an Frank Lehmann verkaufen, als ... Andi Witthöft um Hilfe zu bitten! Doch sie musste sich zusammenreißen. Auf keinen Fall wollte sie Volker brüskieren, schließlich hatte er sie vor dem Schlimmsten bewahrt und war eindeutig hier, um ihnen zu helfen.

Kati ging zum Fenster und sah hinaus.

Für ein paar Momente herrschte betretenes Schweigen am Tisch.

Dann sagte Dorothee in die Stille: «Das Ganze ist ja vor allem eine Frage der Zeit. Ich meine, was machen wir, wenn uns tatsächlich morgen das Dach auf den Kopf fällt?»

«Deswegen habe ich an Andi gedacht», erklärte Volker schnell. «Er macht sich nämlich schon seit längerem Gedanken, was aus dem Heidehof werden könnte. Um den Verfall der Gebäude aufzuhalten und die Finanzen in den Griff zu bekommen –»

«Was heißt denn hier *schon seit längerem*?», entfuhr es Kati. Mit energischen Schritten kehrte sie zum Tisch zurück.

«Ich ... ich glaube einfach, der Heidehof liegt ihm am Herzen.»

«So ein Quatsch!» Kati schnaubte verächtlich.

«Er weiß, wie viel Potenzial diese alten Gebäude hier haben, und meint, man könnte aus dem ganzen Anwesen ein richtiges Schmuckstück machen.»

«Das hat er sich ja toll ausgedacht! Hat er nicht schon genug angerichtet hier?»

«Kati, bitte, reiß dich zusammen!», zischte Dorothee.

Nur widerwillig ließ sich Kati auf den Stuhl fallen. «Was noch? Will er den Hof auch gleich übernehmen?» Mit verschränkten Armen lehnte sie sich zurück und blitzte Volker herausfordernd an.

«Ich denke, du tust Andi Unrecht», sagte Volker nun äußerst bedächtig. «Er hat es auch nicht leicht seit …»

Offensichtlich wollte er noch etwas ergänzen, fand aber die richtigen Worte nicht.

«Lassen Sie es gut sein, Volker», sagte Elli und tätschelte seinen Arm. Ihre Stimme klang versöhnlich, als sie fortfuhr: «Sie kennen unsere Geschichte. Es ist für uns alle nicht leicht, mit der Vergangenheit fertigzuwerden. Umso mehr freuen wir uns, dass Sie uns helfen, was die Zukunft angeht.»

«Das tue ich gerne, Frau Weidemann. Vielleicht sollten wir uns als Erstes in aller Ruhe die Gebäude sorgfältig ansehen. Wenn Interesse besteht, kann ich ja in den nächsten Tagen noch mal wiederkommen.» Nach einem Blick auf die Uhr fügte er hinzu: «Heute schaffe ich das leider nicht mehr. Meine Schwiegereltern haben sich angekündigt, und ich muss pünktlich zum Essen kommen.»

Volker erhob sich. «Aber wenn ich sonst schon irgendwie behilflich sein kann, rufen Sie mich jederzeit gerne an.»

Dorothee bedankte sich sehr herzlich und versprach, ihn auf dem Laufenden zu halten.

Bevor er ging, eilte Elli noch schnell in die Küche, um ihm einige große Stücke ihrer Buchweizentorte mitzugeben. «Für Ihre Familie», sagte sie und reichte ihm eine Tupperdose.

Volker bedankte sich und nickte Kati zum Abschied zu. «Tut mir leid, wenn ich was Falsches gesagt habe.»

Kati brachte es nicht zustande, etwas Freundliches zu erwidern. Zu aufgewühlt war sie über das Gespräch. Sie konnte nicht wie Elli oder Dorothee über ihren Schatten springen. Das mussten sie doch einsehen!

Dorothee brachte Volker schließlich zur Tür und kehrte dann aufgebracht in den Frühstücksraum zurück.

«Das hast du ja toll hingekriegt!», sagte sie ärgerlich zu Kati.

Kati sah überrascht auf. «*Du* hast doch gerade erst deine Lektion gelernt, dass man niemandem über den Weg trauen kann, wenn es um Geschäfte geht. Und ich wüsste nicht, warum sich Andi Witthöft auf einmal für das Wohl anderer interessieren sollte. Er war schon damals rücksichtslos, skrupellos und egoistisch!»

Dorothee seufzte und schüttelte den Kopf. «Manchmal benimmst du dich wirklich wie ein pubertierender Teenager. Und immer wenn es um Andreas Witthöft geht, dann –»

Peng! Mit der flachen Hand schlug Kati auf den Tisch. «Nimm diesen Namen nie wieder in den Mund!» Sie schäumte vor Wut. «Du hast uns diese ganze Scheiße doch eingebrockt!», schrie sie. «Und jetzt willst du auch noch dem Mörder meiner Schwester die Türen öffnen?»

«Kati!» Elli hielt sich erschrocken die Hand vor den Mund.

Als sie sah, dass ihrer Großmutter Tränen übers Gesicht liefen, wusste Kati nicht mehr, wie ihr geschah. Alles drehte sich um sie.

Mit einem Ruck erhob sie sich und rannte wutentbrannt hinaus.

«Was hältst du davon, wenn wir einen kleinen Spaziergang machen?»

Kati blinzelte und sah sich um. Dorothee stand an der Tür ihres alten Kinderzimmers und blickte sie fragend an.

Nach dem Streit war Kati in ihr Zimmer gerannt und hatte sich aufs Bett geworfen. Sie musste so lange ins Kissen geweint haben, bis sie irgendwann vor Erschöpfung eingeschlafen war.

«Wozu?» Sie richtete sich auf und fuhr sich mit den Händen übers Gesicht.

Nach einer Weile erwiderte Dorothee: «Weil ... ich mich bei dir entschuldigen will.»

Kati erhob sich schwerfällig. Sie hatte höllische Kopfschmerzen.

Aber Dorothee ließ nicht locker. «Ein kleiner Gang könnte uns beiden guttun, meinst du nicht auch?»

Eigentlich war Kati nicht nach reden zumute. Aber vielleicht hatte ihre Stiefmutter recht. Frische Luft war jetzt bestimmt genau richtig.

Wenig später gingen sie schweigend den einsamen Sandweg entlang, der abseits des Naturschutzgebietes in einen Buchenwald führte. Hier hatten Kati und Jule als Kinder Steinpilze und Maronenröhrlinge gesammelt, und es kam Kati seltsam vor, ausgerechnet mit ihrer Stiefmutter diesen Pfad entlangzuspazieren.

Schließlich durchbrach Dorothee die Stille. «Kati, ich möchte mich wirklich bei dir entschuldigen.»

Kati wusste nicht recht, was sie sagen sollte. So vieles ging ihr durch den Kopf. Aber sie wusste auch, dass es wohl ein Fehler gewesen war, so emotional zu reagieren. Sie biss sich auf die Lippe.

Dorothee blieb stehen und sah Kati eindringlich an.

«Ich habe deine Gefühle verletzt, und das tut mir leid. Ich möchte auch nicht unnötig Salz in deine Wunden streuen. Aber ich finde einfach, dass du Andreas Witthöft Unrecht tust.»

Unrecht? Katis Emotionen kochten sofort hoch, und sie musste sich sehr beherrschen, um Dorothee nicht anzuschreien. Wie gerne würde sie ihr an den Kopf knallen, dass sie ja wohl kaum die Richtige war, um das beurteilen zu können.

«Was damals passiert ist», presste Kati zwischen zusammengebissenen Zähnen heraus, «das *ist* Unrecht! Du hast ja keine Ahnung, was er uns angetan hat.»

Das Pochen in ihrem Kopf wurde wieder stärker. Sie konnte einfach nicht verstehen, wie unsensibel sich Dorothee verhielt. Selbst eine Stiefmutter musste doch in der Lage sein, etwas mehr Mitgefühl an den Tag zu legen und behutsamer mit dem Schicksal der Familie umzugehen – auch wenn es eigentlich nicht ihre eigene Familie war.

«Ich will die Ereignisse von damals auch gar nicht ... leugnen oder vergessen machen.» Dorothee atmete kurz durch. Dann sprach sie betont ruhig weiter. «Aber ich sehe, dass sich da jemand bemüht. Vielleicht will er die Fehler der Vergangenheit wiedergutmachen und –»

«Aber Jule ist tot! Das kann niemand wiedergutmachen.» Kati sah sie aus funkelnden Augen an. «Verstehst du mich denn überhaupt nicht? Wie soll ich denn jemandem verzeihen, der uns so viel Leid zugefügt hat?!»

Dorothee schüttelte langsam den Kopf. «Aber das, was damals passiert ist, war doch nicht Volker Kruses Schuld! Er will uns helfen, und wir können seine Hilfe auch verdammt gut gebrauchen!»

Kati seufzte tief und zwang sich, kurz nachzudenken. Nein, sie konnte selbst nicht glauben, dass Volker etwas anderes wollte, als ihnen zu helfen.

«Aber entschuldigen werde ich mich nicht», sagte sie trotzig. Und nach einer Weile setzte sie leicht verlegen hinzu: «Obwohl das ein ziemlich peinlicher Auftritt war vorhin.»

«Das kann man wohl sagen.» Dorothee sah sie mit hochgezogenen Augenbrauen an. «Ich meine, Volker Kruse hat doch nur gesagt, dass er mit Andreas Witthöft über den Hof gesprochen hat. Die beiden arbeiten zusammen! Er könnte uns also vielleicht wirklich gut bei den Sanierungsarbeiten helfen.»

Kati lachte bitter auf. «Um sein Gewissen zu erleichtern?!»

«Weißt du eigentlich, dass die Witthöfts damals alles verloren haben? Das Feuer hat ihre gesamte Existenz zerstört.»

«Mir kommen die Tränen», erwiderte Kati spitz.

«Der alte Witthöft war nach dem Brand nicht mehr in der Lage, die Werkstatt wieder aufzubauen.» Ungefragt erzählte Dorothee, was sie von den damaligen Ereignissen wusste. «Er hatte weder die Kraft noch die finanziellen Mittel für einen Neuanfang. Die Werkstatt muss zwar versichert gewesen sein, anscheinend aber viel zu niedrig. Außerdem lagerte dort eine wertvolle Lieferung Holz.»

«Du hast dich ja gut informiert über ihr trauriges Schicksal», sagte Kati spöttisch. Doch sie musste gestehen, dass sie einiges von dem tatsächlich nicht gewusst hatte.

«Es gibt eben noch andere, die auch unter den Ereignissen von damals leiden. Aber davon wollt ihr alle ja nichts wissen», fuhr Dorothee unbeirrt fort. «Frau Witthöft muss sich jedenfalls lange Zeit bemüht haben, ihren Mann von einem Neuanfang zu überzeugen. Aber ihre Vorstöße blieben erfolglos. Er wollte nicht mehr ... hatte einfach aufgegeben. Allen Lebensmut verloren. Und außer gelegentlichen Ausbesserungsarbeiten auf dem Hof konnte er bald gar nicht mehr arbeiten.»

«Tja, und sein feiner Sohn hat die Eltern im Stich gelassen und ist mit seiner neuen Freundin abgehauen.» Kati blieb stehen und verschränkte die Arme vor der Brust. «Was denkst du eigentlich, Dorothee? Dass du bei mir Mitleid wecken kannst mit ihrer Geschichte?»

«Aber sie sind doch keine bösen Menschen, und ihr Sohn ...»

«Ihr Sohn ist schuld an Jules Tod!» Katis Stimme überschlug sich. «Vergiss das nicht!»

Schon wieder hatte Dorothee den Knopf gedrückt, der Kati zur Explosion brachte. Aber anstatt umzudrehen und wegzulaufen, ging Kati mit energischen Schritten weiter. Es war ihr gleich, ob ihr Dorothee folgen konnte oder nicht. Gegen die Wut in ihrem Bauch half jetzt nur strammes Marschieren. Und die frische Luft tat ihr wirklich gut, das musste sie zugeben. Selbst die Kopfschmerzen wurden schwächer.

«Warte!» Dorothee holte auf und versuchte, mit ihr Schritt zu halten. «Ich verstehe, dass du die Vergangenheit nicht ausblenden kannst. Aber ist es nicht an der Zeit, dass wir uns auf die Zukunft konzentrieren?»

Kati schwieg.

«Ich meine es ernst, Kati, ich hätte niemals diesen Alleingang wagen und mich auf einen undurchsichtigen Investor einlassen dürfen.» Aus Dorothees Stimme sprach Verzweiflung und Bedauern. Wieder zeigte sie ihre weiche Seite, und auch Katis Schutzpanzer bröckelte.

Sie zuckte mit den Schultern. «Was soll ich denn sagen? Ich wäre mit diesem Mistkerl beinahe ausgegangen!»

Dorothee lächelte schmerzlich. «Tja, Herr Lehmann hat uns mit seinem Charme und mit seiner eloquenten Art wohl alle geblendet. Wenn er einem in den schönsten Farben Zukunftsbilder vormalte ... Das klang alles so schön und einfach.»

Ihre Schritte wurden wieder langsamer. Sie folgten dem Weg, der sich jetzt durch lilafarbene Hügel schlängelte.

«Sag mal ...», begann Dorothee nach einer Weile. «Es geht mich natürlich nichts an. Aber hättest du dich wirklich auf ein privates Treffen mit Frank Lehmann eingelassen?»

Kati nickte. «Er schien nett und war irgendwie aufmerksam.»

«Und Simon?», fragte Dorothee vorsichtig. «Steckt ihr vielleicht in einer ernsthaften Krise, Simon und du?»

Kati rutschte das Herz in die Hose. Sie wusste wirklich nicht, ob sie Lust hatte, ausgerechnet jetzt und noch dazu mit ihrer Stiefmutter über ihr unerfreuliches Liebesleben zu reden.

«Also ... wieso fragst du?»

«Na, du hast ihn noch kein einziges Mal erwähnt, seit du hier bist, geschweige denn, dass er mal zu uns rausgekommen wäre oder Hinrich im Krankenhaus besucht hätte.»

Kati atmete schwer durch und rang mit sich.

Sanft legte Dorothee eine Hand auf Katis Arm. «Du musst nicht darüber reden, wenn du nicht willst.»

«Doch, ist schon in Ordnung. Es ist nur ...» Kati stockte. Sie wusste selbst nicht, warum die Wahrheit so schwer auszusprechen war. Im Grunde war die Trennung von Simon ja kein Geheimnis. Konnte es sein, dass sie Dorothee gegenüber keine Schwäche zeigen wollte?

Dorothees Geste jedoch berührte sie, und schließlich setzte sie zu einer Erklärung an, die ihr eher wie eine Beichte erschien.

In aller Ausführlichkeit schilderte sie ihrer Stiefmutter, was bei ihrem letzten Abend in Hamburg geschehen war – mit Ausnahme der unschönen Tatsache, dass Simon sie wahrscheinlich betrogen hatte. Aber letztlich war das ja auch gar nicht der eigentliche Grund, sondern allenfalls der Auslöser für ihre Trennung gewesen. So viel war Kati inzwischen auch klar geworden. Simon spukte noch immer in ihrem Kopf herum, aber gleichzeitig wuchs ihr Bedürfnis nach Geborgenheit und Beständigkeit.

Als sie erklärte, dass Simon und sie eigentlich nie ein richtig funktionierendes Paar mit einer echten Option für eine gemeinsame Zukunft gewesen wären, nickte Dorothee verständnisvoll.

«Das ist ein zentraler Punkt zwischen zwei jungen Menschen», erklärte sie. «Und wenn es da unterschiedliche Meinungen gibt, ist das eine schwere Belastung für die Beziehung.»

Kati fragte sich, ob Dorothee in ihrer Vergangenheit vielleicht auch einmal vor einer solchen Entscheidung gestanden hatte. Was wusste sie eigentlich von dem Leben ihrer Stiefmutter, bevor sie ihren Vater kennengelernt hatte?

«Wie soll es denn jetzt für dich weitergehen?» Dorothee sah sie fragend an.

Kati seufzte. «Keine Ahnung. Hier draussen habe ich irgendwie etwas Abstand zu allem bekommen. Also, zu meinem Leben in Hamburg, meine ich.»

«Und das bestärkt dich in der Entscheidung, dich endgültig von Simon zu trennen?»

Kati stutzte. Und ehe sie antworten konnte, fügte Dorothee zu ihrer Überraschung noch hinzu: «Das ist sicher der richtige Schritt.»

Kati sah sie etwas irritiert an.

«Nun, wenn ich ehrlich bin, habe ich dich schon lange nicht mehr richtig glücklich erlebt, Kati.» Der sanfte Ton von Dorothees Stimme klang seltsam fremd in Katis Ohren. «Und wenn meine Einschätzung stimmt, dann ist es gut, wenn du etwas Entscheidendes in deinem Leben änderst.»

Jetzt war Kati diejenige, die abrupt stehen blieb. Sie wusste nicht warum, doch plötzlich schossen ihr Tränen in die Augen. Verlegen sah sie zu Boden. Doch trotz aller Mühe konnte sie ihre Gefühle nicht mehr zurückhalten.

Dorothee zog Kati zu sich heran und umarmte sie.

«Du fühlst dich einsam, stimmt's?», fragte Dorothee leise.

Kati nickte zaghaft, obwohl es ihr peinlich war, das zuzugeben. Und ausgerechnet vor ihrer Stiefmutter! Doch sie ließ sich nur allzu gern in den Arm nehmen und festhalten.

«Das ist auch kein Wunder», fuhr Dorothee fort und streichelte ihr zärtlich über den Kopf. «Du hast so früh deine Mutter verloren. Und als dann auch noch Jule starb, ist deine Welt endgültig zusammengebrochen. Ich meine … Ohne professionelle Hilfe kann es Jahrzehnte dauern, bis alle Wunden wirklich verheilt sind. Sie reißen immer wieder auf.»

«Du denkst, ich muss auf die Couch?», fragte Kati ernüchtert.

Dorothee lächelte warm und entgegnete: «Aber nein, du musst gar nichts. Du bist unglaublich stark. Trotzdem mache ich mir manchmal Sorgen um dich. Das, was du durchmachen musstest, ist einfach zu viel, um von jemandem allein verarbeitet zu werden. Und …» Dorothee hielt kurz inne. «… ich war dir leider nie die Mutter, die ich gern sein wollte.»

Kati schluckte. Diese ungewohnte Nähe zu Dorothee überforderte sie.

«Ich weiß», sagte Dorothee mit leiser Stimme, «dass es nicht ganz einfach für dich war, mich in eure Familie zu lassen. Aber bitte glaube mir, ich habe mich bemüht. Und ich will auch jetzt nur das Beste für deinen Vater und den Hof. Mir ist es ganz und gar nicht egal, was aus dem Familienbesitz wird!»

Kati machte sich los und holte ein Taschentuch hervor, um sich die Nase zu putzen. Sie hoffte, Dorothee würde das nicht missverstehen und als Ablenkung wahrnehmen. Denn eines wurde ihr immer klarer: Dorothee war Teil ihrer Familie. Und beide hatten sie das gleiche Ziel. Sie wollten unbedingt verhindern, dass der Familienbesitz an irgendwelche geldgierigen Investoren ging. Und für dieses Ziel würden sie zusammenstehen müssen. Nur so konnte dieses Fleckchen Erde erhalten werden – für Elli und ihren Vater, dessen Genesung Katis Meinung nach eng mit dem Erhalt des Hofes zusammenhing. Aber auch für ihre Mutter und Jule. Und natürlich auch für Kati selbst. Denn dies hier war ihr Elternhaus, ihre Heimat. Hier hatte sie die schönste Zeit ihres Lebens verbracht.

Kati fasste sich ein Herz und sah Dorothee an. «Hinrich braucht dich. Und ich auch. Wir müssen gemeinsam für den Hof sorgen.»

Dankbar sah Dorothee sie an. «Ja, und deswegen tut es mir auch so verdammt leid, dass ich dermaßen blauäugig war und auf diesen Lehmann reingefallen bin, als er mir den Verkauf schmackhaft machen wollte.»

Kati winkte ab. «Ich glaube dir, dass du nur in Paps' Interesse handeln wolltest. Und du hast ja recht. Er arbeitet zu viel und frisst seine Sorgen immer in sich hinein. Aber es ist ja noch gar nichts passiert. Volker hat uns gerade noch rechtzeitig gewarnt.»

Dorothee schüttelte den Kopf und machte ihrem Unmut erneut Luft: «Wie kann ein Geschäftsmann nur so gewissenlos sein? Uns von Sanierungsarbeiten vorschwärmen und in Wirklichkeit jedes einzelne Gebäude abreißen wollen! Ich meine, das wunderschöne Gelände mit einem Hotelneubau und einem elitären Golfplatz zu verschandeln, das wäre doch ein Verbrechen!»

«Mach einen Haken dahinter», versuchte Kati sie zu beschwichtigen. «Viel wichtiger ist doch, wie es jetzt weitergehen soll.»

Dorothee nickte. «Gleich Montag mache ich einen Termin bei der Kreisverwaltung. Und beim Steuerberater!»

«Das halte ich auch für eine sehr gute Idee», erklärte Kati. «Und wenn es dir nichts ausmacht, würde ich gerne mitkommen. Also auch zu den Terminen wegen des Denkmalschutzes und der Finanzierung und so.»

Dorothee lächelte. «Danke für deine Unterstützung – und dein Verständnis. Ich weiß, dass das keine Selbstverständlichkeit ist, Kati!»

Als sie zurück Richtung Haupthaus gingen, kamen sie an dem alten Schuppen vorbei. Dorothee deutete auf das windschiefe Gebäude.

«Da habe ich übrigens neulich deine alte Staffelei gefunden. Ein Karton mit Farben steht auch noch dort und verschiedene Pinsel und Rollen.»

«Mmh», brummte Kati und ging schnell weiter. Sie hatte keine Lust auf das Thema.

«Ich nehme an, da sind sogar noch Leinwände», drängte Dorothee weiter.

«Ja, ja, sobald die Saison vorbei ist, räume ich auf, versprochen», versuchte Kati das Thema zu umschiffen.

Doch Dorothee schüttelte lächelnd den Kopf. «Das meinte ich gar nicht. Und das weißt du doch auch. Ich finde einfach, du solltest wieder mit deiner Malerei anfangen. Denn abgesehen davon, dass du dein Talent vergeudest, denke ich, es könnte dir sogar helfen, wenn du wieder malen würdest.»

Kati stöhnte. Die Malerei gehörte nun mal zu ihrer unbeschwerten Jugend. Einer Zeit, in der Jule noch lebte. Als ihr Leben noch in Ordnung war.

«Ich weiß nicht. Warum soll ich mich damit quälen?», entgegnete Kati kraftlos. Wieso nur hatte ihre Stiefmutter das seltene Talent, mit dem Stachel immer genau die Wunde zu treffen?

«Ich finde es einfach schade, dass du schon seit Jahren keinen Pinsel mehr angefasst hast. Dabei ist inzwischen doch bekannt, dass man mit Malerei innere Blockaden lösen kann.» Dorothee wurde immer euphorischer. «Ich meine, andere machen das als Therapie! Durch Kreativität lösen sie die Knoten in ihrem Kopf und gewinnen so wieder Lebensfreude.»

Je länger sie Dorothee so reden hörte, desto mehr spürte Kati eine wachsende innere Abwehr. Sie wusste zwar, dass Dorothee ihr ohne böse Absicht zu nahe trat. Aber es fiel ihr unendlich schwer, sich auf diese Art von Fürsorge einzulassen oder das, was ihre Stiefmutter darunter verstand. Im Grunde fand Kati, dass es Dorothee nichts anging, wie sie mit ihren emotionalen Problemen umging. Doch sie riss sich zusammen und überließ ihr das letzte Wort. Immerhin war sie heute über ihren Schatten gesprungen und hatte sich bei ihr entschuldigt. Allein schon ihrem Vater zuliebe wollte sie Dorothee nicht länger anfeinden, sondern versuchen, so gut es ging, mit ihr auszukommen.

15

Die nächste Woche verging rasend schnell. Jeder Tag stellte Kati vor neue Herausforderungen. Zusätzlich zum laufenden Saisongeschäft galt es, Kontakt zum Gemeinderat, zum Denkmalschutzamt, zum Steuerberater und zu einem seriösen Gutachter aufzunehmen, den Volker Kruse vorgeschlagen hatte.

Mehrfach hatte Kati in diesen Tagen mit ihm telefoniert. Über die heftige Auseinandersetzung während seines letzten Besuchs verloren sie dabei kein Wort. Beide versuchten, das Thema, so gut es ging, zu umschiffen. Volker schien auch nicht nachtragend zu sein, sondern kündigte sogar an, sich Gedanken über eine umfassende Sanierung des Heidehofes machen zu wollen.

Mit Dorothees Hilfe hatte Kati sich einen Überblick über die Finanzen verschafft. Das Ziel war, möglichst rasch einen Rahmen abzustecken, in dem Renovierungs- und Modernisierungsarbeiten erfolgen könnten. Darüber hatten sie bereits mit einem Kundenberater der Bank gesprochen. Ob sie allerdings tatsächlich den dringend benötigten Kredit und damit grünes Licht für ein Umbauprojekt in nicht unerheblichem Maße bekommen würden, stand in den Sternen.

Sobald ihre Pläne etwas konkreter waren, würden sie auch Hinrich in die Überlegungen einweihen. Er sollte die Ideen noch während seiner Zeit im Krankenhaus gründlich in Augenschein nehmen können, bevor er in die Reha-Klinik im Schwarzwald ging.

Es fiel Kati bei ihren Besuchen schwer, mit ihm nicht ausführlich über das Thema zu sprechen. Doch im Interesse seiner Genesung waren sie von den Ärzten eindringlich ermahnt worden, jeglichen Ärger möglichst von ihm fernzuhalten.

Die gemeinsamen Überlegungen brachten Kati und Dorothee in der nächsten Zeit einander noch näher. Und auch die Zusammenarbeit auf dem Hof klappte immer besser. Pit war aus der Küche nicht mehr wegzudenken, und auch Elli trotzte den Strapazen.

Allmählich gewöhnte Kati sich an den anstrengenden, aber erfüllenden Alltag auf dem Heidehof. Die neuen Herausforderungen reizten sie, und die Arbeit machte ihr Spaß. Wenn sie daran dachte, dass sie ab dem kommenden Montag wieder in ihr altes Leben zurückkehren musste, wurde ihr beinahe schlecht. Sie hatte einen Anruf von Simon ignoriert und eine Riesenangst davor, sich wegen der Wohnung mit ihm auseinanderzusetzen. Sie wusste nicht, was sie eigentlich wollte, sondern nur, was sie nicht wollte. Und das war, in eine Dreieinhalbzimmerwohnung zurückzukehren, die voller beklemmender Erinnerungen steckte. Deshalb war sie Flo unheimlich dankbar, als sie Kati anbot, bei ihr unterzukommen. Zumindest so lange, bis eine neue Wohnung gefunden war.

Aber auch der Gedanke, wieder jeden Morgen in die Agentur zu gehen und Geros unfreundliches Gesicht zu sehen, war nicht besonders verlockend. Ganz zu schweigen von den aktuellen Aufträgen, die Flo bei ihren Anrufen als todlangweilig beschrieb.

Doch Kati hatte keine Wahl. Der unbezahlte Urlaub war bald vorbei. Sie würde noch bei der Betreuung der Hochzeitsgesellschaft am folgenden Wochenende helfen und dann am Sonntagabend nach Hamburg zurückkehren.

Die Vorbereitungen für die große Feier, zu der über fünfzig Gäste angemeldet waren, nahmen alle in Beschlag.

Kati war heilfroh, dass Flo wieder ihre Unterstützung zugesagt hatte. Allerdings hütete sie sich, ihrer Freundin ein wachsendes Interesse an Pit zu unterstellen. Kati kannte ihre Freundin. Je mehr sie versuchen würde, Flo einzuflüstern, dass Pit womöglich der Richtige war, desto weniger würde sie sich zu ihrem Interesse bekennen. Vor allem aber freute sich Kati darüber, dass die beiden sich so gut verstanden. Dazu musste auch das romantische Essen in Lüneburg beigetragen haben.

Denn Kati hatte die Tischreservierung in dem exklusiven Restaurant keineswegs storniert. Schließlich wusste sie nur zu gut, wie ärgerlich es für Gastronomen war, wenn Gäste nicht zum Essen erschienen oder einen Tisch kurzfristig absagten.

«Sag mal», hatte sie Dorothee nach ihrem Spaziergang gefragt. «Wie wäre es, wenn wir Flo und Pit einen Abend in Lüneburg spendieren würden?»

«Wie meinst du das?» Dorothee wusste nicht, worauf Kati hinauswollte.

«Na, ich habe doch für Frank Lehmann und mich einen Tisch in Lüneburg reserviert. Auf diese Verabredung wird er nach deinem Anschiss sicher gut verzichten können, und ich habe auch keine Absicht, mich noch mal mit ihm zu treffen.» Kati zuckte mit den Schultern. «Und deshalb dachte ich, wir könnten Flo und Pit eine Freude machen.»

Dorothee schien zu überlegen. «Du hast recht. Wir hätten uns schon längst mal bei deiner Freundin erkenntlich zeigen müssen. Und Pit hat sich eigentlich auch mal einen freien Sonntagabend verdient. Aber natürlich solltest du das mit Elli absprechen.» Und mit einem ironischen Grinsen fügte sie noch hinzu: «Und am besten auch mit Florentine und Pit …!»

Kati hatte gelacht und war daraufhin sofort zu ihrer Freundin gelaufen, um zu sehen, wie sie wohl auf diese unverhoffte Nötigung zu einem Date reagieren würde.

Nachdem Katis Date sich als hinterhältiger Aufreißer entpuppt hatte, waren tatsächlich Flo und Pit kurzfristig eingesprungen. Später hatten beide unabhängig voneinander ausgiebig von dem Zander auf Kürbissalat, der Entenbrust mit Waldpilzgraupen und Parmesangnocchi und der Champagnermousse mit Johannisbeereis geschwärmt. Und beide waren dabei derart bemüht gewesen, ausschließlich übers Essen zu reden, dass Kati schon ahnte, was los war: Denn natürlich galt die Begeisterung über das Essen eigentlich der Begleitung.

Pit hatte Flo am vergangenen Sonntag nach dem Restaurantbesuch sogar noch bis nach Hamburg chauffiert! Und angeblich war er nachts auch noch wieder nach Hause ins nahe gelegene Hanstedt gefahren, wie Flo standhaft behauptete. Aber da Pit montags wegen des Ruhetages frei hatte, konnte man sich seinen Teil denken. Pits gute Laune am Dienstag sprach jedenfalls Bände. Und selbst die Aussicht, zusammen mit Elli am nächsten Wochenende ein exquisites Buffet für eine ganze Hochzeitsgesellschaft zaubern zu müssen, schreckte ihn nicht.

Mit der zukünftigen Frau Grünberg, der Braut, hatte Kati im Laufe der vergangenen Woche bereits die Reservierung der Zimmer und den Blumenschmuck für die Tische besprochen. Nun galt es noch, das schönste Zimmer auf dem Heidehof in eine Honeymoon-Landschaft für die Hochzeitsnacht zu verwandeln.

Auch wenn Kati dem Paar für die gemeinsame Zukunft alles erdenklich Gute wünschte, so fiel es ihr doch schwer, die beiden nicht um ihr Glück zu beneiden. Wie schon so oft in ihrem Leben hatte sie das Gefühl, der einzige Mensch auf dem Planeten zu sein, der niemals seine große Liebe finden würde. Und so fiel es ihr schwer, sich uneingeschränkt über das Glück anderer zu freuen.

Trotzdem war es jetzt ihr Job, für die beiden ein tolles Fest und alles für eine romantische Hochzeitsnacht vorzubereiten. Dorothee hatte sie nämlich gebeten, an dem großen Tag nicht nur im Service auszuhelfen, sondern sich schon im Vorfeld um alle Wünsche des Brautpaares zu kümmern.

An diesem Montag wollte sie als Erstes den Blumenschmuck mit der Floristin in Bispingen besprechen. Wie vereinbart parkte sie bereits kurz vor 8 Uhr bei Tante Marie, die schon seit Jahrzehnten ein hinreißendes Blumengeschäft führte. Die Einrichtung und Dekoration des Ladens war schon immer irgendwie anders gewesen als in anderen Blumenläden. Tante Marie hatte den Räumen einen durchaus altmodischen Touch gegeben, aber man spürte ihre Liebe zu Blumen in jedem Winkel.

Kati konnte sich nicht erinnern, warum die mittlerweile betagte Ladeninhaberin mit dem hochgesteckten, grauen Haar immer schon *Tante* Marie für sie gewesen war. Aber so hatten Jule und sie Marie Peters bereits zu Schulzeiten genannt.

«Kati! Das ist ja eine Ewigkeit her», rief Tante Marie freudig, als Kati den Laden betrat. «Wie geht es dir? Und wie geht es deinem Vater? Oder muss ich inzwischen Sie zu dir sagen?»

«Bloß nicht!», lachte Kati und erklärte, dass es Hinrich schon deutlich besser ginge und sie Blumen für eine bevorstehende Hochzeit am Samstag bestellen wollte.

Tante Marie klatschte begeistert in die Hände. «Darf ich fragen, wer denn der Glückliche ist, der eine so hübsche, junge Dame wie dich heiratet?»

Autsch! Kati spürte einen Stich. Das waren genau die Situationen, die sie so hasste.

«Es geht nicht um meine Hochzeit, Tante Marie, sondern um Gäste, die sich die Alte Kirche in Bispingen für die Trauung ausgesucht haben und später auf dem Heidehof feiern wollen.»

«Natürlich.» Tante Marie nickte verständnisvoll. «Bestimmt bist du ja auch längst verheiratet und hast eine eigene Familie, oder?»

Kati kam sich vor, als müsste sie vor einer Patentante ihr Schulzeugnis vorlegen und sich für eine Fünf in Mathe rechtfertigen.

«Ach, nein, das hat sich einfach noch nicht ergeben», antwortete sie und versuchte dann, schnell das Thema zu wechseln.

Sie fragte, welche Blumen bei den Wunschfarben Creme und Dunkelrot am ehesten in Frage kämen, und verständigte sich mit Tante Marie noch über das Budget. Letztlich entschied sie sich für eine Kombination aus Lilien und den obligatorischen roten Rosen. Sie verabredeten, wann Kati die Gestecke abholen würde und wie sie zu transportieren waren. Anschließend suchte Kati fünf rote Rosen aus, deren Blätter sie trocknen und aufs Bett des Hochzeitszimmers streuen würde. Außerdem kaufte sie noch ein passendes Schleifenband und eine Handvoll gar nicht einmal übermäßig kitschiger roter Herzen aus Holz in verschiedenen Größen, die sie ebenfalls gut für die Dekoration würde gebrauchen können.

Nachdem sie alles bezahlt hatte, verabschiedete sich Kati von Tante Marie und versprach, gute Genesungswünsche für Hinrich zu übermitteln. Sie wollte den Laden gerade wieder verlassen, als sie plötzlich eine Art Eingebung hatte. Sie hielt in der Bewegung inne und dachte einen Moment lang nach.

Dann drehte sie sich zu Tante Marie um und erklärte: «Von den weißen Lilien würde ich gern jetzt schon einen kleinen Strauß mitnehmen.»

«Aber natürlich, mein Kind.»

Mit klopfendem Herzen nahm Kati wenig später die gebundenen Lilien und ihr Wechselgeld in Empfang und ging zu ihrem Auto zurück. Sie atmete einmal tief durch, dann startete sie entschlossen ihren Golf. Doch statt zurück nach Uhlendorf fuhr sie Richtung Waldfriedhof. Es gab da etwas, das sie schon längst hätte tun sollen.

※

Als Kati den Wagen an einem Eingang des Friedhofs parkte, war sie froh, dass weit und breit kein anderes Auto zu sehen war. Auf keinen Fall wollte sie hier jemandem begegnen, den sie kannte. Auch wenn ihr ein bekanntes Gesicht in diesem Moment eine willkommene Ausrede verschafft hätte, um nicht aussteigen zu müssen. Es fiel ihr unglaublich schwer, Jules Grab zu besuchen. Es war das erste Mal seit der Beerdigung, dass sie diesen hinteren Teil des Friedhofs betrat. Sie betrachtete sich im Rückspiegel. Ihre braunen Augen wirkten müde und ein wenig traurig.

Kati konnte nicht einmal sich selbst erklären, warum sie es mittlerweile relativ problemlos schaffte, das Grab ihrer Mutter aufzusuchen, während ihr das bei ihrer Schwester nach wie vor unmöglich erschienen war. Doch heute war sie entschlossen, den Schritt zu wagen. Sie suchte im Handschuhfach nach Taschentüchern, und als sie eine Packung fand, nestelte sie umständlich daran herum, bis sie schließlich alle einsteckte. Dann atmete sie tief ein, entfernte das Papier von den Blumen und stieg aus dem Wagen.

Hier unter dem Blätterdach der Bäume war es relativ frisch.

Kati ging schnell und ohne weiter nachzudenken durch das grüne Tor am Eingang des Waldfriedhofs.

Der Ort machte seinem Namen alle Ehre. Hohe Eichen und Birken spendeten reichlich Schatten, Wacholder und einzelne Heidesträucher säumten die Sandwege, die sich wie ein Spinnennetz über das weitläufige Gelände zogen. Die Mitte des Friedhofs bildete eine kleine, alte Kapelle, die viel zu wenig Raum bot für Trauergottesdienste. Zumal, wenn auf dem Land ein älteres Gemeindemitglied starb und die zahlreichen Dorfbewohner persönlich Abschied nehmen wollten.

Kati musste an den Tag von Jules Beerdigung denken. Auch damals war die Kapelle regelrecht aus allen Nähten geplatzt. So viele Menschen waren gekommen und hatten ihrer Familie ihr Beileid ausgesprochen. Wie Kati es gehasst hatte, von all diesen Leuten angestarrt zu werden! Als wäre sie eine Schwerverbrecherin! Natürlich gab es auch viele echte und warmherzige Beileidsbekundungen. An die einzelnen Begegnungen oder Gespräche konnte sich Kati jedoch nicht erinnern. Wie in dichtem Nebel war der Tag an ihr vorbeigezogen. Und es war seltsam, wie sich nun einzelne Erinnerungsfetzen den Weg zurück in ihr Bewusstsein suchten.

Kati dachte an die unzähligen Kondolenzschreiben, die in den ersten Wochen nach Jules Tod gekommen waren. Das Lesen der Beileidsbekundungen hatte sie lange aufgeschoben, und es war ihr alles andere als leicht gefallen. Aber manche Worte hatten doch auch etwas Tröstliches gehabt. Es war erstaunlich zu sehen, wer von den Angehörigen und Freunden einen ehrlichen Ton traf und wessen Briefe sich eher in Allgemeinplätzen ergingen. Allerdings wusste Kati natürlich, dass es unglaublich schwer war, die passenden Worte zu finden, wenn ein junger Mensch starb. Und sie machte auch niemandem einen Vorwurf. Aber sie konnte sich noch sehr gut an einige unangenehme Situationen erinnern. Von den Blicken mancher Mitschüler, Nachbarn und Bekannten fühlte sie sich in den Wochen nach Jules Tod regelrecht verfolgt. Als würden die anderen sie verantwortlich machen. Ein unbestimmtes Schuldgefühl beschlich sie manchmal auch heute noch.

Ob es ihr deshalb so schwer fiel, hierherzukommen? Oder ob es normal war, Schuldgefühle zu haben, wenn man einen Bruder oder eine Schwester verlor? Noch dazu einen Zwilling?

Mit weichen Knien folgte Kati dem schmalen Weg, der sie immer tiefer in den Waldfriedhof hineinführte. Hier und da las sie die Inschrift auf einem der zahlreichen Grabsteine. Und ihr fiel auf, wie sorgfältig gepflegt die meisten Gräber waren. Obwohl sie erst ein Mal am Grab ihrer Schwester gestanden hatte, würde sie den Weg auch im Stockdunkeln finden. Wie hätte sie auch jemals den schweren Gang an das nördliche Ende des Friedhofs vergessen können? Es waren die schlimmsten Schritte ihres Lebens gewesen.

Von weitem sah sie zwei ältere Damen, die allerdings keine Notiz von ihr nahmen. Schweigend gingen die beiden Frauen nebeneinanderher und nickten ihr nur kurz zu, als sie auf gleicher Höhe waren.

Kati hielt kurz inne und atmete einmal tief durch. Wie Jule wohl heute wäre?, fragte sie sich. Ob sie sich noch immer so unglaublich ähnlich sehen würden, oder hätte sich Jule ganz anders entwickelt? Vielleicht hätte sie einen eigenen Geschmack bei der Kleidung, eine individuellere Frisur und einen ganz anderen Lebensstil als sie. Womöglich wäre Kati heute schon Tante! Merkwürdig, dass ihr dieser Gedanke ausgerechnet jetzt das erste Mal in den Sinn kam.

Entschlossen schüttelte sie den Kopf. Sie wollte sich nicht in solch hypothetische Gedankenlabyrinthe verlieren. Das würde sie nur wieder unheimlich traurig machen.

Am Ende des Weges ging es links zu den Einzelgräbern. Jules Platz war der letzte an der nördlichen Begrenzung. Dort säumte ein kleiner Zaun die Anlage.

Kati näherte sich mit vorsichtigen Schritten. Dann hatte sie das Grab vor sich. Sie blieb am Fußende stehen und starrte auf den grau glänzenden Grabstein. Jules vollständiger Name war dort eingraviert: Juliane Weidemann. Darunter stand das Geburtsdatum und der Todestag, der 25.10.1999 – der Tag, der alles für immer verändert hatte.

Als sie die Zeilen las, kamen Kati die Tränen. Ihre Gefühle waren stärker als sie. Und mit einem Mal überwältigten sie die Erinnerungen an den Beerdigungstag. Alles war plötzlich wieder da.

Ihr verschwommener Blick fuhr über das Grab, als könnte sie dort die Antworten auf ihre Fragen bekommen. Da waren ein üppig blühender Rosenbusch auf der rechten Seite und ein kleines Kriechgewächs, das einem Wacholder ähnelte. Links vom Grabstein leuchteten verschiedenfarbige Stauden. Kati wusste nicht genau, um welche Pflanzen es sich handelte. Elli kümmerte sich um die Grabpflege. Allerdings war sie seit Hinrichs Zusammenbruch nicht mehr da gewesen, wie sie Kati erst kürzlich bedauernd und beinahe ein wenig entschuldigend gesagt hatte.

Kati trat ein Stück zur Seite und entdeckte einen bunten Strauß, der in einer der typischen Friedhofsvasen ein wenig hinter den Grabstein gestellt worden war. Fast so, als würde er sich dort verstecken. Deshalb war er Kati auch erst verspätet aufgefallen. Die Blumen wirkten nicht mehr ganz frisch, und einige ließen auch schon ihre Köpfe sinken. Trotzdem war der Strauß noch recht schön. Er verlieh der ansonsten eher schlichten Bepflanzung ein paar gelbe und blaue Farbtupfer.

Merkwürdig, dachte Kati. Sie konnte sich nicht erklären, von wem die Blumen stammten.

Ob Dorothee in den letzten Tagen an Jules Grab gewesen war? Kati nahm sich vor, ihre Stiefmutter danach zu fragen. Wer sollte sich sonst für die Grabpflege verantwortlich fühlen? Im Geiste ging Kati mehrere Möglichkeiten durch, doch es fiel ihr keine plausible Erklärung ein. Sie beschloss, eine zweite Vase zu suchen, um ihre Lilien danebenzustellen.

Bei einer Wasserstelle an der nächsten Abzweigung wurde sie fündig. Es war zwar nur eine hässliche Plastikvase, aber es würde gehen. Kati spülte den Sand von dem grünen Ding und füllte es mit Wasser. Die Lilien passten sehr gut hinein, doch am Grab fiel es Kati dann gar nicht so leicht, den richtigen Platz für die Vase zu finden. Umständlich probierte sie mehrere Stellen aus und tat dabei einen unvorsichtigen Schritt, sodass sie sich mit der freien Hand auf dem Grab abstützen musste. Sie erschauderte.

Schließlich platzierte sie die Lilien links neben dem grauen Grabstein und zwar so, dass die Blumen im Gegensatz zu dem bunten Strauß auf der anderen Seite sofort auffielen. Sie trat zurück auf den Weg und ging in die Hocke. Regungslos starrte sie vor sich hin.

«Bitte verzeih mir, Jule», begann sie leise mit ihrer Schwester zu reden, «ich konnte nicht früher kommen … Es … es ging einfach nicht.»

Katis Blick verwässerte durch eine Träne, die langsam ihren Weg über die Wange fand. Mit einer Hand wischte sie sich übers Gesicht.

«Du ... fehlst mir so! Warum hast du mich bloß allein gelassen? Wir haben doch immer zusammengehört ...»

Plötzlich wurde Kati überwältigt von dem Gefühl innerer Leere und Einsamkeit. Der Tod ihrer Zwillingsschwester hatte eine so große Lücke in ihr Leben gerissen, dass sie durch nichts und niemanden geschlossen, geschweige denn gefüllt werden konnte.

Kati musste an die Tage, Wochen und Monate nach der Beerdigung denken. Es war unerträglich gewesen, an Jules leblosem Zimmer vorbeigehen zu müssen und überall im Haus und auf dem Hof an sie erinnert zu werden. Sie hatte einfach weggehen müssen. Zwar hatte sie immer wieder mit sich gehadert, ob es richtig war, ihrer Heimat und ihrer Familie den Rücken zu kehren. Doch damals war das sicher der richtige Entschluss gewesen. Sie hatte es nicht geschafft, ohne Jule auf dem Heidehof zu leben. Ihrem Vater und vor allem Elli war es sehr schwer gefallen, Kati ziehen zu lassen. Und Kati konnte nur erahnen, wie sehr sie ihre Familie damals verletzt hatte. In ihrem halben Jahr in Südeuropa hatte sie nur selten zum Telefon gegriffen. Sie wollte nur noch raus aus allem und in eine völlig neue Umgebung eintauchen. Während des Praktikums in Barcelona war es ihr immerhin zeitweise gelungen, die schmerzhaften Gedanken an Jule und die traurigen Umstände ihres Todes beiseitezuschieben. Die anderen Angestellten in dem Hotel hatten sich ständig über das Pensum und die vielen Extraschichten beklagt, Kati dagegen empfand die Arbeit als wohltuende Therapie. Sie wollte nicht wie die anderen möglichst viel Zeit am Strand verbringen, sondern so hart arbeiten, dass sie abends erschöpft ins Bett fiel.

Doch als die sechs Monate vorbei waren, fiel sie in ein noch größeres Loch. Sie wusste nicht mehr, wo sie hingehörte. Natürlich hätte sie zurück nach Uhlendorf gehen und im Heidehof arbeiten können. Immer wieder hatten ihr Vater und Dorothee angeboten, eine Einliegerwohnung im Haupthaus für Kati auszubauen. Hinrich hatte ihr sogar schon einen Ausbildungsplatz in einem der größeren Hotels in Bispingen organisiert. Aus Angst entschied sie sich aber nicht nur gegen die Heide, sondern auch gegen das Hotelgewerbe. Diese seltsame innere Leere wäre allgegenwärtig spürbar gewesen.

Katis Knie schmerzten. Sie wollte sich gerade aufrichten, als sie auf dem Sandweg plötzlich ein Rotkehlchen entdeckte, das in ihre Richtung hüpfte. Der Vogel hob und senkte sein Köpfchen und blickte Kati aus schwarzen Knopfaugen aufmerksam an. Bis auf einen halben Meter näherte er sich. Er schien keine Angst zu haben. Doch als Kati sich wegen ihrer schmerzenden Knie abstützte, flog er auf und setzte sich auf Jules Grabstein.

Kati musste versonnen lächeln. Dieser Vogel erinnerte sie an ihre Schwester: große, dunkle Augen, lebhaft, ganz schön neugierig und mit einem eigenen Kopf.

Plötzlich fegte ein Windstoß über das Grab. Das Rotkehlchen breitete die Flügel aus und flog davon. Doch Kati sah ihm nicht hinterher, sondern beobachtete fasziniert, wie die Lilien ihre gelben Pollen über den Grabstein verteilten. In diesem Moment brach die Sonne durch das Blätterdach und verwandelte die Pollen in Goldstaub. Es war ein magischer Augenblick. Denn auch die Blütenblätter des bunten Straußes wurden aufgewirbelt und senkten sich auf das Grab.

Kati erhob sich und betrachtete das sich ihr nun bietende Farbenspiel. Die Randsteine ließen das Grab beinahe wie ein gerahmtes Gemälde erscheinen.

Am liebsten würde ich das malen, dachte Kati gerührt.

Und auf einmal erfüllte sie eine tiefe Zufriedenheit. Sie atmete tief ein und fragte sich, ob das ein Zeichen war. Ein Zeichen dafür, dass es längst an der Zeit war, wieder mit der Malerei zu beginnen.

16

Als Kati am späten Nachmittag mit ihren Arbeiten fertig war, stahl sie sich unbemerkt davon und ging vom Haupthaus Richtung Schuppen. Sie wollte nachsehen, ob dort wirklich noch ihre Malsachen lagen, wie Dorothee gesagt hatte.

Beim Öffnen der schweren Tür quietschten die Scharniere. Vorsichtig trat Kati ein und blieb stehen, um ihre Augen an das spärliche Licht zu gewöhnen. Durch die schmalen Fenster fiel zwar Licht, doch die Scheiben waren schon seit Jahren nicht mehr geputzt worden. Ein modriger Geruch stieg ihr in die Nase, und mit ihm wurde Kati in ihre Kindheit zurückversetzt. Damals, als sie und Jule auf dem weitläufigen Gelände des Heidehofs Verstecken spielten, diente ihnen der Schuppen oft als Unterschlupf. Hier hatte immer schon so viel Gerümpel herumgelegen, dass es unzählige Ecken gab, wo man lange unentdeckt bleiben konnte. Das heruntergekommene Gebäude war auch alljährlich das Highlight ihrer Kindergeburtstagsfeiern gewesen.

Mittlerweile hatten sich Katis Augen an das Halbdunkel gewöhnt. Neugierig sah sie sich um. Überall standen Relikte aus der Vergangenheit – verrostete Fahrräder, die früher von den Gästen geliehen werden konnten, ein altes Spinnrad, aber auch jede Menge rostiger Gartengeräte sowie diverse alte Möbel, die dringend eine Restaurierung nötig gehabt hätten. Bewundernd betrachtete sie die Schränke, Tische, Stühle und Spiegel aus massivem, zumeist dunklem Holz. Ihre Mutter hatte sich früher in ihrer spärlichen Freizeit mit Hingabe der Aufarbeitung alter Möbel gewidmet. Fasziniert hatten sie ihr als Kinder dabei zugesehen, wie sie das alte Holz abschliff und der Oberfläche zu neuem Glanz verhalf. Kati fragte sich, woher ihre Mutter die Techniken wohl gekannt hatte. Eine Ausbildung zur Restauratorin hatte sie jedenfalls nicht gemacht. Doch Kati wusste, dass ihre Mutter viele Bücher zu dem Thema besessen hatte, auch wenn sie sich nicht erinnern konnte, ihre Mutter jemals beim Lesen gesehen zu haben. Ob die alten Ratgeber wohl noch etwas taugten?

Gleich links neben der Schuppentür stand wie eh und je ein alter Bauernschrank. Sein dunkelgrüner Lack war an manchen Stellen abgeblättert und hatte mit den Jahren an Glanz verloren. Sie trat näher und ließ ihre Finger über das Holz wandern. Dann pustete sie sich den Staub von den Fingerspitzen und kniete sich hin. Zunächst musste sie umständlich ein paar Kisten zur Seite schieben, um eine der Türen öffnen zu können. Schon purzelte ihr ein großes Einweckglas entgegen, in dem jede Menge alter Pinsel steckten. Kati nahm einen in die Hand und ruckelte an dem Pinselkopf, worauf die Einfassung sofort abbrach.

Ich sollte mir einen neuen zulegen, dachte Kati lächelnd. Ob sie es wirklich noch einmal mit dem Malen versuchen sollte, wie Dorothee es ihr angetragen hatte? Warum war ihr Interesse daran überhaupt erloschen?

In Wahrheit kannte Kati die Antwort auf diese Frage.

Vorsichtig versuchte sie, die untere Schublade des Schranks aufzuziehen. Doch das Ding klemmte. Erst als sie ein wenig kräftiger daran zerrte, bewegte sich das verzogene Holz. Aus der Schublade quoll ein übergroßer Stapel Papier. Kati nahm wahllos einige Bögen heraus und blätterte durch etliche kleine Skizzen und ein paar vergilbte Aquarellbilder. Kopfschüttelnd besah sie sich die mal mehr, mal weniger geglückten Arbeiten.

Es war ungefähr so, als würde man sich etwas peinlich berührt Fotos aus Jugendzeiten ansehen, dachte Kati. Mit einer Mischung aus Faszination und Irritation begutachtete sie auch ihre allerersten Werke.

«Das gibt's ja gar nicht», sagte sie leise. Es rührte sie, dass Elli die Blätter all die Jahre aufbewahrt hatte.

Als sie eine Serie mit Bildern vom Heidehof fand, kam ein unbestimmtes Gefühl von damals wieder in ihr hoch. Kati musste etwa siebzehn Jahre alt gewesen sein, als sie diese Bilder gemalt hatte. Auch wenn ihr die Motivauswahl nicht mehr besonders originell erschien, gefielen ihr die Technik und auch die Wahl der Farben durchaus noch. Ein Bild zeigte die große grüne Eingangstür zum Haupthaus, ein anderes den verzierten Giebel samt Reetdach.

Kati seufzte. Es war ein sehr heißer Sommer gewesen damals. Noch gut konnte sie sich daran erinnern, dass Jule und sie oft auf dem Hof ausgeholfen hatten, um ihr Taschengeld aufzubessern. Das Saisongeschäft lief blendend, und vor allem Ellis Holunderblütensaft und die üppigen Eisbecher mit Früchten gingen schneller weg, als die Zwillinge bei Hinrich Nachschub bestellen konnten. Am späten Nachmittag, wenn alle Kuchengäste verschwunden waren, baute ihr Vater ihnen im Obstgarten eine improvisierte Gartendusche auf. Das Wasser sorgte allerdings erst nach einiger Zeit für Abkühlung, weil der Schlauch von der Sonne ordentlich aufgeheizt worden war. Und sehr oft war auch Andi zu Besuch gekommen und hatte mit ihnen die lauen Abende genossen. Was für ein tolles Trio sie damals gewesen sind!

Kati wischte den Gedanken beiseite, legte die Blätter zurück in die Schublade und schloss den Schrank. Langsam erhob sie sich und sah sich weiter um. Ob sie die alte Gießkanne noch irgendwo entdecken würde? Sie hatten den Sprenkler der Gießkanne damals an den Gartenschlauch angeschlossen, sodass eine richtige Brause entstand.

Kati schob eine Schubkarre zur Seite und bahnte sich ihren Weg in die hintere Ecke des Schuppens. Zwischen zusammengestellten Harken, Schaufeln und Besen machte sie ein langes, eckiges Stück Holz aus. Sie trat näher und stellte überrascht fest, dass es sich dabei nicht um die improvisierte Duschhalterung handelte, sondern um die Spitze ihrer Staffelei.

Unter einigen Mühen räumte sie die Gartengeräte weg und zerrte das sperrige Ding heraus. Tatsächlich, all die Jahre hatte ihre geliebte Staffelei hier gestanden und Staub angesetzt. Beim Versuch, sie aufzustellen, kippte das Gerüst zur Seite.

Kati sah sich nach dem Werkzeugkasten um und fand ihn schließlich in einem Regal über dem vollgestellten Werktisch ihres Vaters. Es musste eine Ewigkeit her sein, seit Hinrich hier das letzte Mal irgendetwas Handwerkliches gearbeitet hatte. Alles war mit einer dicken Staubschicht bedeckt. Früher hatte Katis Vater jede freie Minute an seiner Werkbank verbracht, weil es auf dem Hof immer etwas zu reparieren gab. Aber inzwischen waren sowohl der Werkzeugkasten als auch sämtliche Kabelrollen, Kartons und Sägen so verdreckt, dass wohl niemand mehr etwas damit anfangen konnte.

Kati hievte den schweren Kasten vom Regal auf den Boden und klappte ihn zu beiden Seiten auf. In dem Kasten sah es ähnlich chaotisch aus wie im gesamten Schuppen.

Im Grunde sah es auf dem gesamten Hof ziemlich chaotisch aus, dachte Kati. Man müsste mal überall gründlich aufräumen und die Gebäude und Zimmer entrümpeln.

Ihr Vater konnte nichts wegwerfen, das wusste Kati, und auch Elli war keine große Meisterin im Aussortieren. Ganz anders als Dorothee, deren Sachen alle einen festen Platz hatten oder gleich entsorgt wurden, wenn sie nicht mehr gebraucht wurden.

Mit einem Hammer und einem Satz Schraubenschlüssel ausgestattet, ging Kati zurück zur Staffelei und machte sich daran zu schaffen. Sie zog alle Muttern fest und klopfte das bunt bekleckerte Gestell in Form. Bald machte es wieder einen stabilen Eindruck, selbst als Kati daran ruckelte. Zufrieden legte sie das Werkzeug zurück und blickte sich weiter um. Rechts neben der Werkbank standen einige Keilrahmen, ein Karton mit dem alten Farbkasten und die Rolle mit der Leinwand. Gleich daneben verhüllte ein staubiges Bettlaken einen unförmigen Haufen. Neugierig trat Kati näher und schlug den Stoff, der früher einmal weiß gewesen sein musste, vorsichtig zurück. Beim Anblick der nun zum Vorschein kommenden Bilder, hielt sie die Luft an. Es waren etliche aneinandergelehnte Leinwände, die sie bemalt hatte. Alle waren fein säuberlich in Folie verpackt und vor der Witterung geschützt.

Kati spürte einen Stich in der Brust. Dem Schmerz folgte das seltsame Gefühl behaglicher Vertrautheit.

Tapfer zog sie ein paar Bilder hervor und legte sie auf einen alten, wackeligen Holztisch, der früher in der Gaststube gestanden hatte. Dann begann sie vorsichtig auf der Rückseite die Folie der ersten Leinwand zu lösen. Als sie das Bild schließlich umdrehte, schlug sie sich vor Schreck die Hand vor den Mund. Von der Leinwand lächelte ihr Jule entgegen. Sie saß auf der Veranda und hielt ihren Fotoapparat in der Hand. So war es immer gewesen: Jule fotografierte, und Kati malte.

Kati schluckte. Seit ihre Schwester nicht mehr fotografierte, hatte sie auch nicht mehr gemalt.

Wie schön sie gewesen ist!, dachte Kati und betrachtete das Bild näher.

Obwohl beide Schwestern für Fremde nur schwer zu unterscheiden gewesen waren, hatte sie Jule immer für die Hübschere von ihnen gehalten. Vielleicht lag es daran, dass ihre Schwester schon seit der Grundschulzeit viel selbstsicherer und souveräner war. Zumindest hatte Jule nach außen immer stärker gewirkt als sie.

Behutsam stellte sie das Bild beiseite. Dann sah sie auch die anderen durch. Eines nach dem anderen drehte sie um. Und nur von denen, die ihr wichtig waren, entfernte sie die Folie, um sie genauer zu betrachten. Sie musste über das Porträt ihres Vaters schmunzeln, dessen Nase auf der Leinwand etwas zu groß geraten war. Er hatte das Bild nie besonders gemocht. Sie staunte über die Aussicht von ihrem Zimmer, den weiten Blick in die Heide, die sie mit rötlichen und bläulichen Farbtupfern gemalt hatte. Und sie erinnerte sich an Blanca, eine Stute ihres Nachbarn Carstensen, auf der Jule und sie hatten reiten dürfen.

Die Proportionen waren ihr überraschend gut gelungen, dachte Kati beim Anblick des Pferdebildes.

Sie konnte sich noch gut daran erinnern, wie unfassbar traurig sie und Jule damals gewesen waren, als ihr Liebling eines Tages eingeschläfert werden musste.

Seufzend verstaute Kati die Bilder wieder unter dem Bettlaken.

«Ob du auch die Erinnerungen damit zudecken kannst?»

Kati blickte auf, als sie die wohlvertraute Stimme ihrer Großmutter vernahm.

«Ach, du bist es.»

«Du willst also wirklich wieder malen.» Elli trat näher.

Schnell suchte Kati nach einer Ausrede. «Äh, nein ... Es ist wegen der Hochzeit am Wochenende ... also, ich brauche da noch ein paar Dekosachen.» Doch als sie Ellis warmes Lächeln sah, wusste Kati, dass es wenig Sinn hatte, ihrer Großmutter etwas vorzumachen.

«Ich werde hier wohl zuerst ein bisschen aufräumen und einiges aussortieren», erklärte sie. «Außerdem will ich meine alten Bilder durchsehen. Und wer weiß, vielleicht inspiriert mich ja das ein oder andere.»

Ellis Augen glänzten vor Rührung. «Du weißt gar nicht, wie ... mich das freut!» Sie schloss Kati fest in die Arme.

«Dorothee hat mir von eurem Gespräch erzählt», sagte Elli, als sie sich wieder voneinander lösten. «Und Frau Börnsen, meine alte Hausärztin, war mit ihrer Schwester auf dem Friedhof und hat dich dort gesehen. Du weißt, schwindeln war nie deine Stärke.»

«Mmh ... und Gefühle zulassen wohl leider auch nicht.» Verlegen sah Kati ihre Großmutter an. «Ja, du hast recht, ich war heute Vormittag bei Jule auf dem Friedhof. Und ich ... ich habe mir über ein paar Dinge Gedanken gemacht.»

Elli lehnte ganz ruhig an der Werkbank und hörte einfach nur aufmerksam zu.

«Wir sollten hier mal Ordnung schaffen», begann Kati, «und feststellen, was hier noch für Schätze liegen. Dort drüben», sie zeigte in die Ecke hinter dem Schrank, «habe ich das alte Spinnrad entdeckt.»

«Es gehörte deiner Urgroßmutter», ergänzte Elli. «Ich dachte, ehrlich gesagt, Hinrich hätte es schon vor Jahren weggeworfen.»

«Papa kann doch nicht mal einen krummen Nagel wegwerfen», erwiderte Kati amüsiert. «Was meinst du? Ob es sich lohnen würde, das Ding zu restaurieren?»

«Ich denke, du willst malen!?» Mit großen Augen sah Elli sie an.

«Ach, Quatsch, ich meine, man könnte das alte Spinnrad doch herrichten und als Dekoration irgendwo aufstellen. Auf so etwas stehen die Leute heutzutage. Das gibt dem Hof mehr lebendige Geschichte, mehr Atmosphäre.»

«Wenn du meinst.» Elli zuckte mit den Schultern. Dann sah sie Kati eindringlich an. «Ich werde den Eindruck nicht los, dass du eigentlich über etwas ganz anderes nachgedacht hast, Liebes.»

Kati wusste, dass ihre Großmutter sie durchschaut hatte. Sie atmete tief durch, dann begann sie stockend zu erzählen: «Ich ... ich werde mich von Simon trennen. Endgültig. Nächsten Montag ziehe ich aus.»

Elli legte ihr eine Hand auf den Arm. «Du weißt, hier steht immer ein Bett und ein Teller heißer Eintopf für dich.» Es klang beinahe so, als ob sie bloß auf eine Gelegenheit gewartet hätte, diesen Satz zu sagen. Vermutlich wollte sie Kati mit diesem Angebot den überfälligen Schritt in die Freiheit erleichtern.

«Danke, aber ich ziehe dann erst mal zu Flo. Ich glaube, es gibt noch ein, zwei Dinge, die ich in Hamburg erledigen muss.»

Fragend sah Elli sie an.

«Ich habe mir nämlich außerdem noch überlegt», fuhr Kati fort, «dass ich, wenn ich bis zum Jahresende in der Agentur immer noch so unzufrieden bin wie in der letzten Zeit ... Also, dass ich dann kündige. Viel länger schaue ich mir das nämlich nicht mehr an. Ich kann schließlich auch versuchen, mich irgendwie als Freiberuflerin durchzuschlagen.»

«Könntest du nicht auch von hier aus arbeiten?», fragte Elli zurückhaltend. Es schien, als wollte sie ihrer Enkelin auf keinen Fall etwas einreden.

Kati lächelte dankbar. «Du meinst, wieder in meine alte Heimat zurückkehren?» Sie zuckte mit den Schultern. «Mmh, vielleicht … Aber nur, wenn ich in der nächsten Zeit nicht zufällig meine Traumwohnung in meinem Lieblingsstadtteil finde oder mein absoluter Traumprinz vorbeigeritten kommt.» Sie lachte.

«Da spricht meine alte Kati!» Elli klatschte in die Hände. «Du denkst also drüber nach?»

«Na ja, es müsste ja nicht gleich eine Lebensentscheidung sein», sagte Kati. «Aber es wäre natürlich eine gute Gelegenheit, um etwas Neues anzufangen. Und wenn ich mich sogar nützlich machen könnte auf dem Hof, wäre es durchaus eine Überlegung wert.» Als sie sah, wie begeistert ihre Großmutter reagierte, fügte sie hinzu: «Also, zumindest für ein paar Monate könnte ich mir das Landleben schon vorstellen.»

Elli strahlte, und sie schlug vor, nach der Begehung mit Volker Kruse auf diese Aussicht mit einem Likör anzustoßen.

Kati verzog die Nase. «Ich weiß, dein Eierlikör hat schon so manches bewirkt.»

Sie musste an eine Geschichte denken, die ihr Vater ihr einmal erzählt hatte. Die Hartmanns waren ein älteres Paar, Stammgäste aus Berlin, die schon seit Jahren auf den Heidehof kamen. Doch anstatt die freie Zeit zu genießen, hatten sie sich ständig in die Haare gekriegt. Irgendwann war Elli die häufig auch öffentlich ausgetragenen Zankereien leid und drehte den beiden nach dem Abendessen ihren selbstgemachten Eierlikör an. An jenem lauen Sommerabend herrschte auf der Veranda das erste Mal einträchtiges Schweigen zwischen den Hartmanns, und seitdem schworen sie auf Ellis Zaubertrank.

«Aber ich vertrage das Zeug doch nicht», fügte Kati noch hinzu. «Einen Tee würde ich dagegen gerne trinken. Vielleicht können wir auch Dorothee und Pit dazuholen. Schließlich haben wir schon länger nicht mehr zusammen gegessen. Und bevor dann der große Hochzeitstrubel losgeht, können wir auch noch mal in Ruhe über alles –»

«Ich habe aber auch ganz feinen Cassislikör», beharrte Elli und sah Kati ernst an. «Ich denke nämlich, wir könnten ein Schnäpschen jetzt gut gebrauchen.»

«Ist es so schlimm?», fragte Kati amüsiert. «Sollen wir nicht erst mal alles mit Volker anschauen.»

Elli druckste herum. «Das meine ich ja, du solltest vielleicht besser vorher etwas trinken.»

«Wieso das denn?» Fragend sah Kati ihre Großmutter an. Irgendwie kam ihr das Gespräch plötzlich merkwürdig vor.

«Nun», begann Elli zögerlich, «Volker ist nicht alleine gekommen.»

«Hat er Frau und Kinder mitgebracht?» Kati lachte. «Prima, die können wir ja mit dem Eierlikör beglücken.»

Elli knetete ihre Hände. Nach einer längeren Pause sagte sie: «Andi Witthöft ist bei ihm.»

«Was?» Kati runzelte die Stirn. Wie konnte ihre Großmutter nur so etwas sagen? Kati wollte davon nichts hören und wäre am liebsten weggerannt. Doch es klopfte bereits an der offen stehenden Schuppentür.

Kati hielt die Luft an. Wie er es früher so oft getan hatte, stand Andi plötzlich wie selbstverständlich im Raum und hob eine Hand zum Gruß.

«Hallo», sagte er zaghaft.

Kati verschränkte die Arme vor der Brust und versuchte mit aller Macht, ihn aus ihrer Wahrnehmung auszublenden. Sie lenkte ihre volle Konzentration auf die Werkbank vor sich.

Elli räusperte sich. «Andi und Volker sind gekommen, um mit uns einen Rundgang über den Hof zu machen.»

17

Zusammen mit ihrer Großmutter trat Kati vor den Schuppen. In einiger Entfernung sah sie Dorothee mit Volker Kruse zusammenstehen. Sie unterhielten sich angeregt.

Als Volker sie erblickte, hob er eine Hand und kam mit Dorothee zum Schuppen.

«Hallo, Kati», sagte er. «Wir wollten einen Rundgang machen. Und ungeachtet der Tatsache, dass du gewisse ... äh, Schwierigkeiten mit Andi hast, hätte ich gern, dass er mitkommt. Er hat ein gutes Auge und kennt sich aus mit Bausubstanzen und Restaurierungsarbeiten. Er kann außerdem am besten beurteilen, wie morsch die Balken sind.»

«Für eine genauere Prüfung müsste natürlich ein Gutachter ran», ergänzte Andi und trat unsicher von einem Bein aufs andere. Offensichtlich war ihm die ganze Situation nicht geheuer.

Kati biss sich auf die Lippe und nickte stumm.

«Also, sollen wir mit dem Rundgang beginnen?», fragte Dorothee geschäftig. Sie schien jeglichen Widerstand im Keim ersticken zu wollen, damit Kati gar nicht erst die Möglichkeit hatte, zu protestieren.

«Natürlich, deswegen sind wir ja hier!» Volker zog Andi am Arm mit.

Kati zögerte, sich der Begehung des Geländes anzuschließen. Mit einem unguten Gefühl im Magen sah sie den beiden hinterher, wie sie mit Dorothee losmarschierten. Erst jetzt registrierte sie, dass ihre Stiefmutter einen Schreibblock in der Hand hatte. Dorothee schien sich Notizen machen zu wollen.

Kati beugte sich zu Elli und flüsterte: «Ich wette mit dir, das hat Dorothee ausgeheckt. Es ist doch kein Zufall, dass Volker hier mit Andi auftaucht!»

Elli zuckte nur mit den Schultern und gab ihr mit einem Blick zu verstehen, dass sie daran wohl nichts ändern konnten und den dreien besser folgen sollten.

Letztlich entschloss sich auch Kati, die Runde mitzumachen. Die Neugier auf Volkers Vorschläge und Überlegungen war einfach zu groß.

Als Erstes sahen sie sich den Treppenspeicher und das Stallgebäude an. Volker und Andi ließen sich alles erklären und fragten viel nach.

«Was meinst du, Andi?», fragte Volker abschließend. «Könnte man hieraus was machen?»

Andi fuhr sich übers Kinn. «In dem Stall würde ich mir drei bis vier gemütliche Ferienwohnungen vorstellen. Im Erdgeschoss vielleicht zwei Wohnungen für vier bis sechs Personen, im Dachgeschoss zwei Wohnungen für zwei bis vier Gäste.» Unsicher sah er in die Runde. «Das könnte man natürlich auch anders aufteilen. Aber rein baulich ist außen wenig zu tun, da wäre hauptsächlich im Innenbereich einiges zu ändern.»

Die ganze Zeit über versuchte Kati, sich auf seine Worte zu konzentrieren. Doch es fiel ihr schwer, Andi zuzuhören. Ständig drifteten ihre Gedanken ab. Überhaupt fühlte sie sich fehl am Platz. Was hatte sich Dorothee nur dabei gedacht, die beiden über den Hof zu führen? Sie schien keine Probleme damit zu haben, dass Andi derjenige war, der für den Tod ihrer Zwillingsschwester verantwortlich war. Im Gegenteil: Dorothee hing förmlich an seinen Lippen.

Als sie den Stall wieder verließen, fuhr Andi fort: «Etwas

Ähnliches würde ich auch für den Treppenspeicher empfehlen, den könnte man in eine gemütliche Wohnung für zwei umbauen. Vielleicht so eine Art Romantik-Suite für Paare.»

«Die Idee finde ich gut», stimmte Dorothee zu. «Die Grünbergs wären an so etwas bestimmt interessiert.»

Als sie die fragenden Gesichter von Volker und Andi registrierte, fügte Dorothee erklärend hinzu: «Das ist ein Paar, das nächstes Wochenende hier auf dem Hof heiraten wird.»

Elli kicherte plötzlich und erklärte: «Stellt euch mal vor, die hocken in ihrem Liebesnest, und dann bricht auf einmal die morsche Außentreppe zusammen.» Auch sie schien sich langsam zu entspannen und deutete auf die brüchigen Stufen. «Das wäre doch ein guter Test, um zu überprüfen, ob die Liebe ausreicht, um so was zu überstehen!»

Nachdenklich beobachtete Kati ihre Großmutter. Es war nicht zu übersehen, dass sie durchaus Sympathien für die beiden Besucher und ihre Ideen hegte. Kati dagegen konnte in Andis Gegenwart einfach nicht locker sein. Sie zog es daher vor, erst einmal nichts zu sagen. Sonst würde sie Andi womöglich einfach anbrüllen. Und an ihr sollte es schließlich nicht scheitern, wenn es darum ging, dem Heidehof neues Leben einzuhauchen. Wenn daraus ein blühendes Geschäft wurde, umso besser.

«Durch die zusätzlichen Wohnungen würde das Bettenkontingent auf dem Heidehof vergrößert werden», sagte Volker, «ohne dass man im Haupthaus viel ändern müsste.»

Andi nickte. «Das wäre auch sicher günstiger, was die Denkmalschutzauflagen betrifft. Denn das alte Gebäude ist in dieser Hinsicht wohl am schwierigsten. Da dürfte es strenge Auflagen geben. Die Nebengebäude scheinen nicht ganz so alt, sodass man bestimmt keine Schwierigkeiten bei dem Umbau bekommt.»

Dorothee wirkte durchaus angetan, dennoch gab sie zu bedenken: «Aber bis dahin ist es noch ein langer Weg. Man müsste professionelle Bauzeichnungen anfertigen lassen, die nötigen Genehmigungen einholen und einen soliden Finanzierungsplan aufstellen, der die Bank überzeugt. Außerdem sollte sich vorher jemand vom Amt für Denkmalschutz das Ganze ansehen.»

«Klar», warf Volker sofort ein, «ohne die offizielle Zustimmung zu den Plänen können wir's vergessen.»

«Wichtig ist denen vermutlich, dass es Naturstoffe sind», gab Andi zu bedenken. «Also Steine und Holz aus der Region. Materialien, die auch früher schon verwendet wurden.»

Elli sah sehr nachdenklich aus. «Und für diese ganzen Reparaturarbeiten und Umbaumaßnahmen braucht man vermutlich sehr viel Holz, nicht wahr?»

«Ja, der Bedarf wäre in der Tat beträchtlich», bestätigte Volker.

«Und es müsste gutes Holz sein, richtig?»

«Zum Bau geeignetes Hartholz, ja. Leider ist das nicht besonders günstig. Da müsste man schon einiges investieren.»

«Aber wir haben Holz, sehr viel Holz sogar!»

Alle sahen Elli fragend an.

«Die alte Remise», fuhr sie fort, «die ist voller Baumstämme. Da liegen außerdem noch Hunderte von Brettern und Balken, mit denen kann man doch bestimmt was anfangen, oder?»

«Du hast recht!», pflichtete ihr Dorothee enthusiastisch bei, «und ich hab mich immer geärgert, dass der ganze Kram da rumliegt.»

Andi räusperte sich. «Vielleicht könnten wir uns *den ganzen Kram* ja mal ansehen», schlug er lächelnd vor. «Dann wissen wir, was dort lagert und wie brauchbar das Holz ist.»

«Aber natürlich nur, wenn wir Ihre Zeit nicht zu sehr beanspruchen», sagte Dorothee. «Sie haben ja eigentlich schon Feierabend.»

Volker winkte höflich ab und zeigte sich einverstanden. «Von mir aus sofort!»

Kurz darauf betraten sie die alte Remise, in der über Generationen hinweg der gesamte Holzvorrat für den Heidehof gelagert wurde. Kati erinnerte sich, dass ihre Großmutter erzählt hatte, wie früher der gesamte Hof nur mit Kachelöfen und einem großen Kamin im heutigen Speisesaal beheizt worden war.

Sie trat durch die große Schiebetür und musste zunächst ihre Augen an das Dunkel gewöhnen. Der Anblick der meterhohen Holzstapel und unzähligen Baumstämme machte sie sprachlos. Vage konnte sie sich erinnern, dass jedes Jahr Bäume gefällt werden mussten und sie als Kind mit Jule das Treiben immer neugierig verfolgt hatte.

Auch Andi staunte nicht schlecht, als er die Holzvorräte sah. «Haben Sie nie daran gedacht, das Holz zu verkaufen, Frau Weidemann?», fragte er Dorothee.

«Wenn ich ehrlich bin: nein. Ich habe dieses Holz noch nie als besonders wertvoll angesehen. Ich hatte ja keine Ahnung.» Dorothee schüttelte den Kopf.

«Der Heidehof hat ja immer viel Wald und damit auch viel Holz gehabt», ergänzte Elli. «Das war für uns nichts Besonderes. Und auch mein Sohn hat die hier lagernden Baumstämme nicht weiter beachtet. Für ihn standen immer die Küche und die Übernachtungsgäste an erster Stelle. Der Wald und das verpachtete Land haben ihn nie besonders interessiert.»

«Mit der Zeit ist das Holzlager also mehr oder weniger in Vergessenheit geraten.» Dorothee fuhr sich durch die Haare.

«Na, umso besser», erwiderte Andi, «dann steht das Holz ja jetzt zur Verfügung.» Er besah sich die Rinde und die Maserung des Holzes, klopfte hier und da auf einen Stamm und holte ein kleines Messer aus seiner Tasche, mit dem er kleine Löcher bohrte. «Ich müsste das natürlich noch genauer prüfen, aber auf den ersten Blick scheint das astreine Qualität zu sein.» Er sah sich um. «Hier drin ist natürlich viel zu wenig Platz zur Verarbeitung. Aber wenn ich mich recht entsinne, steht doch nebenan der ehemalige Hühnerstall, richtig? Dort könnte man bestimmt eine Werkstatt einrichten, um das Holz zu bearbeiten und zurechtzuschneiden.»

Volker, der die ganze Zeit über angestrengt nachgedacht hatte, fügte hinzu: «Und wenn die Holzvorräte dann schrumpfen, könnte man die Arbeiten in die Remise verlegen und den Hühnerstall für etwas anderes nutzen.»

«Was denn?», fragte Elli.

«Er würde sich vielleicht für einen Hofladen eignen.» Volker machte eine ausladende Handbewegung. «Ich meine, wenn man Regalböden einzieht und die Tür verbreitert …»

«Ein Hofladen!», sagte Dorothee begeistert. «Gute Idee!» Und an Elli gewandt fügte sie hinzu: «Wir könnten deine Spezialitäten verkaufen. Holunderblütensaft und Cassislikör, zum Beispiel.»

«Vergiss den Eierlikör nicht!» Elli fühlte sich offenbar geschmeichelt und lächelte versonnen.

«Oder auch Erzeugnisse aus der Heide», schlug Volker vor. «Honig und Schafwolle oder so etwas.»

Dorothee schien der Gedanke zu gefallen. «Da fällt uns bestimmt noch allerhand ein, was wir verkaufen könnten.»

Als sie zum alten Backhaus kamen, musste Kati unweigerlich

an den Rundgang mit Frank Lehmann denken. Einige seiner Ideen waren nicht schlecht gewesen. Zum Beispiel, die Tradition des Brotbackens wieder zum Leben zu erwecken und wie in alten Zeiten den historischen Holzofen zu befeuern.

Ob es verwerflich war, einige seiner Ideen aufzugreifen?, fragte sie sich. Aber eine innere Barriere hinderte sie daran, den Gedanken mit dem Backhaus sofort laut auszusprechen.

Da kam ihr Andi auch schon zuvor. «Vielleicht könnte man das alte Backhäuschen wieder in Betrieb nehmen?», schlug er vor.

«So weit waren wir auch schon», kommentierte Kati bissig.

Ihre Worte klangen allerdings schroffer, als sie gemeint waren. Denn sie fand die Idee tatsächlich gut, auch wenn sie nicht neu war. Und weil sie von Dorothee einen vorwurfsvollen Blick erntete, versuchte sie, ihren Groll gegen die Situation beiseitezuschieben und sich ins Gespräch einzubringen.

«Wir könnten unser eigenes Brot dann auch im Restaurant anbieten», sagte sie.

«Das ist eine gute Idee», erklärte Dorothee. Sie war sichtlich erfreut, dass sich Kati endlich an den Überlegungen beteiligte.

«Und im Hofladen!» Auch Elli nickte solidarisch. «Ich habe eine Sammlung mit alten Rezepten. Rezepten aus der Region!», erklärte sie nicht ohne Stolz.

Kati musste sich eingestehen, dass Volker und Andi durchaus Schwung in die Sache brachten. «Wenn wir genügend Produkte anbieten», fügte sie an, «könnten wir den Vertrieb auch übers Internet ergänzen. Ich würde ja gerne die Webseite überarbeiten.»

Dorothee nickte erfreut und fragte, ob für einen Hofladen nicht die Remise vielleicht sogar die bessere Alternative wäre. So könnten sie früher mit dem Verkauf anfangen und nicht erst, wenn der Hühnerstall frei werden würde.

Andi räusperte sich und erklärte: «Es würde ohnehin mindestens bis zur nächsten Saison dauern, bis alle Holzarbeiten abgeschlossen sind. Aber es wäre denkbar, die Remise dann zu einem späteren Zeitpunkt umzufunktionieren.»

«Aber was machen wir daraus, wenn sie nicht mehr als Holzlager dient?», fragte Elli.

Dorothee drehte sich zu Kati um. «Wäre das mit der Eventscheune nicht eine gute Idee?», fragte sie. «Lehmann hatte da doch ein Konzept entwickelt für Großveranstaltungen.»

Kati war skeptisch. «Wollen wir so was denn überhaupt?»

«Na, am nächsten Wochenende haben wir immerhin schon mal eine große Hochzeit hier auf dem Hof. Und du weißt, wie knapp der Platz im Gästeraum ist. Da wäre so eine umgebaute Scheune sicher der idealere Ort.»

Nun mischte sich Volker ein. «Im Prinzip haben Sie bestimmt recht, Frau Weidemann. Aber bedenken Sie mal, was für ein Aufwand betrieben werden müsste, um der Scheune Leben einzuhauchen. Sie müssten überregional Werbung dafür machen. Sonst kriegen Sie die nicht genug vermietet. Und sie bräuchten immer genügend flexibel abrufbares Personal, wenn da größere Sachen laufen sollen. Ferienwohnungen hingegen machen relativ wenig Arbeit, und die Einnahmen sind recht gut im Voraus zu kalkulieren. Sie wissen ja, wie stark im Sommer die Nachfrage nach Zimmern hier in der Gemeinde ist.»

Dorothee stimmte ihm zu. «Aber man könnte mit der Scheune attraktive Herbst- oder Winterangebote machen. Dann würden wir auch außerhalb der Sommersaison etwas verdienen.»

«Vielleicht könnte man irgendwo ein Saunahäuschen bauen», warf Andi ein. Als er Katis fragenden Blick sah, ruderte er schnell zurück. «Ich meine, das wäre natürlich unabhängig von der Eventscheune.»

Kati folgte seinen Erklärungen mit hochgezogenen Augenbrauen.

«Letztes Jahr habe ich für einen Freund eine Gartensauna gebaut.»

«Stimmt!», pflichtete Volker ihm bei. «Andi war in den letzten Jahren unheimlich kreativ. Er hat auch auf vielen Baustellen bei meinen Projekten mitgearbeitet.»

Kati war genervt. Ganz offensichtlich wollte Volker seinen Freund ihnen gegenüber in bestem Licht präsentieren. Doch das funktionierte bei ihr nicht.

«Unsere Gäste legen eher Wert auf andere Dinge», erklärte sie knapp.

«Aber vielleicht müsst ihr auch an neue Zielgruppen denken», verteidigte Volker den Vorschlag. «Für die jüngeren und sportlicheren Gäste könnte man eine Kletterwand hochziehen. Oder auch Heubetten installieren, die sind ja gerade bei Familien sehr gefragt.»

«Eine Art Heu-Hotel?» Dorothee dachte nach.

Bevor sie etwas erwidern konnte, redete Volker schon begeistert weiter. «Ja, auch da hat Andi vor kurzem –»

«Wir sollten nichts überstürzen», warf Kati ein. Die Lobhudelei ging ihr jetzt eindeutig zu weit. «Erst mal brauchen wir grünes Licht von der Denkmalschutzbehörde – und dann Geld von der Bank.»

Es erschien ihr naiv, sich jetzt schon über derartige Großprojekte Gedanken zu machen. Auch wenn sie sich wie ein Spielverderber fühlte, diese Dinge mussten in Ruhe durchdacht werden. «Ich meine», fuhr sie fort und schlug einen etwas verbindlicheren

Ton an, «am wichtigsten ist doch zunächst einmal die Frage, was mit dem Haupthaus geschieht.»

Elli nickte. «Ja, hoffentlich lag dieser komische Investor wenigstens damit richtig, dass dort keine großen Veränderungen nötig sind.»

Kati musste schmunzeln, offenbar hatte ihre Großmutter Lehmanns Namen schon vergessen.

«Zumindest in dem Punkt scheint er ehrlich gewesen zu sein», erklärte Volker. «Nicht wahr, Andi?»

Alle Blicke richteten sich auf Andi.

«Nun ja, bei der kurzen Begehung eben schienen mir die Zimmer in ihrer Bausubstanz noch völlig in Ordnung.» Er kratzte sich am Kopf. «Das müsste man natürlich noch mal im Detail prüfen. Allerdings ... was die Ausstattung angeht ... äh, ich meine, die Räume könnten sicher eine Auffrischung vertragen.» Vorsichtig sah er in die Runde. «Es müsste alles etwas heller und fröhlicher werden. Das gilt vielleicht weniger für die Raumaufteilung der Gaststube und Zimmer als vielmehr für die Möbel.»

Dorothee seufzte und gab Andi recht. «Ob ein Kredit für alle nötigen Änderungen reichen wird?», fragte sie. Aber es klang mehr so, als spräche sie zu sich selbst. Sie machte sich ein paar Notizen auf ihrem Schreibblock. Dann fügte sie noch hinzu: «Wenn wir überhaupt einen Kredit von der Bank bekommen ...»

Andi nickte verständnisvoll und wandte sich dann unvermittelt an Kati. «Du hast doch ein Händchen für Farben und Pinsel. Meinst du nicht, du könntest die alten Möbel auffrischen?»

Verblüfft schaute Kati ihn an. Auch wenn Andis Vorschlag gar nicht so abwegig war, so fiel es ihr doch schwer, darauf einzugehen. Überhaupt reichte es ihr jetzt. Sein Besuch dauerte schon viel zu lang.

«Ich ... äh, ich weiß nicht», stammelte sie und hätte sich am liebsten so schnell wie möglich zurückgezogen.

Dorothee dagegen war sofort Feuer und Flamme. «Ja, gute Idee, das kannst du bestimmt!»

Kati zog den Kopf ein. Sie wollte über die Vergangenheit einfach nicht reden. Und schon gar nicht in der Gegenwart von Andi Witthöft!

Er schien das ganz anders zu sehen.

«Also, wenn Sie wollen», sagte Andi und sah Dorothee an, «kann ich mir das Gebäude ja noch mal genauer ansehen. Und den Holzbestand natürlich auch. Dann wissen Sie, ob sich die Stämme als Stützbalken eignen und so ...» Nach einer Pause fügte er noch hinzu: «Also, ich würde gerne dabei helfen, den Heidehof wieder auf Vordermann zu bringen.»

Er lächelte gequält und suchte nun auch Katis Blick.

«Das hast du dir ja toll ausgedacht!», erwiderte Kati schnippisch. Was bildete sich der Kerl bloß ein? «Willst wohl einen fetten Auftrag bekommen, was?»

«Kati!», rief Dorothee mahnend.

Volker nahm seinen Freund in Schutz. «Ich denke, ihr solltet auf Andis Angebot eingehen», mischte er sich ein. «Ihn zumindest anhören, denn er hat –»

Doch Andi unterbrach ihn. «Lass mal, Volker! Ich habe dir ja gleich gesagt, dass ich in diesem Haus nicht gerade willkommen bin.»

Er zuckte mit den Schultern und wandte sich zum Gehen. Volker wollte ihn zurückhalten und bekam ihn am Arm zu fassen, doch Andi machte sich frei und ging eilig zurück zum Haupthaus.

Schweigend sahen ihm die anderen hinterher.

Kati war es egal. Sollte er ruhig abhauen. Das war ja schon damals seine Masche gewesen.

Schließlich räusperte sich Volker und erklärte: «Ich hätte ihn nicht da mit reinziehen dürfen.»

«Nein, Sie haben alles richtig gemacht», sagte Dorothee und schwenkte mit ihrem Schreibblock herum. «Ich bin Ihnen wirklich sehr dankbar für die Unterstützung.»

Nach einem ernsten Blick auf Kati korrigierte sie sich.

«*Wir* sind Ihnen sehr dankbar. Das sind tolle Vorschläge, die Sie da haben.»

Volker schickte sich nun ebenfalls an, die Runde zu verlassen. «Eigentlich stammen die meisten Ideen ja von Andi.»

18

Noch immer hielt sich Kati sehr bedeckt, wenn sie mit ihrem Vater über den Zustand des Hofes sprach. Sie wusste einfach nicht, wie sie mit den Ereignissen der letzten Tage umgehen sollte.

Dorothee hielt es nach wie vor für besser, Hinrich gegenüber vorerst nichts von den Überlegungen zum Um- und Ausbau zu erwähnen. Die Ärzte hatten mehrfach betont, dass sie auch und gerade während seiner Reha-Zeit möglichst alle Probleme von ihm fernhalten sollten. Und deshalb waren sich Kati und Dorothee einig: Für den Moment war es sicher das Beste, wenn sie ihm keinen Grund gaben, sich aufzuregen.

Zwar hatte Kati ein komisches Gefühl bei der Sache, doch sie wollte nichts riskieren.

Auch das Thema Andi Witthöft war bislang nicht zur Sprache gekommen. Sie versuchte, sich zusammenzureißen und auch mit Dorothee keinen weiteren Konflikt deswegen anzuzetteln. Zudem war sie unsicher, wie Hinrich darauf reagieren würde, wenn er erfuhr, dass die meisten Vorschläge von Andi stammten.

Viel Zeit zum Grübeln blieb Kati nach der denkwürdigen Hofbegehung jedoch nicht. Die gesamte nächste Woche stand ganz im Zeichen der Hochzeitsvorbereitungen. Alle wussten, dass diese Feier eine Art Test war. Denn eigentlich war der Heidehof in seiner heutigen Form nicht auf derartige Feiern ausgerichtet. Aber Dorothee hatte nun mal beschlossen, sich die Einnahmen nicht entgehen zu lassen. Außerdem stand fest: Sollte es gelingen, ein Fest für mehr als 50 Gäste auszurichten, so wäre das eine gute Werbung für den Heidehof.

Vielleicht, hoffte Kati, könnten sie dann tatsächlich ein entsprechendes Veranstaltungskonzept ausarbeiten und damit schließlich auch die Banken überzeugen.

An diesem Samstag war es nun endlich so weit. Die Vorrats- und Kühlkammern waren gut gefüllt, und auch die passenden Weine waren längst angeliefert und ordentlich gelagert worden.

Das Essen hatten Elli und Pit am Anfang der Woche mit den Grünbergs abgesprochen. Es würde kleine Häppchen zur Begrüßung geben, dann eine niedersächsische Hochzeitssuppe und Blätterteigpasteten sowie vier verschiedene Fisch- und Gemüsetartes. Außerdem hatten sich die Brautleute für Schweinelendchen in Pilzrahmsoße, Rinderbraten mit Speckbohnen und Preiselbeeren, Rotkohl und Kaisergemüse entschieden. Dazu sollte es Heidekartoffeln und Kroketten geben. Aus den Dessertvorschlägen hatten sie sich Zitronencreme und Crème brûlée ausgesucht.

In den vergangenen Tagen war die Gaststube von Sibylle auf Hochglanz poliert worden. Nun galt es noch, den Garten auf Vordermann zu bringen.

Kati war schon seit einer Stunde dabei, Unkraut zwischen den Sträuchern und Büschen in den Rabatten zu jäten, als sie ein heftiger Schmerz durchfuhr.

«Autsch!», rief sie und verzog das Gesicht.

Elli ließ sofort von den Kräuterbeeten ab, die sie in einiger Entfernung beackerte. «Was ist passiert?», fragte sie besorgt.

«Ich werde alt!», antwortete Kati mit einem ironischen Seufzer. «Das ist passiert.»

Wir sollten einen Gärtner beauftragen, dachte Kati ein wenig verärgert. Jemanden, der sich regelmäßig um den Garten und die ganze Anlage kümmert.

Der Bauerngarten an der Längsseite der Veranda mit den blühenden Stauden war das ganze Sommerhalbjahr eine Pracht, brauchte aber natürlich auch regelmäßige Pflege. Selbst wenn Elli irgendwann wieder weniger in der Küche gebraucht würde, war es nicht gut für sie, diese beschwerliche Arbeit zu verrichten und sich so lange ungeschützt der Sonne auszusetzen.

Sie winkte ihrer Großmutter zu, um zu zeigen, dass es keinen ernsthaften Grund zur Sorge gab, und sah auf die Uhr. Es war erst halb zehn und trotzdem schon recht warm an diesem Samstagvormittag. Sie hoffte, bis zum Mittag fertig zu sein mit den Beeten und Sträuchern, die den weitläufigen Garten säumten. Gegen 12 Uhr würde sie Flo aus Undeloh und anschließend noch schnell die Blumengestecke von Tante Maries Blumenladen abholen. Es gab noch jede Menge zu tun, bis dann am Nachmittag die Hochzeitsgesellschaft eintraf.

Seufzend schaute Kati in den spätsommerlichen Himmel. Kein Wölkchen war zu sehen, das kräftige Blau erstreckte sich bis zum Horizont. Immerhin das perfekte Hochzeitswetter, dachte Kati und machte sich wieder an die Arbeit.

«Wieso bin *ich* eigentlich so aufgeregt?», fragte Kati, als sie neben Flo einen letzten prüfenden Blick in den Spiegel warf. «Ich meine, wie muss es da erst der Braut gehen?»

«Vielleicht kann deine Oma mit einem Schuss Eierlikör nachhelfen», erwiderte Flo, die gerade dabei war, ihre störrischen Haare zu bändigen.

Kati lachte. «Du denkst an *Ellis Liebestrank* ...»

«Sie sollte das Rezept patentieren lassen», ergänzte Flo, «und das Zeug gewinnbringend verkaufen.» Lachend gingen die beiden nach unten.

In Kürze würden die ersten Hochzeitsgäste eintreffen. Alles war so weit gut vorbereitet. Pünktlich um 15 Uhr hatte Dorothee noch einmal alle Mitarbeiter und Aushilfen einschließlich Flo zu einer letzten Besprechung gebeten. Sie waren zum wiederholten Male alle Aufgaben durchgegangen.

Flo würde zunächst in der Küche einspringen, um – wie auch Dorothee selbst – bei der Vorbereitung des aufwendigen Buffets zu helfen. Anschließend wäre sie im Service für das Nachlegen ausgegangener Speisen zuständig. Bei den Getränken gingen ihnen Sibylle und Frau Holm zur Hand, die schon seit Jahrzehnten aushalf, wenn Großereignisse wie diese Hochzeit anstanden.

Kati war ebenfalls für den Service eingeteilt und sollte sich sowohl um die Getränkebestellungen als auch um das Abräumen des benutzten Geschirrs kümmern.

Auch wenn dies ein anstrengender und langer Arbeitstag werden würde, freute Kati sich schon auf das Fest. Bei einem hektischen Treiben bis spät in die Nacht verflog die Zeit erfahrungsgemäß nur so.

Nach ihrer Ankunft hatte Flo bereits beim Eindecken der rund 50 Plätze geholfen. Die Tische der großen Gaststube waren in Hufeisenform zu drei langen Tafeln aufgestellt worden. Die weißen, gestärkten Tischdecken und die akkurat aufgestellten Stühle, die mit edlen Hussen und roten Schleifen dekoriert waren, nötigten jedem, der das erste Mal zur Tür hereinkam, ein dickes Lob ab. Die hübschen Namensschilder, das blitzende Geschirr und der Blumenschmuck von Marie Peters taten ein Übriges, um den Raum feierlich wirken zu lassen. Die Floristin hatte sich selbst übertroffen. Passend zu den rot- und cremefarbenen Buketts, die über die gesamte Tafel verteilt waren, gab es noch ein besonders aufwendiges Gesteck an dem Platz, an dem das Brautpaar sitzen würde.

Kati war froh, dass Flo ihr zur Seite stand und sie bei der Feier unterstützen würde. Sie dachte einfach mit und hatte überhaupt die besten Ideen. So hatte sich Flo aus der Agentur eine Kamera geliehen und Fotos von dem hübsch geschmückten Hof und seinen Räumlichkeiten gemacht.

Kati wusste zwar noch nicht, was genau sie mit den Bildern anfangen würde, aber es wäre sicher gut, bei Bedarf eine entsprechende Auswahl zu haben. Und was bot sich besser an, als den Heidehof bei strahlendem Sonnenschein und im festlichen Glanz zu fotografieren?

Kati strich sich ihre weiße, lange Schürze glatt und legte noch eilig etwas Lipgloss auf. Dann ging sie zusammen mit Flo in die Küche, um beim Polieren der Sektgläser für den Empfang zu helfen.

Es war ein tolles Gefühl, wenn alle so tatkräftig an einem Strang zogen, dachte Kati. Obwohl ihre Großmutter heute besonders gestresst wirkte und schlechte Laune verbreitete. Vermutlich war sie einfach nervös wegen des anstehenden Großereignisses. Kati hatte sich allerdings auch schon gefragt, ob es vielleicht sonst noch eine Laus gab, die ihr über die Leber gelaufen war. Darauf angesprochen hatte Elli allerdings recht unwirsch reagiert und Kati nur mit einem Wedeln ihres Geschirrtuchs verscheucht.

Aus den Augenwinkeln beobachtete Kati jetzt, wie Pit von Elli herumkommandiert wurde. Mit größter Achtsamkeit sollte er die vierstöckige, von ihr mit viel Hingabe und Liebe kreierte Hochzeitstorte in den Kühlraum befördern. Voller Stolz hatte die Großmutter Flo zuvor die einzelnen Etagen der Torte erklärt. Der unterste Boden bestand aus Schokoladenbiskuit mit einer Kirschsahnefüllung, der nächste aus Nussteig war mit einem Karamellpudding und der dritte, helle war mit einer Moccacreme gefüllt. Und die oberste Schicht bestand aus Großmutters berühmtem Eierlikörteig. Das ganze Prachtstück war mit einer Marzipandecke überzogen und mit Rosenknospen aus Marzipan und Zuckerguss geschmückt worden.

«Und kommt oben noch ein Miniatur-Brautpaar drauf?», hatte Flo neugierig gefragt.

Aber Elli hatte sie nur schräg von der Seite angesehen und gemurmelt: «Olles Gedöns!».

Kati betete, dass kein Unglück geschehen möge und Pit heute mit ruhiger Hand zu Werke ging, statt sich von Ellis schlechter Laune aus der Ruhe bringen zu lassen. Sie sah auf die Uhr. Es war höchste Zeit, die gut gekühlten Champagnerflaschen und die Kanapees bereitzustellen. Auch wenn niemand sagen konnte, wie lange die Brautleute von dem Hochzeitsfotografen nach der Trauung in der Alten Kirche in Beschlag genommen wurden, musste alles fertig sein, wenn die ersten Gäste eintrafen.

Pit hatte beim Fingerfood größten Ehrgeiz an den Tag gelegt. Gerade als Kati und Flo die letzten polierten Gläser auf insgesamt fünf Tabletts verteilt hatten, fuhr auch schon das erste Auto auf den Hof. Kurz darauf erklang ein lautes Hupkonzert. Der geschmückte Brautwagen wurde von einer scheinbar nicht enden wollenden Schlange hupender Autos begleitet.

Schon steckte Dorothee ihren Kopf zur Küchentür herein und forderte Kati auf, ihr zu folgen. Sie stellten sich an der weit geöffneten und hübsch dekorierten grünen Eingangstür auf, um die Gäste offiziell zu begrüßen und die Gastgeber zu beglückwünschen.

Als die Braut von ihrem frischgebackenen Ehemann den Arm geboten bekam, um aus dem Wagen zu steigen, entfuhr Kati ein kleiner Seufzer. Der Anblick des schlicht geschnittenen und mit eleganter Spitze versehenen Kleides an der hochgewachsenen Frau rührte sie. Es stand ihr perfekt, und sie strahlte vor Glück. Die beiden Brautleute boten ein zauberhaft harmonisches Bild.

Sogleich bildete sich eine Menschentraube um das Brautpaar, sodass Kati und Dorothee es gar nicht so einfach hatten, die Gäste hineinzubitten.

Von der festlich geschmückten Gaststube ging es durch die weit offen stehenden Verandatüren nach draußen. Wie erwartet gruppierten sich die meisten Gäste gleich rund um die Stehtische auf der Veranda, wo die Gäste mit dem Begrüßungssnack und Getränken versorgt wurden. Flo und Frau Holm erledigten ihre Aufgabe, und auch Kati selbst balancierte ein volles Tablett nach draußen. Sie musste schmunzeln, als sie registrierte, dass die meisten nach den Champagnergläsern griffen, die mit einem Schuss von Ellis Cassislikör veredelt waren. Auf Nachfrage erläuterte sie höflich die besondere Heidehof-Mischung und erntete viel Lob dafür.

Kati versuchte im Blick zu behalten, ob auch wirklich jeder stets mit einem vollen Glas versorgt war. Auch einige Kinder hüpften auf der Veranda herum, und Kati erinnerte Frau Holm an das Extratablett mit dem Orangensaft.

Als Kati nach einer ersten Runde in die Küche eilte, um Nachschub von den begehrten Kanapees zu holen, sah sie Flo und Pit nebeneinander am Herd stehen und herumalbern.

Sie räusperte sich und erklärte spöttisch: «Ich hoffe, ich störe nicht.»

Erschrocken fuhren die beiden auseinander.

«Musst du dich so anschleichen?», schimpfte Flo.

«Entschuldige, aber ich arbeite hier!», entgegnete Kati mit einem vielsagenden Grinsen. Sie griff nach einer der aufwendig dekorierten Platten mit Blätterteigpasteten und Tartes.

«Wir auch», erwiderten Flo und Pit gleichzeitig.

«Ja, das sehe ich», sagte Kati lachend.

Dann verschwand sie wieder in Richtung Gaststube, in der sich die Gesellschaft nach einer kurzen Begrüßungsansprache des Brautpaars mittlerweile versammelt hatte.

Ein älterer Mann in einer Herrenrunde nickte ihr zu. Er war groß gewachsen, hatte einen stechenden Blick und sah sie eindringlich an. Kati wusste nicht, wer er war. Erst bei genauerem Hinsehen erkannte sie diesen eindringlichen Blick, der normalerweise unter einer Schiffermütze verborgen war. Es war Albert Carstensen!

Mit seinem edlen Anzug und den ordentlich frisierten Haaren gab er ein durchaus ansehnliches Bild ab. Und ohne seinen obligatorischen Elbsegler auf dem Kopf hätte sie ihn beinahe nicht erkannt.

«Herr Carstensen! Was machen Sie denn hier?», fragte Kati überrascht.

«Hochzeit feiern, min Deern», verkündete er lachend und prostete ihr zu.

Dann stellte er sie den anderen Männern vor, die in seiner

Nähe standen. «Das ist die Tochter des Hauses und eine Seele von Mensch.»

Kati nickte freundlich in die Runde und wusste nicht recht, wie sie auf die warmen Worte reagieren sollte. Zu überrascht war sie von Carstensens Anwesenheit.

Seit wann mochte er nicht mehr hier im Haus gewesen sein? Ob Elli ihn schon gesehen hatte? Wusste sie, dass er da war?

«Euer Koch scheint was auf dem Kasten zu haben», sagte Carstensen anerkennend. Offensichtlich war er auf ein wenig Smalltalk aus.

Kati nickte und verlagerte das Gewicht des Tabletts auf den anderen Arm.

«Ja, wir sind froh, dass er sich so reinhängt. Sonst hätten wir den Laden schon dichtmachen können.»

«Wie lange müsst ihr denn noch ohne Hinrich auskommen?»

Kati zuckte mit den Schultern. «Es wird wohl noch ein paar Monate dauern. Er geht jetzt erst mal in die Reha, und dann sehen wir weiter.»

Das Interesse am Gesundheitszustand ihres Vaters schien ihr echt zu sein. Und wieder einmal fragte sie sich, warum Elli stets so gereizt auf Carstensen reagierte. Er war zwar etwas kauzig, aber eigentlich mochte Kati ihn.

«Tja, ich muss mich jetzt weiter um das Essen kümmern», sagte sie und hob entschuldigend das Tablett an.

Erst nach einer weiteren halben Stunde, als die Gäste allmählich ihre Plätze einnahmen, konnte Kati einen kurzen Moment verschnaufen. Jetzt würden einige Reden gehalten werden, und Kati wollte die Gelegenheit nutzen, um in der Küche ein Glas Wasser zu trinken.

Ob sie ihrer Großmutter von dem Überraschungsgast erzählen sollte?, fragte sich Kati. Am liebsten hätte sie sich mit Flo besprochen, doch die ging gerade Pit bei den Fleischklößchen für die Hochzeitssuppe zur Hand.

Auf der anderen Seite der Küche war Elli bereits mit dem Nachtisch beschäftigt. Sie verteilte braunen Zucker auf die kleinen Schälchen mit Crème brûlée. Eine Arbeit, die sie sehr routiniert ausführte.

«Rate mal, wer unter den Gästen ist», fragte Kati bemüht beiläufig und lehnte sich mit ihrem Glas Wasser an den Küchentresen.

«Carstensen», antwortete Elli knapp, ohne von ihrer Arbeit aufzusehen.

Kati war beinahe etwas enttäuscht von dieser Reaktion. Zumindest hatte sie erwartet, dass ihre Großmutter Carstensens Anwesenheit genauso überraschte wie sie.

«Ich habe seinen Namen heute Mittag schon gesehen», erklärte Elli.

Kati verstand. Natürlich, die Namensschilder! Elli musste sich nach dem Eindecken die Sitzordnung angesehen haben.

«Aber was hat er mit den Grünbergs zu tun?», wollte Kati wissen.

Elli zuckte mit den Schultern und drehte Kati den Rücken zu. Damit war für sie das Gespräch beendet.

Jetzt verstand Kati aber, warum Elli den ganzen Tag über schlechte Laune verbreitet hatte. Sie war nicht nur wegen der großen Hochzeit auf dem Hof so ungenießbar gewesen, sondern vor allem wegen Carstensen!

Kati atmete tief durch. Bevor das Buffet aufgestellt und eröffnet werden konnte, sollte möglichst an jedem Tisch gleichzeitig ein Gruß aus der Küche serviert werden. Anschließend wollte

Kati zusammen mit Sibylle und Frau Holm neue Getränkebestellungen aufnehmen.

Drei Kräfte waren eingeteilt, die leeren Suppenteller abzuräumen, während alle anderen, einschließlich sie selbst und Dorothee, die verschiedenen Hauptgerichte und Beilagen in den Raum bringen würden. Mehrere Gasflämmchen würden unter den Wärmebehältern dafür sorgen, dass die Gäste auch bestimmt heißes Essen auf ihre Teller bekamen.

Davor aber mussten die Soßen und das Gemüse noch in bereitstehende Schüsseln umgefüllt und die bekleckerten Ränder mit einem Tuch abgewischt werden. Alles sollte sauber und appetitlich aussehen. Auf ein Signal von Dorothee, die mit einem Ohr den Hochzeitsreden gelauscht hatte, ging es schließlich los.

❧

Erst weit nach Mitternacht, als das Dessert wie auch die Mitternachtssuppe längst aufgegessen waren und den letzten Gästen die Füße vom Tanzen schmerzten, wurde es in der Küche etwas ruhiger. Zwar stapelten sich im ganzen Raum noch die benutzten Teller und Töpfe, aber die Stimmung war gut.

Kati setzte sich auf einen Schemel und lehnte den Kopf an die Wand. Wie im Zeitraffer liefen die letzten Stunden noch einmal vor ihrem inneren Auge ab. Sie hatten wirklich alles gegeben und Hand in Hand gearbeitet. Trotz kurzfristiger Engpässe bei den Getränken war der Abend reibungslos verlaufen. Im Nachhinein musste Kati über die unbeschwerte Atmosphäre staunen, die diese Feier im gesamten Haus verbreitet hatte.

Selbst Elli, die den ganzen Abend ziemlich ungenießbar geblieben war, hatte am Ende lobende Worte gefunden. So eine gelungene Veranstaltung hätte der Heidehof schon lange nicht mehr erlebt, hatte sie erklärt, bevor sie sich ins Bett verabschiedete.

Nach ihrem langen und anstrengenden Einsatz hatte Elli sich einen ruhigen Schlaf redlich verdient, dachte Kati. Gleichzeitig fragte sie sich, ob womöglich die Anwesenheit eines gewissen Herrn dafür gesorgt hatte, dass ihre Großmutter sich bereits in ihre Wohnung zurückzog, obwohl es noch einiges zu tun gab. Ganz offensichtlich tat Elli alles, um Carstensen aus dem Weg zu gehen.

Kati seufzte. Endlich herrschte wieder Leben auf dem Heidehof! Ganz zu schweigen von den wichtigen Einnahmen, die ihnen diese Hochzeit bescheren würde, und der Werbung, die eine solche Veranstaltung mit sich brachte. Hoffentlich waren die Brautleute zufrieden, dachte sie. Dann könnte dieses Fest vielleicht einen wirklichen Neuanfang für den Familienbetrieb bedeuten.

Sie wurde aus ihren Gedanken gerissen, als Pit und Flo sich jubelnd über die Reste von Ellis hochgelobter Hochzeitstorte hermachten. Kati dagegen saß stumm in ihrer Ecke und war viel zu erschöpft zum Essen.

«Hol dir auch einen Teller, Kati!», rief Flo.

«Ja, und dann komm mit nach draußen.» Pits Augen blitzten. «Da gibt es gleich noch ein Feuerwerk.»

«Feuerwerk?» Kati konnte sich nicht erinnern, dass Grünbergs so etwas geplant hatten.

Neugierig folgte sie den beiden auf die Veranda. Jetzt, da alle Gäste abgefahren waren, die nicht im Heidehof übernachteten, herrschte draußen vollkommene Stille.

«Wann kommt denn das Feuerwerk?», fragte Kati und gähnte.

«Mach das Licht in der Küche aus», bat Pit, «dann wirst du's schon sehen.»

Nachdem Kati das Licht ausgeschaltet hatte, staunte sie nicht schlecht, als sie beim Blick in den wunderbar klaren Sternenhimmel plötzlich ein paar Sternschnuppen entdeckte.

«Da!», rief Flo begeistert, stellte ihren Teller ab und ging in den Garten. «Und da ... und da! Und eine ist mitten durch den großen Wagen geschossen!»

«O-ho, da kennt sich jemand aus mit Sternbildern!» Pit folgte ihr. «Aber ich wette, du hast keine Ahnung, was das Sommerdreieck ist!»

Trotz des hitzigen Marathons in der Küche hatten Pit und Flo offenbar noch immer genügend Energie, um sich gegenseitig hochzunehmen.

Ob das der Eierlikör aus Ellis Hochzeitstorte bewirkt hatte?, fragte sich Kati. Nur undeutlich konnte sie die Umrisse der beiden im Garten ausmachen. Aber sie hörte Flos spöttisches Lachen, so als ob Pits Wettangebot weit unter ihrem Niveau läge.

«Zeigst du's mir?», fragte Flo.

Als sich Pit dicht neben ihre Freundin stellte und mit dem ausgestreckten Arm zur Wega zeigte, wusste Kati, dass sie hier überflüssig war.

Mit einem breiten Lächeln schlich sie zurück in die Küche, ohne dass es die beiden Turteltäubchen mitbekamen.

19

Das Aufstehen am nächsten Morgen fiel Kati sehr schwer. Der Wecker klingelte schon nach vier Stunden Schlaf. Früher hatte Kati eine kurze Nacht nie viel ausgemacht, aber jetzt fühlte es sich an wie eine Strafe.

Den Gästen und dem Hochzeitspaar war ein üppiges Frühstücksbuffet zwischen 8 und 11 Uhr versprochen worden.

Als Kati wie verabredet an Flos Tür klopfte, um die Freundin zu wecken, war sie jedoch schlagartig hellwach. Denn statt Flo hörte sie eine männliche Stimme.

«Moment!»

Es folgte ein aufgeregtes Gerumpel, dann öffnete Flo die Tür einen Spaltbreit.

«Wir sind … äh, ich bin gleich da!», erklärte sie und blickte Kati aus verschlafenen Augen an.

«Alles klar, ich geh dann schon mal vor.»

Bevor die Tür eilig wieder geschlossen wurde, hatte sie einen kurzen Blick auf die zweite Person im Zimmer werfen können.

Na, endlich!, dachte Kati, und jegliche Morgenmuffeligkeit war verschwunden.

Sie freute sich für ihre Freundin und ahnte, dass Flo auf der heute anstehenden Rückfahrt nach Hamburg ihr Interesse an Pit nicht mehr ernsthaft würde abstreiten können. Ihrer Meinung nach hatte es schon länger zwischen Flo und Pit gefunkt – auch wenn ihre Freundin das nicht wahrhaben wollte.

In der Küche herrschte bereits geschäftiges Treiben. Elli war mitten in den Vorbereitungen fürs Frühstück, und Kati gab ihr nur einen flüchtigen Kuss, obwohl sie ihr am liebsten gleich von der jüngsten Romanze im Heidehof erzählt hätte. Stattdessen nahm sie sich nur schnell einen Kaffee und machte sich ebenfalls an die Arbeit.

Als bald darauf ein auffallend gutgelaunter Pit hereinkam, der munter vor sich hin pfiff, nickte Elli ihm lediglich kurz zu. Sicher hatte sie ihn schon früher erwartet.

«Ah, da ist der junge Mann ja endlich.» Ohne aufzublicken schnitt sie weiter Brotscheiben von einem großen Laib ab. «Komisch, ich habe deinen Roller gar nicht gehört.»

«Ja, ich … äh …», stotterte Pit und sah Kati hilfesuchend an.

Doch statt ihm aus der Patsche zu helfen, machte es Kati einen Heidenspaß, scheinheilig zu fragen, ob er denn wüsste, wo Flo steckte.

«Äh … die schläft wahrscheinlich noch», murmelte er verlegen.

Kati tauschte einen amüsierten Blick mit ihrer Großmutter, und da ahnte sie, dass auch Elli Bescheid wusste.

Wenig später betrat auch Flo die Küche.

«Na?», stichelte Kati. «Ausgeschlafen?»

Mit verlegenem Gesichtsausdruck druckste ihre Freundin herum und murmelte etwas von einer Überdosis Alkohol. Es war ihr offenbar peinlich, ihr aufgefrischtes Liebesleben vor aller Welt auszubreiten. Doch Elli lächelte nur und drückte auch ihr erst mal eine Tasse starken Kaffee in die Hand.

Als Dorothee kurz hereinsah, arbeiteten alle schon wieder routiniert vor sich hin.

«Kati, die Grünbergs wollen gleich aufbrechen», sagte Dorothee. «Sie würden dich gerne noch mal sprechen.»

Als Kati den Gastraum betrat, nickte sie den anderen Gästen

zu und ging dann gleich an den Tisch des Brautpaares, um zu gratulieren.

«Gestern war ja leider keine Zeit dazu», erklärte sie entschuldigend, «aber auch ich wünsche Ihnen beiden natürlich alles Gute!»

Trotz der kurzen Nacht sahen die beiden erstaunlich wach aus.

Frau Grünberg bedankte sich überschwänglich. «Das war wirklich der schönste Tag unseres Lebens, und Sie haben großen Anteil daran!»

Kati winkte bescheiden ab. «Ich freue mich, wenn Sie sich bei uns wohl gefühlt haben. Aber so glücklich, wie Sie wirken, hätte Sie bestimmt auch eine Hafenkneipe zum Strahlen gebracht», scherzte Kati.

«Da hätten wir aber sicher nicht so schön übernachten können! Allein die Zimmerdeko, Frau Weidemann!»

«Wir sind wirklich froh, Ihr Haus für unsere Feier ausgewählt zu haben», pflichtete ihr Mann bei.

Auch die frischgebackene Frau Grünberg geriet ins Schwärmen über den wunderschön gelegenen Heidehof, die Landschaft und die romantische, kleine Kirche in Bispingen.

Eilig erkundigte sich Kati, woher sie den Heidehof eigentlich kannten. Schließlich kamen beide nicht aus der Umgebung, sondern lebten in der Nähe von Hamburg, so viel wusste Kati. Die genauen Absprachen hatte Dorothee mit den beiden im Vorfeld getroffen.

«Eine Empfehlung von Albert Carstensen», erklärte Herr Grünberg. «Er ist mein Onkel.»

«Und er hat uns nicht zu viel versprochen!» Frau Grünberg streichelte ihrem Mann über den Arm.

Kati stutzte kurz, dann wurde ihr einiges klar. Ihrem Nachbarn Carstensen hatten sie es also zu verdanken, dass sie so ein großes Fest ausrichten durften!

«Dann empfehlen Sie unser Haus doch gerne weiter», sagte sie lachend.

Die beiden Frischvermählten bedankten sich noch einmal ausdrücklich für die perfekte Organisation und das liebevoll gestaltete Hochzeitszimmer.

«Das Kompliment gebe ich gerne an das gesamte Team weiter», erklärte Kati und verabschiedete sich dann von dem sympathischen Paar mit dem ehrlichen Lächeln.

❦

Kati war wenig überrascht, als kaum zehn Minuten später Albert Carstensen vor dem Hof parkte. Offensichtlich wollte er seinen Neffen und dessen Frau abholen.

Durch das Küchenfenster beobachtete sie, wie Dorothee in Begleitung des jungen Paares dem ankommenden Gast entgegenging. Carstensen hatte sich seine Schiffermütze tief ins Gesicht gezogen. Zur Begrüßung gab er allen dreien die Hand, dann öffnete er den Kofferraum und nahm einen schmalen Korb heraus.

Während der junge Herr Grünberg seine Sachen im Kofferraum verstaute und seine Frau angeregt mit Dorothee sprach, entfernte sich Carstensen vom Auto und ging aufs Haus zu. Den Korb in der einen Hand trat er auf die Veranda. Am Türrahmen zur Küche blieb er stehen.

«Hallo … Elli!», sagte er zurückhaltend.

Katis Großmutter, die gerade Milch in einen Tonkrug goss, sah überrascht auf.

Carstensen zog die Mütze vom Kopf und erklärte: «Ich wollte nur fragen, wie es Hinrich geht. Ich habe gehört –»

«Du solltest nicht so viel auf den Dorfklatsch geben», unterbrach Elli ihn gereizt. Ein Teil der Milch war danebengegangen. «Was willst du hier? Wir haben zu tun.»

Kati und Flo tauschten einen vielsagenden Blick. Doch keine von beiden traute sich etwas zu sagen.

«Ich will doch nur wissen, wie es deinem Sohn geht», sagte Carstensen, und es klang beinahe vorwurfsvoll.

Elli wischte jetzt zum dritten Mal über die gleiche Stelle der Arbeitsplatte. «Es hätte schlimmer kommen können. Wir haben Glück gehabt. Warum willst du das wissen?»

«Aus ... nachbarschaftlichem Interesse und Mitgefühl, würde ich sagen. Ist das so verwunderlich?»

Zu Katis Erstaunen blieb Carstensen noch immer die Ruhe und Höflichkeit in Person.

«Nachbarschaftliches Mitgefühl? Wo hast du das denn her?», fragte Elli schnippisch. «Im Heuschober gefunden?»

Kati machte große Augen. So frech kannte sie ihre Großmutter gar nicht.

Carstensen fuhr sich mit der Mütze übers Gesicht. «Aber Elli, sei doch nicht so kratzbürstig.»

«Ich muss jetzt in die Gaststube.»

Mit diesen Worten schnappte sich Elli den Krug Milch und verließ die Küche.

Zurück blieb ein niedergeschlagener Carstensen. «Und weg ist sie ...», sagte er kopfschüttelnd.

Kati trat näher und legte ihm wie zum Trost eine Hand auf

den Arm. «Ich weiß auch nicht, warum. Aber Sie sind eben ein rotes Tuch für meine Großmutter.»

Carstensen winkte ab. «Tja, und daran wird sich auch wohl nichts mehr ändern.» Er zuckte mit den Schultern und wandte sich zum Gehen. «Also, macht's gut, min Deerns!»

Nachdenklich sah Kati ihm hinterher. Sie wusste, dass Elli den Nachbarn nicht mochte, aber sie hatte noch nie erlebt, dass sie sich so unhöflich verhalten hatte. Das schroffe Benehmen ihrer Großmutter erstaunte sie sehr.

Plötzlich fiel Kati etwas ein, und kurzerhand lief sie dem alten Mann nach.

«Herzlichen Dank noch, Herr Carstensen!»

Er drehte sich um und sah sie fragend an. «Aber wofür denn, min Deern?», fragte er irritiert.

«Ich glaube, das wissen Sie ganz genau. Ihnen haben wir es zu verdanken, dass auf dem Heidehof mal wieder ein großes Fest gefeiert wurde, so wie früher!»

Kati deutete auf das Brautpaar, das sich noch immer angeregt mit Dorothee am Auto unterhielt.

Carstensen winkte bescheiden ab, dann beugte er sich zu Kati vor und erklärte mit gedämpfter Stimme: «Auf der Veranda steht ein kleines Präsent. Tu mir doch den Gefallen und gib es deiner Großmutter.»

Katis Augen weiteten sich. Und als ihr Albert Carstensen zuzwinkerte, nickte sie und drückte kurz seine Hand. Mit einem Schmunzeln sah sie ihm hinterher, wie er sich wieder zu seinem Neffen und dessen Frau gesellte.

Tatsächlich entdeckte Kati dann in der Ecke auf der Veranda zwischen Hauswand und dem alten Fliederbaum den geflochtenen Korb, den Carstensen aus dem Kofferraum seines Autos geholt hatte. Der Inhalt war mit einem Küchentuch zugedeckt. Obenauf lag ein weißer, beschrifteter Umschlag. «Für Elisabeth» stand darauf.

Kati nahm den Korb und trug ihn in die Küche.

«Oma? Wo steckst du?», rief Kati.

Von Elli war nichts zu sehen.

«Sie wollte kurz in ihre Wohnung», erklärte Flo, die gerade im hinteren Teil der Küche an der Spüle beschäftigt war. «Hat irgendwas gemurmelt von ein paar Pillen, die sie heute Morgen vergessen hat.»

Kati schnappte sich den Korb und ging über die Veranda auf die andere Seite des Haupthauses zu Ellis Einliegerwohnung. Bevor sie eintrat, klopfte sie.

Als keine Antwort kam, öffnete Kati die Tür.

«Oma, guck mal!» Sie ging durch den schmalen Flur in die Wohnstube. «Da hat jemand was für dich abgegeben.»

«Was denn?» Abgelenkt kramte Elli in den Schubladen einer antiken Anrichte.

Mit ausgestreckten Armen hielt Kati ihr den Korb hin. Doch Elli schien sich nicht dafür zu interessieren. Erst als Kati den Korb auf einem Tischchen abstellte und an die Anrichte trat, sah die Großmutter auf.

«Du hast ein Geschenk bekommen», sagte Kati sanft und schob Elli zu dem kleinen Tisch. Sie platzierte sie direkt vor den Korb und deutete auf den Umschlag. «Und einen Brief!»

Irritiert nahm Elli den Umschlag und las: «Für Elisabeth». Dann drehte sie ihn um. Es stand kein Absender auf der Rückseite. Statt das Kuvert sofort zu öffnen, blickte sie auf den Korb und zog langsam das Küchentuch zur Seite: Der Korb war voller reifer, offenbar frisch geernteter Pflaumen.

Ungläubig schüttelte Elli den Kopf. «Was soll das?», murmelte sie.

«Mach den Brief auf! Dann erfährst du es vielleicht.»

«Und der ist wirklich für mich?», fragte Elli etwas verunsichert.

«Oma, da steht dein Name drauf, also wird der wohl für dich sein!», erklärte Kati lachend.

Elli ging zurück zu der alten Anrichte und nahm ein Messer aus einer der Schubladen.

Gespannt beobachtete Kati, wie ihre Großmutter ihre Lesebrille aufsetzte, den Umschlag aufschlitzte und den Brief auseinanderfaltete. Sie traute sich nicht, ihr über die Schulter zu sehen, sondern übte sich stattdessen in Geduld.

Nach einer gefühlten Ewigkeit ließ Elli den Brief sinken. Doch da sie keine Anstalten machte, sich irgendwie zu äußern, fragte Kati: «Oma, was ist denn los? Nun sag doch mal was!»

Elli lächelte unsicher, dann reichte sie Kati den Brief. «Da, lies selbst!»

Kati konnte den Blick ihrer Großmutter nicht deuten. Sie nahm den Brief, setzte sich auf einen Stuhl und begann zu lesen.

Liebe Elli!
Da du dich beständig weigerst, mit mir zu reden oder mir auch nur zuzuhören, habe ich den Rat deiner Schwiegertochter befolgt und dir diesen Brief geschrieben. Bitte lies ihn zu Ende, bevor du ihn in den Ofen wirfst.
Du hast mir im Laufe der letzten Jahrzehnte so viele Körbe gegeben, dass ich mich jetzt jeden Monat revanchieren werde. Nach den Johannisbeeren nimm jetzt auch diese Pflaumen von mir! Lass sie meinetwegen verderben oder bewirf mich

damit. Nur tue eines bitte nicht: mir wieder einen Korb zu geben!
Vor vielen Jahren habe ich dich in mein Herz geschlossen. In Gedanken bist du immer bei mir. Aber ich weiß, wie sehr ich dir damals weh getan habe. Ich war eine Pflaume, ja!
Deine Verachtung verdiene ich zu Recht. Ich habe dich schon unzählige Male um Verzeihung gebeten, aber du hast mich in all den Jahren nie erhört.
Liebe Elli, kannst du mir endlich vergeben? Du würdest mich damit sehr glücklich machen. Ich hätte so gerne mein Leben mit dir geteilt. Können wir nicht wenigstens unsere restlichen Jahre in Freundschaft verbringen? Mir würde es sehr viel bedeuten!

Dein Albert

«Das ist ja ein Liebesbrief!» Schmunzelnd faltete Kati den Brief wieder zusammen. «Der Mann hat Humor, das muss man ihm lassen.»

Kopfschüttelnd ließ Elli sich auf dem Stuhl neben ihr nieder.

Kati fragte sich, ob ihre Großmutter nicht vielleicht auch ein wenig gerührt war. Egal, was damals vorgefallen war, der Gedanke an ein versäumtes Glück musste doch auch Elli sentimental werden lassen!

Behutsam strich sie ihr mit der Hand über die Wange. «Was meinst du, Omi, willst du ihm wieder einen Korb geben?»

Elli seufzte tief. Doch ehe sie antworten konnte, klopfte es an der Tür, und kurz darauf stand Dorothee im Zimmer.

Erstaunt blickte sie von einer zur anderen, dann entdeckte sie den Korb.

«Ist es das, was ich denke?» Sie sah Kati fragend an.

«Was denkst du denn?», fragte Kati scheinheilig.

«Ich denke, dass da ein gewisser Herr all seinen Mut zusammengenommen hat.»

... und deinen Rat befolgt hat!, ergänzte Kati in Gedanken. Sie war gerührt, wie sehr sich Dorothee für Ellis Glück einsetzte. Sie hatte ihre Stiefmutter eindeutig unterschätzt.

«Also, mir imponiert seine jahrzehntedauernde Treue irgendwie», fügte Dorothee noch hinzu.

«Albert Carstensen ... und treu?» Elli schnaubte verächtlich.

«Na gut, ich lass euch mal lieber allein.» Dorothee wandte sich zum Gehen. «Ich wollte nur kurz Bescheid sagen, dass ich zu Hinrich fahre.»

Nachdem Dorothee gegangen war, saßen Kati und ihre Großmutter eine ganze Zeit schweigend nebeneinander. Irgendwie wurde Kati das Gefühl nicht los, Elli könnte vielleicht doch noch jemanden zum Reden brauchen. Das würde aber dauern, Elli war niemand, der einfach über seinen Schatten springen konnte.

Plötzlich fiel Kati etwas ein. Sie stand auf, strich ihrer Großmutter im Vorbeigehen über die Schulter und ging in die winzige Küche, die sich an die Wohnstube anschloss. Sie hoffte, im Kühlschrank eine Flasche von Ellis selbstgemachtem Eierlikör zu finden.

Kati hatte Glück. Mit der Flasche und zwei Gläsern kehrte sie zurück an den Tisch.

Regungslos sah Elli zu, wie Kati ihnen einschenkte.

«Es ist zwar noch früh», gab Kati zu bedenken, «aber was soll's.» Und weil Elli ihr weiterhin stumm zusah, fügte sie noch hinzu: «Nach der erfolgreichen Feier haben wir uns ein Gläschen verdient.» Sie hob ihr Glas. «Also, auf dein Wohl!»

Zögernd griff Elli nach dem Eierlikör und nahm einen kleinen Schluck. Aber erst nachdem sie das Glas geleert hatte, lehnte sie sich zurück und holte tief Luft.

«Es ist schon ... über sechzig Jahre her ...», begann sie zögerlich. «Ich hatte mich gerade mit Wilhelm verlobt, als ... Albert Carstensen anfing, mir den Hof zu machen.»

«Er hat mit dir geflirtet?», fragte Kati ungläubig. «Der alte Carstensen!?»

«Damals war er ja noch jung. Aber es war natürlich äußerst ungehörig, schließlich war ich – wie gesagt – frisch verlobt, und ich hatte Angst, dass Wilhelm was merken würde. Er war eifersüchtig, ja sehr eifersüchtig sogar.» Elli knetete ihre Hände. «Aber Albert war das egal. Immer wieder beschwor er einen Streit herauf. An einem Sonnabend, ich wartete bei meinen Eltern in ihrem Pflaumenbaum-Garten auf Wilhelm, der mich zum Tanzen abholen wollte, stand er mit einem Mal vor mir. Er mokierte sich darüber, dass Wilhelm mich offensichtlich warten ließ, und schlug vor, dass ich doch mit ihm tanzen gehen sollte. Natürlich hab ich mir diese Frechheit verbeten und ihm gesagt, er solle verschwinden. Ich fürchtete, dass Wilhelm die Situation missverstehen könnte, wenn er mich mit einem anderen Mann antreffen würde. Aber Albert ging nicht. Und dann kam Wilhelm mit seinem hellgrauen Käfer auf den Hof gefahren. Als er Albert sah, der in seinem besten Sonntagsstaat neben mir stand, herrschte er ihn wütend an. Was er hier wolle und was wir uns dabei dächten und ob ich den Kerl etwa erwartet hätte. Bevor ich überhaupt etwas sagen konnte, hatte Albert schon das Wort ergriffen. Wilhelm sei selbst schuld, eine so schöne Frau warten zu lassen. Er müsse sich nicht wundern, wenn sie sich was Besseres suchen würde ... Wilhelm war außer sich und ging sofort auf ihn los. Die beiden rangelten miteinander, und all meine Bemühungen, sie zu trennen, blieben erfolglos. Als sie endlich voneinander abließen, hatte jeder von ihnen ein blaues Auge und eine blutende Lippe. Die feinen Ausgehanzüge waren dreckig geworden, und in Alberts Hose klaffte ein großes Loch am Knie. Ich war so wütend und gekränkt, dass ich in dem Moment schwor, mit beiden nie wieder ein Wort zu wechseln.»

«Aber es kam anders», fügte Kati hinzu, «sonst säßen wir jetzt nicht hier.»

«Ja … Letztendlich sind an dem Abend beide ziemlich bedröppelt abgezogen, und es hat Wochen gedauert, bis ich Wilhelm wieder die Tür geöffnet habe …»

Kati sah sie erstaunt an. «Das … war schon alles?», fragte sie irritiert.

Elli schüttelte den Kopf und fuhr fort: «Der Streit sprach sich natürlich rum. Aber besonders gemein war, dass Albert die Gerüchte auch noch befeuerte. Er hat überall Andeutungen gemacht, er hätte sich mir unsittlich genähert!» Fassungslos schüttelte sie den Kopf. «Die Leute glauben so was natürlich nur zu gern. Das war ein richtiges Spießrutenlaufen für mich. Vor allem so kurz vor der Hochzeit! Am schlimmsten war der damalige Pastor. Als wir das Aufgebot für die kirchliche Hochzeit bestellten, fragte er mich, ob ich denn überhaupt in Ehren heiraten könnte. Eine Schmach, auf die ich gerne verzichtet hätte.»

«Damals war das bestimmt noch was ganz anderes», sagte Kati verständnisvoll und nahm noch einen Schluck Eierlikör. «Vor allem hier auf dem Land.»

«Ja, mit heutigen Verhältnissen ist das natürlich gar nicht zu vergleichen», fuhr Elli fort. «Und auch nach der Heirat verfolgte mich das Thema immer wieder. Aber es hat Jahre gedauert, Hinrich war schon längst geboren, bis Wilhelm endlich keine dumme Bemerkung mehr machte, wenn Albert uns begegnete. Er war zwar längst nicht mehr so eifersüchtig, aber ich hatte immer Angst, dass die Situation eskalieren könnte.»

«Aber du bist so eine treue Seele!» Kati konnte nicht glauben, dass ihr Opa Elli so etwas wirklich unterstellte. Sie schenkte ihr nach.

«Besser wurde es eigentlich erst, als Albert dann Helma Wiebusch geheiratet hat. Aber sie ist nach wenigen Jahren gestorben, und das tat mir furchtbar leid für ihn.»

«Und nach Opas Tod hat er wieder versucht, dir schöne Augen zu machen?», fragte Kati.

«Schöne Augen?» Elli fuchtelte mit den Händen in der Luft. «Er hat versucht, uns zu ruinieren! Überall hat er gegen uns intrigiert und den Hof in Misskredit gebracht. Ein echtes Ekel ist er geworden! Jemand, der anderen nichts gönnt.»

Elli senkte ihren Blick. Sie wirkte erschöpft.

«Willst du wissen, was ich denke?» Kati schenkte ihrer Großmutter nach. «Wenn du mich fragst, tust du dem alten Carstensen Unrecht.»

«Papperlapapp, ein Widerling ist das, der jeder Schürze hinterherjagt!» Elli klang so trotzig wie ein kleines Kind. In einem Zug leerte sie ihr Glas.

«Aber im Grunde deines Herzens weißt du auch, dass er eigentlich ein lieber Kerl ist, oder? Kauzig vielleicht. Ein Widerling? Das glaube ich nicht.» Mit ruhiger Stimme redete Kati auf ihre Großmutter ein. «Natürlich, sein Verhalten war damals sicher nicht korrekt. Aber wer verhält sich schon vernünftig, wenn er bis über beide Ohren verliebt ist?»

Elli schloss für einen Moment die Augen.

«Du meinst also, ich übertreibe?», fragte sie unsicher.

Kati nickte und lächelte.

«Weißt du eigentlich, wem wir dieses Bombengeschäft mit der Hochzeit zu verdanken haben?», fragte sie.

Elli zuckte mit den Schultern. Doch Kati war sich sicher, dass ihre Großmutter genau wusste, was sie meinte.

«Er ist wirklich kein schlechter Kerl», sagte sie und griff erneut nach dem Eierlikör. «Und ich finde, es ist höchste Zeit, die Vergangenheit ruhen zu lassen und auf bessere Tage anzustoßen!»

Damit hielt sie Elli das neugefüllte Glas unter die Nase. «Vielleicht solltest du Albert mal auf ein Gläschen von deinem Wundermittel einladen», schlug Kati vor.

«Na, jetzt wollen wir mal die Kirche im Dorf lassen», erwiderte Elli empört.

Doch ihre Augen verrieten, dass auch sie wusste: Es war an der Zeit, die alten Geschichten endlich zu vergessen.

20

«Das ist mal wieder typisch», stöhnte Kati, nachdem sie mehrfach vergeblich versucht hatte, Simon ans Telefon zu bekommen. Bei ihrem letzten, eher kurzen Telefonat hatten sie vereinbart, dass Kati an diesem Montagabend nach der Arbeit in der gemeinsamen Wohnung vorbeikommen würde. Dann, so der grobe Plan, wollten sie sich überlegen, wie es weiterginge.

Kati ließ ihr Handy sinken und ging zurück zu Flo aufs Sofa, wo sie es sich mit Crackern und einer Flasche Prosecco gemütlich gemacht hatten.

«Ich finde ja nicht, dass ich einen Grund zum Feiern habe», klagte sie, als Flo ihr ein gefülltes Glas reichte.

«Natürlich hast du», widersprach Flo. «Auf dein neues Leben in Freiheit!»

Kati winkte ab und trank einen großen Schluck.

Ihr Leben schmeckte momentan nach allem anderen als nach Freiheit. Oder vielleicht schmeckte es auch nach zu viel Freiheit? Kati wusste es nicht. Sie hatte schlichtweg keine Ahnung, wie es weitergehen würde. Die Beziehung zu Simon steckte nicht mehr in einer Sackgasse, sie war vielmehr endgültig gegen die Wand gefahren. Auch der erste Tag in der Agentur hatte eindringlich gezeigt, wie fehl am Platz sie sich dort fühlte.

Nach vier Wochen auf dem Heidehof war ihr der Abschied von Elli und Dorothee am gestrigen Abend sehr schwer gefallen. Sie hatten noch auf die gelungene Hochzeitsfeier angestoßen, dann waren Flo und Kati kurz vor 23 Uhr nach Hamburg aufgebrochen.

Wenn ihre offensichtlich schwer verliebte Freundin sie am nächsten Tag im Büro nicht immer wieder mit neuen Schwärmereien von Pit unterhalten hätte, wären Kati die zehn Stunden in der Agentur als reine Verschwendung von Lebenszeit vorgekommen.

Jetzt saßen sie nebeneinander auf dem Sofa und sahen sich die Fotos an, die Flo am Wochenende mit der geliehenen digitalen Spiegelreflex-Kamera gemacht hatte.

«Schade, dass ich das Ding wieder abgeben musste», erklärte Flo.

Der Laptop lag auf Flos Beinen, und sie war hochzufrieden mit den Aufnahmen.

«Vielleicht kannst du sie dir ja noch mal von der Agentur leihen», schlug Kati vor, denn auch sie war von dem Ergebnis begeistert.

So festlich geschmückt, kurz vor der großen Hochzeit, zeigte sich der Heidehof von seiner allerschönsten Seite. Und Kati musste zugeben, dass vor allem der dekorierte Festsaal sehr einladend aussah. Aber auch die Außenaufnahmen in herrlichstem Spätsommerlicht überzeugten sie.

«Die Bilder könnten aus einem Hochglanzprospekt stammen.» Kati war voller Lob. «Du bist wirklich eine gute Fotografin!»

Auffallend oft hatte Flo allerdings einen gewissen Aushilfskoch vor der Linse gehabt.

Pit war in den unmöglichsten Posen abgelichtet. Denn natürlich hatte er es sich nicht nehmen lassen, sein gesamtes Repertoire an Grimassen zum Besten zu geben. Nur wenn Elli in seiner Nähe war, gab er den Vorzeigekoch, der nicht ohne Stolz seine auch optisch gelungenen Kreationen präsentierte.

«Ich bin wirklich begeistert!», lobte Kati ihre Freundin für die Bilder.

«Ich auch», erwiderte Flo und lächelte versonnen ein Foto an, auf dem Pit den Betrachter mit seinem lustigen Blick anstrahlte.

Kati verdrehte amüsiert die Augen. «Du schon wieder …!»

Flo grinste. Wie jedem frisch Verliebten fiel es ihr schwer, an sich zu halten und nicht ständig von Pit zu reden.

«Weißt du, was ihn so besonders macht?», fragte sie. Und ohne eine Antwort abzuwarten, fügte sie die Erklärung gleich selbst an. «Er ist so lebensfroh und macht sich keinen Kopf über morgen oder übermorgen.»

«Über das nächste Wochenende aber schon!», konterte Kati lachend.

Sie spielte auf den Abschied der beiden am Vortag an. Sie hatten vereinbart, dass Flo schon am nächsten Freitag gemeinsam mit Kati wiederkommen würde. Während des Abschieds hatte Kati geduldig im Auto gewartet. Es war eindeutig, wie schwer den beiden die kurzzeitige Trennung fiel.

«Wie geht es jetzt mit euch weiter?», fragte Kati.

«Keine Ahnung. Meinst du, wir passen überhaupt zusammen?» Flo schaute sie fragend an, ohne ein wirklich besorgtes Gesicht zu machen. «Eigentlich ist er doch viel zu jung für mich!»

«Quatsch! Das hab ich dir doch schon mal gesagt. Ich meine, Simon ist schließlich das beste Beispiel dafür, dass ältere Männer nicht automatisch auch beziehungsfähiger sind», stellte Kati fest und griff nach den Crackern.

Pit erschien ihr zwar nicht unbedingt reifer als die meisten Endzwanziger. Aber trotzdem hatte Flo aus ihrer Sicht keinen Grund, sich nicht auf diesen liebenswürdigen Kerl einzulassen.

Endlich mal ein Mann, der Flo höchstwahrscheinlich nicht ausnutzte, sondern sie auf Händen trug.

«Die Frage ist nur», gab Kati zu bedenken, «was aus ihm wird, wenn Hinrich wieder voll einsatzfähig ist. Ich weiss nicht, ob er sich dann nicht einen neuen Job suchen muss.»

«Dann kann er ja für mich in Hamburg kochen», erwiderte Flo lachend. «Aber mal im Ernst: So weit denke ich noch gar nicht. Ich lebe heute, und das solltest du auch tun!»

Erneut stiess Flo mit Kati an.

Gar nicht so leicht, dachte Kati, als sie sich wenig später auf das Sofa legte und in die von Flo frisch bezogene Bettdecke kuschelte. Nicht nur der Alkohol hielt sie vom Schlaf ab.

Sie musste ständig an den Heidehof denken und an die noch ausstehenden Entscheidungen, die es zu treffen galt. Erst jetzt wurde ihr bewusst, wie sehr sie emotional und gedanklich abgetaucht war in den letzten Wochen. Auch wenn es kein erholsamer Urlaub war und sie sich komplett erschöpft fühlte, so war es doch eine sehr erfüllende Zeit gewesen. Die Arbeit dort war ihr als eine wirklich sinnvolle Aufgabe erschienen, und sie war froh, ihren Teil zum Fortbestand des Heidehofes beigetragen zu haben. Für einen Moment kam ihr sogar in den Sinn, ihren Job in der Agentur sofort zu kündigen. Erst recht, wenn die Bank grünes Licht für die Sanierung gab. Die Entscheidung stand zwar noch aus, aber Dorothee war nach wie vor sehr zuversichtlich.

Nur was sollte Kati dann genau tun? Wollte sie wirklich den Rest ihres Lebens in Uhlendorf sitzen und Bettwäsche wechseln? War das vernünftig? Würde sie ihre Familie wirklich jeden Tag um sich haben wollen? Und würden ihr Vater, Elli und vor allem Dorothee sie überhaupt mit durchfüttern können? Sicher, sie hatte ein bisschen was zur Seite gelegt. Trotzdem beschlich

Kati das ungute Gefühl, möglicherweise die Fehler von früher zu wiederholen. Wenn sie in Hamburg alles hinwarf, würde sie wieder nur vor ihren Problemen davonlaufen. War es wirklich richtig, ihr bisheriges Leben einfach aufzugeben?

Kati wälzte sich in ihrem provisorischen Bett hin und her.

Sie konnte unmöglich jedes Wochenende in die Heide fahren und dort aushelfen. Das würde sie auf Dauer nicht durchhalten.

Wo sollte sie in Zukunft überhaupt wohnen in Hamburg? Sollte sie darauf bestehen, dass Simon ihr die Wohnung überließ? Schließlich war er derjenige gewesen, der sie auf Abstand gehalten hatte.

Aber wollte sie das wirklich? Wollte sie zurück in ihr altes Leben? In ihren bisherigen Alltag? Es half nichts. Sie musste dringend mit Simon reden und die Sache klären.

Tatsächlich war Kati am nächsten Tag schon mittags mit der Arbeit fertig. Gero hatte ihr die Gestaltung eines Flyers und eines dazugehörigen Plakates aufgetragen. Es ging um ein spezielles Winterreifen-Serviceangebot eines Autohauses. Ruck, zuck hatte auch Flo die passenden Texte dazu gedichtet. Und sie wollten gerade in die Mittagspause gehen, als Gero unvermittelt an der Tür stand.

«Was macht der Auftrag von Niehof?», fragte er.

«Ist so gut wie fertig», erwiderte Kati und griff nach ihrer Tasche.

Sie hatte vergeblich darauf gewartet, dass Gero sich nach ihrem Urlaub, geschweige denn nach ihrem Vater erkundigte.

«Die Headline steht auch schon», ergänzte Flo und streifte sich ihre Jacke über. «Nach der Mittagspause hast du die Entwürfe auf deinem Schreibtisch.»

«Gut.» Gero wollte schon wieder gehen, als er sich noch einmal zu Kati umdrehte. «Ich würde dich gern noch kurz sprechen. In meinem Büro.»

Kati nickte und sah ihre Freundin fragend an.

«Was soll das denn?», fragte sie, als Gero schon aus dem Zimmer war.

«Er will dir bestimmt eine Gehaltserhöhung anbieten», scherzte Flo.

Aber beide wussten nur zu gut, dass dies leider mehr als unwahrscheinlich war. Die Auftragslage in der Agentur war beängstigend dünn.

Flo versuchte Kati zu beruhigen. «Lass dich bloß nicht vom Chef einschüchtern!»

Unruhig schaute Kati auf die Uhr. Es war bereits halb eins, und obwohl sie seit dem Frühstück noch nichts gegessen hatte, verspürte sie plötzlich überhaupt keinen Hunger mehr.

Was würde Gero von ihr wollen?

Etwas nervös machte sie sich auf in sein Büro. Die Tür war zu, und sie klopfte zaghaft.

«Herein!»

Bildete sich Kati das nur ein, oder klang Gero genervt? Sie hasste solche Situationen, in denen sie nicht wusste, was sie erwartete. Und erst recht bei so einem unberechenbaren Charakter wie ihrem Chef.

«Setz dich», befahl er in einem Ton, der Kati nur noch mehr verunsicherte. «Ich hoffe, du weißt, dass ich dich für eine überaus talentierte Graphikerin halte.»

Mit ernster Miene sah er sie an.

Kati nickte wortlos. Ein Lob von Gero? Sie machte sich aufs Schlimmste gefasst. Sicher würde jetzt das große Aber kommen, weil sie die Agentur in letzter Zeit so vernachlässigt hatte.

«Und mir ist vollkommen klar», fuhr er fort, «dass du auf Dauer nicht glücklich wirst, wenn eine Kampagne für Winterreifen zu den Highlights im Quartal zählt.»

Gero strich sich durch die Haare.

«Um es kurz zu machen: Ich kann dich nicht mehr bezahlen, Kati, würde dich aber gerne halten.»

Jetzt war es raus. Kati spürte, wie ihr Mund trocken wurde.

«Du bist mein bestes Pferd im Stall, und ich will, dass du als Freie für mich weiterarbeitest.»

Kati war baff. Damit hatte sie ganz und gar nicht gerechnet. Obwohl die Nachricht an sich nicht gut war, spürte sie, wie ihr Körper sich entspannte. Sie musste sich sogar bemühen, Gero nicht anzugrinsen. Da hatte sie die halbe Nacht wach gelegen und sich das Gehirn zermartert, ob und wie sie kündigen sollte – und nun kam er ihr mit einem durchaus interessanten Vorschlag zuvor!

«Äh ... Ich werde ... darüber nachdenken», schwindelte Kati. Doch ihr Innerstes rief bereits laut: Ja!

Offenbar hatte Gero sich schon ernsthaft Gedanken gemacht, was man sonst nicht von ihm behaupten konnte.

«Ich will dir den Start in die Freiberuflichkeit so einfach wie möglich machen», erklärte er und schlug einen durchaus akzeptablen Stundenlohn vor.

Außerdem versprach er Kati eine Art Mindesteinkommen, also eine Pauschale, die ihr garantiert war, auch wenn Aufträge mal eine Zeitlang ausblieben. Hielt er denn wirklich so große

Stücke auf sie, oder steckte noch etwas anderes dahinter? Vergeblich suchte Kati nach dem Haken an Geros Angebot.

«Ich würde mir das alles gerne mal in Ruhe durchrechnen», sagte sie schließlich.

«Natürlich.»

Gero stand auf und begann im Zimmer auf und ab zu gehen. Das tat er eigentlich nur, wenn ihn ein schwieriges Problem quälte. Und Kati ahnte, dass er jetzt doch noch mit dem Haken an der Sache herausrücken würde.

Gero rieb sich die Nasenwurzel und erklärte: «Im Gegenzug müsstest du dich allerdings bereit erklären, einer sofortigen betriebsbedingten Kündigung zuzustimmen.»

Kati sah ihn fragend an. «Was bedeutet das?»

«Dass die Kündigungsfrist von drei Monaten nicht mehr gilt. Und dass du schon ab dem 1. September, also in zwei Wochen … Also, dass dann bereits unser Arbeitsverhältnis endet.» Schnell fügte er noch hinzu: «Was natürlich nicht heißt, dass du nicht auch weiterhin das Büro für deine Arbeit nutzen könntest.»

Kati kam das alles höchst merkwürdig vor. Aber wie wichtig es Gero tatsächlich schien, sich mit ihr gütlich zu einigen, wurde ihr in dem Moment klar, als er sich sogar nach dem Gesundheitszustand ihres Vaters erkundigte.

«Nun, er hat Glück im Unglück gehabt», erklärte sie knapp. «Er macht jetzt erst mal eine Reha.»

«Das ist gut.» Gero schien sich ehrlich darüber zu freuen.

Anschließend besprachen sie noch das weitere Vorgehen, dann entließ er Kati mit den Worten: «Ich hoffe, die Nachricht hat dir nicht den Appetit verdorben. Nachher werde ich die anderen informieren.»

Als Kati am Abend in ihre Straße kam, dämmerte es bereits.

Die Nachricht über ihre Kündigung war in der Agentur eingeschlagen wie eine Bombe. Jetzt waren auch die anderen Mitarbeiter alarmiert. Schon seit geraumer Zeit fürchteten sich alle vor betriebsbedingten Kündigungen, und die Sorge vor weiteren Entlassungen war jetzt entsprechend größer geworden.

Natürlich war auch Flo überrascht von Geros radikalem Schritt. Aber sie hatte Kati in ihrer vagen Hoffnung bestärkt, dass der Weg in die Selbständigkeit goldrichtig war und sich ihr zahlreiche Chancen boten.

Andererseits war Flo auch traurig über die Neuigkeit. Nicht nur, weil sie um die Zukunft der Agentur fürchtete.

«Was werde ich nur ohne dich als Büronachbarin den ganzen Tag anfangen?», hatte sie seufzend erklärt.

«Ich werde ja weiter an meinem Schreibtisch sitzen können», tröstete Kati sie. «Gero will mir das Büro offen halten.»

«Aber wer würde freiwillig in die Agentur kommen und sich Geros schlechter Laune aussetzen?» Flo schüttelte den Kopf. «Nein, ich fürchte, wir sind die längste Zeit Büronachbarn gewesen. Ich hoffe bloß, du bleibst mir wenigstens als Mitbewohnerin erhalten.»

Kati atmete tief durch, als sie jetzt an diese Bemerkung ihrer Freundin dachte. Sie war auf dem Weg zu Simon. Und das, obwohl er nicht mehr zurückgerufen hatte.

Aber als Kati nach oben schaute, konnte sie am Licht in der Küche erkennen, dass Simon zu Hause war. Sie musste unbedingt ein klärendes Gespräch mit ihm führen und ein für alle Mal reinen Tisch machen.

Flo hatte sie bis zur Ecke begleitet und ihr viel Glück gewünscht. Außerdem hatte sie versprochen, so lange wach zu bleiben, bis Kati zurückkam.

Noch einmal sah Kati nach oben. Dort lag die vertraute, hellgrün gestrichene Küche, in der sie viele einsame, aber auch viele schöne Abende mit Simon verbracht hatte. Sogar das Lebkuchenherz mit dem Schriftzug «Ich hab dich lieb» konnte sie von hier unten ausmachen. Noch immer hing es rechts an der Wand über dem Tisch, so, als hätte sich überhaupt nichts geändert.

Als Kati vor der Haustür stand und in ihrer Handtasche nach dem Schlüssel suchte, bekam sie weiche Knie. Sie fragte sich, ob es wirklich richtig war, einfach so ohne Ankündigung bei Simon aufzutauchen. Doch sofort hatte sie Flos Stimme im Ohr, die sie eindringlich ermahnte, bloß keine Rücksicht auf einen Kerl zu nehmen, der es offenbar nicht gut mit ihr meinte.

Kati holte noch einmal tief Luft und öffnete die Tür. Sowohl auf dem Klingelschild als auch auf dem Briefkasten standen noch ihr und Simons volle Namen geschrieben.

Wie oft hatte sie sich ausgemalt, eines Tages so zu heißen wie er? Katharina Lanz – was für ein schön klingender Name!

Wenn Simon sich doch nur hätte überwinden können, ihr einen Heiratsantrag zu machen!, dachte sie, während sie langsam Stufe für Stufe nach oben ging. In welcher Traumwelt sie doch gelebt hatte!

Noch immer tauchten in ihrer Erinnerung Bilder ihres gemeinsamen Glücks auf. Eigentlich hatten sie beide es sehr gut miteinander gehabt. Doch das war im Grunde auch nicht schwer gewesen, so selten, wie sie sich gesehen hatten.

Als Kati im dritten Stock ankam, konnte sie nun auch hören, dass Simon zu Hause war. Denn durch die Wohnungstür drang ein ihr wohlbekanntes Stück von Sade, das sie oft gemeinsam gehört hatten.

Schweren Herzens drückte Kati den Klingelknopf, um ihren Besuch anzukündigen. Der schrille Ton erklang. Doch es tat sich nichts. Sie klingelte ein zweites Mal. Dann waren Schritte im Flur zu hören, und jemand betätigte den Summer der Haustür.

Zaghaft klopfte Kati an die weiße Tür, um Simon zu verstehen zu geben, dass sie bereits oben stand.

Die Tür öffnete sich, und Kati blickte in Simons total verblüfftes Gesicht.

«Kati?!», sagte er mit einer Spur Entsetzen in der Stimme.

«Ich hab angerufen», sagte sie wie zu ihrer Verteidigung. «Aber du hast nicht zurückgerufen.»

Instinktiv spürte sie, dass sie ungelegen kam.

«Ja, sorry ...», sagte er matt. Und anstatt sie hereinzubitten, blickte er nur peinlich berührt zu Boden.

Offenbar suchte er nach den richtigen Worten.

«Du hast Besuch», entfuhr es Kati.

Simon verzog betreten seine Mundwinkel. Das war Antwort genug.

Die Vorstellung, dass eine andere Frau es sich in diesem Augenblick auf ihrem Sofa, in ihrer Wohnung, bei ihrer Musik gemütlich machte, schnürte Kati die Kehle zu.

«Damit hat sich der Grund für unsere ... Pause wohl bestätigt», sagte Kati verletzt und riskierte einen kurzen Blick über Simons Schulter.

«Du hast ja nicht mal mehr auf meine SMS geantwortet», entgegnete Simon mit gedämpfter Stimme.

Sie maßen sich mit Blicken.

Es fiel Kati schwer, ihm direkt in die Augen zu sehen. Dieser wohlvertraute Anblick seines Gesichts, seine Nähe, sein Geruch ... Und doch erschien ihr Simon inzwischen wie ein Mensch, den sie im Grunde gar nicht mehr richtig kannte, den sie vielleicht auch niemals richtig kennengelernt hatte. Er war ihr seltsam fremd geworden.

«Also gut», sagte sie, bemüht, nicht die Fassung zu verlieren, «meinetwegen kannst du die Wohnung behalten. Meine Sachen hole ich ab, sobald ich was Neues gefunden habe.»

Mit traurigem Blick sah Simon sie an. Er wirkte von der Situation überfordert.

«Wenn ich meinen Kram hole», fügte sie schnell hinzu, «schicke ich vorher eine SMS. Ich hoffe, dann ist niemand hier. Auch du nicht.»

Dann drehte sie sich um und eilte die Treppe hinunter, ohne sich noch einmal umzudrehen.

21

«Verdammt noch mal!»

Kati schleuderte den Pinsel in die Ecke. Das Glas mit Wasser, das sie zum Verwischen ihrer Aquarellfarben gebraucht hatte, war umgekippt und hatte sich über die gesamte Arbeitsfläche ergossen. Die komplette Werkbank war eingesaut, sodass sie eilig mit einem Lappen versuchte, den Schaden einzudämmen und die Utensilien auf der ohnehin viel zu kleinen Ablagefläche abzutrocknen.

«Das geht ja gut los», zischte sie genervt.

Da hatte sie den Nachmittag nutzen wollen, um nach all den Jahren endlich einmal wieder zu malen. Und schon wurde sie durch dieses dämliche Missgeschick in ihren Zweifeln bestätigt.

«Alles in Ordnung?», fragte plötzlich eine männliche Stimme hinter ihr.

Erschrocken drehte sich Kati um.

An der Tür des Schuppens stand Andi Witthöft und sah sie fragend an. Sie hatte die Tür offen gelassen, damit mehr Tageslicht ins Innere gelangte.

Sofort spürte sie einen Stich in der Brust. Ausgerechnet Andi musste sie hier entdecken und mitbekommen, wie sie vor sich hin schimpfte.

«Ja … alles okay», antwortete Kati und presste ihre Lippen zusammen.

Andi nickte und stellte eine große Mappe auf dem Boden ab. Ausgerechnet seit dieser Woche, ihrer ersten in der Heimat, kam er nun schon regelmäßig auf den Heidehof. Meist sprach er dann mit Dorothee über den geplanten Umbau und hielt sich ansonsten zusammen mit seinem Hund Bobby in der Scheune mit dem Holz auf.

Nachdem Andi seine Unterlagen an die Wand gelehnt hatte, trat er zu ihr und betrachtete neugierig die Leinwand, auf die Kati eben eine rötliche Grundierung aufgetragen hatte.

Kati versuchte, ihn zu ignorieren, verschränkte die Arme vor der Brust und hoffte, dass er ihre abweisende Körpersprache verstand. Er sollte sie in Ruhe lassen.

Genau das war es, was Kati wollte – und nicht, dass sich alle Welt in ihre privaten Angelegenheiten einmischte und gleich jeder Versuch, die Malerei wieder aufzunehmen, beobachtet würde.

Im Raum herrschte eine peinliche Stille. Bis Andi sich räusperte und sagte: «Das letzte Mal war ich mit Juliane hier.»

Dieser Satz traf Kati wie ein Schlag. Sie hatte nicht damit gerechnet, dass er so unvermittelt von ihrer Schwester sprechen würde.

«Ich hab sie damals stundenlang gesucht, weil sie bockig war und weggelaufen ist ... So wie sie es eigentlich immer gemacht hat, wenn wir uns gestritten haben.»

Kati sah ihn entgeistert an. Sie wusste nicht, was sie sagen sollte.

Andi deutete in die linke Ecke des Schuppens, wo früher einmal das Winterquartier für die Kaninchen gestanden hatte. «Sie saß da drüben und hat mich ausgelacht. Einfach so.»

Das reichte. Sie hatte genug gehört.

Kati warf das nasse Tuch auf die Werkbank und baute sich wutschnaubend vor Andi auf.

«Was soll das? Wieso kramst du diese alte Geschichte hervor?», fragte sie ungehalten.

«Vielleicht ... damit du mir glaubst, dass ich nichts von damals vergessen habe.»

Ihre Blicke trafen sich.

«Ich bin nicht der Typ, der nur verdrängt und sein Glück auf Kosten anderer macht, Kati.»

«Ach ja?», entfuhr es Kati. Ihr Atem ging heftig.

«Ja. Wir sollten vielleicht mal in Ruhe über alles reden», schlug Andi vor. «Die Dinge liegen nämlich vielleicht anders, als du denkst.»

Kati konnte es nicht fassen. Wie konnte dieser Kerl nur so verdammt direkt sein und den Finger genau in die Wunde legen? Als hätte er sich nie etwas zuschulden kommen lassen!

«Ich weiß ganz genau, wie die Dinge liegen», zischte sie, «und jetzt lass mich bitte wieder in Ruhe malen.»

«Meinst du nicht, du solltest dir einen besseren Platz dafür suchen? Mit mehr Licht?», fragte Andi und deutete dabei mit dem Kopf auf die Werkbank.

Kati unterdrückte einen Fluch. Er ließ einfach nicht locker! Am liebsten wäre sie jetzt weggelaufen, so wie Jule damals ...

«Lass das mal meine Sorge sein!» Und da er keine Anstalten machte zu gehen, fügte sie noch hinzu: «Wolltest du nicht schon längst fertig sein mit den Holzbalken?»

Eine Überprüfung der Baumstämme hatte ergeben, dass es sich um einwandfreies und sehr solides Bauholz handelte.

Andi runzelte die Stirn, dann drehte er sich kopfschüttelnd um, griff nach seiner Mappe und ging ohne ein weiteres Wort zur Tür hinaus.

Erschöpft ließ sich Kati auf den alten Klavierhocker vor der

Werkbank sinken. Als sie die Augen schloss, spürte sie einen brennenden Druck auf den Lidern.

Wieso ließ sie sich von Andi bloß immer so provozieren?

Allein seine Gegenwart schmerzte sie schon, und da war es natürlich nicht förderlich, dass sie sich in Zukunft bestimmt häufiger auf dem Gelände des Heidehofs über den Weg laufen würden.

Dorothee hatte Andi für den heuten Samstag eingeladen, damit sie gemeinsam die ersten Umbauten planen konnten. Kati hatte sich bei den vorausgegangenen Überlegungen, so gut es ging, zusammengenommen und doch gleichzeitig auch zu verstehen gegeben, nicht bei dem weiteren Gespräch dabei sein zu wollen. Natürlich wusste sie, dass sie Andi damit das Feld überließ. Aber sowohl Dorothee als auch Elli hatten sich in den Kopf gesetzt, die Ideen von Volker Kruse und seinem Architekturbüro umzusetzen und sahen sich seitdem in ihrem Vorgehen auch mehrfach bestätigt.

Basierend auf Volkers Konzept waren die nötigen Kredite von der Bank gewährt worden. Lediglich einige Formalitäten mussten noch geregelt werden. Aber aufgrund der zu erwartenden Zuschüsse von der Denkmalpflege sowie der in Aussicht gestellten Steuererleichterungen hatte die Bank verhältnismäßig zügig grünes Licht gegeben. Auch die Tatsache, dass einiges an wertvollem Baumaterial vorhanden war, hatte die Entscheidung vereinfacht. Es war nun geplant, zunächst mit dem Ausbau der Ferienwohnungen zu beginnen, damit möglichst früh neue Einkünfte aus den Vermietungen in den Umbau fließen konnten.

Kati ging das alles zu schnell. Außerdem verstand sie nicht, wieso unbedingt Andi Witthöft mit den Holzarbeiten betraut werden musste. Sie überlegte, ob sie sich nicht doch mit ihrem

Vater besprechen sollte, bevor dieser zur Rehabilitation in den Schwarzwald aufbrach. Aber Kati hatte längst begriffen, dass sich sowohl Dorothee als auch Elli von dem spröden Charme des jungen Schreiners hatten einnehmen lassen. Das war unverkennbar. Wenn sie schon nicht verhindern konnte, dass ausgerechnet er sich in den nächsten Wochen oder gar Monaten auf dem Heidehof zu schaffen machen würde, so würde sie sich doch nicht unterkriegen lassen.

Deshalb hatte sie sich nach dem Mittagessen kurzerhand in den Schuppen zurückgezogen und sich dem neugekauften und zunächst bedrohlich weiß erscheinenden Aquarellpapier gewidmet.

Das Malen fiel ihr durchaus schwer. Doch sie wollte sich selbst beweisen, dass sie es noch konnte. Kati beschloss, einfach mit einem neuen Bild anzufangen.

Entschieden stand sie auf und trocknete die letzten nassen Stellen auf der Farbpalette. Dann griff sie nach dem Glas und ging hinaus, um neues Wasser zu holen.

Draußen lief ihr sofort Bobby zwischen die Beine. Kati mochte den kakaobraunen Mischling, für seinen Besitzer konnte das Tier schließlich nichts. Sein freudiges Schwanzwedeln ließ ihr keine andere Wahl: Sie streichelte ihn, suchte sich einen Stock und warf ihn so weit wie möglich auf die Obstwiese. Sofort rannte Bobby los.

Amüsiert sah Kati ihm hinterher, wie er zwischen den Bäumen hindurchflitzte. Sie wollte mit ihrem Wasserglas gerade weitergehen, als Bobby schon zurückkehrte und ihr das Stöckchen erwartungsvoll vor die Füße legte.

«Ich glaub, er mag dich.» Andi stand in einiger Entfernung und lächelte.

Kati winkte ab. «Hunde sind bestechlich, die mögen jeden, der ihnen ein bisschen Aufmerksamkeit schenkt.»

Wie auf Kommando begann Bobby vor Freude zu bellen und mehrfach auf der Stelle in die Höhe zu springen.

«Ja, Menschen sind da ganz anders», sagte Andi nachdenklich.

«Was soll das?», entgegnete Kati genervt. «Du weißt ganz genau, warum ich ein Problem mit dir habe. Kein Grund, so zu tun, als wäre nie etwas gewesen.»

Andi schüttelte den Kopf und sah sie ernst an. «Meinst du nicht, es wäre an der Zeit, das Kriegsbeil endlich zu begraben? Ich meine, die ganze Geschichte ist nun schon über zehn Jahre her und – »

«*Geschichte?*»

Kati schnappte nach Luft. Sie konnte einfach nicht glauben, wie lapidar Andi über den Tod ihrer Schwester sprach. War er sich denn keiner Schuld bewusst?

«Du hast meine Schwester auf dem Gewissen!», entfuhr es ihr zornig. «Schon vergessen?»

Erschrocken tat Andi einen Schritt zurück. In seinen Augen zeigte sich blankes Entsetzen.

«Ich ... ich weiß nicht, wie du auf diese Idee kommst.» Er sah zu Boden, als könne er dort die Erklärung finden. «Aber egal, was du denkst, davon wird sie auch nicht wieder lebendig.»

Kati nickte bitter. «Vielleicht war es dir ja sogar ganz recht, dass Jule deinem Glück nicht länger im Weg stand ...»

Andi ballte die Hände zu Fäusten und sah Kati aus funkelnden Augen an. «Das Einzige, was ich mir nie verzeihen werde ...», erklärte er mit zusammengebissenen Zähnen, «... ist die Tatsache, dass ich deine Schwester nicht rechtzeitig aus der brennenden Werkstatt retten konnte.»

Kati stiegen Tränen in die Augen. Sie wollte die Bilder, die jetzt in ihrem Kopf entstanden, nicht zulassen. Aber sie war zu schwach, um zu protestieren oder einfach davonzulaufen.

Andi warf ihr einen letzten, vernichtenden Blick zu, dann rief er in strengem Ton nach seinem Hund und verschwand eilig Richtung Auto.

Kati sah ihm hinterher. Sie zitterte am ganzen Körper.

Noch am nächsten Vormittag, als Kati auf dem Weg ins Krankenhaus war, ging ihr die Auseinandersetzung mit Andi im Kopf herum. Sie fragte sich, ob sie mit ihrem Vater über alles reden sollte. Er würde sie sicher verstehen und ihr einen guten Rat geben. Aber dann müsste sie ihm auch erklären, was Andi Witthöft auf dem Heidehof machte und dass die Sanierungspläne für den Heidehof zum Teil auf seinen Ideen beruhten. Nein, sie hatte keine Wahl. Sie konnte Dorothee nicht in den Rücken fallen. Erst wenn es ihrem Vater besser ging, würden sie ihn über die anstehenden Veränderungen informieren. Er sollte sich keine unnötigen Sorgen machen.

Also ermahnte sich Kati, die Sache so nüchtern wie möglich zu betrachten und sich bei ihrem Besuch heute nichts anmerken zu lassen.

Die Straße nach Soltau war ungewohnt leer. Sonntags waren normalerweise etliche Touristen unterwegs. Aber es machte sich offensichtlich bereits bemerkbar, dass die Heideblüte und damit auch die Hauptsaison allmählich vorbei waren.

Erst jetzt bemerkte Kati, dass sie viel zu schnell fuhr. Sie drosselte das Tempo und versuchte, ihre innere Unruhe zu bezwingen. Sie war noch immer sehr aufgewühlt. In der Nacht hatte sie wieder den Albtraum von dem Feuer gehabt. Und dieses Mal war Jules Gesicht in den Flammen so deutlich gewesen wie schon lange nicht mehr. Kati war schweißgebadet aufgewacht und hatte gleich gewusst, dass sie nicht mehr in den Schlaf finden würde. Als es dämmerte, war sie aufgestanden und in den Schuppen gegangen. Doch auch der Versuch, durchs Malen wieder runterzukommen, war gründlich gescheitert.

Nach dem Frühstücksdienst hatte Kati kurzerhand beschlossen, ihren Vater im Krankenhaus zu besuchen. Sie wollte gern ein bisschen allein mit ihm sein und sich vor der Reha von ihm verabschieden.

Hinrich wusste noch gar nichts von all den Veränderungen in ihrem Leben, und Kati hatte ein bisschen Bedenken, ihm davon zu berichten. Er wäre sicher nicht begeistert, zu hören, dass seine Tochter ihre Festanstellung verloren und sich von ihrem langjährigen Freund getrennt hatte. Doch wenigstens in einem Punkt wollte sie Hinrich beruhigen. Sie würde ihm die Sache mit der freien Mitarbeit erklären. Er sollte sich keine Sorgen um ihre finanzielle Zukunft machen müssen.

Als Kati wenig später die Treppen zu Hinrichs Station hinaufging, war sie erleichtert, dass dies ihr letzter Besuch im Krankenhaus sein würde. Mittlerweile kannte sie die Reihenfolge der hässlichen Drucke auswendig, die an der gelblichen Wand im Treppenhaus hingen. Wie musste es erst ihrem Vater gehen, der Woche für Woche und Tag für Tag, ohne zu klagen, hier ausgeharrt hatte. Allenfalls hatte er sich über das Essen beschwert. Kati hatte ihm deshalb wieder etwas Kuchen von Elli mitgebracht.

Nachdem sie behutsam an der Tür geklopft hatte, trat Kati ein und war überrascht, ihren Vater nicht im Bett, sondern an dem kleinen Tisch am Fenster vorzufinden.

«Hallo, Paps!» Mit einem fröhlichen Lächeln drückte sie ihm zur Begrüßung wie üblich einen Kuss auf die Wange. «Ich habe uns zwei Stück Schwarzwälder-Kirsch mitgebracht. Mit den besten Grüßen von Oma. Zur Einstimmung auf deine Kur!»

Hinrich schmunzelte. «Hallo, mein Mädchen», sagte er, «schön, dass du da bist.»

Gut gelaunt richtete er sich auf und bedeutete Kati mit einer Geste, ihre Sachen abzulegen.

Es war ein befreiendes Gefühl, dachte Kati, ihren Vater endlich wieder in normaler Kleidung auf einem Stuhl sitzend statt im Bett zu sehen. Obwohl er einiges an Gewicht verloren hatte, sah Hinrich erstaunlich gut aus.

Endlich galt er nicht mehr als Intensivpatient und konnte das Krankenhaus sogar bereits für kleine Spaziergänge verlassen.

Kati nickte dem Bettnachbarn freundlich zu und legte die gutverpackten Tortenstücke auf den Tisch.

Sofort machte Hinrich sich daran, die Alufolie zu lösen und die beiden Stücke zu begutachten.

«Ich habe heute etwas Wichtiges mit dir zu besprechen», erklärte er.

«Ich auch mit dir», erwiderte Kati überrascht.

Unwillkürlich blickten beide zu dem sehr viel älteren Zimmergenossen, der im Bett auf der anderen Seite des Fensters lag. Der Mann unternahm gar nicht erst den Versuch, so zu tun, als würde er über ihre Unterhaltung hinweghören. Im Gegenteil, Kati hatte den Eindruck, dass er sie aufmerksam belauschte.

Vermutlich versprach er sich davon mehr Unterhaltung als von dem sonntäglichen Fernsehprogramm.

«Wenn du einverstanden bist, schnappen wir nachher ein bisschen frische Luft», schlug Hinrich vor.

Kati nickte. «Gern, aber jetzt besorg ich uns erst mal Teller und Besteck.»

※

Als Kati und ihr Vater eine halbe Stunde später nach draußen traten, atmete Hinrich tief durch. Er hatte sich bei Kati untergehakt und schlug vor, eine Runde um den Gebäudekomplex zu machen.

«Also, schieß los. Was hast du ausgefressen?», forderte er sie unvermittelt zum Reden auf.

Kati holte tief Luft. «Also, ich ... Nun, du weißt vielleicht schon, dass meine Agentur seit einiger Zeit deutlich weniger Aufträge bekommen hat. Und ...» Kati hielt inne und sah ihren Vater mit betretenem Gesicht an. «Um es kurz zu machen: Mein Chef hat mir gekündigt. Aber er hat mir angeboten, als freie Mitarbeiterin weiter für ihn zu arbeiten.»

Hinrich blieb stehen und sah Kati durchdringend an. «Dorothee hat mir bereits gesagt, was passiert ist. Und dass du erst mal auf dem Heidehof wohnen wirst ...»

Kati seufzte. Doch ehe sie sich über ihre Stiefmutter ärgern konnte, sprach Hinrich weiter: «Und ich finde das großartig!»

Kati runzelte die Stirn. Damit hatte sie nicht gerechnet.

Mit dem Kopf deutete Hinrich auf eine Parkbank, wo sie sich in die Sonne setzen konnten.

«Dorothee hat mir auch von deinem tollen Einsatz auf dem Hof erzählt und davon, dass du deine Erfahrung einbringst. Die Internetseite des Hofs neu zu gestalten, halte ich für eine sehr gute Idee. Alles sollte etwas moderner werden.» Er schloss die Augen und redete wie zu sich selbst weiter. «Außerdem ist es gut, wenn du dich weiter mit dem Hof vertraut machst. Irgendwann, wenn ich nicht mehr bin, wirst du ihn erben und dann – »

«Sag so was nicht, Paps.» Kati war es unangenehm, über dieses Thema zu sprechen.

«Nein, Katharina, hör mir zu! Ich wollte dir nämlich auch etwas Wichtiges sagen.» Er öffnete wieder die Augen und sah sie ernst an. «Mir ist durch meine Krankheit bewusst geworden, wie schnell alles vorbei sein kann. Und ich habe mir in den letzten Wochen sehr viele Gedanken gemacht.»

Er machte eine längere Pause, als suche er nach den richtigen Worten.

«Mein Mädchen», fuhr er schließlich fort, «was hältst du davon, wenn ich dir den Hof überschreibe?»

Kati glaubte, sich verhört zu haben. Ihr Mund stand offen, ohne dass sie irgendetwas hervorbringen konnte.

Ihr Vater wandte sich ihr zu. «Uhlendorf ist deine Heimat, der Heidehof dein Zuhause. Du hast damals alles gelernt, was du wissen musst, um den Betrieb zu führen.»

«Aber seitdem ist viel passiert. Ich ... Ich kann das doch gar nicht! Außerdem ... Du kannst doch nicht einfach in Rente gehen!»

Vor Katis innerem Auge lief ein Film ab, in dem sie ihren stets so tatkräftigen und lebenslustigen Vater als traurigen Mann vergreisen sah.

Doch Hinrich lachte und sah sie liebevoll an. «Ich würde dich natürlich weiter unterstützen. Wir alle. Dorothee bei den Büroarbeiten und ich in der Küche. Aber wir würden uns nach und nach aus dem Tagesgeschäft zurückziehen. Elli wird auch nicht jünger. Wie gesagt, eines Tages erbst du den Hof ohnehin. Da könntest du also schon mal üben, wie es ist, mehr Verantwortung zu übernehmen.»

«Aber ich kann doch auch so auf dem Hof mitarbeiten, wenn du wieder da bist.»

«Nein, nein, für dich ist es jetzt wichtig, eine vernünftige Perspektive zu haben. Außerdem besteht Dorothee darauf, dass ich in Zukunft deutlich kürzer trete. Und im Grunde hat sie auch recht. Ich kann nicht mehr sechzig oder siebzig Stunden die Woche arbeiten. Wir müssen auch mal Urlaub machen, sonst ist es schneller vorbei, als uns allen lieb ist.»

Kati musste schlucken. Ein dicker Kloß saß ihr in der Kehle. Die Worte ihres Vaters überraschten sie nicht nur. Sie berührten sie auch. Ergriffen tastete sie nach seiner Hand.

«Danke für dein Vertrauen, Paps! Ich hab zwar keine Ahnung, wie das gehen soll, aber ... zusammen werden wir unser Bestes geben für die Zukunft des Heidehofs, nicht wahr?»

Hinrich zog seine Tochter in eine innige Umarmung. Er hielt sie so fest, wie er es früher immer getan hatte, als Kati ein kleines Mädchen gewesen war.

22

Neben ihren üblichen Aufgaben widmete sich Kati in den nächsten Tagen verstärkt der Neugestaltung der Internetseite des Heidehofes.

Immerzu dachte sie an den vertrauensvollen Blick ihres Vaters, der sie beim Abschied so zuversichtlich angesehen hatte. Sie hatte ihm versprochen, sich in seiner Reha-Zeit mit Dorothee und Elli, so gut es ging, um die Geschicke des Heidehofs zu kümmern. Jede mit ihren ganz eigenen Fähigkeiten.

Kati wollte neben einer ansprechenden Homepage auch Prospekte, Flyer und Postkarten gestalten. Sie würde neue Wege gehen, um für den Heidehof zu werben. Denn, so hoffte sie, es musste möglich sein, auch in der Nebensaison und in den Wintermonaten Gäste anzulocken.

Das Wichtigste waren natürlich überzeugende Bilder vom Hof und der Umgebung. Flo hatte Kati die Fotos gemailt, die sie bei der Hochzeit der Grünbergs gemacht hatte. Aus sämtlichen Aufnahmen wählte Kati schließlich die 20 besten aus. Die Internetseite nahm Gestalt an.

Allerdings kam Kati meist erst spätabends dazu, ihre Mails zu checken und an der Internetseite zu basteln. Mit dem Laptop auf den Knien saß sie dann in ihrem alten Kinderzimmer auf dem Bett, bis ihr der Rücken weh tat und ihr die Augen vor Müdigkeit zufielen.

Das Zimmer platzte aus allen Nähten, und von dem dunkelroten Teppich war kaum noch etwas zu sehen. Überall auf dem Boden lagen Papiere, Taschen und Tüten verteilt. Der schmale

Kleiderschrank quoll über, und längst gab es schon nicht mehr genügend Platz für ihre Unterlagen und Entwürfe auf dem Kinderschreibtisch.

Doch Kati musste sich ranhalten. Am nächsten Wochenende wollte sie mit Flo die neue Struktur des Web-Auftritts und die Inhalte besprechen. Bis dahin, so hatte die Freundin versprochen, würde sie an neuen Texten feilen und dabei versuchen, die angestaubten Beschreibungen etwas lockerer zu formulieren. In Absprache mit Dorothee hatte sie besondere Arrangements für das Winterhalbjahr zusammengestellt, die so schnell wie möglich veröffentlich werden sollten.

Kati war heilfroh, dass Flo ihr bei allem eine so unkomplizierte Hilfe war. Gerade las sie die letzte E-Mail ihrer Freundin.

Flo hielt es in der Agentur kaum noch aus. Seit Kati ihren offiziellen Abschied gefeiert hatte, war die Stimmung deutlich schlechter geworden. Gero mischte sich in jede Kleinigkeit ein und benahm sich unerträglicher denn je.

Aufmunternd schrieb Kati zurück, dass Flo immerhin nur noch 48 Stunden durchhalten musste. Denn sie kam mittlerweile jedes Wochenende in die Heide. Außerdem schlug Kati ihr vor, sie mit dem Auto abzuholen, um gleich auch noch ihre letzten Sachen nach Uhlendorf zu schaffen.

Ein vorerst letztes Mal war sie in ihrer alten Wohnung gewesen. Diesmal aber hatte sie sich vergewissert, dass weder Simon noch sonst jemand anwesend sein würde. Auch hatte sie es ganz bewusst vermieden, die Räume auf Spuren einer anderen Frau hin abzusuchen. Sie wollte gar nicht wissen, ob sich die Andere bereits in Simons Leben eingenistet hatte.

Nur kurz war Kati in der Wohnung gewesen und hatte dabei in Eiltempo einen Großteil ihrer Klamotten und Schuhe sowie ein paar persönliche Gegenstände zusammengerafft. Sie hatte sich extra zu diesem Zweck einen Koffer und mehrere Reisetaschen von Flo geliehen und alles in nur zwei Gängen, bei denen sie so schwer wie ein Packesel beladen war, nach unten ins Auto bugsiert.

Kati war froh, dass sie derzeit keine eigene Wohnung einrichten musste. Ihr altes Kinderzimmer platzte zwar aus allen Nähten. Aber sie hatte im Moment weder den Kopf noch den Mut dazu, mit Simon zu verhandeln, wer das gemeinsam angeschaffte Sofa oder die alte Küchenbank bekommen würde, die sie zusammen auf dem Flohmarkt erstanden hatten.

Auch wenn ihr immer noch ein kleiner Stich ins Herz fuhr, sobald sie an Simon dachte, so spürte Kati doch, dass die Abstände größer wurden. Allmählich wich der Schmerz sogar einer gewissen Erleichterung. Je mehr Zeit und Raum zwischen ihnen lag, desto klarer wurde Kati, dass diese Beziehung nie eine Zukunft gehabt hatte.

Wenn ich doch nur mehr wie meine Mum wäre!, dachte Kati und betrachtete das Bild ihrer Mutter, das wie eh und je auf dem Nachttisch stand.

Elli betonte stets, wie sehr ihr Annettes Geradlinigkeit imponiert hatte. Sie war immer sehr klar und direkt gewesen und hatte angeblich immer gewusst, was sie wollte. Und sie musste alles mit einer bewundernswerten Selbstverständlichkeit getan haben. Das glaubte Kati selbst an ihren Gesichtszügen auf dem Foto ablesen zu können. Ihre Mutter schien vollkommen in sich zu ruhen.

Kati klappte ihren Laptop zu und griff nach dem gerahmten Bild, um es noch genauer zu betrachten.

Was hätte ihre Mutter wohl zu all den Veränderungen auf

dem Heidehof und im Leben ihrer Tochter gesagt? Ob sie ebenfalls gewollt hätte, dass Kati in den elterlichen Betrieb zurückkehrte? Womöglich hätte ihre Mutter gesagt, sie solle ihrem Herzen folgen und das tun, was sie wirklich wollte. Schließlich ging es im Leben darum, seinen ganz eigenen Weg zu finden und den durfte man sich von niemandem vorschreiben lassen. Nicht einmal ihr Vater, geschweige denn ihre geliebte Großmutter sollten sie unter Druck setzen.

Kati atmete tief durch. Sie sah in das strahlende Gesicht ihrer Mutter und flüsterte: «Weißt du was, Mama? Ich bin nicht nach Uhlendorf zurückgekehrt, weil ich irgendjemandem etwas schuldig bin. Wenn, dann bin ich es mir selbst schuldig. Ich will nicht länger vor der Vergangenheit weglaufen. Abgesehen davon könnte ich mir kaum einen schöneren Ort auf der Welt vorstellen, um noch einmal ganz neu anzufangen.»

Kati stellte das Foto wieder an seinen Platz, streckte die Beine aus und verschränkte die Arme hinter dem Kopf.

Wie viel in den vergangenen Wochen passiert war, dachte sie. Und vor ihrem geistigen Auge tauchten die unterschiedlichsten Bilder auf: Jules Grab mit den Lilien ... ihr Vater, wie er endlich wieder ohne Schläuche und Maschinen atmen konnte ... Simon am Fenster ... Und plötzlich mischte sich auch das Gesicht von Andi Witthöft darunter, und Kati ahnte schon, dass diese Nacht sehr unruhig werden würde.

❦

Tatsächlich fühlte sich Kati am nächsten Morgen wie gerädert, weil ihr Albtraum sie auch in dieser Nacht gequält hatte. In aller Herrgottsfrühe war sie wach und blieb längere Zeit einfach still liegen.

Das muss ein Ende haben!, ermahnte sie sich, als könne man über seine Träume bestimmen, und stand auf.

Um kurz vor 7 Uhr stieg Kati nach einer schnellen Dusche die Treppe hinunter, um Elli beim Frühstück zur Hand zu gehen.

«Guten Morgen, Liebes.»

Elli hatte sich die Schürze umgebunden, stand an der Arbeitsfläche, und rührte mit einer Kelle in einer großen Kanne herum.

«Morgen.» Kati drückte ihrer Großmutter ein Küsschen auf die Wange und schaute neugierig in das Gefäß. «Was ist das denn?»

«Schnuppere doch mal daran, vielleicht errätst du es», forderte Elli sie auf.

Offenbar war ihre Großmutter gut gelaunt. Kein Wunder, es versprach ein prachtvoll sonniger Spätsommertag zu werden.

«Hmm, das riecht nach Johannisbeeren oder so. Aber irgendwie auch säuerlich.»

«Du hast eine gute Nase», lobte Elli. «Das ist Johannisbeer-Essig, und ich finde, er schmeckt ausgezeichnet.»

«Johannisbeer-*Essig*?»

«Ja, eine … sagen wir: Eigenkreation, die wir unserem Chaoten-Koch zu verdanken haben.»

Kati musste lachen. Der alltägliche Trubel an diesem Morgen brachte sie auf andere Gedanken. «Na, was hat Pit diesmal angestellt?»

Sie nahm sich eine Tasse Kaffee und sah ihre Großmutter erwartungsvoll an.

«Nun, eigentlich hätte er gestern nur meinen Johannisbeersaft verdünnen sollen. Aber der verflixte Bengel war wohl wieder mal ein wenig unkonzentriert. Er hat nicht das Glas mit dem abgekochten Wasser genommen, sondern wieder die Essigessenz erwischt.» Elli strich sich mit einer Hand eine Haarsträhne aus dem Gesicht. «Erst war das Theater groß. Er hat sich tausendmal entschuldigt, schließlich hatte ich ja die ganze Arbeit mit den Beeren. Aber –»

«Hast du schon vergessen, dass dein Verehrer die für dich geerntet hat?», fragte Kati amüsiert.

«Jedenfalls haben Pit und ich die Mischung probiert», erklärte Elli, legte die Kelle beiseite und holte aus einem der unteren Regale einen großen Kanister hervor. «Und wir waren beide durchaus ganz angetan.»

Neugierig schnappte Kati sich einen Teelöffel, um den Essig selbst zu probieren. Sie nickte anerkennend.

«Das schmeckt wirklich gut.»

«Den kann man bestimmt wunderbar als Dressing für Blattsalate verwenden. Vielleicht etwas für die neue Speisekarte.»

«Bloß gut, dass Carstensen so viele Johannisbeeren gesammelt hat.»

Kati konnte es sich nicht nehmen lassen, den Nachbarn noch einmal ins Spiel zu bringen.

«Was hast du eigentlich mit den Pflaumen gemacht?», bohrte sie nach.

«Kuchen», antwortete Elli lapidar. Dann hielt sie in der Bewegung inne. «Und bevor du weiterfragst: Albert hat auch ein Blech davon abbekommen.»

Kati lachte und ließ es dabei bewenden. Ihre Großmutter schaffte Konflikte eben mit Kuchen oder einem Schluck Eierlikör aus der Welt.

Während Elli nun die leuchtend rote Flüssigkeit in den Kanister füllte, kam Kati eine Idee: «Sag mal, Oma, wie viel Liter Johannisbeersaft hast du denn noch? Ist da auch noch was über, was wir verkaufen können? Das wär doch eine schöne Geschenkidee. So kleine Fläschchen mit Johannisbeer-Essig. Ein hübsches Etikett drauf und fertig. Das könnten wir auch in unserem Hofladen anbieten.»

Elli überlegte. «Das wäre schon möglich. Wenn es denn wirklich dazu kommt.»

«Die Fläschchen müssten ja auch nicht sehr groß sein», schlug Kati vor. «Ich denke, 0,1 Liter würden sicher reichen.»

«Und du würdest das Etikett entwerfen? So etwas kannst du doch, nicht wahr?»

«Ich bin Designerin, das ist mein Job. Vielleicht funktioniert ja ein Johannisbeerbüschel als Logo.» Kati dachte laut nach, während bereits ein passendes Bild vor ihrem geistigen Auge entstand. «Ich werde mal ein bisschen mit Motiven rumprobieren.»

«Was willst du ausprobieren?» Just in diesem Moment kam Dorothee in die Küche. Auch sie hatte ein fröhliches «Guten Morgen!» und ein Lächeln auf den Lippen.

Kati erklärte ihr, was Elli da in den Kanister abfüllt, und erläuterte die Idee, den Essig zu vermarkten.

«Wieso entwirfst du nicht ein Logo, das für alle Produkte vom Heidehof stehen könnte?», schlug Dorothee vor.

«*Corporate Identity?*», fragte Kati.

«Genau. Was hältst du von Heidekraut? So etwas erwarten doch die Gäste sicher.»

Kati überlegte und griff nach einer weißen Serviette aus dem Stapel, der auf der Anrichte zum Nachfüllen für die Gaststube lag. Dann nahm sie einen Stift zur Hand und skizzierte unter den aufmerksamen Blicken von Elli und Dorothee einen kleinen Zweig Heidekraut.

Sie hielt den Entwurf etwas in die Höhe, um sich selbst ein Urteil bilden zu können.

«Das ist aber keine Besenheide», kommentierte Elli.

Kati nickte. «Wir könnten auch *Calluna vulgaris* nehmen. Aber die Erika eignet sich vielleicht besser. Das ist dann was Besonderes und trotzdem heidetypisch. Was meint ihr?»

Dorothee und Elli nickten anerkennend.

«Dann kümmere ich mich heute in einer freien Minute mal um die Ausarbeitung des Logos», sagte Kati und räumte ihre Kaffeetasse weg.

«Willst du das nicht vielleicht in meinem Büro machen?», fragte Dorothee. «In deinem alten Kinderzimmer kannst du doch überhaupt nicht vernünftig arbeiten.»

Kati zuckte mit den Schultern. Zwar war sie es tatsächlich schon leid, mit ihrem Laptop meist auf dem Bett sitzen zu müssen. Aber sie wusste, dass in Dorothees Büro ebenfalls nicht besonders viel Platz war.

«Aber dein Schreibtisch ist auch nicht besonders groß», gab sie daher zu bedenken. «Ich müsste meine Sachen immer wieder wegräumen.»

«Ich könnte ein paar Unterlagen zur Seite räumen oder aussortieren.» Dorothee schien ihren Vorschlag ernst zu meinen. «Vielleicht kriegen wir sogar einen zweiten Schreibtisch im Büro unter. Wir könnten zum Beispiel den antiken Sekretär aus Jules Zimmer benutzen und –» Dorothee stockte.

Auch Elli hielt in der Bewegung inne und richtete ihren Blick automatisch auf Kati, so als sei ihre Enkelin die Einzige, die darüber zu entscheiden habe.

Für einen Moment herrschte tiefes Schweigen in der Küche.

Dann räusperte sich Dorothee. «Ich meine, Hinrich hängt doch so an dem alten Ding. Und es ist vielleicht an der Zeit, das Zimmer umzuräumen, oder? Was meinst du, Kati? Wir können uns den Raum doch daraufhin mal ansehen.»

Kati war sprachlos. Zu so einem Schritt fühlte sie sich nicht bereit.

«Wie wäre es, wenn wir dort oben eine kleine Wohnung für dich einrichten würden? So wie ich Volker Kruse kenne, hat er bestimmt eine gute Idee, wie man die Etage in ein Appartement verwandeln könnte.»

«Genau, und am besten lassen wir dann Andi das Zimmer von Jule durchwühlen.» Katis Augen funkelten böse. «Ich will davon ehrlich gesagt nichts hören!»

※

Am frühen Abend saß Kati an ihrem neu eingerichteten Arbeitsplatz in Dorothees Büro. Sie war froh, dass ihre Stiefmutter die Idee mit Jules Zimmer wieder fallengelassen und nicht versucht hatte, sie zu überreden. Sie würden sich hier schon irgendwie organisieren. Schließlich war die ganze Situation ohnehin nur ein Provisorium.

Die meisten Ordner und Büroutensilien hatte Dorothee in den Schrank beziehungsweise in diverse Schubladen geräumt. Auf der linken Seite des massiven Eichentisches konnte Kati nun zumindest bequem ihren Laptop benutzen. Rechts davon war sogar noch ein wenig Platz für ihre persönlichen Sachen wie das Adressbuch und den Kalender sowie übereinandergestapelte Ablagefächer für die Projekte von Gero. Im Laufe der Woche hatte sie zwei kleinere Aufträge für die Agentur zu erledigen.

Das größte Fach aber war für den Heidehof vorgesehen. Zunächst galt es, das neue Logo zu entwerfen, das auch in den neuen Hausprospekt und sonstige Werbematerialien integriert werden sollte.

Sie klappte den Laptop auf und legte sich Papier und Stift zurecht. Die nächsten Stunden verbrachte sie damit, Skizzen zu erstellen und diverse Symbole und Pflanzenarten mit den unterschiedlichsten Schriftzügen und Schmuckelementen zu kombinieren.

Als es bereits dämmerte, betrachtete Kati zufrieden das Ergebnis ihrer Arbeit auf dem Bildschirm: ein zartes Büschel Glockenheide in satten, lilafarbenen Tönen wurde von einer dunkelblauen Schleife zusammengehalten. Das war ein dezentes, aber doch ein starkes Motiv. Ein echter Hingucker.

Kati druckte den Entwurf aus und war gerade im Begriff, damit zu Dorothee zu gehen, als im Flur ein lautes Rumpeln zu hören war. Kurz darauf klopfte jemand an die Tür.

«Ja?»

Kati rechnete mit Dorothee oder ihrer Großmutter. Umso überraschter war sie, als sie eine Männerstimme hörte.

«Ich komme wegen dem Tisch. Soll der –» Es war Andi. Als er das Büro betrat und Kati erblickte, stockte er. «Oh, tut mir leid, ich wollte eigentlich zu deiner Stiefmutter.»

Kati zögerte einen Moment. Schließlich fragte sie bemüht höflich: «Kann ich dir vielleicht irgendwie weiterhelfen?»

Andi winkte ab. «Ich ... äh, wollte nur Bescheid sagen, dass ich jetzt helfen kann, den Sekretär runterzutragen.»

«Den Sekretär?»

Kati sah ihn irritiert an. Sie konnte es nicht fassen. Hatte Dorothee etwa doch über ihren Kopf hinweg entschieden, Jules altes Kinderzimmer aufzulösen?

«Meint sie den antiken Schrank aus Jules Zimmer?», fragte sie und fürchtete sich insgeheim vor der Antwort.

Andis Augen wurden groß. Offensichtlich hatte er keine Ahnung, worum Dorothee ihn da gebeten hatte. «Deine ... äh, Stiefmutter meinte ... also, ich wusste nicht, dass ...»

In diesem Moment steckte Dorothee den Kopf zur Tür rein. «Ah, hier sind Sie!» Sie reichte dem verdutzten Andi die Hand.

Kati spürte, wie die Wut in ihr aufstieg. «Du hast ihn gebeten, den Sekretär hier runterzuschaffen?»

«Ich wollte dir das Arbeiten erleichtern und –»

«Und da hast du dir gedacht, dass ausgerechnet *er* in Jules Zimmer gehen und das Ding rausholen sollte.» Kati zeigte auf Andi. Dann sah sie Dorothee mit zornfunkelnden Augen an. «Sag mal, hast du sie noch alle?»

Erschrocken sah Andi von einer zur anderen. Die ganze Situation war ihm sichtbar unangenehm. Aber Kati war das egal. Sie schäumte vor Wut. Was erlaubte sich ihre Stiefmutter eigentlich?

Nach ein paar Sekunden peinlicher Stille verteidigte sich Dorothee: «Ich weiß, dass es nicht leicht ist für dich, Kati. Aber wir können Jules Sachen nicht ewig wie in einem Museum aufbewahren. Wenn es dir zu schnell geht, dann ...»

«Lass den Blödsinn», unterbrach Kati ihre Stiefmutter. «Das ist es doch gar nicht. Was ich einfach nicht fassen kann, ist, dass du ausgerechnet ihn …» Sie warf Andi einen bösen Blick zu. «… dass du ausgerechnet Jules Mörder darum bittest.»

Schlagartig war es im Raum totenstill. Niemand wagte zu atmen.

Als Erster erwachte Andi aus seiner Schockstarre. Abwehrend hob er die Hände und erklärte: «Das muss ich mir nicht anhören.» Er drehte sich auf der Stelle um und verließ das Zimmer.

Dorothee sank kraftlos auf ihren Schreibtischstuhl.

Eine Weile schwiegen sie. Dann begann Dorothee langsam zu sprechen. Sie wählte ihre Worte mit Bedacht.

«Was ist bloß los mit dir, Kati? Wieso reagierst du so aggressiv auf ihn? Wieso machst du alles noch schlimmer?» Ihr Blick war seltsam leer. «Ich hatte ihn doch nur um einen Gefallen gebeten. Und zugegeben, es ist mein Fehler, dass ich ausgerechnet ihn da mit reingezogen habe. Es tut mir leid. Andreas ist ein guter Kerl, und er ist uns eine große Hilfe, vergiss das nicht.»

«Ach, jetzt soll ich ihm auch noch dankbar sein?»

Dorothee sah Kati ernst an. «Wie stellst du dir das eigentlich vor, Kati? Soll das jetzt wirklich monatelang so weitergehen? Dass du Andreas Witthöft jeden Tag grundlos anfeindest?»

«Grundlos?», höhnte Kati und stemmte die Hände in die Hüften. «Du hast ja keine Ahnung!»

«Ich glaube, du tust ihm Unrecht. Ich glaube –»

Kati stöhnte auf. Am liebsten hätte sie Dorothee ins Gesicht zugesagt, dass sie kein Recht hatte, sich überhaupt einzumischen. Bestimmt hatte Andi auch seine guten Seiten. Aber wie sollte Kati einfach über das hinwegsehen, was er Jule angetan hatte? Und warum musste ausgerechnet Dorothee Salz in diese Wunde streuen?

Aber Dorothee ließ nicht locker.

«Kati, ich weiß, dass es schwer ist.» Dorothees Stimme war vollkommen ruhig. «Aber du musst dich von deinen inneren Dämonen befreien. Dein Leben geht weiter! Und du kannst Jule nicht für den Rest deines Lebens auf einen Altar stellen und sie als Märtyrerin feiern. Das ist nicht gut. Für keinen von uns.»

Kati verstand kein Wort. Und sie wollte sowieso nichts mehr hören. Sie wusste nur, Dorothee würde sie niemals verstehen können! Wütend erhob sie sich und rannte ohne ein weiteres Wort aus dem Büro.

23

Kati stand in Jules altem Zimmer mit dem Rücken zum Fenster. Anstatt sich in ihre eigenen vier Wände zurückzuziehen, war sie nach dem Streit mit Dorothee hierher gekommen. Sie konnte sich auch nicht genau erklären, warum.

Verloren sah sie sich in dem Raum um. Alles sah aus wie immer. Nur der antike Sekretär mahnte plötzlich mit trauriger Gewissheit, dass sich die Zeiten geändert hatten und Jule nie wieder hier sitzen und lernen oder einen Brief schreiben würde.

Kati wollte gerade über das dunkle Holz streichen, als es an der Tür klopfte. Es war ein zaghaftes Klopfen, und kurz darauf steckte ihre Großmutter den Kopf ins Zimmer.

«Hier bist du.» Es klang wie eine beruhigende Feststellung.

Elli trat ein, schloss hinter sich die Tür und setzte sich aufs Bett. «Dorothee hat mir gesagt, weshalb ihr gestritten habt.»

Kati zuckte mit den Schultern und ließ sich neben ihrer Großmutter aufs Bett fallen. «Und du denkst jetzt bestimmt: Wie kann man wegen eines Möbelstücks nur derart herumstreiten, oder?»

«Es ist ja nicht irgendein Möbelstück», sagte Elli verständnisvoll. «Immerhin hat schon dein Großvater seine Briefe und Papiere darin aufbewahrt. Dorothee hätte dich wirklich fragen müssen.»

«Das hat sie ja sogar!» Kati sah ihre Großmutter verzweifelt an. «Und wahrscheinlich hat Dorothee auch recht. Wahrscheinlich können wir dieses Zimmer nicht für immer so bewahren, wie es jetzt ist. Aber es fällt mir so verdammt schwer, verstehst du?»

«Ich weiß.» Liebevoll strich Elli ihrer Enkelin übers Haar. «Lass dir Zeit.»

«Aber warum musste sie ausgerechnet Andi Witthöft zu Hilfe holen?»

«Ja, das war wohl nicht besonders geschickt von Dorothee. Aber sie meint es nur gut mit dir.»

Kati schnaubte verächtlich. «Gut, vielleicht habe ich etwas überreagiert. Aber man kann von Andi wirklich nicht behaupten, dass er ein sensibler oder verantwortungsvoller Mensch wäre.» Sie redete sich erneut in Rage. «Ich meine, hat er mal versucht zu erklären, wie es zu dem Brand kommen konnte? Oder warum er sich nicht besser um Jule gekümmert hat? Und kümmert er sich heute um sein Kind?»

Elli schaute sie irritiert an. «Wie kommst du darauf, dass Andi ein Kind hat?»

Kati verzog die Mundwinkel. «Es hat doch damals kein halbes Jahr gedauert, bis diese Saskia schwanger wurde.»

«Welche Saskia?»

«Na, die aus Neuenkirchen.»

Kati konnte sich noch gut an die denkwürdige Begegnung erinnern: Sie war gerade erst aus Barcelona wiedergekommen, als sie Andi auf dem Heidemarkt in Bispingen mit einem Baby auf dem Arm traf. Wie stolz er sein Familienglück damals zur Schau gestellt hatte!

Elli schüttelte den Kopf. «Das muss die kleine Lisa gewesen sein. Andreas Witthöft kümmert sich rührend um sie. Soweit ich weiß, ist er ihr Patenonkel. Ich glaube, der Vater ist schon längst über alle Berge, und die Mutter ist ziemlich überfordert.»

Mit großen Augen sah Kati ihre Großmutter an. «Bist du sicher?»

«Tja, so ist das, wenn man der Heimat zu lange den Rücken kehrt», erklärte Elli ein wenig spöttisch.

Zugegeben, dachte Kati, vielleicht hätte ich dann tatsächlich mitbekommen, dass Andi gar nicht das glückliche Familienleben führt, das ich ihm unterstellt habe.

«Und ich dachte immer, für diese Saskia hätte er Jule verlassen», sagte Kati mehr zu sich selbst.

Doch Elli hatte ihr genau zugehört. «Nach allem, was damals geschehen ist, hätte der Andreas so schnell wohl mit gar keiner Frau glücklich werden können.» Sie knetete ihre Hände. «Der arme Junge hat auch viel durchgemacht. Und im Übrigen auch schon, als Juliane und er ein Paar waren, wenn du mich fragst.»

«Wie meinst du das denn?», fragte Kati verständnislos.

«Na, du weißt doch, wie trotzig unsere Jule sein konnte.»

Da musste Kati ihr zwar recht geben, trotzdem verstand sie nicht, warum ihre Großmutter Andi so in Schutz nahm. «Das entschuldigt sein Verhalten aber nicht.»

Hatte sie sich in ihrem Urteil über Andi und über das, was damals geschehen war, etwa so getäuscht?

«Weißt du, Liebes, es gibt ein paar Dinge, die du dabei vergessen hast.»

Fragend sah Kati ihre Großmutter an. «Was meinst du?»

«Nun, jeder nimmt die Welt um sich herum anders wahr. Und es gibt meistens nicht nur eine Wahrheit, die für alle gilt.» Sie räusperte sich. «Was ich damit sagen will ... Das, was in jener Brandnacht geschehen ist, hatte nicht nur für dich, nicht nur für unsere Familie Folgen. Auch andere haben unter den Ereignissen gelitten oder leiden noch immer darunter. Für den alten Witthöft beispielsweise bedeutete es das berufliche Ende. Und Andi? Er scheint uns gegenüber ohne Groll. Und das nach allem, was seiner Familie passiert ist. Er gibt ein kleines Vermögen für Blumen auf Jules Grab aus, statt das Geld zu sparen. Ich bin wirklich froh, dass wir ihm jetzt mit dem Sanierungsauftrag ein bisschen unter die Arme greifen können.»

«Er bringt Blumen zu Jules Grab?» Noch während Kati die Frage aussprach, fiel es ihr wie Schuppen von den Augen. Sie erinnerte sich an den bunten Strauß. Hatte sie sich so täuschen können?

«Auch sein Vater leidet noch immer unter Jules Tod.»

Kati wollte gerade protestieren, als ihre Großmutter abwehrend beide Hände hob. «Ich weiß, du willst davon am liebsten nichts hören. Aber vielleicht ist es an der Zeit, sich den Tatsachen zu stellen: Juliane wurde uns genommen, aber du weißt, dass sie es selbst so wollte.»

Kati musste schlucken. Irgendwo in ihrem Unterbewusstsein rumorte es gewaltig. «So ein Quatsch. Dafür gibt es überhaupt keine Beweise», sagte sie schnell.

Doch anstatt etwas zu erwidern, deutete Elli nur auf eine Stelle unter dem Schrank. Als Kati ihrem Blick folgte, sah sie die weiße Kiste, die Jule immer «ihre Schatzkiste» genannt hatte.

«Da lag ihr Abschiedsbrief drin», sagte Elli traurig. «Du wolltest ihn nie lesen, wolltest es nie akzeptieren. Genauso wie du Julianes Tod nicht akzeptieren konntest – und es ganz offensichtlich bis heute nicht kannst.» Mit müden Augen sah Elli sie an. «Aber vielleicht ist es allmählich an der Zeit, das Vergangene zu akzeptieren.»

Nachdem ihre Großmutter das Zimmer verlassen hatte, starrte Kati wie hypnotisiert die kleine weiße Kiste an, die wie ein Leuchtfeuer plötzlich unter dem Schrank zu strahlen schien.

All die Jahre war diese Kiste ein drohendes Symbol gewesen für den Tod der Schwester und das Geheimnis jener Nacht. Kati hätte es am liebsten für immer dabei belassen. Niemals hatte sie den Mut gehabt, die Kiste zu öffnen. Und das nicht nur, weil sie die Würde ihrer Schwester bewahren wollte, sondern vor allem aus Selbstschutz, wie sie sich jetzt eingestehen musste. Sie wollte sich den schmerzhaften Erinnerungen entziehen, die grausame Wahrheit nicht akzeptieren.

Doch nun schien es, als könne sie sich den drängenden Fragen nicht mehr länger verschließen.

Kati gab sich einen Ruck, zog die Kiste unter dem Schrank hervor und stellte sie auf das Bett. Mit klopfendem Herzen hob sie den Deckel hoch. Es roch nach altem Staub.

Die Kiste gab den Blick frei auf ein Durcheinander von Fotos, Papieren und Briefen. Vorsichtig strich Kati mit den Fingern über die vergilbten Umschläge. Einige davon hatte sie selbst an Jule geschrieben. Damals, als ihre Schwester wegen einer Mandelentzündung nicht an der Klassenfahrt ins Landschulheim hatte teilnehmen können. Kati zog einen der Briefe heraus und überflog ihn. Eigentlich enthielt er nur Belanglosigkeiten. Sie hatte den seltsam durchstrukturierten Tagesablauf und das Ausflugsprogramm beschrieben. Und sie machte sich über Mitschüler, Küchendienste und Speiseplan lustig. Aber Kati hatte wie versprochen alles notiert, um ihre Schwester gedanklich mit auf die Klassenreise zu nehmen.

Schmunzelnd legte sie den Brief zurück und blätterte weiter. Die meisten Umschläge waren mit Pferdestickern versehen. Auch einige Postkarten mit Pferdemotiven waren unter den Papieren sowie handgeschriebene Notizzettel, auf denen Jule ihre Lieblingssongs aufgelistet hatte. Gleich darunter fand Kati die entsprechenden Kassetten, die mit Musik aus den 90ern bespielt waren. Die Beschriftung war noch nicht ganz verblasst, und Kati erkannte die krakelige Handschrift ihrer Schwester. An diesem Punkt hatten sich die Zwillingsschwestern deutlich unterschieden, denn im Gegensatz zu ihr hatte Jule keine schöne Handschrift gehabt.

Nachdem Kati alle Kassetten aufs Bett gelegte hatte, gab die Kiste einen weiteren Schatz frei. In einer Plastikhülle lag der geflochtene Haarzopf, den Jule sich mit einer Küchenschere selbst abgeschnitten hatte. Zusammengehalten wurde der Zopf von einem bunten Gummiband, wie sie es damals beide benutzten.

Kati konnte sich noch gut daran erinnern, wie sie einen Tag nach ihrem 15. Geburtstag beschlossen hatten, sich ihre langen Haare abzuschneiden. Jule hatte damals als Erste nach der Schere gegriffen und sich von dem Zopf getrennt. Auch bei Kati war sie beherzt vorgegangen und hatte die Haarpracht mit einem einzigen Schnitt bis auf Schulterhöhe gekürzt. Alleine hätte Kati sich das nie getraut. Jedenfalls nicht, ohne die Großmutter um Erlaubnis zu fragen. So war es immer gewesen. Während Kati bei allem zögerte, war Jule stets die mutigere gewesen. Egal, ob es sich um den Sprung über die Brunau oder das Erklimmen ihres Kletterbaums bis zur Krone handelte. Kati hatte das oft bewundert.

Sie legte den Haarzopf zurück und betrachtete ein paar Fotos. Auf den meisten Aufnahmen waren Jule und sie zusammen zu sehen. Als Kinder kleideten und frisierten sich beide gerne betont gleich. Und sie hatten immer einen Riesenspaß, wenn sie Nachbarn oder sogar die eigene Großmutter hereinlegen konnten mit ihrem Spiel: Wer ist wer? Einzig ihr Vater war imstande, sich nicht von ihnen narren zu lassen.

Kati erinnerte sich aber auch noch an die krampfhaften Versuche in der Pubertät, sich von dem jeweils anderen Zwilling abzugrenzen. Es gab Bilder, da hatten sie sich alle Mühe gegeben, verschieden auszusehen. Kati nahm eine Aufnahme aus dem Sommer hoch, in dem sie 13 oder 14 Jahre alt gewesen sein mochten. Jule mit Pferdeschwanz und Jeans und grell geschminkt, sie selbst mit Zöpfen und im Kleid.

Als Kati einen Stapel Fotos aus der Kiste nehmen wollte, fiel ihr Blick auf ein Büchlein mit hellrotem Einband. Jules Tagebuch.

Lange starrte sie es einfach nur an. Dann hob sie es aus der Kiste und strich behutsam über den Einband. Mit zitternden Fingern zeichnete ihr Finger das Wort «Juliane» nach, das in goldenen Lettern auf den Einband geprägt worden war, bevor sie das Büchlein vorsichtig öffnete.

Im Alter von 13 Jahren hatte Jule mit dem Tagebuchschreiben begonnen. Kati konnte sich noch gut daran erinnern. Beide hatten sie zum Geburtstag ein mit rotem Stoff eingebundenes Buch geschenkt bekommen. Während Kati die Seiten für ihre Skizzen nutzte, fing Jule an, ihre Gedanken darin festzuhalten. Die ersten Eintragungen waren fast täglich erfolgt. Kati hatte sich fast ein wenig ausgeschlossen gefühlt. Später wurden die Zeitabstände immer größer. In dem Jahr, in dem Jule mit Andi zusammenkam, schrieb sie wieder regelmäßiger.

Auf den Seiten war zu lesen, wie sich ihre Liebe entwickelt

hatte. Zwei Sommer lang waren Andi Witthöft und die Weidemann-Zwillinge unzertrennlich gewesen.

Kati hatte sich ganz in die Lektüre vertieft und nahm von ihrer Umwelt so gut wie nichts mehr wahr. Sie hörte nicht den Lärm vom Parkplatz, wo gerade eine Reisegruppe eingetroffen war. Sie spürte nicht die drückende Hitze an diesem Spätsommertag. Und sie bemerkte auch nicht den aufkommenden Wind, der ein herannahendes Gewitter ankündigte.

Sie las und las und las. Und mit jeder Seite wurde jener Sommer wieder lebendig, in dem Jule und Andi ein Liebespaar wurden und sie immer mehr ausgegrenzt hatten. Jules Glück schien perfekt, und sie hatte keine Augen für ihre Schwester, die darunter litt. Doch die Art und Weise, in der Jule über ihre Liebe zu Andi schrieb, änderte sich allmählich. Wiederholt erwähnte sie Streitereien und Auseinandersetzungen mit Andi. So beschwerte sich Jule in ihrem Tagebuch beispielsweise vermehrt darüber, dass Andi während des Abiturs das Leben plötzlich nicht mehr so leicht und unbeschwert genoss, wie sie es gewohnt war. Kati erkannte, dass Andi sich offenbar Gedanken um seine Zukunft gemacht hatte, wogegen Jule lieber in einer ewig sorglosen Jugend verharrt wäre. Immer häufiger fanden sich in den Aufzeichnungen Sätze wie: «Heute hat er schon wieder gemeckert, ich soll lieber für meine Prüfung lernen, statt auszuschlafen.»

Kati erinnerte sich, dass sie mit ihrer Schwester ebenfalls Streit hatte wegen der Abi-Prüfungen. Aber Jule hatte eigentlich auch nie groß lernen müssen, die Aufgaben waren ihr schon immer leichter gefallen als Kati.

Und dann traute Kati ihren Augen nicht. Schwarz auf weiß stand dort: «Heute hat Andi mich erwischt, wie ich mit Thorsten geknutscht habe. Gut so. Soll er ruhig eifersüchtig sein. Dann spielt er sich wenigstens mal nicht als mein Vormund und Erzieher auf. Ich kann's nicht mehr hören, dieses ewige Gemaule: Juliane, werd mal erwachsen! Kümmere dich um deine Zukunft! Lern was fürs Abi, du kannst auch später noch zum Schwimmen gehen ...»

Kati war völlig irritiert. Das konnte doch nicht wahr sein! Jule war Andi, ihrer großen Liebe, untreu gewesen? Und wieso hatte sie dann nichts gesagt, als Kati ihr berichtete, was sie unten an der Brunau beobachtet hatte? Immerhin hatte sie Andi der Untreue beschuldigt und ihn bei Jule angeschwärzt. Noch deutlich erinnerte sich Kati an Jules Wutanfall, als sie ihr erzählte, wie sie Andi und Saskia eng umschlungen am Bach gesehen hatte. Immer wieder waren die beiden stehen geblieben, um sich zu küssen. Damals hatte Kati gedacht, sie müsste für die Schwester kämpfen und sie vor dem größten Schmerz bewahren. Aber Jule hatte gar nicht so niedergeschlagen reagiert, sondern war einfach nur furchtbar wütend geworden.

So deutlich wie in diesem Moment hatte Kati das noch nie gesehen: Jule war gar nicht traurig oder schockiert. Sie war einfach wütend, weil sie nicht mehr verheimlichen konnte, dass ihre Beziehung gescheitert war. Und zwar durch ihre eigene Schuld.

Zwei Seiten weiter fand Kati dann den Eintrag über das Ende der Beziehung: «Heute hat Andi mit mir Schluss gemacht. Ich sei nicht reif genug für eine Verlobung! Der hat sie ja wohl nicht mehr alle!»

Ungläubig schüttelte Kati den Kopf. Warum bloß hatte Jule ihr das alles nicht erzählt? Stattdessen vertraute sich ihre aufgebrachte Schwester dem Tagebuch an ...

Kati las weiter: «Aber das lass ich mir nicht gefallen, so einfach kommt mir der Typ nicht davon. Den hol ich mir zurück! Wollen wir doch mal sehen, wie schnell der mir wieder aus der Hand frisst, wenn er denkt, ich würde mich seinetwegen umbringen.»

Kati schlug sich die Hand vor den Mund. Langsam ließ sie das Tagebuch sinken. Sie saß auf dem Fußboden und starrte ins Leere. Krampfhaft versuchte sie, die Bedeutung all dieser Worte einzusortieren. Jule hatte einen Selbstmordversuch bloß vortäuschen wollen, um Andi zurückzuerobern? Sie hatte seine Liebe erzwingen wollen?

Aber warum hatte Jule ihrem Exfreund einen derart gefährlichen Denkzettel verpassen wollen? Das Feuer hatte das Holzlager seines Vaters in Brand gesetzt. Und es hätte noch weitaus größeren Schaden anrichten können.

Kati konnte einfach nicht glauben, mit wie viel Energie ihre Schwester der zynischen Idee eines vorgetäuschten Selbstmords nachgegangen war. Der einzige Satz, der sich in Katis Kopf festsetzte, lautete: «Sie hat uns alle belogen!»

Und dann kam wie durch einen Schleier langsam die Erinnerung in Katis Bewusstsein zurück. Nach jener Nacht war in Jules Zimmer ein Abschiedsbrief gefunden worden, der angeblich keinen Zweifel daran ließ, dass sie die Tischlerei der Witthöfts hatte anzünden wollen, um sich an Andi zu rächen und in dem Feuer selbst aus dem Leben zu gehen. Zunächst war man von einem tragischen Unglücksfall ausgegangen, doch nun musste man auf Suizid schließen, auf einen Selbstmord aus Liebeskummer.

Bei dem Gedanken an Andi wurde Kati plötzlich beinahe schlecht. Sie schämte sich. Hatte sie Andi wirklich als Mörder ihrer Schwester bezeichnet? Das war unverzeihlich. Und Kati konnte sich nicht vorstellen, wie sie ihr Verhalten jemals wiedergutmachen konnte. Und Andi? Er hatte sich ihr gegenüber immer nur aufrichtig benommen.

Kati seufzte tief. Seit damals hatte sie einfach nicht glauben wollen, dass an den Gerüchten etwas dran war. Und sie hatte sich stets geweigert, den vermeintlichen Abschiedsbrief zu lesen. Zu grausam war die Vorstellung, ihre Zwillingsschwester könne ihr Leben tatsächlich freiwillig beendet haben. Würde dann nicht auch sie, Kati, diese Todessehnsucht in sich tragen? Jule war doch immer die stärkere und mutigere von ihnen gewesen.

Kati legte das Tagebuch zurück in die Kiste und ließ noch einmal den hellbraunen Haarzopf durch ihre Finger gleiten. Es war ein seltsames Gefühl, fremd und vertraut zugleich. Kati erinnerte sich, dass sie ihren eigenen Zopf damals weggeworfen hatte, als Elli beim Anblick ihrer kurzen Haare in Tränen ausgebrochen war.

Unwillkürlich musste Kati lächeln. Was würde sie nur ohne Elli anfangen?

Sie schnäuzte sich und legte auch den Zopf und die Bilder zurück in die weiße Kiste. Dabei fiel eine Schwarz-Weiß-Aufnahme heraus und landete vor ihren Füßen. Als Kati danach griff, blickte sie in das Gesicht ihrer Schwester, die ihren Arm um sie gelegt hatte und breit in die Kamera grinste. Jetzt, über zehn Jahre später, erkannte Kati sich selbst in keinem der beiden Gesichter wirklich wieder.

«Warum?», fragte sie sich, «warum durfte Jule nicht auch älter werden? Warum musste sie so früh gehen?»

Doch sie wusste, es gab keine befriedigende Antwort auf diese Fragen. Und es ergab letztlich auch keinen Sinn, länger darüber zu spekulieren, was gewesen wäre, wenn ihre Schwester damals nicht so impulsiv gehandelt hätte. Jule war, wie sie war. Und so, wie sie war, hatte Kati sie geliebt.

Sie legte das Foto beiseite. Eines Tages würde sie es in eins ihrer eigenen Alben einsortieren, wenn sie auch den Rest ihrer Sachen aus Hamburg geholt hatte.

Dann schloss sie die Kiste und mit ihr ein trauriges Kapitel ihres Lebens.

24

Am nächsten Tag ging Kati über den Hof zum alten Hühnerstall, von wo das Kreischen einer elektrischen Säge zu hören war. Sie fröstelte und zog die Strickjacke, die sie sich schnell noch übergeworfen hatte, enger um ihren Oberkörper.

Sie hatte eine besonders unruhige Nacht hinter sich. So viele Dinge waren ihr durch den Kopf gegangen und hatten sie vom Schlafen abgehalten. Erst als es schon dämmerte, war sie imstande gewesen, einen klaren Gedanken zu fassen. Und der nahm an diesem Morgen immer mehr Gestalt an: Sie wollte sich bei Andi für ihr Verhalten entschuldigen.

Es herrschte eine beinahe schon herbstliche Stimmung. Der Wind hatte bereits die ersten gelben Blätter von den großen Birken geweht. Seit Kindertagen war für Kati der Übergang in die dunkle Jahreszeit mit einer eher bedrückenden Stimmung verbunden, denn im Herbst ging stets auch das lebhafte Treiben auf dem Heidehof zu Ende.

Es war ein schwerer Gang vom Haupthaus bis zum Stall, aber Kati wollte ihn keine Minute länger aufschieben. Obwohl es sie große Überwindung kostete, musste sie sich bei Andi entschuldigen. Und Kati war froh, dass er an diesem Tag überhaupt wieder auf den Hof zurückgekommen war, nachdem sie ihn in Dorothees Büro als Mörder bezeichnet hatte.

Aber was würde er sagen? Wie würde er auf ihre Entschuldigung reagieren? Ob er sie überhaupt anhören würde?

Unsicher legte Kati die Hand an die Stalltür und atmete noch einmal tief durch.

Als sie die Tür öffnete, verstummte das Geräusch der Maschine. Das Tageslicht drang nun bis ins Innere des verwinkelten Raumes vor. Andi ließ vom Sägen eines langen Brettes ab und drehte sich zu ihr um.

Kati war erleichtert, dass er ihr zur Begrüßung zunickte. Denn sie hätte gut verstehen können, wenn er sie ignoriert oder sofort wieder weggeschickt hätte. Stattdessen stand er ganz ruhig da und wirkte nicht einmal besonders überrascht, sie zu sehen.

Auf einer Decke an der Wand lag Bobby und schaute nur kurz auf, als Kati näher trat. Er schien sich heute ausnahmsweise einmal nicht für Besuch zu interessieren.

Andi befreite sich von seiner Schutzbrille und den dicken, gelben Ohrenschützern und fuhr sich über das verschwitzte Gesicht. Trotz der kühlen Temperaturen trug er bloß ein T-Shirt, das erahnen ließ, wie schweißtreibend die Arbeit als Tischler war.

«Bist du gekommen, um mich endgültig vom Hof zu jagen?», fragte er und klopfte den feinen Holzstaub von seiner Jeans.

«Im Gegenteil», antwortete Kati kleinlaut, «ich … ich wollte mich bei dir entschuldigen. Mein Verhalten gestern war … ungerecht und …»

Sie suchte nach den passenden Worten. Nach den Sätzen, die sie sich in der schlaflosen Nacht zurechtgelegt hatte. Doch plötzlich war da nur eine lähmende Leere.

Schließlich sagte sie: «Es tut mir wahnsinnig leid, was ich da gestern gesagt habe. Ich –»

«Du wirst deine Gründe gehabt haben», unterbrach Andi sie barsch. Er ging an ihr vorbei zur Werkbank und warf sich ein blau kariertes Flanellhemd über. Dann zog er den Stecker der Säge heraus, rollte das Kabel auf und machte sich anschließend an einer handlichen Schleifmaschine zu schaffen.

Kati räusperte sich. Sie merkte, dass sie so nicht weiterkam. Also versuchte sie es auf anderem Wege. «Äh ... Außerdem wollte ich dich fragen, ob du heute Morgen schon was gegessen hast. Großmutter hat ihr berühmtes Bauernfrühstück gemacht und –»

«Ich will vor dem Regen hier fertig sein», erwiderte Andi knapp.

«Aufgewärmt schmeckt das Omelett aber nicht.»

Auffordernd sah Kati ihn an. Doch Andi schüttelte nur den Kopf.

«Und wenn ich dir anschließend helfe?», versuchte sie es erneut.

«Du willst mir helfen, die schweren Bretter hier ins Dach zu tragen?» Sein Lachen klang höhnisch.

Kati wusste, dass sie ihm tatsächlich keine große Hilfe sein würde. Sie war weder schwindelfrei, noch würde sie einen der großen Holzbalken auch nur anheben können. Und noch etwas anderes hatte sie verstanden: Er legte keinen Wert auf ihre Erklärung, geschweige denn auf eine Entschuldigung.

Eine Zeitlang blieb sie unschlüssig stehen. Dann wandte sie sich enttäuscht zum Gehen.

Sie hatte die Stalltür schon fast erreicht, als Andi sagte: «Mir bei dieser Arbeit hier helfen kannst du nicht, das macht schon die Säge. Aber da wäre etwas, was du viel besser kannst als ich.»

Stirnrunzelnd hielt Kati inne. Sie dreht sich um. «Was soll das sein?»

«Wie ich schon sagte, die alten Eichen- und Buchenmöbel könnten eine Auffrischung vertragen.»

Nun fiel es Kati wieder ein. Die Idee war nicht schlecht gewesen. Doch bislang hatte sie weder die Zeit gefunden, noch den

Mut gehabt, sich der Restaurierung anzunehmen. Auch wenn sie gut mit Pinsel und Farben umgehen konnte, an das Talent ihrer Mutter würde sie sicher nicht herankommen.

Als ob Andi ihre Gedanken erahnt hätte, fügte er an: «Wenn ich mich recht erinnere, hast du doch früher alte Rahmen für deine Bilder restauriert. Das Vorgehen ist bei Möbeln quasi das Gleiche. Die müssen abgebeizt und neu gestrichen werden. Aber das hast du ja sicher alles bei deiner Mutter gesehen.»

Beiläufig legte er ein Blatt Schleifpapier in die Maschine ein.

«Ich weiß», erwiderte Kati und überlegte.

Eigentlich hatte sie noch immer genug damit zu tun, sich um das Marketing für den Hof zu kümmern. Und auch die beiden kleinen Aufträge für Gero erledigten sich nicht von allein. Andererseits waren kaum noch Gäste auf dem Hof. Ihre Zeit konnte sie sich mittlerweile also wesentlich freier einteilen.

«Du hast recht», sagte sie schließlich. «Ich werde mir die Möbel nachher mal ansehen.»

«Ich will aber nicht, dass du das nur machst, weil du ein schlechtes Gewissen hast.»

Kati nickte ihm dankbar zu. Dann trat sie ins Freie.

Vor dem Stall blieb sie noch einen Moment stehen und blickte durch die Baumkronen in den morgendlichen Himmel. Das Wetter konnte sich noch nicht recht zwischen Sommer und Herbst entscheiden. Vielleicht würde es später wirklich Regen geben. Ein paar vereinzelte Sonnenstrahlen schafften es jedenfalls durch die aufgewühlten Wolkenformationen und hüllten die Heide in ein intensives, stimmungsvolles Licht.

Vielleicht, dachte Kati hoffnungsvoll, konnte sie sich irgendwann nicht nur mit Andi Witthöft, sondern auch mit dem Herbst versöhnen.

Am Nachmittag gingen Kati und Elli durch die Zimmer des Heidehofs und besahen sich die Möbel. Kati hatte ihrer Großmutter von dem Gespräch mit Andi und von dessen Anregung erzählt. Sogleich war Elli Feuer und Flamme.

Tatsächlich fiel ihnen bei dem gemeinsamen Rundgang auf, dass die meisten Möbelstücke dringend etwas Farbe nötig hatten. Auch die Bänke im Gastraum zeigten deutliche Abnutzungsspuren, und in einem der Gästezimmer entdeckten sie sogar einen kaputten Stuhl.

«Den müssen wir dringend leimen», sagte Kati, «sonst landet noch jemand sehr unsanft auf dem Boden.»

Sie erinnerte sich auch an den alten, dunkelgrünen Bauernschrank, der im Schuppen stand und der bestimmt ein echtes Schmuckstück war.

«Wenn man den Lack abschleift und neue Farbe aufträgt, macht der sicher einiges her.»

«Vielleicht könnten wir ihn in die Diele stellen», schlug Elli vor.

«Das wird aber einige Zeit dauern.» Kati überlegte, ob sie die vergilbten Ratgeber ihrer Mutter konsultieren sollte. «Mami wüsste sicher, wie und wo man am besten beginnt.»

«Du kannst ja erst mal mit einem Stück anfangen», sprach Elli ihrer Enkelin Mut zu. «Und wenn du dann ein bisschen Übung hast, wird dir das ruck, zuck von der Hand gehen. Du hast das Talent deiner Mutter geerbt, Kati. Da bin ich mir sicher.»

«Ich kann mir nach dem Abendessen ja mal diesen Stuhl hier vornehmen und sehen, wie weit ich komme.»

Elli nickte. «Und falls du noch Material fürs Restaurieren

brauchst, gibt es das bestimmt bei Dittmers. Die führen jetzt auch Malerartikel.»

«Ach, den Laden gibt es noch?» Kati konnte sich undeutlich an das alt eingesessene Geschäft in Bispingen erinnern, das früher vor allem Haushaltswaren verkauft hatte.

«Ja, ja», sagte ihre Großmutter, und es klang fast ein bisschen stolz. «Es wird heute in dritter Generation weitergeführt!»

«Na, dann können die mich bestimmt bestens beraten.» Kati hob den Stuhl hoch. «Gleich morgen besorge ich dort Abbeize und Farbe. Wollen doch mal sehen, ob wir dem Heidehof nicht auch ein bisschen mehr inneren Glanz verleihen können.»

Am nächsten Sonntag ging Kati bereits um kurz nach 7 Uhr in die provisorische Werkstatt im Hühnerstall. Andi hatte ihr eine kleine Ecke frei geräumt, wo sie den kaputten Stuhl und einige Materialien deponiert hatte. Bei Dittmers war sie schnell fündig geworden: Abbeize, Farbe für die Grundierung, diverse Lacke und Pinsel sowie Schleifpapier hatte sie dort erstanden.

Sie war überrascht von der großen Auswahl gewesen. So viele Farben und Materialien hatte sie bei Dittmers gar nicht erwartet. Ohnehin war der Laden in ihrer Erinnerung viel kleiner. Doch auch in diesen Familienbetrieb war offensichtlich kräftig investiert worden. Leider war der Charme des Ladens, in dem Kati und Jule in Kindertagen immer eine Wundertüte hatten kaufen dürfen, durch den Umbau etwas verloren gegangen. Die Räume wirkten steriler, und alles war fein säuberlich sortiert und mit Strichcodes ausgezeichnet. Die Regale mit den Einzelstücken, den kitschigen Kaffeeservices und den bunten Gläserkollektionen hatten einer gewinnbringenderen Systematik weichen müssen.

Nur der sogenannte Hochzeitstisch war geblieben. Er stand noch immer an derselben Stelle, am rechten Rand des deutlich vergrößerten Schaufensters. Schon damals hatten Kati und ihre Schwester immer einen neugierigen Blick darauf geworfen, um festzustellen, welches Paar in der Gegend als Nächstes heiraten würde. Die Gepflogenheit wurde offensichtlich fortgeführt: Nach wie vor konnten sich die Verwandten und Bekannten aus den vorher vom Brautpaar ausgewählten Stücken ein passendes Geschenk aussuchen.

Kati kannte den Namen des Paares nicht, der da auf dem kleinen Schildchen stand, doch sie musste schmunzeln, weil das ausgesuchte Geschirr und Besteck auf einen etwas altbackenen Geschmack von Braut und Bräutigam schließen ließ.

Mit einigem Stolz musterte Kati jetzt den Stuhl, den sie gestern Abend noch voller Elan geleimt, abgeschliffen und vorgestrichen hatte. Tatsächlich war die Grundierfarbe schon getrocknet. Zufrieden öffnete sie die Dose mit dem Holzlack, der dem Stuhl die eigentliche Auffrischung geben würde. Anschließend würde sie die alte Schleifmaschine ihrer Mutter mit dem neugekauften Papier belegen. Das gute Ding tat noch immer seinen Dienst, obwohl es schon etliche Jahre auf dem Buckel und über 15 Jahre in einer Ecke des Schuppens gelegen hatte.

Kati nahm einen alten Kochlöffel zur Hand, den sie Elli abgeschwatzt hatte, und verrührte vorsichtig den Lack in einem alten Einmachglas.

Gerade als Kati den Pinsel eintauchen wollte, ging die Tür auf und der wuschelige Bobby kam hereingeflitzt. Sofort sprang er an Kati hoch und beschnupperte den Stuhl.

«Na, du bist ja von der ganz schnellen Sorte.» Andi steckte seinen Kopf zur Tür rein und trat näher.

«Was machst du denn hier?», fragte Kati überrascht. Sonntags blieb er meist zu Hause und gönnte sich einen Ruhetag.

«Ach, ich will einfach mit dem Ausbau des Dachs fertig sein, bevor die Herbststürme anfangen. Und die Balken bearbeiten sich nun mal nicht von alleine.» Aufmerksam betrachtete er den Stuhl. «Wie ich sehe, hast du schon ganze Arbeit geleistet.»

«Malen kann doch jeder. Jedenfalls anstreichen», entgegnete Kati.

Insgeheim freute sie sich aber über Andis Lob. Die Arbeit an dem Stuhl hatte ihr wirklich großen Spaß gemacht. Denn wenn es auch mit dem Bildermalen nicht so recht klappen wollte, so war es doch ein gutes Gefühl, wieder einen Pinsel in der Hand zu halten. Außerdem genoss sie es, etwas Handwerkliches zu tun, statt nur am PC zu sitzen.

Da sich zum Mittagessen lediglich eine kleine Gruppe Radfahrer auf dem Heidehof angemeldet hatte, konnte Kati den Tag hier in der provisorischen Werkstatt nutzen.

Schweigend arbeiteten Kati und Andi nebeneinanderher und versuchten, sich dabei nicht gegenseitig zu behindern. Kati war es ganz recht, dass Andi sie mehr oder minder ignorierte. Nur bei größeren Sägearbeiten mussten sie sich absprechen, weil der Lärm ohne Ohrenschützer für Kati nicht auszuhalten war.

Gegen Mittag brachten Elli und Dorothee ihnen zwei Teller Suppe vorbei und erkundigten sich nach den Arbeiten.

In Wahrheit wollten sie sich vermutlich nur vergewissern, dass sich Andi und sie nicht die Köpfe einschlugen, dachte Kati.

«Wie wäre es, wenn du noch unser neues Logo draufmalst?», fragte Dorothee, als sie den frischlackierten Stuhl begutachtete.

«Gute Idee», fand Kati. «Aber meint ihr nicht, das ist zu viel oder zu kitschig für den neuen Heidehof?» Sie musste an das üppig gemusterte Geschirr auf dem Hochzeitstisch bei Dittmers denken.

Elli winkte ab. «Deine Mutter hat früher sämtliche Möbelstücke von der Anrichte bis zur Milchkanne mit Bauernmalerei bunt verziert.»

«Auf die rechte Armlehne würde das doch gut passen», pflichtete ihr Dorothee bei. «Mit dem Heidebüschel hat der Stuhl dann etwas ganz Besonderes. Nicht kitschig, aber landschaftstypisch!»

Fragend drehten sich die drei Frauen zu Andi um, doch der schmunzelte nur und hielt sich aus der Diskussion lieber heraus.

«Könnten wir die anderen Stühle nicht auch mit dem Logo versehen?», fragte Elli vorsichtig. «Ich meine, nur wenn es nicht zu viel Arbeit ist.»

«Ich sehe schon, ihr wollt mich lieber im Stall einsperren, als wieder ins Haus lassen», erwiderte Kati mit einem ironischen Grinsen. «Vielleicht kann Flo mir ja helfen, wenn sie nächstes Wochenende wieder da ist.»

Möglicherweise waren sie mit dem Heidehof wirklich auf dem richtigen Weg, dachte Kati, während sie die entsprechenden Blau- und Rottöne zum Anmischen der typisch violetten Heidefarbe aussuchte.

Sie würde jedenfalls weiterhin ihren Teil dazu beitragen.

25

In den nächsten Wochen verbrachte Kati fast jede freie Minute in der Werkstatt. Zum Glück war Andi mit den Dachbalken bald fertig und arbeitete zunehmend in den Räumen der neuen Ferienwohnungen. So hatte Kati die Werkstatt häufig ganz für sich alleine und konnte sich voll und ganz auf die nächsten Möbelstücke konzentrieren. Sie versah Stühle und Bänke mit dem neuen Heidehof-Logo, besserte Möbel aus und machte zwischendurch immer wieder mit der Restaurierung des alten Holzschranks weiter.

Am liebsten arbeitete Kati aber an Kommoden, egal, welche Form oder Größe sie hatten. Auf den relativ großen Flächen konnte sie neue Ideen am besten ausprobieren.

Dorothee hatte sich zwischenzeitlich nach Stoffen in typischen Heidefarben umgesehen und grüne sowie violettfarbene Sitzkissen in Auftrag gegeben. Als die Lieferung zwei Wochen später eintraf, wurden die Sitzgelegenheiten im Gastraum und in den Gästezimmern mit neuen Kissen ausgestattet. Wobei die grün-violetten Farbtöne des Stoffs mit dem zarten Heide-Logo auf den Lehnen um die Wette leuchteten.

Eine alte Freundin von Dorothee hatte von Katis Restaurierungsarbeiten gehört und bot gleich einen ganzen Speicher voller alter Möbelstücke an. Kati besah sich die Tische, Schränke und Kommoden und entschied gemeinsam mit der Besitzerin, bei welchen sich das Aufarbeiten lohnte. Einen Teil dieser Möbel überließ Dorothees Freundin ihr sogar kostenlos, weil sie froh war, auf diese Weise Platz zu gewinnen.

Zunehmend reifte bei Kati die Idee, den Hofladen um das Angebot von aufbereiteten und schön bemalten Möbeln zu erweitern. Sie spielte sogar mit dem Gedanken, kleinere Restaurierungsarbeiten für Kunden zu übernehmen. Denn Dorothees Freundin erwies sich als eifrige Multiplikatorin und schleppte aus den Speichern in ihrem Bekanntenkreis zahlreiche weitere Möbelstücke an.

Langsam wurde die Stellfläche knapp, und die provisorisch eingerichtete Werkstatt im ehemaligen Stall platzte aus allen Nähten. Doch das tat Katis Freude an der Tätigkeit keinen Abbruch. Im Heidehof und im Restaurant selbst wurde sie ohnehin immer weniger gebraucht. Das eigentliche Tagesgeschäft war nach der Saison längst zurückgegangen, und die wenigen Übernachtungsgäste, die es in den Herbstferien gab, konnten von Elli, Pit und der Aushilfe Sibylle ausreichend betreut werden. Für Dorothee blieb sogar genügend Luft, um eine ganze Woche zu Hinrich in den Schwarzwald zu fahren. Es ging ihm den Umständen entsprechend gut dort, und er genoss das regelmäßige Fitness- und Wellnessprogramm.

Auch die Umbauarbeiten gingen erfolgreich weiter. Alle zogen an einem Strang, und sogar Volker Kruse legte mit Hand an, wenn Hilfe nötig war. Andi arbeitete fast rund um die Uhr auf dem Hof. Immer wieder betonte er, dass Regen und Sturm sie um Wochen zurückwerfen könnten. Wenn seine eigene Kraft nicht ausreichte, einen schweren Balken zu stützen oder großes Gerät umzuwuchten, sprang Pit ein. Und in manchen Phasen des Umbaus holte sich Andi Verstärkung aus dem Dorf. Zwischenzeitlich arbeiteten bis zu vier Männer auf der kleinen Baustelle zusammen.

Und auch Flo verbrachte jedes freie Wochenende in Uhlendorf. Sie unterstützte Kati weiter gern und genoss die spärliche Freizeit mit Pit. Immer häufiger übernachteten die beiden auf dem Heidehof. Dorothee hatte ihnen eines der freien Gästezimmer angeboten, und dieses Angebot hatten sie gerne angenommen.

Natürlich freute sich Kati für ihre Freundin, auch wenn sie die Beziehung der beiden manchmal nicht ganz durchschaute. Beinahe erschrocken stellte sie fest, dass ihr selbst ein richtiges Privatleben eigentlich gar nicht fehlte.

Doch heute wollte sie etwas Abstand von der Arbeit und dem Hof bekommen und mit Flo einen Freundinnentag in Lüneburg verbringen.

Beide hatten sich diesen Ausflug redlich verdient und wollten sich endlich einmal wieder in Ruhe über die Ereignisse der letzten Wochen austauschen.

In Katis Auto fuhren sie durch die inzwischen schon recht herbstliche Landschaft. An den Birken konnte man bereits jeden einzelnen noch so kleinen Zweig erkennen. Und die Silhouetten der fast kahlen Laubbäume setzten sich deutlich von dem strahlend blauen Himmel ab, dessen Sonne kaum noch wärmende Kraft hatte.

Dafür blies ein kräftiger Wind und ließ die Windräder bei Oerzen wie kühne Riesen in der Landschaft kämpfen.

«Schau mal», sagte Kati und deutete auf die Anlagen. «Die erinnern mich immer an Picassos Bild von Don Quichotte.»

Flo sah sie schräg von der Seite an. «Wann versuchst du dich eigentlich endlich mal selbst wieder als Picasso?»

Kati schüttelte den Kopf über die Hartnäckigkeit ihrer Freundin. «Du lässt wirklich keine Gelegenheit aus, um mir Salz in die Wunden zu reiben, was?»

«Quatsch, ich finde einfach, dass du dein Talent vergeudest, wenn du bloß Bauernmalerei machst.» Flo lehnte sich im Sitz zurück. «Du weißt, dass ich die aufgemotzten alten Möbel wirklich super finde», fuhr sie fort. «Aber da muss doch noch mehr drin sein als gemalte Heidebüschel und ein paar Skizzen für Gero das Grauen!»

Kati winkte ab. «Ach, ich bin eigentlich ganz zufrieden mit der jetzigen Situation.»

Und das stimmte auch. Jeder Tag auf dem Hof brachte so viel Abwechslung und auch genügend Arbeit, dass sie ihre Zeit nicht noch mit einem Hobby füllen musste.

«Ich habe es versucht», seufzte Kati. «Aber ich bin für die Malerei nun mal nicht geschaffen. Ich habe dafür keinen Platz mehr in meinem Leben.»

«Kein Platz mehr für die Staffelei. Kein Platz mehr für Hobbys. Und für einen Mann wahrscheinlich auch nicht mehr», stichelte Flo weiter.

«Was soll denn das nun wieder heißen?», fragte Kati, ohne auf die Antwort besonders erpicht zu sein.

Inzwischen hatten sie Lüneburg erreicht. Kati musste an einer roten Ampel halten und sah zu ihrer Freundin hinüber.

«Wenn du schon wieder auf Andi anspielst», erklärte sie, «vergiss es! Ich bin froh, dass wir einen halbwegs normalen Umgang miteinander gefunden haben und ich seine Gegenwart mittlerweile sogar erträglich finde.»

Tatsächlich hatte sich ihr Verhältnis durch das gemeinsame Arbeiten in der Werkstatt spürbar gebessert. Inzwischen halfen sie sich sogar gegenseitig, wo sie konnten. Andi brachte ihr Ersatzhölzer und Abbeize mit, wenn Kati Nachschub brauchte. Und Kati beriet ihn in Gestaltungsfragen. Doch das änderte nichts daran, dass Jules Schicksal nach wie vor zwischen ihnen stand. Niemals, das wusste Kati, würden sie wieder an ihre Freundschaft von damals anknüpfen können.

«Und wo steht geschrieben, dass man sich nicht in den Ex seiner Schwester verlieben darf?»

Katis Herz schlug schneller. Was redete ihre Freundin da nur für einen Unsinn.

«Andi war sogar der Verlobte meiner Schwester!», stellte sie patzig fest.

«Ich weiß, aber du hast mir auch erzählt, dass die Verlobung gelöst wurde. Und dass sie überhaupt nicht mehr zusammen waren, als deine Schwester bei dem Brand starb.» Flo sah sie ernst an. «Kati, das ganze ist über 10 Jahre her!»

«Ach, das verstehst du einfach nicht. Die Sache ist viel komplizierter. Außerdem steht das mit Andi und mir überhaupt nicht zur Debatte!»

«Wieso nicht? Ist doch ein attraktiver Kerl.»

«Aber er ist nicht mein Typ», erwiderte Kati.

«Nein?» Flo zog ihre Augenbrauen hoch.

«Nein! Und abgesehen davon ist er gar nicht an mir interessiert.»

«Das glaube ich aber schon.»

«Unsinn!»

Sie fuhren weiter in Richtung Innenstadt und fanden im Parkhaus an der Nordlandhalle einen freien Parkplatz.

Als sie wenig später den kurzen Weg durch die Altstadt in die Fußgängerzone antraten, nahm Flo den Faden wieder auf.

«Also, Pit findet Andi schwer in Ordnung.»

«Ja, ich weiß. Ich sehe die beiden häufiger zusammen rumhängen. Die scheinen sich echt gut zu verstehen.»

«Hey!», rief Flo plötzlich begeistert. «Wir wären ein tolles Vierergespann!»

Ein weiteres Mal versuchte Kati, ihrer Freundin klarzumachen, dass Andi niemals als Partner für sie in Frage käme.

«Selbst wenn wir aneinander interessiert wären, wie könnte ich so tun, als hätte es Jule nie gegeben?»

«Du sollst doch auch gar nicht so tun!», entgegnete Flo. «Aber ist dir vielleicht schon mal in den Sinn gekommen, dass deine Schwester sich für dich freuen würde, wenn du endlich dein Glück findest?»

Kati schüttelte nur den Kopf. Sie hielt es für klüger, nichts mehr dazu zu sagen.

Natürlich hatte sie Andi in den letzten Wochen schätzen gelernt. Und sie hatte vieles erfahren, das ihn in ein gutes Licht rückte. Außerdem war er tatsächlich ein ansehnlicher Typ, da hatte Flo durchaus recht. Noch dazu besaß er einen netten Humor. Trotzdem mochte Kati nicht einmal daran denken, wie es wäre, ihm noch näher zu kommen als jetzt schon.

Als sie an der Johanniskirche vorbeigingen und den großen Platz «Am Sande» erreichten, stellte Kati erleichtert fest, dass Flo sich von den Menschen und Geschäften ablenken ließ. Sie war froh, das Thema Andi vorerst nicht mehr kommentieren zu müssen.

Langsam schlenderten sie Richtung Marktplatz, wo an zahlreichen Buden Obst und Gemüse angeboten wurde und ihnen bereits um diese Uhrzeit der Geruch von Bratwürsten in die Nase stieg. An einem anderen Marktstand wurde Schmalzkuchen und Kaffee verkauft, was eher nach ihrem Geschmack war.

Sie bestellten zwei Coffee to go, um sich für den bevorstehenden Einkaufsmarathon zu stärken, und zogen weiter.

Kurz vor der Abzweigung zur Kleinen Bäckerstraße blieb Flo stehen und schaute sich begeistert um.

«Es ist echt wunderschön hier. Schau dir bloß mal diese alten, schiefen Häuser an. Und erst die Giebel! Das ist doch Wahnsinn, dass es so eine Stadt gibt, die so krumm und schief ist.»

«Das kommt vom Salzabbau», erklärte Kati und lachte, als Flo sie mit großen Augen ansah. «Klingt schräg, ist aber so. Du musst dir vorstellen, dass die Salzvorkommen direkt unter der Stadt lagerten. Und wenn man immer nur Teile aus dem Untergrund entfernt, ist es doch logisch, dass da irgendwann was nachrutscht.»

«Das ist im wahrsten Sinne des Wortes *schräg*.»

Nachdem Flo und Kati den Tag in Lüneburg verbracht hatten, gab es abends ein kleines Richtfest auf dem Heidehof.

Volker und Andi hatten allen Grund zu feiern. Denn nachdem sie wochenlang durchgearbeitet hatten, war nun die erste Etappe der Umbaumaßnahmen so gut wie geschafft. Zum Abschluss der ersten Umbauphase, die unter anderem den Ausbau des Treppenspeichers umfasste, wollten sie diesen «Meilenstein» kräftig begießen. Dorothee spendierte eine Flasche Sekt, und später holte Elli auch noch eine Flasche Eierlikör hervor.

«Morgen können ja alle ausnahmsweise einmal ausschlafen», erklärte sie und spielte damit auf die Tatsache an, dass keine Übernachtungsgäste mehr da waren und damit auch kein Frühstücksbuffet vorbereitet werden musste.

Im Laufe des Abends musste Kati mehrfach an ihren Vater

denken. Hinrich hatte das Ende der Saison stets mit einem Festessen für die Familie und die Angestellten gewürdigt. Und die Stimmung war an jenen Abenden meist deutlich gelöster gewesen als heute. Hinrichs sprühender Witz und seine ansteckende gute Laune fehlten einfach in der zusammengewürfelten Runde.

Erst an Weihnachten würde er wieder bei ihnen in der Heide sein. Kati freute sich schon darauf. Und auch wenn es das erste Weihnachtsfest ohne Simon sein würde, so hatte sie doch bei dem Gedanken an die verschneite Heide und das knisternde Feuer im Kamin ein wohliges Gefühl im Bauch. Vor ihrem geistigen Auge sah sie all ihre Lieben an einer großen, festlich gedeckten Tafel in der neudekorierten Gaststube versammelt. Wie jedes Jahr würden sie Weihnachten bereits am 23. Dezember nachmittags mit einem traditionellen Festtagsbraten feiern. Es war der einzige Tag, an dem sie einigermaßen in Ruhe zusammensitzen und ein paar entspannte Stunden genießen konnten. Denn zu den Feiertagen kamen regelmäßig Stammgäste in den Heidehof, und die hatten absoluten Vorrang.

Ob die Reservierungen für das große Gänseessen am 24. Dezember auch in diesem Jahr wohl genauso zahlreich wären wie sonst? Kati war unsicher, denn schließlich hatte sich längst überall in der Gemeinde herumgesprochen, dass der Chef bis auf weiteres nicht selbst am Herd stand.

Kati wollte ihrem Vater die Rückkehr so einfach wie möglich machen. Und wenn er nach der wochenlangen Kur endlich wieder nach Hause kommen würde, wollte sie ihm etwas ganz Besonderes schenken. Vielleicht, so hatte sie anfangs gedacht, könnte sie ihm ein Bild malen. Bestimmt würde er sich allein schon über die Tatsache freuen, dass seine Tochter wieder ihr altes Hobby aufnahm. Aber je länger Kati an den Möbeln arbeitete, desto erfüllender wurde diese Aufgabe für sie. Sie wollte den Schätzen des Heidehofs neues Leben einhauchen, allen voran dem alten Sekretär ihres Vaters.

Vielleicht war es ja möglich, das fehlende Glas zu ersetzen, dachte Kati. Auch das Holz müsste sie von den Aufklebern befreien können und mit entsprechender Politur und einem schönen Holzlack aufarbeiten können. Sie würde Andi um Rat fragen. Er würde sicher wissen, wie mit dem alten Holz zu verfahren sei. Pünktlich zu Hinrichs Rückkehr sollte der Sekretär dann wieder in neuem Glanz erstrahlen.

※

Am nächsten Morgen wollte Kati sich bereits in aller Frühe an die Innengestaltung der neuen Zimmer machen. Es hatte in der Nacht gestürmt, und der Regen ließ immer noch nicht nach.

Sie schnappte sich ihre Jacke, warf sie über und eilte durch den unangenehm kalten Regen zum Treppenspeicher.

Es galt Wandfarben oder Tapeten sowie Gardinen, Lampen und Bilder für die neue Wohnung dort auszuwählen und dafür zunächst die freien, nicht mit Holz vertäfelten Wände auszumessen.

Als sie die ersten Stufen der erneuerten Treppe erklommen hatte, bemerkte sie, dass die Tür zum Speicher geöffnet war.

Hoffentlich hat sie nicht die ganze Nacht über offen gestanden, dachte Kati. Bei dem Regen wäre der neuverlegte Boden sicherlich feucht geworden.

Sie wollte gerade eintreten, als die Tür von innen mit einem

Ruck zugeworfen wurde und ihr beinahe an die Stirn geschlagen wäre.

«He!», rief Kati.

Drinnen bellte ein Hund. Gleich darauf wurde die Tür wieder aufgerissen, und ein überraschter Andi starrte sie an. Offenbar hatte er sie nicht kommen hören und an diesem Sonntagvormittag auch sonst mit niemandem auf der Baustelle gerechnet.

«Scheiße!», rief er. «Habe ich dich erwischt?»

«Nein.» Kati befühlte ihre Stirn. «Was machst du überhaupt hier?»

Andi trat zur Seite, drängte Bobby zurück in den Raum und deutete auf die Fußleisten. «Die wollte ich gerade festnageln.»

«Ich dachte, du gönnst dir endlich mal einen freien Tag», sagte Kati und sah sich um.

Das neue Dach war von innen mit Holz verkleidet und verlieh der zukünftigen Romantik-Suite einen ganz besonderen Charme. Auch das Fachwerk hatte Andi gut herausgearbeitet. Vor ihrem inneren Auge sah Kati bereits die aufgearbeiteten Möbel hier oben stehen, kombiniert mit leichten Stoffgardinen in lindgrün oder taubenblau.

«Du hast hier einen wirklich tollen Job gemacht», sagte sie. «Eigentlich unbezahlbar.»

Andi winkte ab. «Hat Spaß gemacht.» Und wie immer, wenn er etwas verlegen war, fuhr er sich mit einer Hand durch die Haare.

«Tja, dann will ich dich nicht länger stören», sagte Kati, «ich kann das Fenster für die Gardinen auch später noch ausmessen.»

Andi griff nach seiner Thermoskanne. «Willst du einen Schluck Kaffee?», fragte er.

Sie zuckte mit den Schultern. Schließlich setzte sie sich unsicher auf einen Hocker, den Andi vermutlich zum Zuschneiden der Fußleisten benutzt hatte.

Bobby legte sich zu ihren Füßen und wedelte auffordernd mit dem Schwanz. Während Kati dankbar um die Ablenkung den Hund streichelte, reichte Andi ihr den Becher der Thermoskanne. Er tat dies mit einer solchen Selbstverständlichkeit, dass Kati ohne zu zögern zugriff.

Anschließend schob er mit dem Fuß eine Kiste Wasser heran und holte in aller Seelenruhe eine Flasche nach der anderen heraus, um dann direkt neben Kati auf der umgedrehten Kiste Platz zu nehmen.

Sie schwiegen eine Zeitlang, und Kati fragte sich schon, was sie hier eigentlich tat, als Andi sich plötzlich räusperte.

«Was erwartest du eigentlich von mir?», fragte er unvermittelt. «Dass ich dich auf Knien um Verzeihung bitte für etwas, das ich nicht getan habe?»

Kati ließ vor Schreck den Becher fallen. Der Kaffee spritzte auf die frisch verlegten Dielen, und es gab einen hässlichen Fleck auf dem hellen Holz.

«Mist, auch das noch!», fluchte sie und begann, hektisch mit einem herumliegenden Lappen auf dem Boden herumzuwischen.

«Den Dielen macht das nichts», erklärte Andi gelassen und half ihr wieder auf den Hocker.

Auffordernd sah er sie an.

Kati musste an Jules Tagebuch denken und daran, was sie in den Zeilen der Schwester über jene Zeit erfahren hatte. Bedächtig ließ sie den leeren Becher zwischen ihren Händen hin und her wandern.

«Ich ... ich dachte immer», begann sie zögerlich. «Ich dachte immer, dass das alles nicht passiert wäre ... also, dass Jule nicht gestorben wäre, wenn du sie nicht betrogen hättest ... und dass du für ihren Tod verantwortlich bist.»

Instinktiv sprach sie aus, was ihr schon so lange unter den Nägeln brannte. Und es überraschte sie, wie ruhig sie dabei innerlich blieb.

«Ich meine, ich hab dich doch gesehen ... mit dieser Blonden damals. Saskia. Eng umschlungen und wild knutschend ... Hätte ich das etwa für mich behalten müssen? Hätte ich Jule nichts sagen sollen?»

«Dabei war ich ihr gar nicht untreu», sagte Andi wie zu sich selbst. «Jule und ich hatten uns ja längst getrennt, als das mit Saskia anfing. Wir hatten einen Streit ... Ich weiß ehrlich gesagt gar nicht mehr, worum es dabei ging.» Kraftlos zuckte er mit den Schultern. «Aber ich habe sicher meinen Beitrag zu allem geleistet, und im Grunde habe ich es vermutlich auch nicht besser verdient, als von dir jahrelang zum Sündenbock gemacht worden zu sein.»

Kati runzelte die Stirn und wollte widersprechen, als Andi schon fortfuhr.

«Mein Gewissen sagt mir jedenfalls, ich hätte Jule noch deutlicher klarmachen müssen, dass es für uns keine gemeinsame Zukunft geben würde.»

«Dann bringst du Jule also immer noch Blumen ans Grab, weil dich Schuldgefühle quälen?»

Andi sah sie überrascht an, dann verschwamm sein Blick und ging ins Leere.

«Als ich das Feuer bemerkte, bin ich sofort in die Werkstatt gerannt. Die Flammen waren überall, und der Rauch biss mir in die Augen. Und dann sah ich Jule, wie sie auf dem Boden lag und –» Er stockte. Seine Augen wurden glasig. «Ich habe versucht, sie da rauszuholen, habe mich zu ihr vorgekämpft. Aber es war zu spät ... Die Rauchvergiftung ...»

«Ja», sagte Kati, «aber Jule hat das Feuer gelegt und –»

Sie erschrak. Diese Worte laut auszusprechen, hieß, sie als Wahrheit zu akzeptieren.

Trotzdem wollte sie ihn trösten, ihm sagen, dass ihre Schwester ein impulsiver Mensch war, ein Mensch, der für seine Taten selbst verantwortlich war. Aber sie fand die richtigen Worte nicht. Vielleicht weil ihr selbst vieles erst jetzt klar wurde.

Schweigen breitete sich im Raum aus. Lange dachte Kati nach, und sie war froh, dass Andi ihr Zeit ließ.

Als sie schließlich zu sprechen begann, sprudelten die Worte nur so aus ihr heraus. Ohne viel zu überlegen, erzählte sie Andi, wie schmerzhaft Jules Tod für sie gewesen war, wie sehr sie die Zwillingsschwester vermisste und wie sie seitdem mit ihrem eigenen Schicksal haderte. Sie gab ihm aber auch zu verstehen, wie ihr Jule in jenem Spätsommer seltsam fremd geworden war und dass sie das Gefühl gehabt hatte, ihre Schwester lege sich selbst Steine in den Weg.

Es war, als hätte sich eine Schleuse geöffnet. Irgendwie empfand Kati es sogar als tröstlich, in Andi jetzt nicht mehr den Feind zu sehen, der ihre Schwester in den Tod getrieben hatte, sondern einen Menschen, der durch den Verlust ebenso gelitten hatte wie sie selbst. Der womöglich die gleichen Ängste kannte und der nachvollziehen konnte, was Kati in der Zeit nach Jules Tod durchgemacht hatte. Auch für ihn war das Leben in jener Nacht stehengeblieben. Auch für ihn war es nicht einfach gewesen, wieder Fuß zu fassen und neu anzufangen.

«Wenn ich mir vorstelle», sagte sie kleinlaut, «dass ich mit meinen Anschuldigungen alles nur noch schlimmer gemacht habe ... Es tut mir leid, ich habe dir wirklich Unrecht getan. Ich konnte einfach nicht –»

«Schon gut», unterbrach er sie.

Doch Kati fuhr unbeirrt fort: «Ich meine es ernst. Wenn ich gewusst hätte, dass ihr beide nicht mehr zusammen gewesen seid ... wenn ich gewusst hätte, dass Jule ...»

Mit Nachdruck wiederholte Andi seine Worte. «Ich sage doch, es ist gut, Kati.»

Sein Ton war ohne Groll. Er wirkte erschöpft und blickte Kati aus traurigen Augen an.

«Ich kann verstehen, dass es für dich so leichter war. Es hat dir sicher irgendwie geholfen, einen Schuldigen zu haben», fügte er erklärend hinzu. Dann verfinsterte sich seine Miene plötzlich. «Mir wäre es auch lieber gewesen, ich hätte Jule allein verantwortlich machen können für das, was passiert ist. Aber die Wahrheit ist viel komplizierter ... Die Wahrheit ist doch: Ohne mich wäre sie noch am Leben und hätte sich niemals zu dieser ... dieser Dummheit hinreißen lassen. Es quält mich, und ich werde mir nie verzeihen, dass ich es nicht geschafft habe, sie rechtzeitig aus der brennenden Werkstatt zu holen.»

Sein Blick hatte etwas Schmerzvolles, und doch spürte Kati darin auch eine gewisse Erleichterung.

Behutsam legte sie ihre Hand auf Andis Arm. «Du hast versucht, sie zu retten. Mehr konntest du nicht tun.»

Andi seufzte und fuhr sich durch die Haare. Ihm war deutlich anzusehen, wie sehr ihn die Erinnerung an jene Nacht bewegte.

«Manchmal», sagte er leise, «manchmal habe ich das Gefühl, den beißenden Geruch des Feuers immer noch in der Nase zu haben.»

Kati nickte.

«Ich weiß, was du meinst. Obwohl ich nicht dabei war, träume ich fast jede Nacht davon. Es ist dieser immer wiederkehrende Albtraum ...»

Und plötzlich hatte sie ganz klar die nächtlichen Bilder vor Augen. In Kati stiegen Tränen auf. Wann endlich würde sie diesen Albtraum loswerden? Wie viele Jahre mussten noch vergehen, damit sie ihren Frieden mit der Vergangenheit machen konnte?

«Magst du mir davon erzählen?», fragte er vorsichtig. «Von deinen Albträumen?»

Bislang hatte Kati es nicht geschafft, mit irgendjemandem darüber zu sprechen. Simon hatte sie ein paarmal danach gefragt, wenn sie mitten in der Nacht schweißgebadet hochgeschreckt war. Doch sie hatte dann immer ausweichend geantwortet und die Frage als unangenehm empfunden.

«Naja», begann sie zögerlich, «sie kommen nicht jede Nacht, aber so ein, zwei Mal die Woche. Manchmal sehe ich die Bilder ganz genau vor mir. Da ist Rauch, viel Rauch. Und die Flammen züngeln an einer Mauer hoch und ...» Sie schluckte. «Morgens wache ich dann immer mit dem gleichen, beklemmenden Gefühl auf. Ein Gefühl von Ohnmacht und Trauer.»

Andi hörte aufmerksam zu, als Kati die schmerzvollen Bilder beschrieb. Erst als sie länger schwieg und er all ihre Worte auf sich hatte wirken lassen, fragte er: «Hast du mal überlegt, dir Hilfe zu holen?»

Kati zuckte mit den Schultern. Natürlich hatte sie darüber nachgedacht, sich einem Psychologen anzuvertrauen. Vielleicht wäre das besser gewesen. Sie hatte schließlich ihre Zwillingsschwester verloren, und zwar unter höchst dramatischen Umständen. Aber dann hatte sie sich dagegen entschieden.

«Also, nein ... eigentlich nicht», erklärte sie. «Wegen schlechter Träume in Behandlung zu gehen, kam mir immer ... irgendwie anmaßend vor. Verstehst du, was ich meine?»

Andi schien ihre Worte abzuwägen.

«Du fühlst dich für Jules Schicksal mitverantwortlich. Und deshalb stehst du deinem eigenen Glück im Weg», sagte er, und seine Stimme klang bestimmt, aber doch auch sanft. «Ich glaube aber nicht, dass sich Jule wirklich umbringen wollte», fuhr er fort. «Vielleicht wollte sie bloß meine Aufmerksamkeit erzwingen, damit ich mich um sie kümmere. Sie wollte mich dort verletzen, wo es mir weh getan hätte. Dabei hat sie die Gefahr wahrscheinlich unterschätzt. Und das ist das wirklich Tragische an der Geschichte.»

Dann stand er auf, holte aus seiner Jacke sein Portemonnaie und reichte Kati eine Visitenkarte.

«Die Frau ist Gold wert», sagte er und versuchte zu lächeln.

Kati las den Namen einer Psychologin aus Hamburg und sah Andi überrascht an. «Eine Therapeutin?»

Er nickte. «Meine Schwester hat sie mir empfohlen und mich quasi gezwungen, sie aufzusuchen.» Seufzend setzte er sich wieder auf die Kiste. «Vor zwei Jahren hatte ich das Gefühl, in einer Sackgasse gelandet zu sein. Ich erspare dir die Details ... Jedenfalls hat meine Schwester mich zu dieser Frau geschickt, und es hat mir sehr viel gebracht. Kannst sie ja mal anrufen. Nimm die Karte ruhig mit.»

Kati blickte erneut auf den Namen und zögerte. Sollte sie die Karte wirklich einstecken?

«Ich habe dabei einiges über mich gelernt», ergänzte Andi und wuschelte Bobby durchs Fell. «Und ich bin froh, mich zu einer Therapie durchgerungen zu haben. Endlich mag ich auch wieder ein wenig als Tischler arbeiten. Im Gegensatz zu meinem Vater ...»

«Aber dein Vater», fragte Kati irritiert, «er lebt doch noch?»

Andi nickte. «Na ja, wenn man das *leben* nennen kann.»

Er erklärte, dass sein Vater Anfang 70 und eigentlich bei bester Gesundheit sei.

«Seit damals hat er nicht mehr richtig gearbeitet. Die Tischlerei war sein Ein und Alles. Sein Lebenswerk. Das Feuer hat den gesamten Lagerbestand, die riesige Scheune und sämtliche Maschinen vernichtet.»

«Gab es denn kein Geld von der Versicherung?», fragte Kati. Und im selben Moment erschien ihr diese Frage vollkommen belanglos. Sie hatte in all den Jahren ja selbst nur ihren eigenen Schmerz gespürt, und plötzlich wurde ihr umso bewusster, dass auch Menschen außerhalb ihrer eigenen Familie unter der Tragödie gelitten hatten.

«Das Meiste hat die Versicherung beglichen», erklärte Andi. «Aber er hatte damals einfach keine Kraft mehr, von vorne zu beginnen. Dass ein junger Mensch in seiner Scheune ums Leben kam, hat ihn vollkommen fertiggemacht.»

Bobby streckte sich, und Andi richtete sich auf.

«Ich hoffe aber, ich kann meinem alten Herrn eines Tages beweisen, dass es sich doch lohnt, den Betrieb wieder aufzubauen.» Während er das sagte, bekamen seine Augen einen seltsamen Glanz.

Kati wurde plötzlich klar, warum Andi mit so viel Energie und Einsatz an dem Umbau des Heidehofs arbeitete. Und ihr wurde bewusst, dass sie beide mehr gemeinsam hatten als die schicksalhafte Verbindung zu Jule.

Bobby gähnte herzhaft, dann sah er Andi an und wedelte auffordernd mit dem Schwanz. Sofort beugte sich Andi erneut zu ihm und streichelte das glänzende Fell.

Kati beobachtete die Szene. Sie mochte den Hund. Und vielleicht war tatsächlich etwas dran an der Theorie, dass man von einem freundlichen Hund auf den Charakter seines Herrchens schließen konnte. Auch sie streckte ihre Hand aus und streichelte Bobbys weiches Fell.

Als sich ihre und Andis Finger berührten, zog sie die Hand schnell wieder weg.

«Er mag dich», stellte Andi fest und blickte auf.

Kati kam es so vor, als habe er ihr einen Moment zu lange in die Augen geschaut. Sie blickte zu Boden und sah, wie der Kaffeefleck auf den frischgeschmirgelten Holzdielen eine dunkle Stelle gebildet hatte.

Wieso verstand Andi es bloß so gut, sie zu verunsichern?, fragte sich Kati.

Es war kompliziert. Sie verstand sich ja selber nicht. Seit einiger Zeit schon fühlte sie sich irgendwie zu ihm hingezogen. Seine entspannte Haltung, sein selbstbewusstes, fröhliches Lachen, seine volltönende Stimme … seine ganze Art gefiel ihr.

Aber sie verbot sich jedes Gedankenspiel.

Kati seufzte. «Hast du auch manchmal den Eindruck, das Leben wird immer komplizierter?»

«Noch komplizierter?», fragte er spöttisch. «Das ist wohl kaum möglich.» Und nach einer Pause fügte er hinzu: «Kati, ich weiß genau, wie schwer es ist, wenn die Gefühle mit einem Karussell fahren, geschweige denn, sich ihnen zu stellen, aber ich sage es jetzt einfach: Wenn du auch etwas für mich empfindest, dann gibt es keinen Grund, das nicht zuzulassen.»

Kati stockte der Atem. Nichts hätte sie in diesem Moment

lieber getan, als seine Hände erneut zu berühren. Doch dafür war es viel zu früh.

Sie erhob sich und öffnete die Tür zur Treppe. Es hatte aufgehört zu regnen.

«Danke, dass du mir einen Kaffee angeboten hast», sagte sie mit einem warmen Lächeln und ging hinaus.

Epilog

«Das riecht ja großartig», sagte Kati, als sie in die Küche kam.

Ein wohlvertrauter Duft stieg ihr in die Nase und ließ die Vorfreude auf den heutigen Festtagsbraten gleich doppelt so groß werden.

Weihnachten stand dieses Jahr unter einem ganz besonderen Stern: Ihr Vater würde nach Hause kommen, und das sollte gebührend gefeiert werden. Schon vor zwei Tagen war Dorothee zu ihm in den Schwarzwald gefahren, um ihn auf der Rückfahrt zu begleiten.

«Hoffentlich wurde Hinrichs Rezept auch befolgt», sagte Elli und deutete mit dem Kopf auf Pit, der gerade damit beschäftigt war, den Gänsebraten zu wenden.

Als er das Fleisch erneut mit Sud übergoss, wurde der Duft in der Küche noch intensiver und ließ Kati das Wasser im Mund zusammenlaufen. Neugierig schaute sie ihrer Großmutter über die Schulter, wie sie die Klöße für das große Familienessen am Abend vorbereitete. Wenn Kati daran dachte, dass sie heute endlich ihren Vater wiedersehen würde, war sie genauso aufgeregt wie zuletzt als Kind vor der Bescherung. Einzig die Tatsache, dass sie in all dem Trubel den alten Sekretär nicht rechtzeitig fertig bekommen hatte, war ein kleiner Wermutstropfen. Vielleicht würde sie es aber bis zu Hinrichs nächstem Geburtstag schaffen, ihn wieder in Schuss zu bringen.

«Kann ich noch irgendwas helfen?», fragte Kati und sah sich in der Küche um.

«Alles unter Kontrolle», rief Pit. «Du würdest nur alles durcheinanderbringen.»

«Hört, hört», murmelte Elli und rollte mit den Augen.

Kati musste schmunzeln und beschloss, sich lieber in der festlich geschmückten Gaststube nützlich zu machen, deren Highlight ein drei Meter hoher, von Dorothee stilvoll geschmückter Weihnachtsbaum war.

Im Vorbeigehen fiel ihr Blick auf eine Zeitung, die auf der Küchenzeile lag. Es war der Stellenteil des Hamburger Abendblatts.

«Was hat das zu bedeuten?», fragte sie und wedelte mit den Seiten in der Luft herum.

Pit zuckte mit den Schultern. «Tja, ich würde ja gerne hierbleiben. Aber viele Köche verderben den Brei, und irgendwie muss ich ja meine Brötchen verdienen.»

Fragend blickte Kati von Pit zu Elli.

«Nun, Hinrich wird es sich vermutlich nicht nehmen lassen, gleich morgen schon wieder das Regiment zu übernehmen», erklärte ihre Großmutter.

«Aber Oma, er wird doch nicht gleich voll einsteigen können. Du weißt, was die Ärzte gesagt haben. Er soll sich weiterhin schonen und –»

«Ich werde schon was anderes finden», erklärte Pit schnell. «Außerdem finde ich es total cool, endlich mal den Chef persönlich kennenzulernen, wo ich doch schon so viel von ihm gehört habe.»

Auch wenn er es nicht zeigte, war Kati vollkommen klar, wie traurig er darüber war, den Heidehof schon bald verlassen zu müssen. Hamburg wäre wegen Flo zwar eine gute Alternative, aber Pit liebte die Heide und die Ruhe hier draußen. Die Großstadt machte ihm Angst, weswegen ihn Flo nur allzu gerne hochnahm und liebevoll als Landei oder Dorftrottel titulierte.

«Wie lange suchst du denn schon was Neues?», erkundigte sie sich.

«Keine Ahnung. Einen Monat vielleicht.»

«Und?»

Pit zögerte. «Ist nicht so einfach ... Zur Not gehe ich eben wieder zur See.»

Kati biss sich auf die Lippen. So viel hatten sie Pit zu verdanken. Ohne ihn wären sie nicht so gut über die Saison gekommen.

«Ich werde mit meinem Vater sprechen», versprach sie. «Er wird schon einsehen, dass er deine Hilfe sehr gut gebrauchen kann.»

Sie würde sich dafür einsetzen, dass Pit bleiben und ihren Vater vielleicht sogar irgendwann ablösen könnte. Hinrich durfte nicht die gleichen Fehler machen wie früher und sich in der Küche vollkommen verausgaben. Es war an der Zeit, das Zepter am Herd der jüngeren Generation zu übergeben. Das war ihr Vater Dorothee, aber auch seiner Gesundheit schuldig. Und Dorothee, da war Kati sicher, würde sie in ihrer neuen Verantwortung garantiert unterstützen. Hinrich konnte ja weiterhin als Koch einspringen und Pit hier und da beratend zur Seite stehen.

Pit nickte ihr dankbar zu.

Auch Elli schien mit dem Vorschlag einverstanden. «Dann sehen Sie bloß zu, dass Ihnen der Braten auch gelingt, junger Mann!», mahnte sie und zwinkerte Pit zu.

Mit großen Augen betrat Hinrich Weidemann am Abend die Gaststube, die durch unzählige brennenden Kerzen am Weihnachtsbaum in ein zauberhaftes Licht getaucht war. Eben erst hatte er mit Kati, Dorothee und Elli einen Rundgang über den Hof beendet. Und noch immer war er sichtlich überwältigt von den umfangreichen Veränderungen auf seinem Hof. Im Verlauf der vergangenen Monate hatte Dorothee ihm nach und nach die Probleme und die verschiedenen Lösungsansätze mitgeteilt. Erstaunlich schnell hatte er die Notwendigkeit zur Veränderung akzeptiert. Er schien Dorothee in dieser Hinsicht voll zu vertrauen und wollte von ihr lediglich über den aktuellen Stand des Umbaus auf dem Laufenden gehalten werden.

Kati war erleichtert, als ihr Vater bei der ersten Besichtigung der diversen Baustellen die Ideen von Volker Kruse mehrfach lobte und Gefallen an der Umsetzung fand.

«Ihr habt wirklich ganze Arbeit geleistet», erklärte er gerührt, als sich alle an die gedeckte Tafel setzten. «Und im Frühjahr, wenn hoffentlich alle Umbauarbeiten abgeschlossen sind, feiern wir ein großes Fest.»

Was die Neueröffnung des Hofes anging, so hatten Dorothee und Kati schon recht klare Vorstellungen entwickelt. In der Eventscheune sollte ein Tanzboden verlegt werden und eine Band aufspielen. Sie wollten deftiges Sauerteigbrot reichen, das in dem alten Ofen gebacken werden würde, im Hofladen die ersten umgearbeiteten Stühle und Kommoden ausstellen sowie Ellis selbstgemachtes Johannisbeergelee und ihren berühmten Eierlikör anbieten. Natürlich würden die Gläser und Flaschen mit dem filigranen Hof-Logo verziert sein.

Etwas schwerfällig nahm Hinrich wie immer am Kopfende des Tisches Platz. Rechts und links von ihm sassen Dorothee und Elli. Neben der Grossmutter war Albert Carstensen platziert worden, dessen Anwesenheit auf dem Hof ausser Katis Vater schon längst niemanden mehr wunderte. Seine helfende Hand war ihnen in den vergangenen Wochen unentbehrlich geworden.

Hinrich gegenüber sass Flo und neben ihr Pit, der trotz aller gebotenen Hektik in der Küche noch immer bis über beide Ohren strahlte. Katis Vater hatte ihm nämlich zur Begrüssung anerkennend auf die Schulter geklopft und ihn für seine Arbeit gelobt.

Es war, wie Kati vermutet hatte: Die beiden waren sich auf Anhieb sympathisch. Spätestens als ihr Vater Pits Bratensosse probiert und ihn für die originelle Geschmacksrichtung gelobt hatte, war der Bann gebrochen gewesen.

«Wirklich gut», hatte er erklärt und lachend hinzugefügt: «Auch wenn ich nach dem ganzen Krankenhausessen und Diätkram meine Geschmacksnerven vermutlich für immer verloren habe ...»

«Dann hoffe ich, dass Sie die verbrannten Stellen am Braten nicht rausschmecken», hatte Pit frech erwidert. «Kleiner Scherz.»

Trotz der Ironie war ihm die Nervosität deutlich anzumerken. Doch Hinrich hatte ihm gleich das Du angeboten und gesagt: «Min Jung, du packst dat schon!»

Während Pit und Elli jetzt die dampfenden Schüsseln und Platten auf die Wärmeplatten am Tisch stellten, schaute Kati nervös auf die Uhr.

Ob ihrem Vater gar nicht aufgefallen war, dass eigentlich ein Gedeck zu viel auf dem Tisch lag?

Sie räusperte sich und klopfte vorsichtig mit der Gabel an ihr Weinglas. Alle verstummten und sahen sie erwartungsvoll an.

Elli nickte ihr aufmunternd zu. Dann begann Kati mit ihrer Rede, die sie sich in der vergangenen, schlaflosen Nacht überlegt hatte.

«Lieber Paps, liebe Familie und Freunde!», begann sie mit der gebührenden Feierlichkeit. «Dass wir heute alle hier so fröhlich und vor allem gesund zusammensitzen, empfinde ich als ein riesengroßes Geschenk.» Sie sah ihren Vater an. «Es ist großartig, dich wieder zu Hause zu haben! Du hast uns allen sehr gefehlt, und ich freue mich wahnsinnig, dass dir das, was wir auf dem Heidehof schon alles geschafft haben, so gut gefällt.»

«Bis auf das Chaos in der Kühlkammer. Da findet man ja nichts wieder!», stichelte er, und alle stimmten in sein Lachen mit ein.

«Ich möchte dir trotzdem für das Vertrauen danken, das du in uns gesetzt hast. Und ich möchte euch allen danke sagen: Dorothee und Elli, ihr hattet es in den letzten Monaten nicht immer leicht mit mir, und ich habe viel von euch gelernt. Auch über Verantwortung und was es bedeutet, eine Familie zu haben.» Nach einer kleinen Pause fügte sie noch hinzu: «Und ich habe viel über mich selbst gelernt. Aber das gehört jetzt nicht hierher. Vielmehr möchte ich mich auch bei meiner lieben Freundin Flo bedanken, ohne die wir jetzt nicht so eine schöne Homepage und so tolle Werbeprospekte hätten. Wie kann ich mich nur für all deine Hilfe revanchieren?»

«Warte, bis ich die Rechnung schicke …!», warf Flo lachend ein.

«Aber du wirst dem Hof ohnehin treu bleiben, oder?», fragte Kati mit Blick auf Pit.

«Und mir hoffentlich auch!», fügte dieser schnell hinzu.

Kati erhob ihr Glas. «Ein riesengroßes Dankeschön geht natürlich auch an unseren neuen Chefkoch.» Sie prostete Pit zu, der irritiert in die Runde schaute.

Als er registrierte, dass ihm die versammelte Mannschaft, auch Hinrich Weidemann, Beifall klatschte, wurde er rot und stammelte verlegen: «Äh, ja … danke. Das wäre … *cool*.»

Kati war froh, dass Dorothee bereits mit ihrem Vater geredet und ein gutes Wort für Pit eingelegt hatte.

«Und auch dir, Albert, danke ich», fuhr sie fort. «Du wirst dem Hof hoffentlich noch weitere Hochzeitsfeiern bescheren.»

Schmunzelnd warf Albert Elli einen vielsagenden Blick zu.

«Ich möchte mich aber auch noch bei jemandem bedanken, der in dieser Runde bisher fehlt», ergänzte Kati und sah ihrem Vater fest in die Augen. Ihr Herz klopfte schneller, als sie das Glas abstellte und zur Tür ging.

«Paps, ich habe noch eine Überraschung für dich», erklärte sie und drückte die Klinke herunter. «Wir hatten tatkräftige Unterstützung auf dem Hof, ohne die all das nie möglich geworden wäre. Ich möchte diesen besonderen Abend gern zum Anlass nehmen, dir einen alten, neuen Freund vorzustellen.»

Kati trat in die Diele. Dort stand Andi und wartete auf ihr Zeichen.

Er kam näher, blieb aber im Türrahmen stehen. Kati stutzte. Ob er sich nicht hineintraute? Hatte er Angst vor der Begegnung mit ihrem Vater?

Ein Schatten in der Diele ließ sie zusammenzucken.

«Volker!», rief Kati überrascht. «Was machst du denn hier?»

«Na, wie soll Andi das gute Stück denn alleine reintragen?», fragte er.

Kati verstand kein Wort und sah verwundert dabei zu, wie die beiden Männer ein mit einem weißen Laken bedecktes Möbelstück von der Waschküche in die Gaststube trugen.

Etwas verlegen nickte Andi in die Runde. «Guten Abend!» Dann entfernte er mit Volkers Hilfe feierlich das große Tuch.

Kati traute ihren Augen nicht. Dort stand der alte Sekretär ihres Vaters! Er wirkte schöner denn je. Nicht nur die alte Farbschicht musste Andi heimlich abgeschliffen und neu aufgetragen haben. Sogar die fehlende Glasscheibe hatte er ersetzen können.

Auch Hinrich zeigte sich vollkommen überrumpelt. «Also, das ist ja mal wirklich eine gelungene Überraschung.»

Flo und Pit klatschten begeistert in die Hände. Und während die anderen, allen voran Elli und Dorothee, aufstanden, um das gute Stück aus nächster Nähe zu bewundern, stellte sich Kati zu Andi. Ohne dass es jemand mitbekam, nahm sie seine Hand und sah ihn zärtlich an. Ein Lächeln breitete sich auf ihrem Gesicht aus, als sie spürte, dass er ihre Hand nicht mehr losließ.

Rezepte

(soweit nicht anders angegeben
für ca. 4 Personen)

Buchweizenblinis

ZUTATEN

½ Liter Milch
10 g Hefe
250 g Buchweizenmehl
½ TL Zucker
½ TL Salz
10 g Butter
1 Eigelb
50 g Butterschmalz

ZUBEREITUNG

Die Hälfte der lauwarmen Milch abnehmen und frische Hefe darin auflösen. Das Buchweizenmehl in eine Schüssel geben und in die Mitte eine Mulde drücken. Die Hefelösung in die Mulde gießen und mit ca. ⅓ Buchweizenmehl vom Rand her zu einem Vorteig rühren. Mit einem Tuch zudecken und an einem warmen Ort ca. 20 Minuten gehen lassen. Die restliche Milch mit Zucker und Salz unter Rühren aufkochen, dann vom Herd nehmen und abkühlen lassen.

Die Butter, das Eigelb und die leicht abgekühlte Milch zum Buchweizenmehl in die Schüssel geben und mit dem Vorteig zu einem dickflüssigen Teig verrühren. Den Teig noch mal zugedeckt ca. 60–90 Minuten gehen lassen, bis sich kleine Blasen darauf bilden.

In der Pfanne nach und nach das Butterschmalz auslassen und aus dem Teig bei guter Mittelhitze kleine Pfannkuchen backen.

Die Buchweizenblinis können mit Crème fraîche, gehacktem, gekochtem Ei und Forellenkaviar belegt werden oder mit Schmand, geräuchertem Lachs und Dill.

Gänsebraten

(für ca. 6 Personen)

ZUTATEN

4 kg Gans
1 kg gem. Hack
2 Weißbrotscheiben
2 Eier
1 Zwiebel
Salz, Pfeffer, Zucker
Geflügelfond
Sahne

ZUBEREITUNG

Für die Füllung zwei Weißbrotscheiben in Wasser einweichen, dann ausdrücken. Zwiebel schälen und klein schneiden. Das Hack in einer Schüssel mit Eiern, Weißbrot, Zwiebel, Salz und Pfeffer mischen.

Die Gans gründlich waschen, trocken tupfen und mit der Hackmischung füllen. Außen großzügig mit Salz und Pfeffer würzen. Den Backofen auf 250° vorheizen, die Gans mit dem Rücken nach oben auf einen Rost legen, darunter eine Fettpfanne schieben. Die Gans eine Viertelstunde anbraten, mit Wasser übergießen und den Ofen auf 150° herunterschalten. Mit einer Gabel in Brust und Keulen stechen, damit das Fett austreten kann. Alle halbe Stunde die Gans mit dem ausgelaufenen Saft und/oder Wasser übergießen. Nach zwei Stunden die Gans auf den Rücken drehen. Nach weiteren zwei Stunden den Backofen hochdrehen auf 220°, die Gans mit einer Mischung aus Wasser, Salz und Zucker übergießen und eine weitere Viertelstunde braten und kross werden lassen. Die Fettpfanne herausnehmen, abkühlen lassen und das Fett abschöpfen. Den Gänsesud in einen Topf passieren, mit Geflügelfond aufkochen und mit Speisestärke andicken. Mit Salz und Pfeffer würzen, etwas Sahne untermischen. Die Gans tranchieren und die Füllung entnehmen.

Heidschnuckencarée mit Rosmarinkruste

(Das Rezept stammt von Jan Dierkes,
Koch im Hotel «Hof Idingen» in der Lüneburger Heide.)

ZUTATEN

1 Stück Heidschnuckenrücken
1 TL Senf
4 Scheiben Roggenbrot
1 EL Bratfett
Paniermehl
Butter
2 dl Lammjus
4 große Kartoffeln
4 dl Sahne
Knoblauch
Rosmarin, frisch
Thymian
2 Stück Kohlrabi
Gemüsefond
Sahne
Petersilie, gehackt
Salz, Pfeffer

ZUBEREITUNG

Die Kartoffeln schälen und auf der Aufschnittmaschine oder mit einem Hobel in nicht zu feine Scheiben schneiden und mit Salz und Pfeffer würzen. Die Sahne mit den Gewürzen und Kräutern sowie dem Knoblauch aufkochen lassen und eine halbe Stunde ziehen lassen. Die Kartoffelscheiben in eine gebutterte Gratinform schichten und mit der Sahne auffüllen, im Ofen bei 200°C ca. 25 Minuten backen.

Den Kohlrabi schälen, in Streifen schneiden, in Butter anschwitzen, würzen und mit etwas Gemüsefond auffüllen. Einkochen lassen und mit wenig Sahne binden und zum Schluss gehackte Petersilie dazu.

Das Heidschnuckencarée mit Salz und Pfeffer würzen, in Bratbutter rundherum anbraten. Das Roggenbrot in Scheiben schneiden und im Ofen knusprig rösten und dann im Mixer zerkleinern. Das Lamm mit etwas Senf einstreichen, mit dem Roggenbrot bestreuen, den Rosmarin und etwas Paniermehl darüber verteilen. Mit Butterflocken belegen und im heißen Ofen ca. 6 Minuten garen.

ALTERNATIVE BEILAGEN

Rahmwirsing oder Butterbohnen

Gefüllter Heidschnuckenrollbraten mit Rosmarinjus

(Das Rezept stammt von Jan Dierkes,
Koch im Hotel «Hof Idingen» in der Lüneburger Heide.)

ZUTATEN

1 kg Heidschnuckenrollbraten
200 g Hackfleisch
2 Karotten
100 g Sellerie
1 kleine Stange Lauch
3 Zehen Knoblauch
3 Zweige Rosmarin
1 EL Tomatenmark
1 EL Senf
Olivenöl
Salz und Pfeffer

ZUBEREITUNG

Den Ofen auf 180°C vorheizen.

Das Gemüse putzen und eine Karotte auf der Küchenreibe raspeln. Die Karottenraspel mit dem Hackfleisch mischen und mit Salz und Pfeffer abschmecken.

Den Rollbraten mit einigen Rosmarinnadeln spicken und mit in Scheiben geschnittenen Knoblauch belegen, mit Salz und Pfeffer würzen und mit dem Hackfleisch belegen. Den Braten einrollen und mit Bratband binden.

Das restliche Gemüse in Würfel schneiden.

Den Braten von allen Seiten in Olivenöl anbraten, sodass er Farbe bekommt, danach aus dem Bräter nehmen. Nun das Gemüse anrösten und das Tomatenmark hinzugeben und mitrösten.

Mit Wasser ablöschen und den Bratsatz lösen, dann Braten einsetzen und alles im Ofen ca. 60 Minuten garen.

Den Braten entnehmen, den Fond passieren und ein wenig einkochen und binden. Das Fleisch aufschneiden und mit der Soße napieren.

BEILAGEN

Butterbohnen und Mandelbällchen

Hochzeitssuppe

(für ca. 12 Personen)

ZUTATEN

1 kg Rinderknochen
1 Suppenhuhn (ca. 2 kg)
1 Bund Suppengemüse
500 g gemischtes Hackfleisch
7 Eier
500 g Spargelabschnitte
250 g Nudeln (z. B. Sternchen)
Salz, Pfeffer, glatte Petersilie

ZUBEREITUNG

Rinderknochen und Suppenhuhn mit 3 Liter kaltem Wasser aufsetzen, Suppengemüse und Salz hinzufügen und gar kochen. Knochen und Huhn herausnehmen, die Brühe abkühlen lassen und entfetten.

Das Hackfleisch mit Salz und Pfeffer würzen, mit einem Ei und gegebenenfalls etwas Semmelbröseln verkneten. Aus der Masse kleine, kirschgroße Klößchen formen und in heißem Salzwasser ca. 15 Minuten ziehen lassen.

Die Eier mit ¼ Liter Milch und einer Prise Salz verquirlen. Im kochenden Wasserbad 20 Minuten erhitzen, bis eine feste, gallertartige Masse entstanden ist. Danach stürzen und in Würfel schneiden.

Die Suppennudeln in Salzwasser garen und abschrecken. Den Spargel schälen, in Stücke schneiden und in Gemüsebrühe mit 1 TL Zucker gar ziehen lassen.

Nun in den Topf mit der abgekühlten Brühe die Fleischklößchen, Nudeln, Spargelstücke und den Eierstich geben. Zusammen ganz kurz aufkochen lassen.

Vor dem Servieren die Suppe mit gehackter Petersilie bestreuen.

Ratatouille

ZUTATEN

3 Paprika (gelb, grün und rot)
2 Zucchini
1 Aubergine
Staudensellerie
3 Gemüsetomaten
1 Zwiebel
1 Knoblauchzehe
Öl
Essig (Balsamico)
Salz, Pfeffer, Zucker

ZUBEREITUNG

Die Paprikaschoten teilen, entkernen und waschen, die Zucchini schälen, die Aubergine waschen, den Staudensellerie säubern, die Tomaten waschen und alles Gemüse klein schneiden.

Die Zwiebel schälen und würfeln, die Knoblauchzehe enthäuten und ganz klein schneiden. Beides in Öl in einem Topf oder einer Pfanne anbraten und dann in einen anderen Topf geben.

Das Gemüse nacheinander anbraten und in den Topf geben.

Mit Salz, Pfeffer, einer Prise Zucker und Essig (Balsamico) abschmecken.

Panna Cotta mit Blaubeerspiegel

ZUTATEN

½ Liter Sahne
1 Vanilleschote
3 Blatt weiße Gelatine
80 g Zucker
1 Prise Salz

500 g Blaubeeren
2 Blatt Gelatine
40 g Zucker

ZUBEREITUNG

Die Gelatine in kaltem Wasser einweichen.

Die Sahne in einen Topf geben und langsam erhitzen. Die Vanilleschote aufschneiden, das Mark herauskratzen und zusammen mit der Schote hinzufügen. Den Zucker ebenfalls zur Sahne geben und das Ganze etwa 15 Minuten leicht köcheln lassen. Dann den Topf vom Herd nehmen und die Vanilleschote entfernen.

Die eingeweichte Gelatine tropfnass in den Topf geben und unter Rühren vollständig auflösen. Die Masse in Portionsförmchen füllen und über Nacht abgedeckt in den Kühlschrank stellen.

Für den Fruchtspiegel die Blaubeeren waschen, pürieren und durch ein Sieb streichen. Die Gelatine einweichen, tropfnass in einen Topf geben und unter Rühren erwärmen und vollständig auflösen. Zucker sowie nach und nach die Blaubeermasse hinzugeben. Abkühlen lassen und als Spiegel auf Teller verteilen, die Panna Cotta stürzen und auf den Spiegel setzen.

Zitronencreme

ZUTATEN

4 Zitronen (unbehandelt)
8 Blatt Gelatine
150 g Zucker
4 Eier
½ Liter Sahne

ZUBEREITUNG

Die Eier trennen.

Gelatine in kaltem Wasser einweichen.

Die Schale von zwei Zitronen abreiben, die Zitronen auspressen.

Die Eigelbe mit dem Zucker schaumig rühren, den Zitronensaft und den Zitronenschalenabrieb hinzugeben und verrühren. Die Gelatine in einen Topf mit ⅛ Liter Wasser geben und auflösen, dann zu der Zitronenmasse hinzufügen.

Das Eiweiß mit einer Prise Salz steif schlagen und den Eischaum vorsichtig unter die Creme heben. Kalt stellen. Wenn die Creme anfängt fest zu werden, die geschlagene Sahne unterziehen und weitere zwei bis drei Stunden kalt stellen.

Buchweizenbutterkuchen

ZUTATEN

150 g Buchweizenmehl
150 g Weizenmehl
200 g Speisestärke
1 Würfel frische Hefe
¼ Liter Milch
50 g Zucker
125 g Butter
2 Eier

300 g Wildpreiselbeerkonfitüre
125 g Butter
50 g brauner Zucker

ZUBEREITUNG

Buchweizenmehl, Mehl und Speisestärke in eine Schüssel geben und in der Mitte eine Mulde graben. Die Hefe in leicht erwärmter Milch auflösen, in die Mulde geben und mit ungefähr einem Drittel des Mehls einen Vorteig fertigen. Mit einem Tuch abdecken und 20 Minuten an einem warmen Ort ruhen lassen.

Dann den Vorteig mit dem restlichen Mehl, dem Zucker, der weichen Butter und 2 Eiern verkneten. Nochmals 60 Minuten ruhen lassen.

Den Teig auf ein eingefettetes Backblech streichen, kleine Dellen in den Teig drücken, diese abwechselnd mit Preiselbeeren und Butterflöckchen füllen, den braunen Zucker darüberstreuen. Erneut 10 Minuten gehen lassen, dann bei 200° im vorgeheizten Ofen bei Ober- und Unterhitze 20 Minuten backen.

Eierlikör

ZUTATEN

12 Eigelbe
200 g Zucker
2 Päckchen Vanillezucker
2 Vanilleschoten
½ Liter Sahne
½ Liter Weinbrand
1 Messerspitze Zimt

ZUBEREITUNG

Die Vanilleschoten halbieren und mit einem Messer das Mark ausschaben.

Den ausgeschabten Inhalt der Vanilleschoten mit Eigelb und Zucker in einem Topf unter ständigem Rühren erwärmen, bis der Zucker geschmolzen ist. Dann die Sahne unter ständigem Rühren hinzugeben, bis sich alles gut erwärmt hat. Weinbrand und Zimt hinzugeben und mit dem Rührgerät (Schneebesen) kurz aufschäumen. Danach in Flaschen abfüllen und gut verschließen.

Holunderblütensirup

ZUTATEN

250 g Holunderblüten
250 g Zucker
Saft von 2 Zitronen

ZUBEREITUNG

Die Holunderblüten mit dem Zucker in Zitronensaft einlegen, vier Wochen ziehen lassen, dann abseihen. Gekühlt mit Wasser oder Sekt aufgießen.

Johannisbeeressig

ZUTATEN

500 g Johannisbeeren
100 g Zucker
1 Liter Wasser
1 dl Essigessenz

ZUBEREITUNG

Johannisbeeren abzippeln, waschen und mit Zucker in 1 Liter Wasser aufkochen und ca. 10 Minuten köcheln lassen. Dann die Masse durch ein Sieb streichen und abkühlen lassen. Den Saft mit der Essigessenz mischen.

Danksagung

Ich bedanke mich herzlich bei meiner klugen und umsichtigen Lektorin Ditta Kloth, die dieser Geschichte nicht nur zu dem gebotenen Maß an Struktur verholfen, sondern meine mitunter diffuse Sprache so viel schöner geschliffen hat.

Meiner Freundin Barbara Eichhorn – und Zwillingsschwester beim Spielen in Kindertagen – danke ich ebenso herzlich für ihre kritische Recherche in medizinischen Fachfragen.

Und mein besonderer Dank gilt meiner Mutter Helga Goch für ihre kenntnisreiche Mitarbeit als Heide- und Küchenexpertin sowie für ihre tolle Unterstützung als fürsorgliche Oma.

Das für dieses Buch verwendete FSC®-zertifizierte Papier
Pamo Super liefert Arctic Paper Mochenwangen, Deutschland.